As Crônicas de Bane

Obras da autora publicadas pela editora Record:

Série **Os Instrumentos Mortais:**

Cidade dos ossos
Cidade das cinzas
Cidade de vidro
Cidade dos anjos caídos
Cidade das almas perdidas
Cidade do fogo celestial

Série **As Peças Infernais**

Anjo mecânico
Príncipe mecânico
Princesa mecânica

Série **Os Artifícios das Trevas**

Dama da meia-noite
Senhor das sombras
Rainha do ar e da escuridão

Série **As Maldições Ancestrais**
com Wesley Chu

Os pergaminhos vermelhos da magia
O livro branco perdido

Série **As Últimas Horas**

Corrente de ouro
Corrente de ferro
Corrente de espinhos

O Códex dos Caçadores de Sombras
com Joshua Lewis

As Crônicas de Bane
com Sarah Rees Brennan e Maureen Johnson

*Uma história de notáveis Caçadores de Sombras e seres do
Submundo: Contada na linguagem das flores*

Contos da Academia dos Caçadores de Sombras
com Sarah Rees Brennan, Maureen Johnson
e Robin Wasserman

Fantasmas do Mercado das Sombras
com Sarah Rees Brennan, Maureen Johnson, Kelly Link
e Robin Wasserman

CASSANDRA CLARE
SARAH REES BRENNAN
MAUREEN JOHNSON

As Crônicas de Bane

Tradução de
Rita Sussekind

9ª edição

Galera

RIO DE JANEIRO

2023

CIP-BRASIL. CATALOGAÇÃO NA PUBLICAÇÃO
SINDICATO NACIONAL DOS EDITORES DE LIVROS, RJ

Clare, Cassandra

C541c   As crônicas de Bane / Cassandra Clare, Maureen Johnson, Sarah
Rees Brennan; tradução Rita Sussekind. – 9ª ed. - Rio de Janeiro: Galera
Record, 2023.

Tradução de: The Bane Chronicles
ISBN 978-85-01-40396-4

1. Ficção americana. I. Johnson, Maureen. II. Brennan, Sarah Rees.
III. Sussekind, Rita. IV. Título.

14-15653   CDD: 813
                                                     CDU: 821.111(73)-3

Título original:
The Bane Chronicles

Publicado mediante acordo com a autora, c/o
BAROR INTERNATIONAL, INC., Armonk, Nova York, EUA

Texto revisado segundo o Acordo Ortográfico da Língua Portuguesa de 1990.

Composição de miolo: Abreu's System

Direitos exclusivos de publicação em língua portuguesa somente para o Brasil
adquiridos pela
EDITORA RECORD LTDA.
Rua Argentina, 171 – Rio de Janeiro, RJ – 20921-380 – Tel.: 2585-2000,
que se reserva a propriedade literária desta tradução.

Impresso no Brasil

ISBN 978-85-01-40396-4

Seja um leitor preferencial Record.
Cadastre-se no site www.record.com.br e receba
informações sobre nossos lançamentos e nossas promoções.

EDITORA AFILIADA

Atendimento e venda direta ao leitor:
sac@record.com.br

Este livro é para as pessoas — elas sabem quem são — que escrevem cartas e e-mails e vão a sessões de autógrafo para dizer que Magnus e Alec são muito importantes para elas.

Assim como Magnus, vocês são mágicos e são heróis.

SUMÁRIO

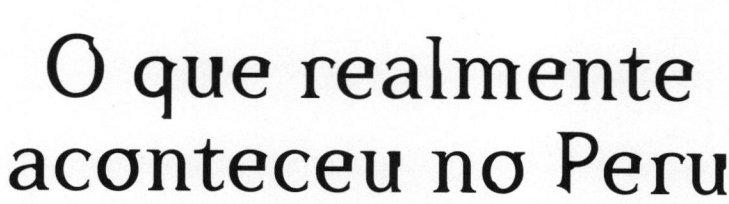

O que realmente aconteceu no Peru

Cassandra Clare e Sarah Rees Brennan

Foi um momento triste na vida de Magnus Bane aquele em que foi banido do Peru pelo Alto Conselho de feiticeiros peruanos. Não apenas porque os pôsteres com sua foto, distribuídos pelo Submundo do Peru, eram horrorosos, mas porque o país era um de seus lugares favoritos. Lá tinha vivido muitas aventuras, e guardava ótimas lembranças, a começar pela de 1791, quando convidou Ragnor Fell para uma animada viagem turística a Lima.

1791

Magnus acordou no hotel de beira de estrada nos arredores de Lima, e, após vestir um colete bordado, calções até o joelho e sapatos afivelados brilhantes, saiu em busca do café da manhã. Em vez disso, encontrou sua anfitriã, uma mulher roliça cujos longos cabelos estavam cobertos por uma mantilha preta, imersa em uma conversa profunda e séria com uma das camareiras a respeito de um recém-chegado ao hotel.

— Acho que é um monstro marinho. — Ouviu a anfitriã sussurrar. — Ou um tritão. Será que conseguem sobreviver em terra firme?

— Bom dia, senhoras — cumprimentou Magnus. — Parece que meu convidado chegou.

Ambas as mulheres piscaram duas vezes. Magnus atribuiu a primeira piscada a seus trajes vívidos, e a segunda, mais lenta, ao que tinha acabado de dizer. Acenou alegremente e atravessou as amplas portas de madeira e o pátio até o salão comunal, onde encontrou o feiticeiro Ragnor Fell ao fundo, com uma caneca de *chicha de molle*.

— Quero o mesmo que ele. — Magnus fez o pedido à servente. — Não, espere um pouco. Quero três do que ele está tomando.

— Diga que quero o mesmo — disse Ragnor. — Só consegui esta bebida depois de muito apontar.

Magnus assentiu e, quando se virou, viu que o velho amigo parecia o mesmo: pessimamente vestido, profundamente sombrio e com a pele muito esverdeada. Magnus costumava agradecer por sua marca de feiticeiro não ser tão óbvia. Às vezes, era inconveniente ter olhos verde-dourados e pupilas em fenda como de um gato, mas um simples feitiço de disfarce era capaz de esconder isso e, na pior das hipóteses, bem, havia muitas moças — e rapazes — que não se importavam.

— Sem feitiço de disfarce? — perguntou Magnus.

— Você disse que queria que eu o acompanhasse em viagens que seriam uma rodada incessante de orgias — disse Ragnor.

Magnus sorriu.

— Disse! — Então fez uma pausa. — Perdoe-me. Não entendi a ligação.

— Descobri que tenho mais sorte com as mulheres quando estou em meu estado natural — revelou Ragnor. — Moças gostam de variedade. Havia uma mulher na corte de Luís, o Rei Sol, que dizia que ninguém se comparava a seu "querido repolhinho". Ouvi dizer que é uma expressão carinhosa muito popular na França. Tudo graças a mim.

Ele falava no mesmo tom taciturno de sempre. Quando as bebidas chegaram, Magnus as pegou.

— Precisarei de todas elas. Por favor, traga mais para o meu amigo.

— Havia também uma mulher que me chamava de sua doce ervilhinha de amor — prosseguiu Ragnor.

Magnus deu um gole longo e restaurador, olhou para o sol lá fora e para as bebidas e se sentiu melhor em relação ao cenário.

— Parabéns. E bem-vindo a Lima, Cidade dos Reis, minha doce ervilhinha.

Depois do café, que consistiu em cinco drinques para Ragnor e 17 para Magnus, ele levou Ragnor em um tour por Lima, da fachada dourada, curva e entalhada no palácio do arcebispo às construções coloridas da praça, com as varandas elaboradas praticamente obrigatórias onde os espanhóis outrora executavam criminosos.

— Pensei que seria agradável começar pela capital. Além disso, já estive aqui antes — declarou Magnus. — Há mais ou menos cinquenta anos. Foi muito agradável, exceto pelo terremoto que quase engoliu a cidade.

— Você teve alguma coisa a ver com aquele terremoto?

— Ragnor! — Magnus censurou o amigo. — Não pode me culpar por todos os desastres naturais que ocorrem!

— Você não respondeu à pergunta — disse Ragnor, e suspirou. — Estou confiando que será... mais confiável e menos espontâneo do que normalmente — alertou, enquanto caminhavam. — Não falo a língua local.

— Então não fala espanhol? — perguntou Magnus. — Ou não fala quíchua? Ou aymara?

Magnus tinha perfeita noção de que era um estranho em todos os lugares que visitava, e tinha o cuidado de aprender todas as línguas de seus destinos, para poder viajar para onde quisesse. Espanhol foi o primeiro idioma que aprendeu, depois da língua materna. Esta era a única que não falava com frequência. Lembrava a mãe e o padrasto — lembrava o amor, as orações e o desespero de sua infância. As palavras da terra natal pesavam em sua boca, como se tivesse que ser sincero e sério quando as pronunciasse.

(Havia outras línguas — purgatês, geênico e tartariano — que aprendera para se comunicar com os habitantes dos reinos demoníacos e que era forçado a utilizar com frequência em sua profissão. Mas elas lembravam seu pai biológico, e essas memórias eram ainda piores.)

Sinceridade e gravidade, na opinião de Magnus, eram superestimadas, assim como ser forçado a reviver lembranças desagradáveis. Preferia entreter e ser entretido.

— Não falo nenhum desses idiomas — disse Ragnor. — Mas devo saber falar tolo-tagarelês, considerando que eu o compreendo.

— Isso magoou e foi desnecessário — observou Magnus. — Mas, claro, pode confiar completamente em mim.

— Só não me deixe aqui sem guia. Precisa jurar, Bane.

Magnus ergueu as sobrancelhas.

— Tem minha palavra de honra!

— Eu o encontrarei — alertou Ragnor. — Encontrarei qualquer baú de roupas ridículas que você tem. E levarei uma lhama ao local em que você dorme para me certificar de que o bicho urine em tudo o que possui.

— Não há razão para se irritar — disse Magnus. — Não se preocupe. Posso ensinar todas as palavras que precisa conhecer agora mesmo. Uma delas é *fiesta*.

Ragnor franziu a testa.

— O que significa?

Magnus ergueu as sobrancelhas.

— Significa "festa". Outra palavra importante é *juerga*.

— O que essa quer dizer?

Magnus ficou calado.

— Magnus — disse Ragnor, com tom de voz severo. — Essa palavra também significa "festa"?

Magnus não conseguiu conter o sorriso malicioso que se abriu em seu rosto.

— Eu pediria desculpas — respondeu —, exceto que não me arrependo nem um pouco.

— Tente ser mais razoável — sugeriu Ragnor.

— Estamos de férias! — disse Magnus.

— Você vive de férias — observou o outro. — Está de férias há trinta anos!

Era verdade. Magnus não se fixara em lugar algum desde a morte da amante — não foi sua primeira amante, mas foi a primeira com quem viveu, e que morreu em seus braços. Magnus pensara nela com tanta frequência que a menção do nome já não o magoava, e ele se recordava do rosto dela como da beleza distante das estrelas — não podia tocá-lo, mas brilhava diante de seus olhos à noite.

— Não me canso de viver aventuras — comentou Magnus. — E as aventuras não se cansam de mim.

Ele não fazia ideia de por que o amigo suspirou novamente.

A natureza desconfiada de Ragnor continuava deixando Magnus triste e decepcionado, como quando visitaram o lago Yarinacocha e os olhos do amigo se estreitaram quando perguntou:

— Esses golfinhos são *cor-de-rosa*?

— Já eram cor-de-rosa quando cheguei! — exclamou Magnus, indignado. Então fez uma pausa e refletiu. — Tenho quase certeza.

Foram da *costa* à *sierra*, vendo todas as belezas do país. O local preferido de Magnus, provavelmente, foi a cidade de Arequipa, um pedaço da lua feito de rocha vulcânica que, quando tocada pelo sol, brilhava com uma cor branca tão deslumbrante e cintilante quanto a lua na água.

Lá havia uma jovem muito atraente, que, no fim, decidiu que preferia Ragnor. Magnus poderia ter vivido a vida inteira sem se envolver em um triângulo amoroso de feiticeiros, nem ouvir o termo "adorável homem planta" declamado em francês, que Ragnor compreendia muito bem. Ragnor, no entanto, pareceu muito satisfeito e, pela primeira vez, não aparentou se arrepender de ter aceitado a convocação de Magnus a Lima.

No fim, Magnus só conseguiu convencer Ragnor a deixar Arequipa apresentando-lhe outra adorável jovem, Giuliana, que sabia se deslocar na floresta tropical e garantiu que conseguiria levá-los até a *ayahuasca*, uma planta com propriedades mágicas extraordinárias.

Mais tarde, ao ser levado pelos campos verdejantes da floresta Manu, Magnus se arrependeu de ter escolhido este chamariz. Era tudo verde, verde, verde, onde quer que olhasse. Até seu companheiro de viagem.

— Não gosto da floresta tropical — lamentou-se Ragnor.

— É porque você não se abre a novas experiências como eu!

— Não, porque é mais úmida do que as axilas de um javali e duas vezes mais fedida.

Magnus afastou a folhagem que lhe caía sobre os olhos.

— Admito que você tem um ótimo argumento e oferece uma excelente imagem mental com suas palavras.

Na verdade, a floresta não era confortável, mas ainda assim era maravilhosa. A vegetação rasteira verde e densa parecia diferente das folhas delicadas nas árvores mais altas, as formas brilhantes de algumas plantas balançando suavemente nos fios de outras, que lembravam cordas. O verde que os cercava era interrompido por formas brilhantes e repentinas: a explosão de flores vívidas e os movimentos que indicavam animais em vez de plantas.

Magnus ficou particularmente encantado com a visão dos macacos-aranhas acima deles, elegantes e lustrosos com longos braços e pernas abertos como estrelas sobre as árvores, e com a timidez veloz dos macacos-esquilos.

— Imagine — disse Magnus. — Eu com um macaquinho como amigo. Poderia ensinar truques a ele. E vesti-lo com uma jaqueta. Ele poderia se parecer comigo! Só que mais em forma de macaco.

— Seu amigo ficou louco e vertiginoso com a altitude — anunciou Giuliana. — Estamos muitos metros acima do nível do mar.

Magnus não sabia ao certo por que tinha levado uma guia, exceto pelo fato de que parecia acalmar Ragnor. Talvez outras pessoas seguissem, obedientes, os guias até locais estranhos e potencialmente perigosos, mas Magnus era um feiticeiro completamente preparado para uma batalha mágica com um demônio jaguar, se fosse preciso. Seria uma ótima história, que poderia impressionar algumas damas que não se sentissem inexplicavelmente atraídas por Ragnor. Ou alguns cavalheiros.

Absorto em coletar frutas e contemplar sobre demônios jaguar, em determinado momento Magnus olhou em volta e se viu separado dos companheiros — perdido na selva verde.

Parou e admirou as bromélias, flores imensas e iridescentes como vasilhas de pétalas, brilhando com cor e água. Havia sapos no interior cintilante das flores.

Então ergueu o olhar para os olhos redondos e marrons de um macaco.

— Olá, companheiro — disse Magnus.

O macaco emitiu um ruído terrível, meio rosnado e meio sibilo.

— Estou começando a questionar a beleza da nossa amizade — falou Magnus.

Giuliana os havia alertado para não recuarem quando os macacos se aproximassem, mas sim ficarem parados e manterem um ar calmo de autoridade. Este macaco era maior do que os outros que Magnus tinha visto, com ombros mais largos e pelo grosso, quase preto; um bugio, recordou o feiticeiro.

Ele arremessou um figo para o animal. O macaco pegou.

— Pronto — disse Magnus. — Vamos considerar o assunto resolvido.

O macaco avançou, mastigando ameaçadoramente.

— Não sei o que estou fazendo. Sabe, gosto da vida na cidade — observou Magnus. — As luzes brilhantes, as constantes companhias, a diversão líquida. A ausência de macacos que aparecem sem ser esperados.

Ele ignorou o conselho de Giuliana e deu um passo rápido para trás, então jogou mais um pedaço de fruta. Desta vez, o macaco não mordeu a isca. Ele se encolheu e rosnou, e Magnus deu vários outros passos para trás até bater em uma árvore.

Magnus cambaleou com o impacto e ficou brevemente agradecido por não ter ninguém olhando e esperando que fosse um feiticeiro sofisticado, então o macaco partiu para o ataque direto em seu rosto.

Ele gritou, girou e correu pela floresta. Nem mesmo pensou em largar as frutas. Elas caíam uma a uma em uma cascata colorida enquanto corria para se salvar da ameaça simiana. Ouviu o animal perseguindo-o e fugiu mais depressa, até todas as frutas caírem e ele dar de cara com Ragnor.

— Cuidado! — censurou o outro.

— Em minha defesa, você está muito bem camuflado — observou Magnus, e, em seguida, detalhou duas vezes a aventura com o macaco, uma vez em espanhol para Giuliana, e outra em inglês para Ragnor.

— Mas é claro que devia ter se esquivado de uma vez do macho dominante — disse Giuliana. — Você é idiota? Tem muita sorte por ele ter se distraído com as frutas e não ter rasgado seu pescoço. Achou que estivesse tentando roubar as fêmeas dele.

— Perdoe-me, mas não tivemos tempo de trocar esse tipo de informação pessoal — respondeu Magnus. — Não tinha como eu saber! Além do mais, gostaria de garantir a vocês que não fiz nenhuma investida amorosa para cima de macaca alguma. — Fez uma pausa e deu uma piscadela. — Na verdade, não encontrei nenhuma, então nem sequer tive chance.

Ragnor pareceu muito arrependido das escolhas que o tinham levado àquele local, principalmente com a companhia em questão. Mais tarde, se curvou e sibilou, baixo o bastante para que Giuliana não escutasse e de uma forma que lembrou o inimigo simiano de Magnus:

— Esqueceu que sabe fazer *mágica*?

Magnus demorou um instante para lançar um olhar desdenhoso por cima do ombro.

— Não vou enfeitiçar um macaco! Sinceramente, Ragnor. O que pensa de mim?

A vida não podia ser completamente dedicada a orgias e macacos. Magnus precisava financiar as bebidas de alguma forma. Sempre havia uma rede do Submundo a ser encontrada, e ele fez os contatos certos assim que pisou no Peru.

Quando sua especialidade foi necessária, levou Ragnor também. Embarcaram em um navio no porto de Salaverry, ambos em seus melhores trajes. Magnus estava com seu maior chapéu, adornado por uma pena de avestruz.

Edmund García, um dos mercadores mais ricos do Peru, encontrou-os na proa. Era um sujeito de aparência corada, trajando uma casaca cara, calções até os joelhos e peruca. Trazia uma pistola gravada no cinto de couro. Cerrou os olhos para Ragnor.

— É um monstro marinho? — indagou.

— Ele é um feiticeiro muito respeitado — respondeu Magnus. — Aliás, você está obtendo dois feiticeiros pelo preço de um.

García não tinha feito fortuna rejeitando barganhas. Calou-se no mesmo instante em relação ao assunto de monstros marinhos.

— Sejam bem-vindos — disse.

— Não gosto de barcos — observou Ragnor, olhando em volta. — Tenho enjoos terríveis.

A piada de ficar verde de enjoo era fácil demais. Magnus não ia se rebaixar ao fazê-la.

— Poderia explicar em que compreende este trabalho? — perguntou. — A carta que recebi mencionava que você precisava de um de meus talentos específicos, mas devo confessar que tenho tantos que não sei qual é o necessário. Estão todos ao seu dispor, é claro.

— Vocês são estranhos em nossa terra — disse Edmund. — Então talvez não saibam que o atual estado de prosperidade no Peru se deve à nossa principal exportação: guano.

— O que ele está dizendo? — perguntou Ragnor.

— Nada que você gostaria de saber, até o momento — respondeu Magnus. O barco balançou embaixo deles com as ondas. — Perdão. Estava falando sobre fezes de morcegos.

— Sim — disse García. — Por muito tempo, os mercadores europeus foram os que lucraram com este comércio. Agora foram aprovadas leis para garantir que os mercadores peruanos tenham vantagens nessas negociações, e os europeus serão obrigados a nos tornar parceiros em seus negócios ou se retirar do negócio. Uma das minhas embarcações, contendo grande quantidade de guano, será uma das primeiras enviadas, agora que as leis foram aprovadas. Temo que tentem algo contra o navio.

— Acha que piratas querem roubar suas fezes de morcegos? — perguntou Magnus.

— O que está havendo? — resmungou Ragnor.

— Você não quer saber. Confie em mim. — Magnus olhou para García. — Por mais variados que sejam meus talentos, não acredito que incluam a guarda de, hã, guano.

Ele tinha dúvidas quanto à carga do navio, mas sabia algumas coisas sobre europeus aparecendo e se apoderando de tudo o que consideravam possuir: terras e vidas, produtos agrícolas e pessoas.

Além disso, nunca tinha vivido uma aventura em alto-mar.

— Estamos preparados para pagar muito bem — ofereceu García, mencionando uma quantia.

— Ah. Bem, neste caso, considere-nos contratados — disse Magnus, e deu a notícia a Ragnor.

— Ainda não estou certo quanto a isso — disse Ragnor. — Nem mesmo sei onde arrumou esse chapéu.

Magnus ajeitou-o para que parecesse ainda mais chique.

— Só uma coisinha que comprei. Pareceu adequado à ocasião.

— Mais ninguém está usando nada remotamente parecido.

Magnus olhou em volta para todos aqueles marinheiros ignorantes em moda.

— Lamento por eles, é claro, mas não vejo por que essa observação deveria alterar meu atual curso de ação, tão elegante.

Ele olhou da proa para o mar. A água estava particularmente verde-clara, com o mesmo tom turquesa e esmeralda de uma turmalina verde. Havia duas embarcações visíveis no horizonte: o navio que iriam encontrar e um segundo, que Magnus desconfiava seriamente se tratar de um navio pirata com intenções de atacar o primeiro.

Magnus estalou os dedos, e o navio em que se encontravam avançou rumo ao horizonte em um único movimento.

— Magnus, não enfeitice o navio para que acelere — pediu Ragnor. — Magnus, por que está acelerando?

O feiticeiro estalou os dedos outra vez, e faíscas azuis brincaram pelas laterais gastas e lascadas da embarcação.

— Vejo piratas assustadores ao longe. Prepare-se para a batalha, meu amigo verde.

Ragnor sentia-se enjoado e insatisfeito em relação a tudo, mas eles estavam muito mais velozes do que os outros dois navios, portanto, Magnus estava feliz.

— Não estamos caçando piratas. Ninguém é pirata! Estamos protegendo uma carga, só isso. Aliás, o que tem nessa carga? — perguntou Ragnor.

— Você prefere não saber, doce ervilhinha — garantiu Magnus.

— Por favor, pare de me chamar assim.

— Jamais — jurou Magnus ao mesmo tempo que fazia um gesto rápido e cômico, seus anéis refletindo o sol e pintando o ar com minúsculas pinceladas cintilantes.

O navio que Magnus insistia em chamar de pirata se inclinou visivelmente para o lado. Era possível que ele tivesse exagerado um pouco.

García pareceu muito impressionado por Magnus conseguir desarmar navios mesmo de longe, mas queria se certificar de que a carga estava segura, por isso, posicionaram a embarcação ao lado do navio maior — o navio pirata já estava muito, muito atrás.

Magnus estava perfeitamente satisfeito com o estado das coisas. E, visto que estavam caçando piratas e vivendo aventuras no mar, havia algo que ele sempre quisera tentar.

— Faça o mesmo — insistiu com Ragnor. — Vai ser incrível. Você vai ver.

Então alcançou uma corda e se balançou com força sobre trechos de um azul brilhante e uma parte do convés reluzente.

Em seguida se soltou, caindo diretamente no porão do navio.

Ragnor o acompanhou alguns instantes depois.

— Tape o nariz — aconselhou Magnus. — Não respire. Obviamente alguém esteve verificando a carga e deixou o porão aberto, então caímos bem aqui.

— E agora, graças a você, aqui estamos, encrencados.

— Quem dera — respondeu Magnus.

Houve uma breve pausa durante a qual avaliaram o verdadeiro horror da situação. Magnus, pessoalmente, estava com horror até os cotovelos. E, o que era pior, tinha perdido o chapéu estiloso. Simplesmente tentava não pensar na substância na qual se encontravam afundados. Se pensasse com afinco em algo que não o excremento de pequenos mamíferos alados, poderia imaginar que estava preso em outra coisa. Qualquer coisa.

— Magnus — disse Ragnor. — Vejo que esta carga que estamos protegendo é uma substância muito desagradável, mas você poderia me informar exatamente do que se *trata*?

Percebendo que segredos e farsas seriam esforços inúteis, Magnus contou a ele.

— Detesto aventuras no Peru — falou Ragnor afinal, com voz abafada. — Quero ir para casa.

Magnus não teve culpa do subsequente ataque de feitiçaria ter conseguido afundar o navio cheio de guano, mas foi responsabilizado assim mesmo. E o pior, não recebeu o pagamento.

No entanto, a destruição injustificada de propriedade peruana não foi a razão pela qual ele foi banido do Peru.

1885

Na visita seguinte ao Peru, Magnus foi fazer um trabalho com os amigos Catarina Loss e Ragnor Fell. Isso provou que Catarina tinha, além de poderes mágicos, poderes sobrenaturais de persuasão, pois Ragnor havia jurado que jamais voltaria a pôr os pés naquele país, muito menos em companhia de Magnus. Mas os dois haviam se aventurado pela Inglaterra nos anos 1870 e Ragnor se tornara mais disposto em relação ao outro feiticeiro. Mesmo assim, durante todo o tempo em que caminharam pelo vale do rio Lurín com a cliente, Ragnor lançara olhares suspeitos a Magnus.

— Este constante ar de mau agouro que você cultiva quando está comigo magoa e não tem justificativa — disse Magnus a Ragnor.

— Passei anos ventilando minhas roupas para me livrar do cheiro! Anos! — respondeu Ragnor.

— Bem, deveria ter jogado fora e comprado novas, mais perfumadas e elegantes — disse Magnus. — Enfim, isso foi há décadas. O que fiz com você recentemente?

— Não briguem na frente da cliente, rapazes — implorou Catarina com a voz dócil —, ou baterei suas cabeças uma na outra com tanta força que seus crânios vão rachar como ovos.

— Eu falo inglês, sabem — disse Nayaraq, a cliente que estava pagando muito bem.

O grupo inteiro se sentiu envergonhado. Chegaram a Pachacamac em silêncio. Então contemplaram as paredes de cascalhos empilhados, que pareciam uma escultura de areia gigante feita por uma criança talentosa.

Havia pirâmides ali, mas a maior parte era composta apenas de ruínas. Porém, o que restara tinha milhares de anos, e Magnus podia sentir a magia pulsando pelos fragmentos cor de areia.

— Conheci o oráculo que viveu aqui há setecentos anos — anunciou Magnus grandiosamente. Nayaraq pareceu impressionada.

Catarina, que sabia muito bem qual era a verdadeira idade de Magnus, não.

Com menos de 20 anos, Magnus já tinha começado a colocar um preço em sua mágica. Naquela época ainda estava crescendo, não tinha se fixado no tempo como uma libélula presa em âmbar, furta-cor e eterna, mas congelada para sempre no cárcere de um instante dourado. Quando crescia em altura, e seu corpo e rosto mudavam minimamente a cada dia, quando era mais próximo de ser humano do que agora.

Não se podia revelar a um cliente em potencial, que esperava um mago experiente e ancião, que você nem mesmo tinha acabado de crescer. Magnus começou a mentir sobre a idade desde cedo e nunca abandonou o hábito.

Às vezes passava por alguns constrangimentos, quando se esquecia de qual mentira tinha contado a quem. Certa vez, alguém perguntou como era Júlio César, e Magnus encarou a pessoa por um bom tempo, antes de responder:

— Não muito alto?

Ele olhou em volta para a areia próxima às paredes e suas beiradas rachadas, que esfarelavam como se a pedra fosse um pedaço de pão que uma mão descuidada tivesse arrancado um pedaço. Manteve cuidadosamente o ar blasé de quem já tinha estado ali antes, e muito bem-vestido para a ocasião.

"Pachacamac" significava "Senhor dos Terremotos". Felizmente, Nayaraq não queria que provocassem um. Magnus jamais havia provocado um terremoto de propósito e preferia não pensar nos acidentes infelizes da juventude.

O que Nayaraq queria era o tesouro que a mãe da mãe da mãe de sua mãe, uma bela nobre que vivia em Acllahausi — a casa das mulheres escolhidas pelo sol —, tinha escondido quando os conquistadores vieram.

Magnus não sabia ao certo por que a mulher o queria, considerando que aparentava ter dinheiro suficiente, mas ele não estava sendo pago para questioná-la. Caminharam durante horas sob sol e sombra, perto de ruínas que exibiam marcas do tempo e sutis impressões de afrescos, até encontrarem o que estava procurando.

Quando as pedras foram removidas e o tesouro, escavado, o sol atingiu o ouro e o rosto de Nayaraq ao mesmo tempo. Foi então que Magnus entendeu que ela não estava procurando ouro, mas sim a verdade, algo real em seu passado.

Ela sabia sobre os integrantes do Submundo, pois tinha sido levada por fadas, há muito tempo. Mas isto não era ilusão, nem feitiço. Este ouro brilhava em suas mãos, como outrora o fez nas mãos de sua ancestral.

— Muito obrigada — disse, e Magnus entendeu, quase a invejando por um instante.

Quando ela se foi, Catarina desfez o próprio feitiço de disfarce e revelou a pele azulada e o cabelo branco que brilhavam ao sol poente.

— Agora que isso foi resolvido, tenho uma proposta. Há anos tenho ciúme das aventuras que vocês dois viveram no Peru. O que dizem sobre continuarmos mais um tempo aqui?

— Certamente! — respondeu Magnus.

Catarina bateu palmas.

Ragnor fez uma careta.

— Certamente não.

— Não se preocupe, Ragnor — disse Magnus, despreocupado. — Tenho quase certeza de que ninguém que se lembra da história dos piratas está vivo. E os macacos decerto não estão mais atrás de mim. Além disso, você sabe o que isso significa.

— Não quero fazer isso e não vou gostar — alertou Ragnor. — Eu iria embora agora mesmo, mas seria cruel abandonar uma dama em terra estrangeira com um maníaco.

— Fico muito contente que estejamos de acordo — disse Catarina.

— Seremos um triunvirato temido — falou Magnus, com animação. — Isso significa o triplo de aventuras.

Mais tarde, souberam que eram criminosos procurados por profanarem um templo, mas, mesmo assim, esta não foi a razão nem a época em que Magnus foi banido do Peru.

1890

Fazia um dia lindo em Puno; o lago que se via pela janela era de um azul profundo, e o sol brilhava com tanta força que parecia ter queimado toda a cor e as nuvens do céu, transformando tudo em um fulgor branco. Pairando no ar límpido da montanha, acima da água do lago e pela casa, soava a melodia de Magnus.

O feiticeiro girava em um círculo sob o parapeito quando as cortinas do quarto de Ragnor se abriram rispidamente.

— O que... o que... o que está fazendo? — perguntou.

— Tenho quase 600 anos — disse Magnus, e Ragnor riu, considerando que Magnus mudava a idade semanalmente de acordo com o que lhe era conveniente. — Parece hora de aprender a tocar um instrumento musical. — E apresentou a nova prenda com um floreio. Era um pequeno instrumento de cordas que parecia um primo do alaúde, do qual o alaúde tinha vergonha de ser parente. — Chama-se *charango*. Pretendo me tornar um *charanguista*!

— Eu não chamaria isso de instrumento musical — comentou Ragnor, amargamente. — Instrumento de tortura, talvez.

Magnus segurou o *charango* nos braços como se fosse um bebê que se ofendia facilmente.

— É um instrumento lindo e único! A caixa de som é feita de tatu. Bem, de uma casca seca de tatu.

— Isso explica o som que está emitindo — falou Ragnor. — Parece um tatu perdido e faminto.

— Você só está com inveja — observou Magnus, calmamente. — Por não ter a alma de um verdadeiro artista, tal como a minha.

— Ah, estou verde de inveja — emendou Ragnor.

— Vamos lá, Ragnor. Isso não é justo — respondeu Magnus. — Sabe que adoro quando faz piadas sobre seu tom de pele.

Magnus se recusou a se abalar com o juízo cruel de Ragnor. Olhou para o companheiro com extrema indiferença, ergueu o *charango* e começou a tocar novamente a música linda e desafiadora.

Ambos escutaram as batidas frenéticas de passos pela casa e o movimento de saias, então Catarina surgiu correndo no pátio com os cabelos brancos caindo sobre os ombros e o rosto transparecendo alarme.

— Magnus, Ragnor, ouvi um gato fazendo um ruído apavorante — exclamou. — Pelo barulho, a pobre criatura deve estar muito ferida. Precisam me ajudar a encontrá-la!

Ragnor imediatamente inclinou-se sobre o parapeito de tanto gargalhar. Magnus fitou Catarina por um tempo, até que viu seus lábios tremerem.

— Estão conspirando contra a minha arte — declarou. — Vocês são um bando de conspiradores.

E começou a tocar outra vez. Catarina colocou a mão em seu braço para o fazer parar.

— Não, sério, Magnus — falou. — Este barulho é terrível.

Magnus suspirou.

— Todo feiticeiro é um crítico.

— Por que está fazendo isso?

— Já expliquei para Ragnor. Quero aprender a tocar um instrumento musical. Decidi me dedicar à arte do *charanguista* e não quero mais ouvir protestos mesquinhos.

— Se estamos citando coisas que não queremos mais ouvir... — murmurou Ragnor.

Catarina, no entanto, sorria.

— Entendo — falou.

— Madame, você não entende.

— Entendo. Com clareza — garantiu Catarina. — Como ela se chama?

— Não gostei da sua insinuação — respondeu Magnus. — Não há mulher nesse caso. Sou casado com a minha música!

— Ah, certo — respondeu Catarina. — Então, como ele se chama?

O nome era Imasu Morales, e ele era lindo.

Os três feiticeiros estavam perto do porto, próximos à margem do lago Titicaca, mas Magnus gostava de ver e participar da vida de uma forma que Ragnor e Catarina, acostumados à quietude e solidão da infância em função de suas peles incomuns, não entendiam. Então foi caminhar pela cidade e subir as montanhas, vivendo pequenas aventuras. Em algumas ocasiões, que Ragnor e Catarina faziam questão de lembrar dolorosa e desnecessariamente, ele foi levado para casa pela polícia, apesar de aquele incidente com os contrabandistas bolivianos ter sido apenas um mal-entendido.

Mas, naquela noite, Magnus não se envolveu em qualquer assunto com contrabandistas. Estava apenas caminhando pela Plaza Republicana, passando por arbustos e esculturas artisticamente esculturados. A cidade abaixo brilhava igual a estrelas dispostas em fileiras, como se alguém estivesse cultivando uma plantação de luzes. Uma bela noite para conhecer um belo rapaz.

A música foi o que atraiu a atenção de Magnus, e, depois, o riso. Magnus virou-se, vendo olhos brilhantes e escuros, cabelos despenteados, e os dedos do músico em ação. Magnus tinha uma lista de atributos desejados em um parceiro — cabelos pretos e olhos azuis, na verdade —, mas, neste caso, o que o atraiu foi uma resposta individual à vida. Algo que não tinha visto antes, e que o fez querer ver mais.

Ele se aproximou, conseguindo atrair a atenção de Imasu. Uma vez que os olhares se cruzaram, a brincadeira podia começar, e Magnus começou perguntando se Imasu dava aula de música. Queria passar mais tempo com o rapaz, mas também queria aprender — para ver se podia ser absorvido da mesma forma e criar os mesmos sons.

Mesmo após algumas aulas, Magnus percebeu que os sons que ele produzia com o *charango* eram sutilmente diferentes dos de Imasu. Possivelmente um pouco mais do que "sutilmente". Tanto Ragnor quanto Catarina imploraram para que desistisse do instrumento. Estranhos nas ruas imploraram para que desistisse. Até os gatos fugiam dele.

Mas...

— Você tem muito potencial para música — disse Imasu, com voz séria e olhos sorridentes.

Magnus tinha como política ouvir as pessoas gentis, incentivadoras e lindas.

Então insistiu com o *charango*, apesar de ter sido proibido de tocar dentro de casa. Também foi desencorajado a tocar em espaços públicos por uma criança aos prantos, um homem com papéis, que falava sobre ordem na cidade e um pequeno motim.

Como último recurso, Magnus subiu as montanhas e tocou por lá. Tinha certeza de que a debandada de lhamas que testemunhou não passou de uma coincidência. As lhamas não podiam julgá-lo.

Além disso, o *charango* definitivamente estava começando a soar melhor. Ou estava pegando o jeito ou estava sucumbindo a alucinações auditivas. Magnus optou pela primeira hipótese.

— Acho que realmente venci uma barreira — disse ele a Imasu, com voz séria, certo dia. — Nas montanhas. Uma barreira metafórica e musical, quero dizer. E bem que podia haver outras por ali.

— Que maravilha — respondeu Imasu, com os olhos brilhando. — Mal posso esperar para ouvir.

Estavam na casa de Imasu, pois Magnus não podia tocar em nenhum outro lugar de Puno. A mãe e a irmã de Imasu tinham tendência a enxaquecas, infelizmente, então muitas das aulas de Magnus eram sobre teoria musical; hoje, porém, os dois estavam sozinhos em casa.

— Quando sua mãe e sua irmã voltam? — perguntou Magnus, sem rodeios.

— Daqui a algumas semanas — respondeu Imasu. — Foram visitar minha tia. Hã. Não fugiram, digo, não deixaram a casa por nenhuma razão em particular.

— Damas adoráveis — observou Magnus. — Pena que são tão frágeis. Imasu piscou.

— As dores de cabeça? — lembrou Magnus.

— Ah — disse o músico. — Ah, certo. — Fez-se uma pausa, então Imasu bateu palmas. — Você estava prestes a tocar alguma coisa para mim!

Magnus sorriu para ele.

— Prepare-se — entoou —, para ficar estarrecido.

Posicionou o instrumento. Tinham aprendido a se entender, sentia, ele e o *charango*. Conseguia fazer música fluir do ar, do rio ou das cortinas, se assim o desejasse, mas isso era diferente, era humano e estranhamente tocante. Os tropeços e arranhões das cordas estavam se alinhando, pensou Magnus, e formavam uma melodia. A música estava quase ali, em suas mãos.

Quando o feiticeiro olhou para Imasu, viu que o rapaz tinha abaixado a cabeça nas mãos.

— Hum — disse Magnus. — Tudo bem?

— Fiquei simplesmente dominado — disse Imasu, com a voz fraca.

Magnus empertigou-se discretamente.

— Ah. Bem.

— Pelo horror que foi — concluiu Imasu.

Magnus piscou.

— Como?

— Não posso mais viver uma mentira! — desabafou o músico. — Tentei incentivar. Dignitários da cidade foram enviados a mim, pedindo que eu solicitasse que você parasse. Minha santa mãe me implorou, com lágrimas nos olhos...

— Não é tão ruim assim...

— É, é sim! — Foi como se uma represa de crítica musical houvesse se rompido. Imasu virou-se para ele com olhos que flamejavam, em vez de brilhar. — É pior do que pode imaginar! Quando você toca, as flores da minha mãe perdem a vontade de viver e secam instantaneamente. A quinoa perde o sabor. Lhamas têm migrado por causa da sua música, e elas não são animais migratórios. As crianças agora acreditam na existência de um monstro horroroso, metade cavalo e metade imensa galinha melancólica, que habita o lago e canta para que o mundo lhe conceda o doce alívio da morte. Os moradores da cidade acreditam que nós estejamos realizando rituais arcaicos de magia...

— Bem, esse foi um bom palpite — observou Magnus.

— ...utilizando o crânio de um elefante, um cogumelo absurdamente grande e um de seus chapéus peculiares!

— Ou não — disse Magnus. — Além do mais, meus chapéus são extraordinários.

— Não vou discutir sobre isso. — Imasu passou a mão pelos cabelos, que ondulavam e se prendiam aos seus dedos como vinhas escuras. — Olha, sei que errei. Vi um homem bonito e achei que não faria mal algum em conversar um pouco sobre música e incentivar um interesse em comum, mas não mereço isso. Você vai ser apedrejado em praça pública, e, se eu tiver que ouvi-lo tocar mais uma vez, vou me afogar no lago.

— Ah — disse Magnus, e começou a sorrir. — Eu não faria isso. Ouvi dizer que tem um monstro horrível habitando aquelas águas.

Imasu parecia continuar falando sobre as habilidades musicais de Magnus, um assunto no qual o próprio feiticeiro já tinha perdido todo o interesse.

— Acredito que o mundo vá acabar com um barulho como o que você produz!

— Interessante — disse Magnus, e jogou o *charango* pela janela.

— Magnus!

— Acho que eu e a música fomos até onde podíamos — disse Magnus. — Um verdadeiro artista sabe reconhecer o momento de se render.

— Não acredito que fez isso!

Magnus fez um gesto de indiferença.

— Eu sei, é uma tristeza, mas às vezes é preciso fechar os ouvidos para as súplicas da musa.

— Só quis dizer que o instrumento é caro e que ouvi um som de algo rachando.

Imasu pareceu verdadeiramente incomodado, mas estava sorrindo. Seu rosto era como um livro de cores vivas aberto, tão fascinante quanto simples de ser lido. Magnus se afastou da janela e foi até onde estava Imasu, permitindo que uma de suas mãos se fechasse em torno dos dedos calejados do rapaz, e a outra, sobre seu pulso. Viu o tremor que percorreu todo o corpo do músico, como se ele fosse um instrumento do qual Magnus pudesse extrair o som que quisesse.

— Fico arrasado por desistir da música — murmurou Magnus. — Mas acredito que você vai descobrir que tenho muitos talentos.

Naquela noite, quando voltou para casa e revelou a Ragnor e Catarina que tinha desistido da música, Ragnor afirmou:

— Em quinhentos anos, nunca desejei o toque de outro homem, mas me sinto subitamente dominado pela vontade de beijar a boca daquele rapaz.

— Nem pense nisso — respondeu Magnus, com um tom de posse tranquilo e satisfeito.

No dia seguinte, toda a cidade de Puno se reuniu em um festival. Imasu garantiu a Magnus que aquela data não tinha qualquer relação com o que ocorrera. Magnus riu. O sol batia inclinado sobre os olhos de Imasu e em faixas luminosas sobre a pele marrom, e a boca do rapaz se curvou sob a de Magnus. Não chegaram a sair de casa para ver o desfile.

Magnus perguntou aos amigos se poderiam passar mais tempo em Puno e não se surpreendeu quando concordaram. Catarina e Ragnor eram feiticeiros. Para eles, assim como para Magnus, o tempo era como a chuva, brilhava enquanto caía, mudava o mundo, mas também podia ser ignorado.

Até que você amasse um mortal. Então o tempo se tornava ouro nas mãos de um avarento, e cada ano passava a importar, infinitamente precioso, escorrendo pelos dedos.

Imasu contou-lhe sobre a morte do pai, sobre o amor da irmã pela dança, que o inspirara a tocar para ela, e sobre esta ser a segunda vez em que se apaixonava. Ele era indígena e espanhol, mais misturado do que a maioria dos mestiços, espanhol demais para alguns e de menos para outros. Magnus conversou um pouco sobre isso com Imasu, sobre o sangue holandês e batavo que corria por suas veias. Não falou nada sobre o sangue demoníaco, sobre o pai, nem sobre magia; não ainda.

Magnus tinha aprendido a ser cuidadoso em relação a entregar sua história com seu coração. Quando as pessoas morriam, parecia que todos os pedaços que você entregou para ela iam junto. Demorava muito para se reconstruir e ser novamente inteiro, e jamais conseguia voltar a ser o mesmo.

Foi uma lição longa e dolorosa.

Magnus ainda não tinha aprendido muito bem, pensou, pois se flagrou querendo contar várias coisas a Imasu. Não desejava apenas falar sobre sua linhagem, mas sobre o passado, sobre as pessoas que amou — Camille, Edmund Herondale e o filho, Will; até mesmo sobre Tessa e Catarina, e como se conheceram na Espanha. No fim das contas, não aguentou e contou a última parte, apesar de ter excluído detalhes como os Irmãos do Silêncio e o fato de Catarina quase ter sido queimada como bruxa. Mas conforme as estações mudavam, Magnus começou a achar que deveria, ao menos, revelar a magia para Imasu antes de sugerir que deixasse de morar com Catarina e Ragnor, que o músico saísse da casa da mãe e da irmã, e que os dois encontrassem um lugar que Imasu pudesse encher de música, e ele, de mágica. Era hora de juntar os trapos, Magnus pensou, pelo menos por um curto período.

Por isso, foi impressionante quando Imasu sugeriu, baixinho:

— Talvez seja hora de você e seus amigos começarem a pensar em sair de Puno.

— Como, sem você? — perguntou Magnus. Estava deitado ao sol do lado de fora da casa do músico, contente e fazendo planos para o futuro próximo. Foi pego de surpresa o bastante para bancar o tolo.

— Sim — respondeu Imasu, parecendo lamentar a perspectiva de precisar ser mais claro. — Sem mim. Não que eu não tenha tido ótimos momentos com você. Nós nos divertimos muito, não? — acrescentou, suplicante.

Magnus assentiu, com o ar mais indiferente que conseguiu; em seguida, estragou tudo falando:

— Achava que sim. Então, por que terminar?

Talvez fosse a mãe, a irmã ou algum parente de Imasu protestando contra o fato de ambos serem homens. Não seria a primeira nem a última vez que isso aconteceria com Magnus, apesar de a mãe de Imasu sempre ter passado a impressão de que ele poderia fazer o que quisesse com o filho dela, desde que nunca mais tocasse um instrumento musical em sua presença.

— É você — disparou Imasu. — O seu jeito. Não posso mais ficar com você porque não quero.

— Por favor — disse Magnus após uma pausa. — Continue me enchendo de elogios. Está sendo uma experiência extremamente agradável para mim. Aliás, foi exatamente como planejei passar o dia.

— Você é... — Imasu respirou fundo, frustrado. — Parece sempre... efêmero, como um riacho brilhante e raso que percorre o mundo todo. Não é algo que vá permanecer, que vá durar. — Ele fez um gesto rápido e desamparado, como se estivesse soltando alguma coisa. Como se Magnus quisesse ser solto. — Não é uma pessoa permanente.

Isso fez Magnus rir súbita e incontrolavelmente, jogando a cabeça para trás. Já tinha aprendido a lição fazia tempo: mesmo com o coração partido, ainda era possível rir.

Magnus ria com facilidade, e isso ajudava, embora não o bastante.

— Magnus — disse Imasu, parecendo verdadeiramente irritado. O feiticeiro ficou imaginando quantas vezes, em momentos que achou que estavam apenas discutindo, Imasu esteve caminhando para este momento. — É exatamente disso que estou falando!

— Você está muito enganado, sabia? Sou a pessoa mais permanente que jamais conhecerá — disse Magnus, com a voz falha de tanto rir e os olhos ardendo um pouco por causa das lágrimas. — A questão é que nunca faz diferença.

Foi a maior verdade que já disse a Imasu, e nunca revelou outras verdades além daquela.

Feiticeiros viviam eternamente, o que significava que testemunhavam um terrível e infinito ciclo do nascimento, da vida e da morte. Isso também os tornava testemunhas de, literalmente, milhões de relacionamentos fracassados.

— Melhor assim — informou um solene Magnus a Ragnor e Catarina, elevando a voz para que fosse ouvida acima do barulho de mais um festival.

— Claro — murmurou Catarina, que sempre foi uma amiga boa e leal.

— Fiquei surpreso por ter durado tanto; ele era muito mais bonito que você — resmungou Ragnor, que merecia um destino terrível e cruel.

— Só tenho 200 anos — disse Magnus, ignorando a risada mútua dos amigos ao ouvirem a mentira. — Não posso me prender a ninguém. Preciso de mais tempo para farras. E acho... — Ele terminou o drinque e olhou em volta, como se procurasse alguma coisa. — Acho que vou chamar aquela jovem encantadora para dançar.

Magnus notou que a garota para quem estava olhando retribuía seus olhares. Tinha cílios tão longos que quase tocavam seus ombros.

Talvez Magnus estivesse um pouco bêbado. *Chicha de molle* era uma bebida famosa não só pelo rápido efeito, mas pela ressaca horrorosa.

Ragnor estremeceu violentamente e emitiu um som como de um gato cujo rabo foi pisado.

— Magnus, por favor, não. A música foi ruim o suficiente!

— Magnus não é tão ruim de dança quanto de *charango* — observou Catarina, ponderadamente. — Na verdade, é um bom dançarino. Apesar de ter uma característica, hã, exótica e ímpar.

— Não me senti nem um pouco aliviado — disse Ragnor. — Nenhum de vocês sabe aliviar nada.

Após um breve interlúdio caloroso, Magnus voltou à mesa, um pouco ofegante. Viu que Ragnor tinha decidido se divertir batendo com a cabeça no tampo.

— O que achou que estava fazendo? — perguntou Ragnor entre batidas sorumbáticas.

Catarina contribuiu:

— A dança é linda e tradicional, chama-se *El Alcatraz* e achei que Magnus teve um desempenho...

— Brilhante? — sugeriu Magnus. — Incrível? Absurdamente atraente? Ágil?

Catarina contraiu os lábios em sinal de reflexão antes de selecionar o adjetivo mais adequado.

— Espetacular.

Magnus apontou para ela.

— Por isso, você é minha preferida.

— E tradicionalmente o homem gira...

— Você girou de modo espetacular — observou Ragnor, com voz amarga.

Magnus fez uma pequena reverência.

— Nossa, obrigado.

— ... e tenta atear fogo na saia da parceira com uma vela — prosseguiu Catarina. — É uma dança maravilhosa, vibrante e muito bonita.

— Ah, "tenta", não é? — perguntou Ragnor. — Então não é tradição tentar usar mágica, colocar fogo de fato na saia da moça e no próprio casaco e continuar dançando mesmo que os dois parceiros tenham se transformado em torres giratórias de fogo?

Catarina tossiu.

— Não é estritamente tradicional, não.

— Estava tudo sob controle — declarou Magnus, calmamente. — Tenha um pouco de confiança nos meus dedos mágicos.

Até a parceira de dança achara um truque maravilhoso. Fora cercada por fogo verdadeiro e brilhante, inclinara a cabeça para trás e rira, seus cabelos se transformando em uma cachoeira crepitante de luz, os saltos dos sapatos provocando faíscas como poeira esvoaçante pelo chão, a saia deixando um rastro de fogo como se estivesse seguindo a cauda de uma fênix. Magnus havia girado e dançado com ela, e ela o achara maravilhoso por um único instante de ilusionismo.

Mas, a exemplo do amor, o fogo não durava.

— Vocês acham que nossa espécie um dia se tornará tão distante da humanidade a ponto de nos tornarmos criaturas intocáveis, que não podem ser amadas pelos mortais? — perguntou Magnus.

Ragnor e Catarina o encararam.

— Não respondam — pediu Magnus. — Esta pareceu a pergunta de um homem que não precisa de respostas. Soou como a pergunta de um homem que precisa de mais um drinque. Lá vamos nós!

Ergueu o copo. Ragnor e Catarina não se juntaram a ele, mas Magnus se satisfez em brindar sozinho.

— Às aventuras — disse, e bebeu.

Magnus abriu os olhos, viu uma luz forte e sentiu um ar quente sobre a pele como uma faca raspando pão queimado. Seu cérebro latejava, e imediatamente foi tomado por um terrível enjoo.

Catarina ofereceu-lhe uma vasilha. Ela era uma mistura de azul e branco aos seus olhos turvos.

— Onde estou? — resmungou Magnus.

— Nazca.

Então continuava no Peru. Isso mostrava que tinha sido um homem mais sensato do que temia.

— Ah, fizemos uma pequena viagem.

— Você invadiu a casa de um homem — anunciou Catarina. — Roubou um tapete e fez um encanto para torná-lo voador. Depois, partiu pela noite. Tivemos que persegui-lo a pé.

— Ah — disse Magnus.

— Você gritava coisas.

— Que coisas?

— Prefiro não repetir — disse ela. Estava com um tom muito desbotado de azul. — Também prefiro não me lembrar do tempo que passamos no deserto. É um deserto gigantesco, Magnus. Desertos já costumam ser grandes. Desertos gigantescos são chamados assim por serem maiores do que os normais.

— Obrigado por esta informação interessante e esclarecedora — falou Magnus, e tentou enterrar a cabeça no travesseiro, como um avestruz tentando enterrar a cabeça na areia de um deserto gigantesco. — Foram muito gentis em me seguir. Tenho certeza de que fiquei feliz em vê-los — sugeriu com voz débil, torcendo para que isso fizesse Catarina lhe trazer mais líquidos e talvez um martelo com o qual pudesse destruir o próprio crânio.

Magnus estava fraco demais para sair em busca de uma bebida. Magia de cura nunca fora sua especialidade, mas tinha quase certeza de que se fizesse algum movimento, a cabeça cairia dos ombros. Não podia permitir uma coisa dessas. Já tinha recebido confirmações de terceiros de que sua cabeça ficava ótima onde estava.

— Você disse para o deixarmos no deserto, porque pretendia começar uma nova vida como cacto — revelou Catarina, com voz seca. — Depois, conjurou pequenas agulhas e jogou contra nós. Com grande precisão.

Magnus arriscou mais uma olhada nela. Continuava muito borrada. Ele achou aquilo grosseiro. Pensava que fossem amigos.

— Bem — falou com dignidade. — Considerando meu estado etílico, você deve ter ficado impressionada com a minha mira.

— "Impressionada" não é bem a palavra que eu usaria para descrever como me senti ontem à noite, Magnus.

— Agradeço por ter me controlado — falou Magnus. — Foi melhor assim. Você é uma verdadeira amiga. Não houve prejuízo. Não falemos mais nesse assunto. Será que poderia me trazer...

— Ah, não conseguimos controlá-lo — interrompeu Catarina. — Tentamos, mas você riu, pulou no tapete e voou para longe outra vez. Ficou dizendo que queria ir para Moquegua.

Magnus não estava se sentindo nada bem. Seu estômago dava um nó e a cabeça girava.

— O que foi que fiz em Moquegua?

— Não chegou lá — respondeu Catarina. — Mas ficou voando, gritando e tentando escrever mensagens no céu com o tapete.

De repente, Magnus teve uma lembrança viva das coisas que tentou escrever, do vento e das estrelas nos cabelos. Felizmente, achava que Ragnor e Catarina não entendiam aquela língua.

— Quando paramos para comer — disse Catarina —, você insistiu para que provássemos uma especialidade local, que chamou de *cuy*. Na verdade, tivemos uma refeição muito agradável, apesar de você ainda estar muito embriagado.

— Tenho certeza de que já devia estar recobrando a sobriedade a este ponto — argumentou Magnus.

— Magnus, você tentou flertar com o próprio prato.

— Tenho a mente muito aberta!

— Ragnor não tem — disse ela. — Quando descobriu que estava nos alimentando com porquinhos-da-índia, ele bateu com o prato na sua cabeça. E quebrou.

— Assim como o nosso amor — disse Magnus. — Ah, bem. Nunca teria dado certo entre mim e o prato mesmo. Tenho certeza de que a comida me fez bem, Catarina, e você foi muito gentil em me alimentar e me colocar para dormir...

Catarina balançou a cabeça. Parecia estar gostando disso, como uma enfermeira contando a uma criança uma história particularmente assustadora antes de dormir.

— Você caiu no chão. Sinceramente, achamos que seria melhor deixá-lo dormindo lá. Achamos que ficaria um tempo deitado, mas bastou desviarmos o olhar durante um minuto, e você sumiu. Ragnor diz que o viu indo atrás do tapete, engatinhando como um imenso caranguejo demente.

Magnus se recusou a acreditar que tivesse feito isso. Ragnor não era uma fonte confiável.

— Eu acredito nele — disse Catarina, maliciosamente. — Você estava com muita dificuldade de andar ereto mesmo antes de ser atingido pelo prato. Além disso, acho que a comida não lhe fez bem, pois você saiu voando e dizendo que estava vendo macacos enormes, pássaros, lhamas e gatos desenhados no chão.

— Céus — disse Magnus. — Tive alucinações? É oficial. Isso parece... quase como a vez em que mais fiquei bêbado na vida. Por favor, não me pergunte sobre essa ocasião. É uma história muito triste, que envolve uma gaiola.

— Na verdade, não sofreu alucinações — declarou Catarina. — Depois que subimos as colinas gritando "desça, seu idiota", também vimos desenhos enormes no chão. São grandes e lindos. Acho que fazem parte de um antigo ritual para invocar água da terra. Ver aquilo fez valer a pena vir para esse país.

Magnus ainda estava com a cabeça afundada no travesseiro, mas se gabou um pouco.

— É sempre um prazer enriquecer sua vida, Catarina.

— Não foi grandioso, nem lindo — recordou Catarina —, quando você vomitou sobre aqueles desenhos míticos e imensos, de uma civilização passada. Do alto. Sem parar.

Ele sentiu arrependimento e vergonha. E, em seguida, mais vontade de vomitar.

Mais tarde, quando estivesse um pouco mais sóbrio, Magnus visitaria as Linhas de Nazca e registraria na lembrança os sulcos onde os cascalhos foram retirados para que a terra fosse exposta, e que formavam desenhos específicos: um pássaro com asas abertas voando alto, um macaco com uma cauda cujas curvas pareceram verdadeiramente indecentes aos olhos de Magnus — o que lhe agradou, óbvio — e uma forma que podia ser a de um homem.

Quando os cientistas descobriram e investigaram as Linhas de Nazca nas décadas 1930 e 1940, Magnus ficou um pouco irritado, como se aquelas formas fossem sua propriedade.

Mas, depois, aceitou. Era isso o que os humanos faziam: deixavam recados, entre páginas ou esculpidos em pedra. Como se esticassem a mão através do tempo e acreditassem que havia uma mão fantasma para segurá-la. Humanos não viviam para sempre. Só podiam torcer para que suas criações durassem.

Magnus supôs que pudesse permitir que os humanos transmitissem o recado.

Mas a aceitação veio muito, muito mais tarde. Ele tinha outras coisas a fazer no dia seguinte ao primeiro em que viu as Linhas de Nazca. Tinha que vomitar 37 vezes.

Após a trigésima vez, Catarina ficou preocupada.

— Acho que você pode estar com febre.

— Já expliquei diversas vezes que estou péssimo, sim — falou Magnus, com frieza. — Morrendo, provavelmente; não que vocês, ingratos, se incomodem.

— Não devia ter comido porquinho-da-índia — observou Ragnor, e riu. Parecia guardar mágoa.

— Estou fraco demais para me cuidar sozinho — disse Magnus, voltando-se para a pessoa que gostava dele e não sentia um prazer maldoso com seu sofrimento. Fez o melhor possível para parecer patético e suspeitou que, neste momento, seu melhor fosse excelente. — Catarina, será que...

— Não vou desperdiçar magia e energia que podem salvar vidas para curar os efeitos de uma noite de bebedeira, giros e altitude!

Quando Catarina parecia severa, era o fim. Seria mais fácil se jogar à mercê esverdeada de Ragnor.

Magnus estava prestes a tentar a sorte quando Catarina anunciou caridosamente:

— Acho que seria bom testarmos os remédios mundanos da região.

A medicina nesta parte do Peru, ao que parecia, consistia em esfregar um porquinho-da-índia no corpo do doente.

— Exijo que pare com isso! — protestou Magnus. — Sou um feiticeiro e posso me curar e também posso explodir sua cabeça!

— Ah, não. Está delirante, enlouquecido, não dê ouvidos a ele — disse Ragnor. — Continue aplicando o porquinho-da-índia!

A senhora com os porquinhos-da-índia olhou, impassível, e continuou trabalhando.

— Deite-se, Magnus — ordenou Catarina, que tinha a mente extremamente aberta, sempre se interessava pela exploração de outros campos da medicina e aparentemente se dispunha a oferecer Magnus como um peão em seu jogo médico. — Deixe a mágica do porquinho-da-índia fluir através do seu corpo.

— Sim, isso mesmo — disse Ragnor, que não tinha a mente muito aberta, e riu.

Magnus não achou o processo tão inerentemente hilariante quanto Ragnor. Quando criança, tomou *djamu*, que continha bile de bode (se tivesse sorte, senão, bile de jacaré) várias vezes. E porquinhos-da-índia e *djamu* eram melhores do que a sangria que aplicaram nele uma vez, na Inglaterra.

O negócio é que ele achava os remédios mundanos muito cansativos, e gostaria que esperassem até que estivesse melhor para imporem tais procedimentos a ele.

Magnus tentou escapar diversas vezes, e foi contido à força. Mais tarde, Catarina e Ragnor gostaram de imitar a vez em que ele tentou levar os porquinhos-da-índia também, supostamente gritando "Liberdade!" e "Eu sou seu líder agora!".

Havia a pequena possibilidade de que Magnus ainda estivesse um pouquinho bêbado.

Ao fim de todo aquele processo horroroso, um dos porquinhos-da-índia teve as tripas arrancadas e examinadas para ver se a cura tinha sido eficaz. Ao ver aquilo, Magnus imediatamente vomitou outra vez.

Alguns dias depois, em Lima, passado o trauma dos porquinhos-da-índia, Catarina e Ragnor confiaram em Magnus o suficiente para permitir que ele tomasse um — só um, e com supervisão ofensivamente rigorosa — drinque.

— O que estava dizendo Naquela Noite... — disse Catarina.

Tanto Catarina quanto Ragnor se referiam ao ocorrido assim, e, em ambos os casos, Magnus podia ouvir as letras maiúsculas na entonação.

— Não precisam se preocupar — falou Magnus, vagamente. — Não quero mais ser um cacto, nem morar no deserto.

Catarina piscou e fez uma careta, e era evidente que estava tendo um flashback.

— Não era disso que eu estava falando, mas é bom saber. Estou falando sobre humanos e amor.

Magnus não queria pensar nos assuntos sobre os quais tagarelou na noite em que lhe partiram o coração. Não havia razão para chafurdar. Ele se recusava a chafurdar. Chafurdar era tarefa para elefantes, pessoas depressivas e elefantes depressivos.

Catarina continuou, apesar da falta de incentivo.

— Nasci desta cor. Não sabia usar feitiço de disfarce quando era pequena. Não havia como ter outra aparência além da que tinha sempre, apesar de ela não ser segura. Minha mãe olhava para mim e sabia o que eu era, mas me escondia do resto do mundo. Fui criada em segredo. Ela fez tudo o que podia para me manter em segurança. Um terrível mal lhe foi feito, e ela retribuiu com amor. Todos os humanos que curo, curo em seu nome. Faço o que faço para honrá-la, e sei que, quando me salvou, ela salvou incontáveis vidas através dos séculos.

Ela voltou um olhar sério e abrangente para Ragnor, que estava sentado à mesa, olhando pouco à vontade para as próprias mãos. Mas respondeu à deixa:

— Meus pais acharam que eu fosse uma criança fada ou coisa do tipo, imagino — disse Ragnor. — Porque eu tinha a cor da primavera, minha mãe dizia — acrescentou, e corou, ficando com um tom esmeralda. — Obviamente acabou sendo um pouco mais complicado que isso, mas depois passaram a gostar de mim. Sempre gostaram de mim, apesar de eu ser uma presença perturbadora e de minha mãe dizer que eu era mal-humorado quando bebê. Superei isso, é claro.

Um silêncio educado se seguiu à declaração.

Uma criança fada seria mais facilmente aceita, pensou Magnus, do que aquela que simbolizava que um demônio enganara ou magoara uma mulher — ou, mais raramente, um homem — e gerara um rebento com uma marca para servir de eterno lembrete de sua dor. Feiticeiros sempre nasciam disso, de dor e demônios.

— É algo para lembrar, se nos sentimos distantes dos humanos — disse Catarina. — Devemos muito ao amor deles. Vivemos eternamente pela graça do amor humano, que embalou crianças estranhas em berços sem se desesperarem nem fugirem. Eu sei de que lado da família herdei minha alma.

Estavam sentados do lado de fora da casa, em um jardim cercado por muros elevados, mas Catarina era sempre a mais cuidadosa dos três. Olhou em volta no escuro antes de acender a vela sobre a mesa. A luz surgiu do nada entre as mãos em concha e transformou seus cabelos brancos em seda e pérola. Sob a luz súbita, Magnus pôde vê-la sorrir.

— Nossos pais eram demônios — observou Catarina. — Nossas mães, heroínas.

Para eles, essa era a verdade.

A maioria dos feiticeiros nascia com sinais inconfundíveis do que eram, e algumas crianças feiticeiras morriam cedo por serem abandonadas ou assassinadas pelos pais, que as consideravam criaturas esquisitas. Mas algumas eram criadas como Catarina e Ragnor, com um amor que superava o medo.

A marca de feiticeiro de Magnus ficava nos olhos, nas pupilas em fendas, na cor brilhante e no verde-dourado em ângulos errados, mas esses atributos não se desenvolveram imediatamente. Ele não tinha nascido com a pele azulada de Catarina nem com a esverdeada de Ragnor, mas sim como um bebê aparentemente humano, com olhos de uma estranha cor âmbar. A mãe de Magnus demorou um tempo para perceber que seu pai era um demônio, e só o fez no dia em que foi até o berço e viu o filho olhando para ela com olhos de gato.

Soube, então, o que tinha acontecido. Que o que quer que tivesse vindo até ela sob a forma do marido, no meio da noite, não era seu marido. Ao se dar conta disso, perdeu a vontade de viver.

E não viveu.

Magnus não sabia se ela era heroína ou não. Não tinha idade suficiente para conhecer a vida da mãe ou entender a dor que ela sentiu. Não podia ter certeza, como Ragnor e Catarina pareciam ter. Não sabia se, quando a mãe descobriu a verdade, ainda o amava, ou se todo esse sentimento tinha se dissolvido na escuridão. Uma escuridão maior do que a conhecida pelas mães dos amigos, pois o pai de Magnus não era um demônio comum.

— E eu vi Satanás sucumbir — murmurou Magnus para a bebida — como um raio caindo do céu.

Catarina virou-se para ele.

— O que foi isso?

— Alegrem-se por terem seus nomes escritos no Céu, minha cara — disse Magnus. — Fico tão emocionado que rio e tomo mais um drinque, para não chorar.

Depois disso, deu mais uma volta lá fora.

Lembrou-se agora do motivo pelo qual disse aos amigos durante a bebedeira que queria ir a Moquegua. Magnus só tinha estado lá uma vez e não ficara por muito tempo.

Moquegua significava "lugar tranquilo" em Quíchua. A cidade era exatamente isso, e foi precisamente esta a razão pela qual Magnus se sentiu pouco à vontade. As ruas de pedra, silenciosas, a praça com o chafariz de ferro fundido onde as crianças brincavam; aquilo não era para ele.

A filosofia de vida de Magnus era se manter em movimento, e, em locais como Moquegua, ele entendia por que era necessário continuar a se mover. Se não o fizesse, alguém poderia vê-lo como ele realmente era. Não que se achasse tão terrível assim, mas ainda havia aquela voz de alerta em sua mente: *continue andando ou a ilusão vai se destruir.*

Magnus lembrou-se de estar deitado sobre a areia prateada naquela noite no deserto, pensando em locais aos quais não pertencia e em como, às vezes, acreditava que, assim como acreditava na passagem do tempo e na alegria de viver a injustiça cruel e absoluta do destino, não havia no mundo um lugar tranquilo para ele, nem jamais haveria. *Não deves tentar o Senhor, teu Deus.*

Também não era sábio tentar os anjos, nem mesmo os caídos.

Balançou a cabeça para livrar-se da lembrança. Mesmo que fosse verdade, sempre teria uma nova aventura.

Você pode achar que a bebedeira espetacular e as orgias de Magnus tenham sido a razão pela qual ele foi banido do Peru, mas não é o caso. Por incrível que pareça, ele pôde voltar. Muitos anos depois retornou, sozinho desta vez, e de fato encontrou uma nova aventura.

1962

Magnus estava passeando pelas ruas de Cuzco, pelo convento de La Merced e por Calle Mantas, quando escutou a voz do homem. A primeira coisa que percebeu foi o quanto soava nasalada. A segunda foi que falava inglês.

— Não me importo com o que diz, Kitty. Continuo achando que poderíamos ter pegado um ônibus para Machu Picchu.

— Geoffrey, não há ônibus para Machu Picchu partindo de Nova York.

— Pois bem — Geoffrey se pronunciou após uma pausa. — Se a *National Geographic Society* cita o maldito local no jornal, poderia ter, no mínimo, providenciado um ônibus.

Magnus os vê passando pelos arcos que alinhavam a rua depois da torre do sino. Geoffrey tinha o nariz de um homem que jamais se calava. O sol estava muito quente e o ar, seco, e as bainhas outrora impecáveis da sua calça branca murchavam como uma flor triste e moribunda.

— Outra coisa aqui são os nativos — disse Geoffrey. — Imaginei que conseguiríamos umas fotos decentes. Achei que fossem mais coloridos, sabe?

— É quase como se não estivessem aqui com a função de entretê-lo — disse Magnus em espanhol.

Kitty virou-se ao escutar a voz, e Magnus viu um rosto pequeno e debochado, além de cabelos ruivos que se enrolavam sob a aba de um chapéu de palha muito grande. Os lábios se curvaram.

Geoffrey também se virou.

— Ah, muito bem, moça — disse. — Ele, sim, é o que chamo de colorido.

Isso era verdade. Magnus trajava mais de uma dúzia de lenços de cores diferentes, cuidadosamente arranjados para girarem como um arco-íris fantástico. Mas não se impressionou muito com os poderes de observação de Geoffrey, considerando que o homem aparentemente não conseguia imaginar que alguém com a pele marrom podia ser um turista, como ele.

— Amigo, gostaria que tirasse sua foto? — perguntou Geoffrey.

— Você é um idiota — disse-lhe Magnus, sorrindo alegremente.

Magnus continuava falando em espanhol. Kitty engasgou com uma risada que se transformou em tosse.

— Pergunte a ele, Kitty! — disse Geoffrey, com ares de quem comandava um cachorro a executar truques.

— Peço desculpas por ele — disse ela, em um espanhol hesitante.

Magnus sorriu e ofereceu o braço com um floreio. Kitty saltou sobre o calçamento de pedras, tão lisas pelo efeito do tempo que pareciam água, e o tomou o braço.

— Ah, que graça, que graça. Mamãe vai adorar essas fotos — disse Geoffrey animadamente.

— Como você o aguenta? — perguntou Magnus.

Kitty e Magnus sorriram como atores, cheios de dentes, alegres e completamente falsos.

— Com alguma dificuldade.

— Deixe-me fazer uma proposta alternativa — disse Magnus entre dentes e com um sorriso. — Fuja comigo. Agora. Será a mais incrível aventura, prometo.

Kitty o encarou. Geoffrey virou-se de costas, à procura de alguém que pudesse tirar uma foto dos três. Pelas costas do homem, Magnus viu Kitty começar a sorrir lenta e alegremente.

— Ah, está bem. Por que não?

— Ótimo — respondeu o feiticeiro.

Ele girou e a pegou pela mão, e eles correram, rindo, pela rua iluminada pelo sol.

— Melhor irmos depressa! — gritou Kitty, sem fôlego, enquanto acele-ravam. — Ele logo vai perceber que roubei seu relógio.

Magnus piscou os olhos.

— Como?

Ouviu-se um barulho atrás deles. Soava perturbadoramente como uma confusão. Embora não fosse sua culpa, Magnus tinha alguma familiaridade com o barulho da polícia sendo acionada, bem como com os ruídos de uma perseguição.

Puxou Kitty para um beco. Ela continuava rindo, e começou a abrir os botões da blusa.

— Provavelmente vão demorar um pouco mais — murmurou, e os enormes botões de pérola se abriram o suficiente para revelar o rico brilho de esmeraldas e rubis — para perceber que roubei todas as joias da mãe dele.

Ela deu um sorriso atrevido para Magnus, que gargalhou.

— Você aplica golpes em muitos ricos irritantes?

— E em suas mães — disse Kitty. — Eu poderia ter tirado deles toda a fortuna da família ou pelo menos a prata, mas um homem bonito me con-vidou para fugir com ele, e eu pensei: *por que não?*

Os ruídos da busca estavam mais próximos agora.

— Você está prestes a se sentir muito feliz com sua decisão — informou Magnus. — Como você me mostrou o que sabe fazer, acho justo que eu mostre o que sei.

Então estalou os dedos, criando traços de faíscas azuis para impressio-nar a moça. Kitty foi esperta o suficiente para perceber o que estava acon-tecendo assim que os primeiros policiais olharam para o beco e continua-ram correndo.

— Não podem nos ver — sussurrou. — Você nos deixou invisíveis.

Magnus ergueu as sobrancelhas e fez um gesto de exibição.

— Como pode ver — falou. — E eles não.

Magnus já tinha visto humanos abalados, assustados e impressionados com aquele poder. Kitty se jogou em seus braços.

— Diga-me, estranho bonitão — falou. — O que acha de uma vida de crimes mágicos?

— Parece uma aventura — respondeu Magnus. — Mas me prometa uma coisa. Prometa que sempre vamos roubar dos irritantes e gastar tudo em bebida e inutilidades.

Kitty o beijou na boca.

— Juro.

Apaixonaram-se; não pelo tempo de uma vida mortal, mas por um verão mortal, um verão de risos, correrias e perseguições policiais em diversos países.

No fim, a lembrança favorita de Magnus daquele verão foi uma imagem que jamais tinha visto: a última foto na câmera de Geoffrey, de um homem com roupas coloridas e uma mulher que escondia pedras preciosas sob a blusa branca, ambos sorrindo porque sabiam uma piada da qual o fotógrafo não desconfiava.

Surpreendentemente, o súbito ingresso de Magnus numa vida de crimes também não foi a razão pela qual foi banido do Peru. O Alto Conselho de feiticeiros peruanos se reuniu em segredo, e uma carta foi enviada a Magnus meses depois, anunciando que fora banido, sob pena de morte, por "crimes impronunciáveis". Apesar da insistência, jamais recebeu resposta quando perguntou qual tinha sido o motivo. Até hoje, o que quer que o tenha feito ser banido do Peru é — e talvez deva permanecer eternamente — um mistério.

A rainha fugitiva

Cassandra Clare e Maureen Johnson

Paris
Junho de 1791

Nas manhãs de verão, Paris tinha um cheiro do qual Magnus gostava, o que era surpreendente, pois as manhãs de verão em Paris tinham o cheiro do queijo que passara o dia exposto ao sol, de peixes e de suas partes menos desejáveis. Tinha o cheiro das pessoas e de tudo o que elas produzem (e isso não diz respeito à arte nem à cultura, mas às coisas menos nobres, que eram despejadas dos baldes através das janelas). Mas esses cheiros eram pontuados por outros odores que variavam rapidamente de rua para rua, de prédio para prédio. À lufada inebriante de uma padaria, seguia-se um sopro inesperado de gardênias em um jardim, que dava lugar ao mau cheiro rico em ferro de um abatedouro. Paris era uma cidade viva — com o Sena bombeando como uma grande artéria os vasos das ruas mais amplas e se estreitando até minúsculos becos... e cada centímetro tinha um odor.

Tudo tinha cheiro de *vida* — vida em todas as formas e graus.

Os perfumes de hoje, no entanto, estavam um pouco fortes. Magnus percorria um trajeto desconhecido, que o conduziu a uma região acidentada de Paris. A estrada aqui não era tão lisa. E estava absurdamente quente no cabriolé que chacoalhava pelo caminho. Magnus animara um de seus magníficos leques chineses, que o abanava sem sucesso, mal movendo a brisa. Se ele fosse totalmente sincero consigo mesmo (e não queria ser), estava um pouco quente demais para o novo casaco listrado de azul e cor-de-rosa, de cetim e tafetá, e o colete de seda bordado com imagens de pássaros e querubins. O colarinho, a peruca, os calções de seda até o joelho, as maravilhosas luvas novas naquele delicado tom amarelo-limão... tudo estava um pouco *quente*.

Mas isso não importava. Quem podia se apresentar de modo tão fabuloso, tinha a obrigação de fazê-lo. A pessoa deveria vestir *tudo* ou não vestir nada.

Ele se ajeitou no assento e aceitou o suor com orgulho, satisfeito por viver de acordo com seus princípios, que eram totalmente bem-vindos em Paris. Aqui as pessoas sempre buscavam a última moda. Perucas que batiam no teto e tinham barcos em miniatura; sedas incríveis; pintura branca e bochechas coradas nos rostos de homens e mulheres; pintas decorativas; os cortes e as cores das roupas... Em Paris, a pessoa poderia ter olhos de gato (como ele tinha) e dizer que se tratava de um artifício da moda.

Em um mundo como este, havia muito trabalho para um feiticeiro empreendedor. A aristocracia adorava números de mágica e se dispunha a pagar por isso. Pagavam para ter sorte nas mesas de jogos. Pagavam para ouvir os próprios macacos falarem, os pássaros cantarem suas árias de ópera preferidas, seus diamantes brilharem em cores diferentes. Queriam pintas em forma de coração, taças de champanhe e estrelas que aparecessem espontaneamente em suas bochechas. Queriam impressionar os convidados fazendo fogo ser cuspido de seus chafarizes e, em seguida, entretê-los fazendo os divãs se deslocarem pelo recinto. E as listas de pedidos para o quarto — bem, para essas, ele mantinha anotações especiais. Eles eram muito imaginativos.

Resumindo, os parisienses e os vizinhos do vilarejo real de Versalhes eram as pessoas mais decadentes que Magnus conhecia, e, por isso, ele os reverenciava profundamente.

Claro, a Revolução tinha retirado um pouco do brilho das coisas. Magnus lembrava-se disso diariamente — mesmo agora, ao abrir as cortinas de seda azul da carruagem. Atraiu alguns olhares penetrantes dos *sans-culottes* que empurravam carroças ou vendiam carne de gato. Magnus tinha imóveis no Marais, na rue Barbette, perto do Hôtel de Soubise, onde seu velho amigo (e recém-falecido) príncipe de Soubise havia morado. Magnus dispunha de carta branca para passear pelos jardins e ali se divertir sempre que quisesse. Aliás, podia entrar em diversas casas importantes de Paris e ser bem recebido. Seus amigos aristocratas eram tolos, mas inofensivos, em sua maioria. Contudo, ser visto em companhia deles ultimamente poderia causar problemas. Às vezes, o simples fato de ser visto poderia causar problemas. Ser muito rico ou bem relacionado não era mais uma boa coisa. As massas que não tomavam banho, os produtores do mau cheiro, tinham tomado conta da França, revirando tudo em seu caminho cheio de sujeira.

As impressões de Magnus sobre a Revolução eram confusas. O povo *estava* com fome. O preço do pão continuava extremamente alto. E não ajudou nada a rainha, Maria Antonieta, sugerir que comessem brioches, se o pão estava caro. Ele achava sensato que as pessoas exigissem e recebessem comida, lenha e todas as necessidades básicas da vida. Magnus sempre lamentou pelos pobres e necessitados. Mas, ao mesmo tempo, jamais havia existido sociedade tão fascinante quanto a francesa, de alturas inalcançáveis e excessos. E, se por um lado, gostava da animação, também apreciava saber o que se passava, e havia pouca oferta dessa sensação. Ninguém sabia exatamente quem estava no comando do país. Os revolucionários viviam brigando. A constituição vivia sendo escrita. O rei e a rainha estavam vivos e supostamente detinham o poder, porém, eram controlados pelos revolucionários. Os massacres, incêndios e ataques eram frequentes. Tudo em nome da liberdade. Morar em Paris era como viver em um barril de pólvora sobre uma pilha de diversos outros barris, em um navio que se sacudia a esmo no mar. Sempre havia a sensação de que um dia o povo — o *povo* indefinido — poderia decidir matar quem tinha condições financeiras de comprar um chapéu.

Magnus suspirou, recostou-se para ficar fora do alcance de olhos curiosos e levou um lenço com aroma de jasmim ao nariz. Já bastava de fedor e preocupação. Estava a caminho de ver um balão.

Claro que Magnus já tinha voado antes. Animara tapetes e se apoiara nas costas de bandos de pássaros migratórios. Mas jamais voara por mãos humanas. Essa coisa de balonismo era nova e, para falar a verdade, um pouco preocupante. Voar pelos ares em uma criação fabulosa e extravagante, com toda a cidade de Paris olhando para você...

Sem dúvida, essa era a razão pela qual ele tinha que experimentar.

A onda dos balões de ar quente passou longe dele quando visitou a cena parisiense pela primeira vez, há quase dez anos. Mas, outro dia, quando Magnus talvez tivesse exagerado um pouco no vinho, olhou para cima e viu uma daquelas maravilhas em forma de ovo e de cor azul-celeste passando, com desenhos dourados de signos do zodíaco e flores-de-lis, e, de uma hora para outra, foi dominado pelo desejo de entrar na cesta e passear sobre a cidade. Fora um capricho, e não havia nada que Magnus considerasse mais importante do que um capricho. Conseguiu entrar em contato com um dos irmãos Montgolfier naquele mesmo dia e pagou muitos luíses de ouro por um passeio particular.

E agora que estava a caminho do passeio nessa tarde quente, Magnus ficou pensando no quanto tinha bebido quando preparou tudo aquilo.

Uma grande quantidade de vinho.

A carruagem finalmente parou próxima ao Château de la Muette, outrora um belo palacete, agora em ruínas. Magnus saiu para a tarde pantanosa e caminhou até o parque. Havia uma sensação densa e opressora no ar, que deixava pesadas suas roupas maravilhosas. Ele seguiu pela trilha até o ponto de encontro, onde o balão e a equipe o aguardavam. O balão estava vazio sobre a grama — a seda estava bela como nunca, mas o efeito geral não foi tão impactante quanto esperava. No fim das contas, ele tinha roupões melhores.

Um dos Montgolfier (Magnus não se lembrava de qual tinha contratado) veio apressado, com o rosto rubro.

— *Monsieur* Bane! *Je suis désolé, monsieur*, mas o tempo... hoje não está colaborando. É muito frustrante. Eu vi um raio ao longe.

Como não poderia deixar de ser, nem bem ele disse as palavras, ouviu-se um rugido distante. E o céu, de fato, tinha um aspecto esverdeado.

— Não será possível voar hoje. Talvez amanhã. Alain! O balão! Leve-o de uma vez!

E, com isso, o balão foi recolhido e levado até um pequeno mirante.

Desanimado, Magnus resolveu dar um passeio pelo parque antes que o tempo piorasse. Por aqui se viam as mais belas damas e cavalheiros, e parecia um local aonde as pessoas iam quando se sentiam... apaixonadas. O *Bois de Boulogne* deixara de ser uma reserva florestal privada com um parque, e agora ficava aberto ao povo, que utilizava o belo terreno para plantar batatas para comer. Também usavam roupas de algodão e se apresentavam orgulhosamente como os *sans-culottes*, que significava "sem calções até os joelhos". Trajavam as calças compridas dos trabalhadores e lançavam olhares críticos para os refinados calções de Magnus, que combinavam com a listra cor-de-rosa do casaco e as meias prateadas. Realmente estava ficando difícil ser maravilhoso.

Além disso, o parque parecia desprovido de pessoas bonitas e apaixonadas. Todos usavam roupas longas, lançavam olhares demorados e cheios de julgamento e resmungavam sobre a última onda revolucionária. Os mais nobres pareciam nervosos e viravam o rosto cada vez que um integrante do Terceiro Estado passava.

Mas Magnus acabou avistando alguém que conhecia, e não se alegrou com isso. Era Henri de Polignac quem corria em sua direção, vestido com uma roupa preta e prateada. Henri era um submisso de Marcel Saint Cloud, líder do mais poderoso clã de vampiros de Paris. E também era um chato. Assim como a maioria dos subjugados. Era difícil manter uma conversa com alguém que vivia dizendo "o Mestre diz isso" e "o Mestre diz aquilo". Sempre rastejando. Sempre por perto, esperando uma mordida. Magnus ficou imaginando o que Henri estaria fazendo no parque durante o dia — e a resposta certamente seria ruim. Caçando. Recrutando. E agora, importunando Magnus.

— *Monsieur* Bane — disse, com uma reverência curta.

— Henri.

— Faz tempo que não o vemos.

— Ah — respondeu Magnus vagamente. — Andei muito ocupado. Negócios, você sabe. Revolução.

— Claro. Mas o Mestre estava comentando que faz tempo que não o vê. E ficou imaginando se você teria desaparecido da face da Terra.

— Não, não — respondeu Magnus. — Só ando ocupado.

— Assim como o Mestre — disse Henri, com um sorrisinho torto. — Você tem que vir nos visitar. O Mestre dará uma festa na segunda-feira à noite. E ficaria muito irritado comigo se eu não o convidasse.

— Ficaria? — comentou Magnus, engolindo o gosto ligeiramente amargo que lhe subiu até a boca.

— Muito.

Não se recusava um convite de Saint Cloud. Pelo menos, se a pessoa em questão pretendesse continuar vivendo alegremente em Paris. Vampiros se ofendiam com *tanta* facilidade — e vampiros parisienses eram os piores de todos.

— Claro — disse Magnus, tirando com cuidado uma das luvas amarelo-limão, simplesmente por não ter o que fazer. — Claro. Seria um prazer. Um grande prazer.

— Avisarei ao Mestre sobre seu comparecimento — respondeu Henri.

As primeiras gotas de chuva começaram a cair, batendo com força no casaco delicado de Magnus. Ao menos, isso permitiu que ele se despedisse rápido. Ao correr pela grama, o feiticeiro levantou a mão. Faíscas azuis se entrelaçaram aos seus dedos, e, no mesmo instante, a chuva deixou de molhá-lo, pois ele a conteve com um toldo invisível que ergueu acima da cabeça.

Paris. Problemática, às vezes. Tão política. (Ah, os sapatos... seus sapatos! Por que calçou os de seda com o bico curvado hoje? Ele *sabia* que ia ao parque. Mas eram novos, lindos e feitos por Jacques, da rue des Balais, não conseguiu resistir.) Talvez fosse melhor, nessas condições climáticas, cogitar viajar para algum lugar mais simples. Londres sempre era um bom retiro. Não tão elegante, porém não era uma cidade desprovida de charme. Ou podia ir para os Alpes... Sim, ele adorava o ar puro e fresco. Poderia se divertir pelos campos de edelvais* e frequentar os banhos termais em Schinznach-Bad. Ou poderia ir para mais longe. Fazia muito tempo que não ia à Índia, afinal. E não resistia aos encantos do Peru...

Talvez fosse melhor ficar em Paris.

Magnus entrou no cabriolé no momento em que os céus se abriram, e a chuva batia tão forte no teto da carruagem que ele não conseguia mais ouvir nem os próprios pensamentos. Os assistentes do baloeiro cobriram apressadamente os equipamentos, e as pessoas correram para o abrigo das árvores. As flores pareciam se alegrar com a chuva, e Magnus respirou fundo o ar parisiense que tanto amava.

Ao se afastarem, uma batata atingiu a lateral da carruagem.

O dia, em um sentido muito literal, pareceu uma lavada. Só havia um meio de resolver aquilo: tomar um longo banho frio e uma xícara de chá lapsang souchong quente. Ele se banharia perto da janela e tomaria o chá fumegante enquanto observava a chuva encharcar Paris. Em seguida, deitaria e leria *Le Pied de Fanchette* e Shakespeare durante horas. Depois, champanhe rosé, e uma ou duas horas para se vestir para a ópera.

---

* Nome popular, de origem alemã, de uma planta da família das Asteráceas, também chamada rainha-dos-alpes.

— Marie! — chamou Magnus, ao entrar em casa. — Meu banho!

Tinha como criados um casal de idosos, Marie e Claude. Eram muito bons em suas funções, e os anos de trabalho em Paris fizeram com que não se surpreendessem com nada.

Dos muitos lugares onde viveu, a residência de Paris era considerada por Magnus um dos mais agradáveis. Certamente havia recantos de maior beleza natural, mas Paris tinha uma beleza *artificial*, o que podia ser ainda melhor. Tudo na casa lhe dava prazer. O papel de parede de seda amarelo, cor-de-rosa, prateado e azul, as mesas e as poltronas douradas, os relógios, espelhos e porcelanas... A cada passo que dava na casa, em direção ao salão principal, lembrava-se das qualidades do lugar.

Muitos integrantes do Submundo ficavam longe de Paris. Certamente havia muitos lobisomens na França, e cada vale arborizado tinha os próprios habitantes sobrenaturais. Mas Paris, ao que parecia, era território dos vampiros. Fazia sentido, de muitas formas. Vampiros eram criaturas aristocráticas. Pálidos e elegantes. Gostavam de escuridão e prazer. Os olhares hipnóticos — *le charme* — fascinavam muitos nobres. E não havia nada mais prazeroso, decadente e perigoso do que deixar um vampiro beber seu sangue.

Mas as coisas foram um pouco longe demais no surto vampiresco de 1787. Foi quando as festas sanguinárias começaram. Foi quando todas as crianças desapareceram e alguns jovens voltaram para casa pálidos e com o olhar ausente de um subjugado. Como Henri e sua irmã, Brigitte, sobrinhos do duque de Polignac. Outrora parte de uma das grandes famílias da França e adorados, agora moravam com Saint Cloud e cumpriam suas ordens. Na verdade, as ordens de Saint Cloud podiam ser algo muito estranho. Magnus não se importava com um pouco de decadência — mas Saint Cloud era mau. Mau no sentido mais antiquado, objetivo e clássico do termo. Os Caçadores de Sombras do Instituto de Paris pareciam ter pouca influência no que vinha acontecendo, possivelmente por ser esta uma cidade de muitos esconderijos. Havia quilômetros de catacumbas, e era muito fácil pegar alguém na rua e arrastar para o subterrâneo. Saint Cloud tinha amigos em todos os lugares, e seria muito difícil ir atrás dele.

Magnus fazia o possível para evitar os vampiros parisienses e os que apareciam ao redor da corte em Versalhes. Nada de bom resultava desses encontros.

Mas chega disso. Hora do banho, que Marie já estava preparando. Magnus tinha uma banheira grande na sala principal, bem perto da janela, para poder observar a rua embaixo enquanto se lavava. Quando o banho ficou pronto, ele entrou na água e começou a ler. Mais ou menos uma hora depois, tinha deixado o livro de lado e observava algumas nuvens no céu enquanto pensava, distraído, na história de Cleópatra dissolvendo uma pérola de valor inestimável em uma taça de vinho. Ouviu uma batida à porta, e Claude entrou.

— Tem um homem aqui que deseja vê-lo, *monsieur* Bane.

Claude sabia que, na linha profissional de Magnus, não era necessário perguntar nomes.

— Muito bem — respondeu Magnus, com um suspiro. — Peça a ele que entre.

— *Monsieur* vai recebê-lo na banheira?

— *Monsieur* está cogitando a hipótese — disse Magnus, com um suspiro ainda mais profundo.

Era irritante, mas tinha que manter uma aparência profissional. Ele saiu da banheira, pingando, e vestiu um roupão de seda com o desenho de um pavão nas costas. Lançou-se, impaciente, em uma cadeira perto da janela.

— Claude! — gritou. — Agora! Mande-o entrar!

Um instante depois a porta se abriu novamente, e apareceu um homem muito atraente com cabelos pretos e olhos azuis. Trajava roupas obviamente finas; o corte era absolutamente perfeito. Esse era o tipo de coisa que Magnus gostaria que acontecesse com mais frequência. Como o universo sabia ser generoso quando queria! Logo após lhe negar um passeio de balão e lhe oferecer um encontro desagradável com Henri.

— O senhor é *monsieur* Magnus Bane — disse o homem, com segurança.

Era difícil não reconhecer Magnus. Homens altos, de pele dourada e olhos de gato eram raros.

— Sou — respondeu Magnus.

Muitos nobres que Magnus conhecera tinham a expressão distraída de quem nunca havia precisado tratar de questões importantes. Este homem era diferente. Tinha uma postura muito ereta e um olhar decidido. Além disso, falava francês com um leve sotaque, mas qual sotaque exatamente, Magnus não reconheceu de imediato.

— Vim conversar com o senhor sobre um assunto urgente. Normalmente... eu não... — Magnus conhecia bem aquela hesitação. Algumas pessoas ficavam nervosas na presença de feiticeiros.

— O senhor está inquieto, *monsieur* — observou Magnus, com um sorriso. — Permita-me deixá-lo à vontade. Sou muito talentoso neste quesito. Por favor, sente-se. Tome um pouco de champanhe.

— Prefiro ficar de pé, *monsieur*.

— Como quiser. Mas posso ter o prazer de saber o seu nome? — perguntou Magnus.

— Sou o conde Axel Von Fersen.

Um conde! Chamado Axel! Um militar! Com cabelos pretos e olhos azuis! E angustiado! Ah, o universo se superou e iria receber flores.

— *Monsieur* Bane, já fui informado sobre seus talentos. Não posso dizer se acredito no que ouvi, mas pessoas racionais, inteligentes e sensatas juram que o senhor é capaz de coisas maravilhosas que vão além da minha compreensão.

Magnus abriu as mãos em sinal de falsa modéstia.

— É tudo verdade — falou. — Contanto que só tenham dito coisas maravilhosas.

— Disseram que o senhor é capaz de alterar a aparência de alguém com um tipo de... truque de conjuração.

Magnus preferiu não dar importância ao insulto.

— *Monsieur* — disse Von Fersen —, o que o senhor pensa sobre a Revolução?

— A Revolução vai acontecer não importa qual seja a minha opinião sobre ela — respondeu Magnus, calmamente. — Não sou filho da França, por isso, não me atrevo a ter opiniões sobre a conduta da nação.

— Também não sou filho da França. Nasci na Suécia. Mas tenho opiniões sobre isso, opiniões muito fortes...

Magnus gostava de ouvir Von Fersen falar sobre a força de suas opiniões. Gostava muito.

— Vim aqui porque era minha obrigação, e porque o senhor é o único que pode ajudar. Ao vir e contar o que estou prestes a contar, coloco minha vida em suas mãos. E também arrisco vidas muito mais valiosas do que a minha. Mas não o faço cegamente. Aprendi muito a seu respeito, *monsieur* Bane. Sei que tem muitos amigos aristocratas. Sei que está em Paris há seis anos, e é conhecido e gostam do senhor. E dizem que é um homem de palavra. Então, *monsieur*, o senhor é um homem de palavra?

— Depende da palavra — disse Magnus. — Existem tantas belas palavras por aí...

Magnus se reprimiu em silêncio pelo pouco conhecimento da língua sueca. Poderia ter acrescentado alguma frase genial. Ele tentava aprender frases sedutoras em todas as línguas, mas as únicas coisas que já tivera que dizer em sueco eram: "servem alguma coisa além de peixe em salmoura?" e "se me enrolar em peles, posso fingir ser seu ursinho".

Era evidente que Von Fersen se acalmou antes de voltar a falar:

— Preciso que salve o rei e a rainha. Preciso que proteja a família real francesa.

Ora, ora. Esta certamente era uma virada inesperada. Como em resposta a isso, o céu escureceu novamente e mais um trovão rugiu.

— Entendo — respondeu Magnus, após um instante.

— Como se sente em relação a esta declaração, *monsieur*?

— Como sempre — respondeu ele, tratando de manter a calma. — Com minhas mãos.

Mas ele não estava nem um pouco calmo. As camponesas invadiram Versalhes e expulsaram o rei e a rainha, que agora moravam nas Tulherias, aquele velho palácio destruído, no meio de Paris. O povo produziu panfletos detalhando os supostos crimes da família real. Pareciam particularmente interessados na rainha Maria Antonieta, acusando-a de coisas terríveis — com frequência, sexuais. (Era impossível que tivesse feito todas as coisas que os panfletos diziam. Os crimes eram nojentos demais, imorais demais, e muito exigentes, do ponto de vista físico. O próprio Magnus jamais havia tentado sequer metade deles.)

Era ruim e perigoso saber qualquer coisa relativa à família real.

O que tornava a situação tão atraente quanto assustadora.

— Obviamente, *monsieur*, assumi um grande risco ao compartilhar essa informação com o senhor.

— Entendo — respondeu Magnus. — Mas salvar a família real? Ninguém os está ameaçando.

— É só uma questão de tempo — disse Von Fersen. A emoção trouxe um rubor às suas bochechas que fez o coração de Magnus palpitar. — Eles são prisioneiros. Reis e rainhas que são aprisionados não costumam ser libertados para voltarem ao poder. Não... não. É só uma questão de tempo até que a situação se torne muito grave. As condições em que são obrigados a viver já são insuportáveis. O palácio está imundo. Os servos são cruéis e fazem pouco deles. Todos os dias suas posses e direitos naturais diminuem.

Tenho certeza de que... Tenho quase, quase certeza de que... se não forem libertados, não sobreviverão. E não aguento viver sabendo disso. Quando foram arrancados de Versalhes, vendi tudo e os segui até Paris. Eu os seguirei a qualquer lugar.

— O que o senhor quer que eu faça? — perguntou Magnus.

— Soube que consegue alterar a aparência das pessoas por meio de... um tipo de... encanto.

Magnus aceitou de bom grado *aquela* descrição de seus talentos.

— Qualquer que seja seu preço, ele será pago. A família real da Suécia também será informada sobre seu grande serviço.

— Com todo respeito, *monsieur* — retrucou Magnus —, não moro na Suécia. Moro aqui. E se fizer isso...

— Se fizer isso, prestará um grande serviço à França. E quando a família for restaurada a seu devido lugar, receberá as honras de um grande herói.

Mais uma vez, isso fazia pouquíssima diferença. O que fazia diferença era o próprio Von Fersen. Os olhos azuis e os cabelos pretos, a paixão e essa óbvia coragem. O modo como se erguia, alto e forte...

— *Monsieur*, está conosco? Tenho a sua palavra, *monsieur*?

Também era uma péssima ideia.

Uma ideia terrível.

A pior ideia que já ouvira.

Era irresistível.

— Sua palavra, *monsieur* — repetiu Axel.

— O senhor a tem — disse Magnus.

— Nesse caso, voltarei amanhã à noite para explicar o plano — disse Von Fersen. — Vou mostrar o que deve acontecer.

— Insisto para que jantemos juntos — disse Magnus. — Se vamos embarcar juntos nessa grande aventura.

Houve uma pausa momentânea, e, em seguida, Axel assentiu.

— Sim — respondeu. — Sim, concordo. Jantemos juntos.

Quando Von Fersen se retirou, Magnus se olhou no espelho por um longo tempo, procurando sinais de loucura. A magia requerida era bastante simples. Ele poderia entrar e sair do palácio com facilidade e lançar um feitiço básico. Ninguém ficaria sabendo.

Magnus balançou a cabeça. Estavam em Paris. Todos sabiam de tudo, de alguma forma.

Ele tomou um longo gole do champanhe rosé, que já estava quente, e bochechou. Quaisquer dúvidas lógicas que tivesse foram abafadas pelas batidas do seu coração. Há muito tempo não sentia tal agitação. Em sua mente agora só havia Von Fersen.

Na noite seguinte, Magnus pediu o jantar, cortesia do chef do Hôtel de Soubise. Seus amigos permitiam que utilizasse os funcionários da cozinha e os melhores alimentos quando tinha que preparar uma mesa particularmente especial. Hoje serviram um delicado caldo de pombo, rodovalho, pato com laranja, vitela assada, ervilhas ao molho, alcachofras e uma mesa cheia de profiteroles, frutas e bolos e tortas em miniatura. Providenciar a refeição foi fácil, mas vestir-se não. Nada dava certo. Ele queria algo provocante e atraente, e, ao mesmo tempo, profissional e sério. Primeiro, achou que o casaco e os calções amarelos-limão com o colete roxo fossem se adequar perfeitamente à proposta, mas acabou trocando o conjunto por um colete verde-limão e calções violeta. Finalmente, optou por uma roupa azul, mas não antes de esvaziar todo o conteúdo do guarda-roupa.

A espera foi uma deliciosa agonia. Magnus apenas conseguia andar de um lado para o outro, olhando para a janela, à espera da carruagem de Von Fersen. Foi diversas vezes ao espelho, depois à mesa cuidadosamente preparada por Claude e Marie, antes de lhes dar folga até o fim da noite. Axel insistiu que houvesse privacidade, e Magnus ficou feliz em obedecer.

Às oito em ponto, uma carruagem parou diante da porta de Magnus e ele saiu dela. Axel. Até olhou para cima, como se soubesse que Magnus estaria olhando para baixo, esperando. Cumprimentou-o com um sorriso, e o feiticeiro sentiu um enjoo agradável, um pânico...

Desceu a escada correndo para receber o rapaz pessoalmente.

— Dispensei os empregados, conforme solicitado — informou, tentando recobrar o autocontrole. — Entre. O jantar está pronto. Terá que perdoar a informalidade da refeição.

— Certamente, *monsieur* — disse Axel.

Mas Axel não se concentrou na comida, nem se permitiu os prazeres de bebericar vinho e absorver o charme de Magnus. Foi direto ao assunto. Trazia até mapas, que abriu sobre o sofá.

— O plano de fuga foi desenvolvido ao longo de alguns meses — disse, pegando uma alcachofra de uma travessa de prata. — Por mim, alguns amigos da causa e pela própria rainha.

— E quanto ao rei? — perguntou Magnus.

— Sua Majestade... se omitiu, de certa forma, dessa situação. Ele está muito desanimado com o estado das coisas. A rainha assumiu quase toda a responsabilidade.

— Você parece muito... afeiçoado à rainha — observou Magnus, cautelosamente.

— Ela é uma mulher admirável — disse Axel, limpando os lábios com o guardanapo.

— E é evidente que confia em você. Vocês devem ser muito próximos.

— Ela me concedeu graciosamente a honra de sua confiança.

Magnus sabia ler nas entrelinhas. Axel era discreto, o que só o tornava ainda mais atraente.

— A fuga tem que ser no domingo — prosseguiu Axel. — O plano é simples, porém requer muita atenção. Programamos para que os guardas tenham visto certas pessoas saindo por certas portas em certas horas. Na noite da fuga, substituiremos essas pessoas pela família real. Acordaremos as crianças às dez e meia. O delfim se vestirá como uma menina. Ele e a irmã serão retirados do palácio pela governanta real, a marquesa de Tourzel, e me encontrarão no Grande Carrossel. Eu serei o condutor da carruagem. Então, esperaremos madame Elisabeth, a irmã do rei. Ela sairá pela mesma porta que as crianças. Quando Sua Majestade terminar o cochilo e ficar sozinho, sairá também, disfarçado de *chevalier* de Coigny. A rainha... será a última a escapar.

— Maria Antonieta será a *última* a sair?

— Foi escolha dela — respondeu Von Fersen, rapidamente. — Ela é extremamente corajosa. Exige sair por último. Se descobrirem a ausência dos outros, quer fazer o sacrifício final para auxiliar na fuga dos demais.

Mais uma vez lá estava aquele frenesi de paixão em sua voz. Mas agora, ao fitar Magnus, Von Fersen manteve o olhar fixo por um segundo nas pupilas felinas.

— Então por que quer que apenas a rainha seja enfeitiçada?

— Em parte, por causa do tempo — respondeu Axel. — A ordem na qual as pessoas devem ser vistas entrando e saindo. Sua Majestade, o rei, estará acompanhado até a hora do cochilo, e sairá imediatamente depois disso. Apenas a rainha ficará no palácio por algum tempo. E ela também é mais fácil de ser reconhecida.

— Mais do que o rei?

— Mas é claro! Sua Majestade não é... um homem bonito. Os olhares não se fixam em seu semblante. O que as pessoas reconhecem são as vestes, a carruagem, todos os sinais externos do status real. Mas a rainha... o rosto dela é conhecido. É estudado, desenhado e pintado. Seu estilo é copiado. Ela é linda, e sua fisionomia está gravada na memória de muitas pessoas.

— Entendo — disse Magnus, querendo sair do assunto da beleza da rainha. — E o que acontecerá com você?

— Conduzirei a carruagem até Bondy — respondeu ele, com os olhos ainda fixos em Magnus. Continuou mencionando os detalhes: movimentos de tropas, estações para as trocas de cavalos, coisas assim. Magnus não tinha o menor interesse naquelas questões, pois não prendiam a atenção tanto quanto o modo como o babado elegante da camisa de Axel roçava seu queixo enquanto ele falava. O volume do lábio inferior. Nenhum rei, rainha, palácio ou obra de arte se comparava àquele lábio.

— Quanto a seus honorários...

As palavras fizeram Magnus se concentrar novamente.

— A questão é bem simples — disse o feiticeiro. — Não quero nenhum pagamento...

— *Monsieur* — disse Axel, inclinando-se para a frente —, faz isso como um verdadeiro patriota da França!

— Faço isso — prosseguiu Magnus, calmamente — pela nossa amizade. Peço apenas que volte a vê-lo depois que essa história acabar.

— Ver-me?

— Vê-lo, *monsieur*.

Axel encolheu um pouco os ombros e baixou os olhos para o próprio prato. Por um instante, Magnus pensou que tudo tinha sido em vão, e que dera o passo errado. Mas, então, Axel ergueu o rosto, e a luz da vela iluminou os olhos azuis.

— *Monsieur* — disse, pegando a mão de Magnus do outro lado da mesa —, seremos os melhores amigos para sempre.

Era exatamente o que o feiticeiro desejava ouvir.

Na manhã de domingo, no dia da fuga, Magnus acordou com o repicar costumeiro dos sinos da igreja soando por toda a cidade. Estava com a cabeça um pouco pesada e anuviada após uma longa noite com o conde de — e um grupo de atores da Comédia Italiana. Ao que parecia, também adquirira um macaco durante a noite. O animal estava ao pé da cama, comendo alegremente o pão de Magnus. Já tinha entornado o bule de chá que Claude trouxera, e havia uma pilha de penas de avestruz no meio do chão.

— Olá. — Magnus cumprimentou o macaco.

O macaco não respondeu.

— Vou chamá-lo de Ragnor — acrescentou, inclinando-se delicadamente sobre os travesseiros. — Claude!

A porta se abriu, e Claude entrou. Não pareceu nada surpreso com a presença de Ragnor. Simplesmente se pôs a trabalhar e limpou o chá entornado.

— Precisarei de uma coleira para o meu macaco, Claude, e de um chapéu também.

— Claro, *monsieur*.

— Acha que ele também precisa de um pequeno casaco?

— Talvez não neste clima, *monsieur*.

— Tem razão — respondeu Magnus, com um suspiro. — Melhor só um roupão simples, assim como o meu.

— Qual deles, *monsieur*?

— O cor-de-rosa e prateado.

— Excelente escolha, *monsieur* — disse Claude, indo catar as penas.

— E leve-o até a cozinha para que possa tomar um café da manhã decente, sim? Ele precisa de fruta e água, e, talvez, de um banho frio.

A essa altura Ragnor já tinha descido do pé da cama e ia em direção a um belo vaso de porcelana de Sèvres, quando Claude o pegou, como se tivesse passado a vida pegando macacos.

— Ah — acrescentou Claude, enfiando a mão no casaco —, chegou um bilhete esta manhã.

E saiu em silêncio com o macaco. Magnus abriu o bilhete, no qual se lia:

Temos um problema. Precisaremos adiar para amanhã.
Axel

Bem, os planos noturnos estavam arruinados.

Amanhã era a festa de Saint Cloud. Ambas as obrigações tinham que ser honradas. E isso era possível. Ele iria de carruagem até os limites do palácio das Tulherias, resolveria o assunto com a rainha, voltaria ao veículo, e iria à festa. Já tinha tido noites mais ocupadas.

E Axel valia o sacrifício.

*   *   *

No dia seguinte, Magnus passou muito mais tempo preocupado com a festa de Saint Cloud que com a questão da família real. O feitiço seria simples. Provavelmente, a festa estaria cheia, e isso o deixaria irritado. Bastava aparecer, sorrir, conversar um pouquinho, e então poderia se retirar. Contudo, não conseguia se livrar da sensação de que, de alguma forma, a noite daria errado.

Mas antes, o probleminha da rainha.

Magnus tomou banho e se vestiu após o jantar e, às nove da noite, saiu discretamente do apartamento, instruindo o cocheiro a levá-lo para a vizinhança dos jardins das Tulherias e voltar à meia-noite. Este era um trajeto bastante conhecido. Muitas pessoas iam aos jardins em busca de "encontros casuais" entre as topiárias. Andou um pouco por ali, percorreu o jardim sombrio e ouviu ruídos abafados dos amantes nos arbustos, dando uma olhada, de vez em quando, através da folhagem.

Às dez e meia seguiu, de acordo com o mapa de Axel, até os aposentos do duque de Villequier, que fazia muito já havia partido. Se tudo corresse de acordo com os planos, a jovem princesa e o delfim, disfarçado de menina, logo sairiam por aquelas portas sem guardas. Se não aparecessem, o plano já teria fracassado.

No entanto, com apenas alguns minutos de atraso, as crianças saíram com as respectivas amas, e todos estavam disfarçados. Magnus os seguiu em silêncio enquanto atravessavam o pátio com vista para o norte, para a rue de l'Échelle, até o Grande Carrossel. E ali, conduzindo uma carruagem simples, estava Axel. Vestido como um cocheiro parisiense, até fumava um cachimbo e fazia piadas, com um sotaque perfeito da região, do qual qualquer vestígio de sueco havia desaparecido. Sob a luz do luar, Axel ergueu as crianças até a carruagem, e Magnus perdeu a fala por um instante. A coragem do rapaz, seu talento e delicadeza... tocavam o coração de Magnus de um jeito ligeiramente desconhecido e dificultavam qualquer tentativa de sarcasmo.

Observou-os se afastarem, e dedicou-se à sua missão. Entraria pela mesma porta. Apesar de a entrada estar livre, Magnus precisava de um feitiço de disfarce para se proteger, de modo que se alguém olhasse, só visse um gato grande entrando por uma porta do palácio que parecia escancarada.

Com milhares de pessoas entrando e saindo — e sem nenhuma das centenas de arrumadeiras —, os pisos estavam sujos, com pedaços de lama seca e pegadas. Havia um odor bolorento no local, uma mistura de umidade, fumaça, mofo e penicos ainda cheios, alguns dos quais se encontravam nos corredores. Não havia luz, exceto pela que refletia das janelas, dos espelhos e se amplificava fracamente com lustres de cristais cheios de teias de aranha e fuligem.

Axel dera a Magnus um mapa desenhado a mão com instruções muito claras sobre como se guiar pelo que parecia uma série interminável de arcos e salões grandes e vazios, onde a mobília dourada estava ausente ou fora saqueada pelos guardas. Havia algumas portas secretas nas paredes, pelas quais Magnus passou sem fazer barulho. Conforme penetrava no palácio, os ambientes aparentavam mais limpeza, e as velas eram um pouco mais frequentes. Havia cheiro de comida sendo preparada e de fumaça de cachimbo, além de mais pessoas circulando.

E, então, ele chegou aos aposentos reais. Em frente à porta onde fora instruído a entrar, havia um guarda, assobiando distraído e se balançando na cadeira. Magnus lançou uma pequena faísca no canto do cômodo, e o guarda se levantou para examinar. Magnus colocou a chave na fechadura e entrou. Os aposentos tinham um silêncio aveludado, que parecia artificial e inquietante. Sentiu o cheiro de fumaça de alguma vela recém-apagada. Magnus não se intimidava com a realeza, mas seu coração bateu um pouco mais forte ao pegar a segunda chave que lhe fora entregue. Axel tinha a chave dos aposentos privados da rainha. Isso era, ao mesmo tempo, empolgante e perturbador.

E lá estava ela: a rainha Maria Antonieta. Já tinha visto sua imagem diversas vezes, mas agora ela estava diante dele e era humana. Esse era o choque. A camisola humanizara a rainha ainda mais. E havia algo de adorável nela. Uma parte, sem dúvida, era o treinamento que recebera — a postura régia e os passos pequenos e delicados. Mas as pinturas jamais fizeram jus a seus olhos. Eram grandes e luminosos. Os cabelos tinham sido cuidadosamente presos em um penteado com leves cachos, sobre os quais usava uma touca de linho. Magnus se manteve nas sombras e a observou andando pelo quarto, da cama para a janela e para a cama outra vez, evidentemente apavorada com o destino da própria família.

— A senhora não viu nada, madame — disse, em voz baixa.

A rainha virou ao ouvi-lo, olhando confusa para o canto do aposento, e, depois, voltou a andar de um lado para o outro. Magnus se aproximou e, ao fazê-lo, pôde perceber como o estresse da situação havia se manifestado naquela mulher. Seus cabelos estavam ralos e sem brilho e se tornaram quebradiços e grisalhos em alguns pontos. Ainda assim, seu rosto apresentava um brilho feroz e determinado, que Magnus admirava. E ele compreendeu por que Axel se apaixonou por ela — havia ali uma força que ele não esperava.

Magnus balançou os dedos, e faíscas azuis surgiram entre eles. Mais uma vez, a rainha se virou, confusa, enquanto ele passava a mão pelo rosto dela, que mudou a expressão de familiar e régia para familiar e comum. Seus olhos diminuíram de tamanho e escureceram, as bochechas se tornaram mais cheias e rubras, o nariz aumentou e o queixo encolheu. O cabelo ficou mais ralo e ganhou um tom mais escuro de castanho. Magnus foi um pouco além do estritamente necessário e modificou até mesmo os malares e as orelhas, até que ninguém pudesse achar que aquela mulher diante dele fosse a rainha. Ela estava como deveria — uma nobre russa de idade diferente, com uma vida diferente.

Ele criou um barulho próximo à janela para afastar a atenção dela, e, quando a rainha lhe deu as costas, se retirou. Deixou o palácio pela saída de maior movimento, atrás dos aposentos reais, onde Maria Antonieta mantinha um portão aberto para as entradas e saídas noturnas de Axel.

Fora uma boa noite de trabalho, ao mesmo tempo, simples e elegante. Magnus sorriu para si mesmo, olhou para a lua que pairava acima de Paris e pensou em Axel, conduzindo a carruagem. Depois, pensou em Axel fazendo outras coisas. E aí se apressou. Ele tinha que se encontrar com vampiros.

Felizmente, as festas dos vampiros começavam muito tarde. A carruagem de Magnus aproximou-se da porta de Saint Cloud depois da meia-noite. Os lacaios, todos vampiros, ajudaram-no a saltar, e Henri o recebeu perto da porta.

— *Monsieur* Bane — disse ele, com aquele sorrisinho assustador. — O Mestre ficará tão satisfeito.

— Que bom — disse Magnus, mal conseguindo conter o sarcasmo.

A sobrancelha de Henri tremeu um pouco. Em seguida, ele virou e estendeu o braço para uma menina de idade e aparência semelhantes; era loura, com olhos vidrados, expressão abobada e muito bonita.

— Conhece minha irmã, Brigitte?

— Claro. Já nos encontramos diversas vezes, *mademoiselle*, em sua... vida anterior.

— Minha vida anterior — repetiu Brigitte, com uma risadinha. — Minha vida anterior.

A vida anterior de Brigitte era uma ideia que continuava a diverti-la, enquanto ela ria e sorria para si mesma. Henri pôs um braço ao redor dela de um jeito que não era totalmente fraternal.

— O Mestre foi generoso e nos permitiu manter nossos nomes — disse Henri. — E fiquei muito feliz quando ele deixou que voltasse para a minha antiga casa e trouxesse minha irmã para morar aqui. O Mestre é muito generoso nesse aspecto, como em todos os outros.

Isso fez com que Brigitte tivesse mais um ataque de risos. Henri deu um tapinha brincalhão no bumbum da irmã.

— Estou morto de sede — revelou Magnus. — Acho que vou atrás de champanhe.

Ao contrário do palácio das Tulherias, sombrio e mal-iluminado, a casa de Saint Cloud era espetacular. Não podia ser chamada de palácio pelo tamanho, mas tinha toda a opulência da decoração. Era uma verdadeira selva de estampas, cheia de quadros que iam até o teto. E todos os candelabros de Saint Cloud brilhavam e estavam cheios de velas pretas, que pingavam cera preta no chão. A cera era imediatamente removida por um pequeno exército de submissos. Alguns seguidores mundanos estavam largados nos móveis, quase todos segurando taças de vinho... ou garrafas. A maioria deixava os pescoços expostos, esperando, implorando por mordidas. Os vampiros ficavam no seu lado da sala, rindo uns com os outros e apontando, como se escolhessem comida de uma mesa cheia de iguarias.

Na sociedade parisiense mundana, a peruca grande tinha saído de moda recentemente, dando lugar a estilos mais naturais. Na vampiresca, as perucas eram maiores do que nunca. Uma vampira usava uma peruca de, no mínimo, 1,80 metro, cor-de-rosa, apoiada por uma estrutura delicada que Magnus desconfiava serem ossos de criança. Ela tinha um pouco de sangue no canto da boca, mas ele não sabia se o vermelho nas bochechas era de sangue ou apenas de maquiagem exagerada (assim como as perucas, os vampiros de Paris apreciavam estilos de maquiagem ligeiramente ultrapassados, como o blush exagerado nas bochechas, que provavelmente era um deboche aos humanos).

Magnus passou por um harpista pálido que — notou sombriamente — fora acorrentado ao chão pelo calcanhar. Se tocasse bem o suficiente, talvez fosse mantido vivo para repetir a apresentação. Ou poderia se tornar um lanche noturno. Magnus ficou tentado a cortar a corrente do músico, mas naquele instante ouviu uma voz que vinha do alto.

— Magnus! Magnus Bane, por onde andou?

Marcel Saint Cloud estava inclinado sobre o corrimão e acenava para baixo. Ao seu redor, um grupo de vampiros olhou para o feiticeiro sobre os leques de penas, mármore e ossos.

Embora doesse admitir, Saint Cloud estava incrivelmente bonito. Os mais velhos sempre tinham uma aparência especial — um brilho que vinha com a idade. E Saint Cloud era velho, e era provável que tivesse feito parte da primeira corte de vampiros de Vlad. Não era tão alto quanto Magnus, mas tinha uma bela estrutura, com maçãs do rosto proeminentes e dedos longos. Os olhos eram bem pretos, mas refletiam a luz como vidro espelhado. E suas roupas... bem, ele ia ao mesmo alfaiate que Magnus, então, é claro que eram lindas.

— Sempre ocupado — respondeu Magnus, e sorriu enquanto Saint Cloud e o grupo de seguidores desciam a escada. O grupo vinha logo atrás, alternando passos para acompanharem os dele. Sicofantas.

— Acabou de perder Sade.

— Que pena — respondeu Magnus. Sem dúvida, o marquês de Sade era um mundano sinistro, com a imaginação mais perversa que Magnus já havia encontrado desde a Inquisição espanhola.

— Quero lhe mostrar umas coisas — disse Saint Cloud, colocando um braço frio nos ombros de Magnus. — Coisas absolutamente maravilhosas!

Saint Cloud e Magnus tinham em comum a admiração pela moda, mobília e arte mundana. Magnus tendia a comprar as dele ou recebê-las como pagamento. Marcel trocava com os revolucionários — ou com pessoas na rua que saqueavam casas e tiravam as coisas belas de dentro delas. Ou os submissos lhe davam seus bens. Ou as coisas simplesmente apareciam em sua casa. Era melhor não fazer muitas perguntas e apenas admirar, e em voz alta. Marcel ficaria ofendido se Magnus não elogiasse cada item.

De repente, um coro de vozes do lado de fora chamou Saint Cloud.

— Parece que tem alguma coisa acontecendo — disse Marcel. — Talvez devêssemos investigar.

As vozes eram altas, animadas e eufóricas — tons que Magnus não queria ouvir em uma festa de vampiros, pois significavam coisas muito ruins.

— O que foi, meus amigos? — disse Marcel, caminhando em direção ao hall de entrada.

Havia uma confusão de vampiros ao pé da escada de entrada, com Henri à frente deles. Alguns seguravam um vulto que se debatia e dava gritinhos agudos, apesar da boca que parecia coberta e impossível de ser enxergada em meio à multidão.

— Mestre... — Os olhos de Henri estavam arregalados. — Mestre, encontramos... O senhor não vai acreditar, Mestre...

— Mostrem-me. Tragam até aqui. O que é?

Os vampiros se organizaram um pouco e jogaram a humana no espaço aberto no chão. Magnus teve que fazer o maior esforço do mundo para não emitir um ruído de alarme ou se denunciar de alguma forma.

Era Maria Antonieta.

Claro, o feitiço de disfarce não enganava os vampiros. A rainha estava exposta, com o rosto pálido de choque.

— Vocês... — disse ela, dirigindo-se à multidão com a voz trêmula —, o que fizeram... Vocês vão...

Marcel ergueu a mão para pedir silêncio, e para a surpresa de Magnus, a rainha se calou.

— Quem a trouxe? — perguntou ele. — Como isso aconteceu?

— Fui eu, *monsieur* — respondeu uma voz. Uma vampira elegante, chamada Coselle, deu um passo à frente. — Eu vinha para cá, saindo da rue du Bac, e não pude acreditar nos meus olhos. Ela deve ter saído das Tulherias. Estava na rua, *monsieur*, parecendo assustada e perdida.

Claro. A rainha não estava acostumada a andar sozinha pela rua. E, no escuro, era fácil pegar o caminho errado. Ela virara na esquina errada e, por alguma razão, atravessara o Sena.

— Madame — disse Marcel, descendo as escadas. — Ou devo dizer "Vossa Majestade"? Tenho o prazer de me dirigir à nossa amada e mais... ilustre rainha?

Ouviu-se um riso abafado do outro lado do salão, mas exceto isso, nenhum ruído.

— Sim, sou eu — respondeu a rainha, e levantou-se. — E exijo...

Marcel ergueu a mão novamente, pedindo silêncio. Desceu o restante dos degraus e caminhou até a rainha, parou diante dela e a examinou com atenção. Em seguida, fez uma pequena reverência.

— Majestade — disse ele. — Não tenho palavras para dizer como estou feliz com a sua presença em minha festa. Estamos todos sem palavras, não é mesmo, meus amigos?

A essa altura, todos os vampiros que cabiam estavam na entrada. Os que não cabiam se penduravam nas janelas. Todos assentiram e sorriram, mas não responderam. O silêncio era terrível. Do lado de fora dos muros do jardim de Marcel, a própria cidade de Paris parecia em silêncio.

— Meu querido Marcel — disse Magnus, forçando uma risada. — *Detesto* desapontá-lo, mas esta não é a rainha. É amante de um dos meus clientes. Chama-se Josette.

Como essa declaração parecia uma grande mentira, Marcel e os outros permaneceram em silêncio, esperando ouvir mais. Magnus desceu os degraus, tentando parecer divertido com o que estava acontecendo.

— Ela é ótima, não é mesmo? — continuou. — Atendo a muitos gostos, assim como você. E, por acaso, tenho um cliente que gostaria de fazer com a rainha o que ela anda fazendo com o povo francês há anos. Fui contratado para uma transformação completa. E, devo dizer, sob o risco de parecer arrogante, que fiz um ótimo trabalho.

— Não imaginava que você fosse modesto — disse Marcel, sem qualquer sombra de sorriso.

— É uma qualidade superestimada — respondeu Magnus, dando de ombros.

— Então, como explica o fato de que esta mulher afirma ser, de fato, a rainha Maria Antonieta?

— Eu sou a rainha, seu monstro! — disse, com a voz agora histérica. — Sou a rainha. Sou a rainha!

Magnus teve a impressão de que ela estava dizendo isso não para impressionar seus captores, mas para comprovar para si mesma sua identidade e sanidade. Ele se colocou calmamente diante dela e estalou os dedos na frente de seu rosto. Ela ficou inconsciente de imediato, caindo suavemente em seus braços.

— Por que — perguntou, virando-se devagar na direção de Marcel — a rainha da França estaria vagando pela rua, sozinha, no meio da noite?

— Uma boa pergunta.

— Porque ela não estava. Era Josette. Ela precisava ser perfeita de todas as formas. Primeiro, meu cliente só queria que ela se parecesse com a rainha, mas, depois, insistiu em ter o pacote completo, por assim dizer: a aparência, a personalidade, tudo. Josette realmente acredita ser Maria Antonieta. Aliás, estava trabalhando exatamente nisso com ela quando ela se assustou e escapou dos meus aposentos. Talvez tenha me seguido até aqui. Às vezes, meus talentos me superam.

Ele a colocou no chão, com delicadeza.

— Também me parece que ela está sob um leve feitiço de disfarce — acrescentou Marcel.

— Para os mundanos — disse Magnus. — Não se pode permitir que uma mulher idêntica à rainha perambule pelas ruas. É um feitiço bem leve, como um xale de verão. Ela não deveria ter saído de casa. Eu ainda estava trabalhando.

Marcel se abaixou e segurou o rosto da rainha, virando-o de um lado para o outro, às vezes, olhando para a face, outras, para o pescoço. Um ou dois longos minutos se passaram, durante os quais todo o grupo esperou o que ele diria em seguida.

— Bem — falou Marcelo afinal, e levantou-se. — Devo parabenizá-lo pelo ótimo trabalho.

Magnus precisou se conter para que o suspiro de alívio não fosse testemunhado.

— Todos os meus trabalhos são excelentes, mas aceito os parabéns — respondeu, acenando com a cabeça na direção de Marcel.

— Uma maravilha como esta seria um grande sucesso em uma das minhas reuniões. Então, devo insistir que a venda para mim.

— Vendê-la? — disse Magnus.

— Sim. — Marcel se inclinou e passou o dedo pelo queixo da rainha. — Sim, você tem que vendê-la. Não importa quanto seu cliente pagou, ofereço o dobro. Mas preciso tê-la. É impressionante. O que cobrar, eu pago.

— Mas, Marcel...

— Ora, ora, Magnus. — Marcel balançou lentamente um dedo. — Todos temos nossas fraquezas e devemos ceder a elas para que floresçam. Eu a terei.

Não havia meio de fingir que o cliente fictício era mais importante do que Marcel.

Pense. Ele tinha que *pensar*. E sabia que Marcel o estava observando enquanto pensava.

— Se você insiste — respondeu Magnus. — Mas, como disse, eu ainda estava trabalhando nela. Faltavam só mais alguns ajustes. Ela ainda tem alguns maus hábitos da vida anterior. Todos aqueles maneirismos de Versalhes — são tantos —, todos tiveram que ser costurados como um bordado delicado. E ainda não assinei a obra. Gosto de assinar meus trabalhos.

— Quanto tempo levaria?

— Não muito. Posso devolvê-la amanhã...

— Prefiro que ela fique aqui. Afinal de contas, quanto tempo demorar para assinar seu trabalho? — perguntou Marcel, e esboçou um sorriso.

— Pode levar algum tempo — disse Magnus, retribuindo com um sorriso malicioso. — Tenho uma bela assinatura.

— Apesar de lidar com bens usados, prefiro os que têm condições impecáveis. Não demore. Henri, Charles... levem a rainha para o quarto azul lá em cima. Deixem que *monsieur* Bane complete sua assinatura. Estamos ansiosos pelo produto final.

— Claro — respondeu Magnus.

Lentamente, Magnus seguiu a rainha prostrada e os submissos até o quarto.

Depois que Henri e Charles puseram a rainha na cama, Magnus trancou a porta e deslizou um guarda-roupa pesado para bloqueá-la. Então abriu as cortinas. O quarto azul ficava no terceiro andar, uma queda livre até o pátio. E essa era a única saída.

Magnus se permitiu alguns instantes praguejando antes de balançar a cabeça e examinar mais uma vez a situação. Sozinho, conseguiria escapar, mas sair, levar a rainha... *e* entregá-la a Axel...

Olhou pela janela mais uma vez, para o chão abaixo. A maioria dos vampiros tinha voltado para dentro de casa, mas alguns servos e submissos permaneciam lá fora para receber as carruagens. Para baixo não teria como ir, mas para *cima*...

Para o alto, em um balão, por exemplo.

Magnus tinha certeza de uma coisa — esse trabalho seria muito difícil. O balão estava do outro lado de Paris. Ele fez um esforço com a mente e achou o que procurava. O balão continuava enrolado no mirante do *Bois de Boulogne*. Rolou-o para a grama, mentalizou para que inflasse, enfeitiçou-o para deixá-lo invisível e, então, ergueu-o do chão. Sentiu-o levantar e o conduziu, sobre as árvores do parque, por cima das casas e das ruas, evitando cuidadosamente os pináculos de igrejas e catedrais, e sobre o rio. O balão flutuava e era empurrado pelo vento com facilidade. Ele queria subir direto para o céu, mas Magnus o manteve firme.

Em algum momento, ele ficaria sem seus poderes, e aí perderia a consciência. Só podia torcer para que isso acontecesse no fim do processo, mas não tinha como saber. Conforme o balão se aproximava, deu o melhor de si para disfarçá-lo totalmente, tornando-o invisível até mesmo para os vampiros embaixo. Observou-o se aproximando pela janela, e com a máxima cautela, guiou-o para perto. Inclinou-se o mais que pôde e o pegou. A cesta tinha uma porta pequena que ele conseguiu abrir.

Quando uma pessoa rouba um balão e o anima para que sobrevoe Paris, o ideal é saber como ele funciona. Magnus nunca se preocupou com a mecânica do balão — só lhe interessava o fato de que agora os mundanos podiam voar em um pedaço colorido de seda. Por isso, quando descobriu que a cesta continha fogo, ficou alarmado.

Além disso, a rainha provavelmente não era pesada, mas o vestido — e fosse o que fosse que tivesse escondido ali para a fuga — certamente era, e Magnus não tinha energia de sobra. Ele estalou os dedos, e a rainha acordou. Bem a tempo, ele passou um dedo sobre seus lábios e silenciou o grito que estava prestes a deixar sua boca.

— Majestade — falou, e o cansaço pesou em sua voz. — Não há tempo para explicações, nem para apresentações. O que preciso que faça, e o mais depressa possível, é sair por essa janela. A senhora não pode ver, mas tem uma coisa ali fora para resgatá-la. Mas temos que ser rápidos.

A rainha abriu a boca e, ao perceber que não podia falar, começou a correr pelo quarto, pegando objetos e os arremessando contra Magnus. Magnus fez caretas enquanto os vasos atingiam a parede ao lado. Ele conseguiu amarrar o balão à janela com a cortina e agarrou a rainha. Ela começou a socá-lo. Tinha punhos pequenos, que evidentemente não estavam acostumados a esse tipo de atividade, mas seus golpes não eram totalmente em vão. Ele tinha muito pouca força sobrando, e ela parecia funcionar movida pelo puro medo, que corria por suas veias.

— Majestade — sibilou ele. — A senhora tem que parar. Tem que me ouvir. Axel...

Ao ouvir o nome "Axel", ela ficou imóvel. Era disso que ele precisava. Ele a empurrou pela janela. O balão, que recuou com a força do gesto, se afastou uns 30 centímetros — de modo que ela aterrissou com o corpo metade no balão, metade fora dele. Então se segurou nele, apavorada, com as mãos em uma coisa que ela conseguia sentir, mas que não enxergava, e os pés calçados chutando o ar e atingindo a lateral do prédio. Magnus recebeu alguns chutes no peito e no rosto, antes de conseguir colocá-la na cesta. Suas saias caíram sobre o rosto, e a rainha da França foi reduzida a uma pilha de pano e duas pernas que se debatiam. Ele também pulou, fechou a porta e soltou a cesta com um suspiro profundo. O balão subiu rapidamente, acima dos telhados. A rainha conseguiu se virar e ficar de joelhos. Ela tocava a cesta, com os olhos arregalados como uma criança admirada. Ergueu-se muito lentamente, espiou ao redor, olhou para a vista embaixo dela e imediatamente desmaiou.

— Um dia — disse Magnus, olhando para a figura real encolhida a seus pés —, terei que escrever minha biografia.

Esse não foi o passeio de balão com o qual Magnus estava sonhando.

Para começar, o balão estava baixo e suicidamente lento, e parecia não querer fazer outra coisa além de baixar de repente sobre telhados e chaminés. A rainha estava se mexendo e gemendo no chão da cesta, fazendo com que o balão sacudisse de forma nauseante. Uma coruja resolveu atacar. E o céu estava escuro, tão escuro que Magnus não fazia ideia de aonde estava indo. A rainha resmungou um pouco e levantou a cabeça.

— Quem *é* você? — perguntou, com voz fraca.

— Um amigo de um amigo — respondeu Magnus.

— O que estamos...

— É melhor não perguntar, Majestade. A senhora não quer saber a resposta. E acho que estamos sendo conduzidos para o sul, para a direção errada.

— Axel...

— Sim. — Magnus se inclinou e tentou identificar as ruas embaixo. — Sim, Axel... mas eis uma dúvida... Se a senhora estivesse procurando, digamos, o Sena, onde procuraria?

A rainha baixou novamente a cabeça.

Ele conseguiu reunir forças para restaurar o feitiço de disfarce no balão, tornando-o invisível para os mundanos. Não teve energia para se camuflar no processo, por isso, algumas pessoas puderam ver a parte superior de Magnus voando diante de suas janelas de terceiro andar, no escuro. Algumas pessoas não poupavam velas, e ele viu uma ou duas coisas muito interessantes.

Finalmente, avistou uma loja que conhecia. Desceu o balão para a rua, até que as coisas parecessem mais familiares, então viu Notre-Dame.

Agora a pergunta era... onde *pousar*? Não dava para simplesmente aterrissar com um balão no meio de Paris. Nem mesmo um balão invisível. Paris era muito... pontuda.

Só havia uma coisa a fazer, e Magnus já estava odiando aquilo.

— Majestade — disse, cutucando a rainha com o pé. — Majestade, a senhora *precisa acordar*.

A rainha se mexeu outra vez.

— A senhora — começou Magnus — não vai gostar do que vou dizer, mas confie em mim quando digo que esta é a melhor entre diversas péssimas alternativas...

— Axel...

— Sim. Em um minuto, vamos pousar no Sena...

— O quê?

— E seria muito bom se pudesse tapar o nariz. Suponho que seu vestido esteja cheio de joias, então...

O balão estava despencando com rapidez enquanto a água subia. Magnus os conduziu com cuidado a um local entre duas pontes.

— A senhora pode...

O balão caiu como uma pedra. O fogo se apagou, e a seda imediatamente desceu sobre Magnus e a rainha. Magnus já estava quase sem força, mas conseguiu reunir o suficiente para rasgar o tecido ao meio e impedir que os prendesse. Nadou com o próprio esforço, puxando a rainha para a margem. Estavam, conforme ele esperava, perto das Tulherias e de seu cais. Ele a empurrou para os degraus, e a deitou.

— Fique aqui — disse, pingando e arfando.

Mas a rainha estava inconsciente outra vez. Magnus sentiu inveja dela.

Subiu cambaleante e voltou às ruas de Paris. Provavelmente Axel estaria andando pela área. Tinham concordado que, se alguma coisa saísse errada, Magnus lançaria uma faísca azul no céu, como um fogo de artifício. E foi o que fez. Em seguida, desabou no chão e esperou.

Cerca de 15 minutos se passaram quando uma carruagem parou — não uma carruagem simples como a de antes, mas uma imensa, preta, verde e amarela. Que poderia carregar facilmente seis ou mais pessoas durante dias, com todos os confortos possíveis. Axel saltou do assento do cocheiro e correu até Magnus.

— Onde ela está? Por que está molhado? O que aconteceu?

— Ela está bem — respondeu Magnus, levantando a mão. — *Esta* é a carruagem? Uma *berline de voyage*?

— Sim — respondeu Von Fersen. — Suas Majestades insistem. E não seria adequado chegarem em nada menos grandioso.

— E impossível de não serem notados!

Pela primeira vez, Von Fersen pareceu pouco à vontade. Era evidente que não gostara da ideia e se opusera a ela.

— Sim, bem... esta é a carruagem. Mas...

— Ela está nos degraus. Tivemos que aterrissar no rio.

— Aterrissar?

— É uma longa história — respondeu o feiticeiro. — Digamos apenas que as coisas se complicaram. Mas ela está viva.

Axel se ajoelhou diante de Magnus.

— Você jamais será esquecido por isso — afirmou o jovem, em voz baixa. — A França vai se lembrar. A Suécia vai se lembrar.

— Não ligo para as lembranças da França ou da Suécia. Ligo para as suas.

Magnus ficou verdadeiramente assombrado quando Axel puxou-o e beijou-o — por ter sido tão repentino, passional, e porque a cidade de Paris, os vampiros, o Sena, o balão e todo o restante desapareceram, e, por um instante, foram apenas os dois. Um instante perfeito.

E foi Magnus quem interrompeu.

— Vá — sussurrou. — Quero que você fique seguro. Vá.

Axel assentiu, parecendo um pouco chocado com a própria conduta, e correu pelos degraus do cais. Magnus se levantou e, com uma última olhada, começou a andar.

Ir para casa não era uma opção. Os vampiros de Saint Cloud provavelmente estavam em seu apartamento neste momento. Tinha que se abrigar até o amanhecer. Passou a noite na *petite Maison* de madame de —, uma de suas amantes mais recentes. Ao amanhecer, voltou para casa. A porta da frente estava aberta, e ele entrou cautelosamente.

— Claude! — chamou, mantendo-se estrategicamente próximo à poça de luz solar perto da porta. — Marie! Ragnor!

— Não estão aqui, *monsieur* — respondeu uma voz.

Henri. Claro. Ele estava sentado na escada.

— Vocês os machucaram?

— Levamos Claude e Marie. Não sei quem é Ragnor.

— Vocês os *machucaram*? — repetiu Magnus.

— Estão mais do que machucados agora. Meu mestre pediu que envias-se seus cumprimentos. Disse que deram um excelente banquete.

Magnus sentiu-se nauseado. Marie e Claude foram tão bons com ele, e agora...

— O Mestre gostaria muito de vê-lo — disse Henri. — Por que não vamos juntos agora, e vocês podem conversar quando ele acordar à noite?

— Acho que vou recusar o convite — respondeu Magnus.

— Se você o fizer, Paris se tornará o lugar mais inóspito para viver. E quem é aquele seu novo cavalheiro? Descobriremos o nome dele uma hora dessas. Entendeu?

Henri se levantou, tentou parecer ameaçador, mas era um mundano, um submisso de 17 anos.

— O que eu acho, seu submisso inútil — disse o feiticeiro, aproximan-do-se —, é que você esquece com quem está lidando.

Magnus permitiu que algumas faíscas brilhassem entre seus dedos, e Henri recuou.

— Vá para casa e diga a seu mestre que recebi o recado. Ofendi sem intenção. Deixarei Paris de uma vez por todas. O assunto pode ser conside-rado encerrado. Aceito meu castigo.

Ele se afastou da porta e estendeu o braço, indicando que Henri deveria se retirar.

Conforme esperava, tudo estava uma confusão — móveis revirados, mar-cas de fogo nas paredes, obras de artes desaparecidas, livros rasgados. Em seu quarto, vinho havia sido entornado na cama e nas roupas... Pelo menos, ele achou que fosse vinho.

Magnus não demorou muito para examinar os escombros. Com um gesto da mão, a lareira de mármore se afastou da parede. Ele pegou um saco cheio de luíses de ouro, um rolo espesso de *assignats*, uma coleção de ma-ravilhosos anéis de citrina, jade, rubi e um magnífico de topázio azul.

Esta era sua política de segurança, caso os revolucionários saqueassem a casa. Vampiros, revolucionários... eram a mesma coisa agora. Os anéis fo-ram para os dedos, os *assignats* para o casaco e os luíses de ouro para a bela bolsa de couro, que também tinha sido guardada na parede para este fim. Enfiou a mão na abertura mais uma vez e pegou um último item: o Livro Gray, com uma capa de veludo verde. Guardou-o com cuidado na bolsa.

Ouviu um barulhinho atrás de si, e Ragnor saiu de debaixo da cama.

— Meu amiguinho — disse Magnus, pegando o macaquinho assustado. — Pelo menos, você sobreviveu. Venha. Vamos juntos.

Quando Magnus soube da notícia, estava no alto dos Alpes, descansando perto de um riacho, esmagando algumas flores com o polegar. Tentou evitar tudo o que era francês durante semanas: os franceses, a comida francesa, o noticiário francês. Dedicou-se à carne de porco e à vitela, aos banhos termais e às leituras. Na maior parte do tempo, passou os dias sozinho — com o pequeno Ragnor — e em silêncio. Mas, naquela manhã, um nobre que fugira de Dijon viera para a pousada onde Magnus estava morando. Parecia um homem que gostava de conversar, e como Magnus não estava a fim de uma companhia dessas, foi sentar perto do riacho. Não se surpreendeu quando o homem o acompanhou.

— Senhor! *Monsieur*! — chamou por Magnus, enquanto arfava e subia a colina.

Magnus limpou a unha com os restos das flores.

— Sim?

— O dono da pousada disse que veio de Paris, *monsieur*! É meu conterrâneo?

Magnus usava um leve feitiço de disfarce na pousada para poder se passar por um nobre francês refugiado, um entre centenas que atravessavam as fronteiras.

— Vim de Paris — respondeu Magnus, indiferente.

— E tem um macaco?

Ragnor estava correndo por ali. Tinha se adaptado muito bem aos Alpes.

— Ah, *monsieur*, estou tão feliz em encontrá-lo! Há semanas que não falo com ninguém da minha pátria. — Ele entrelaçou as mãos. — Não sei nem o que pensar atualmente. Que época terrível! Tantos horrores! Soube do rei e da rainha, sem dúvida?

— O que houve com eles? — perguntou Magnus, mantendo o rosto impassível.

— Suas Majestades, que Deus os proteja, tentaram escapar de Paris! Chegaram a Varennes, onde dizem que o rei foi reconhecido por um mensageiro. Foram capturados e enviados de volta a Paris. Ah, tempos terríveis!

Sem dizer nada, Magnus se levantou, pegou Ragnor e voltou para a pousada. Não queria ter que pensar naquele assunto. Em sua mente, Axel e a família tinham se salvado. Era assim que precisava que fosse. Mas isso agora.

Caminhou de um lado para o outro do quarto e finalmente escreveu uma carta para o endereço de Axel em Paris. Então esperou por uma resposta.

Levou três semanas, e veio com uma letra desconhecida, da Suécia.

Monsieur,

Axel gostaria que soubesse que ele está bem e retribui a profundidade dos sentimentos. O rei e a rainha, como sabe, estão presos em Paris. Axel foi levado a Viena para pedir a intercessão do Imperador, mas temo que esteja determinado a voltar a Paris, arriscando a própria vida. Monsieur, como Axel parece estimá-lo imensamente, será que não poderia escrever para ele e desencorajá-lo? Ele é meu adorado irmão, e me preocupo constantemente.

Havia um endereço em Viena, e o bilhete trazia apenas "Sophie" como assinatura.

Axel voltaria a Paris. Disso Magnus tinha certeza.

Vampiros, seres sobrenaturais, lobisomens, Caçadores de Sombras, demônios — essas coisas faziam sentido para Magnus. Mas o universo mundano não parecia ter padrão, nem forma. As políticas inconstantes. As vidas curtas...

Magnus pensou novamente no homem de olhos azuis em seu gabinete. Em seguida, acendeu um fósforo e queimou o bilhete.

Vampiros, bolinhos e Edmund Herondale

Cassandra Clare e Sarah Rees Brennan

AFINAL,

PESSOAS INTERESSANTES E ATRAENTES NÃO CAEM DO CÉU, SIMPLESMENTE.

ROUPAS INCRÍVEIS DA RUA BOND COM COLETES BROCADOS VERMELHOS NÃO CAEM DO CÉU, SIMPLESMENTE!

COMO?

Londres, 1857

Desde os infelizes eventos da Revolução Francesa, Magnus nutria um leve preconceito contra vampiros. Os mortos-vivos estavam sempre matando os servos das pessoas e ameaçando a vida de seus macacos, e o clã de vampiros de Paris continuava lhe mandando recados grosseiros por causa do pequeno mal-entendido que tiveram. Vampiros guardavam rancor por mais tempo do que quaisquer outras criaturas teoricamente vivas e, sempre que ficavam de mau humor, se manifestavam por meio do assassinato. Magnus normalmente desejava que seus companheiros tivessem menos (sem duplo sentido) sede de sangue.

Além disso, às vezes, os vampiros cometiam crimes piores do que um assassinato. Eles cometiam crimes contra a moda. Quando uma pessoa é imortal, tende a se esquecer de que o tempo passa. Mas isso não é desculpa para vestir uma boina que foi moda na época de Napoleão I.

No entanto, Magnus estava começando a ter a sensação de que talvez tivesse se precipitado ao descartar *todos* os vampiros.

Lady Camille Belcourt era uma mulher incrivelmente charmosa. E se vestia de acordo com a última moda. Seu vestido tinha uma saia com anquinha adorável, e o caimento dos sete babados estreitos de tafetá azul sobre os quadris fazia parecer que ela emergia de uma cascata de água azul reluzente. Não havia muito tecido sobre o busto, que era pálido e curvo como uma pérola. A única coisa que quebrava a palidez perfeita da curvatura dos seios e da nuca era uma fita preta de veludo, além dos cachos espessos e brilhantes ao redor do rosto. Um dos cachos louros era comprido o bastante para repousar na curva da clavícula, o que fez com que os olhos de Magnus novamente retornassem aos...

Na verdade, todos os caminhos levavam aos seios de Camille.

Era um vestido adorável. E os seios também eram adoráveis.

Lady Camille, tão observadora quanto bela, percebeu que Magnus a notara, e sorriu.

— A melhor coisa de ser uma criatura da noite — confidenciou em voz baixa — é que não preciso usar nenhum traje além do noturno.

— Jamais tinha considerado essa questão — respondeu Magnus, bastante impressionado.

— Claro que adoro variar, por isso aproveito qualquer chance de mudar de roupa. Acho que, durante uma noite de aventuras, há muitas ocasiões nas quais uma dama pode se despir. — Ela se inclinou para a frente, com o cotovelo pálido e macio apoiado sobre a mesa de mogno dos Caçadores de Sombras. — Algo me diz que você é um homem que entende de noites de aventuras.

— Milady, comigo toda noite é uma aventura. Por favor, prossiga com seu discurso sobre a moda — incentivou Magnus. — É um dos meus assuntos favoritos.

Lady Camille sorriu.

O feiticeiro baixou a voz discretamente.

— Ou, se preferir, pode continuar falando sobre se despir. Acho que esse sim é o meu assunto favorito.

Sentaram-se lado a lado ao redor da longa mesa, no Instituto dos Caçadores de Sombras de Londres. O Cônsul, um terrível Nephilim que conduzia a reunião, falava com voz monótona sobre todos os feitiços que gostaria que os feiticeiros disponibilizassem a preço de banana, e sobre suas noções de comportamento adequado a vampiros e lobisomens. Magnus não ouviu nada sobre como esses "Acordos" poderiam beneficiar os integrantes do Submundo, mas certamente entendia por que os Caçadores de Sombras desenvolveram um desejo passional de homologá-los.

Começou a se arrepender de ter aceitado viajar a Londres e ir ao Instituto para que os Caçadores de Sombras pudessem desperdiçar seu precioso tempo. O Cônsul, que Magnus acreditava se chamar Morgalgumacoisa, parecia totalmente apaixonado pela própria voz.

Apesar de, na verdade, ele já ter parado de falar.

Magnus desviou o olhar de Camille e se deparou com uma visão muito menos agradável: o Cônsul o encarava — e a reprovação era visível em seu rosto, de modo tão claro quanto os símbolos em sua pele.

— Se você e a... a vampira puderem parar de flertar por um instante — disse, em tom ácido.

— Flertar? Estávamos apenas conversando de forma mais picante — disse Magnus, ofendido. — Quando eu começar a flertar, garanto que todos os presentes saberão. Meus flertes criam diabretes.

Camille riu.

— Bela rima.

A piada de Magnus pareceu libertar o descontentamento inquieto de todos os membros do Submundo à mesa.

— O que podemos fazer, além de conversar uns com os outros? — perguntou um jovem lobisomem que, apesar da pouca idade, tinha os olhos verdes e intensos de um fanático, e o rosto fino e determinado de um fanático competente, na verdade. Seu nome era Ralf Scott. — Estamos aqui há três horas e ainda não tivemos a chance de falar. Vocês, Nephilim, monopolizaram os diálogos.

— Não posso acreditar — disse Arabella, uma sereia encantadora, com conchas posicionadas de modo fascinante — que após nadar no Tâmisa, aceitei ser retirada por polias e posta em um aquário de vidro para *isso*.

Ela falou bem alto.

Até Morgalgumacoisa pareceu espantado. *Por que*, era o que Magnus queria saber, os nomes dos Caçadores de Sombras eram tão compridos, se os feiticeiros adotavam sobrenomes elegantes com apenas uma sílaba? Os nomes longos eram mera presunção.

— Vocês, seus desgraçados, deveriam se sentir honrados por estarem no Instituto de Londres — rosnou um Caçador de Sombras de cabelos prateados chamado Starkweather. — Eu não permitiria a entrada de nenhum de vocês no meu Instituto, a não ser que estivesse trazendo sua cabeça em uma lança. Fiquem em silêncio e deixem que os superiores falem por vocês.

Uma pausa muito constrangedora se seguiu. Starkweather olhou em volta, e seus olhos pousaram em Camille, não como se ela fosse uma mulher bonita, mas como se pudesse se tornar um belo troféu na parede. Os olhos de Camille se direcionaram para seu líder e amigo, o vampiro de cabelos claros Alexei De Quincey, mas este não respondeu ao seu apelo silencioso. Magnus esticou a mão e pegou a dela.

A pele de Camille era fria, mas os dedos se encaixavam muito bem nos dele. Magnus viu Ralf Scott olhar para eles e empalidecer. Ele era ainda mais jovem do que o feiticeiro imaginara. Tinha olhos enormes, verdes e vítreos, transparentes o bastante para que todas as suas emoções brilhassem através deles naquele rosto esguio. E estavam fixos em Camille.

Interessante, pensou Magnus, e registrou aquela observação.

— Esses devem ser acordos de paz — disse Scott, de forma deliberadamente lenta. — O que significa que todos temos que ter voz. Ouvi sobre como a paz vai beneficiar os Caçadores de Sombras. Agora quero discutir como vai beneficiar os integrantes do Submundo. Teremos assentos no Conselho?

Starkweather começou a engasgar. Uma das Caçadoras de Sombras se levantou precipitadamente.

— Céus, acho que meu marido ficou tão animado com a chance de fazer um discurso que não ofereceu um lanche — disse em voz alta. — Sou Amalia Morgenstern.

— *Ah, é isso*, pensou Magnus. *Morgenstern. Péssimo nome.*

— Posso oferecer alguma coisa? — prosseguiu a mulher. — Vou chamar a criada em um instante.

— Mas nada de carne crua para o cachorro, por favor — disse Starkweather, e abafou o riso. Magnus viu outra Caçadora de Sombras disfarçar uma gargalhada com a mão na frente do rosto. Ralf Scott se sentou, pálido e imóvel. Ele tinha sido a principal força por trás da reunião dos integrantes do Submundo ali, e o único lobisomem disposto a comparecer. Até seu irmão mais novo, Woolsey, ficara de fora, despedindo-se do rapaz na escada do Instituto, jogando os cabelos louros para o lado de forma indiferente e dando uma piscadela para Magnus. (Magnus também pensou que isso era *interessante*.)

As fadas se recusaram veementemente a comparecer, pois a rainha fora contra. Magnus era o único feiticeiro presente, e Ralf precisara caçá-lo, por causa de suas ligações com os Irmãos do Silêncio. O próprio Magnus não levava muita fé na tentativa de forjar a paz com os Caçadores de Sombras, mas foi triste ver os sonhos ilusórios do rapaz acabarem desse jeito.

— Estamos na Inglaterra, não estamos? — perguntou Magnus, e sorriu para Amalia Morgenstern, que parecia bastante afobada. — Eu adoraria uns bolinhos.

— Ah, certamente — disse Amalia. — Com creme, é claro.

Magnus olhou para Camille.

— Algumas das minhas melhores lembranças incluem muito creme e belas mulheres.

Magnus estava adorando escandalizar os Caçadores de Sombras. Camille também parecia se divertir. Por um instante, ela fechou os olhos verdes com satisfação divertida, como se fosse uma gata que já havia consumido sua cota de creme.

Amalia tocou o sino.

— Enquanto esperamos os bolinhos, podemos ouvir o resto do discurso do querido Roderick!

Fez-se um silêncio aterrador e, na quietude, o murmúrio do lado de fora da porta foi ouvido alto e bom som.

— Anjo Piedoso, dai-me força para suportar...

Roderick Morgenstern, que Magnus realmente achava que merecia ter um nome que soasse como um bode mascando cascalho, levantou-se, satisfeito, para continuar o discurso. Amalia tentou se erguer discretamente do assento — Magnus poderia ter dito a ela que saias com anquinhas e discrição eram uma combinação desastrosa — e caminhou até a porta, que se abriu.

Diversos jovens Caçadores de Sombras caíram dentro da sala como cachorrinhos, rolando uns sobre os outros. Os olhos de Amalia se arregalaram com uma surpresa cômica.

— Que diabos...

Apesar de Caçadores de Sombras terem a velocidade dos anjos, apenas um deles conseguiu aterrissar com graça. Um garoto, ou melhor, um rapaz, que caiu sobre um dos joelhos diante de Amalia, como Romeu pedindo a mão de Julieta em casamento.

Ele tinha cabelos da cor de uma moeda de ouro puro, e as linhas do rosto eram tão harmoniosas e elegantes quanto uma efígie talhada em uma daquelas moedas principescas. A camisa se desalinhou em algum momento da bisbilhotice, e o colarinho aberto revelava a ponta de um símbolo desenhado na pele branca.

Os atributos mais marcantes do jovem eram seus olhos. Eram olhos risonhos, ao mesmo tempo alegres e delicados: tinham o azul-celeste radiante do momento de transição entre dia e noite no Paraíso, quando os anjos que passaram o dia bem comportados se descobriam tentados a pecar.

— Não pude suportar mais um minuto longe de você, minha cara, caríssima Sra. Morgenstern — disse o jovem, agarrando a mão de Amalia. — Sinto muita saudade.

Ele piscou os longos cílios dourados, e Amalia Morgenstern foi imediatamente reduzida a rubores e sorrisos.

Magnus sempre preferira cabelos pretos. Parecia que o destino estava determinado a expandir seus horizontes. Isso ou todas as pessoas louras do mundo se uniram em uma espécie de conspiração para, de repente, se tornarem lindas.

— Com licença, Bane? — disse Roderick Morgenstern. — Você está prestando atenção?

— Sinto muito — respondeu Magnus educadamente. — Uma pessoa incrivelmente atraente acabou de entrar no recinto e desviou minha atenção de suas palavras.

Talvez não tenha sido uma declaração inteligente. Os Caçadores de Sombras anciãos, representantes da Clave, pareciam chocados e horrorizados com qualquer integrante do Submundo que demonstrasse interesse em um de seus jovens. Os Nephilim também tinham opiniões muito convictas no quesito comportamento homossexual ou devasso, considerando que, como grupo, suas principais ocupações consistiam em apontar armas grandes e julgar todos que conheciam.

Nesse meio-tempo, parecia que Camille passara a achar Magnus ainda mais interessante. Ela olhou de um lado para o outro, dele para o jovem e louro Caçador de Sombras, e cobriu o sorriso com uma mão enluvada.

— Ele *é* uma graça — sussurrou para Magnus.

Magnus observava Amalia expulsar os jovens Caçadores de Sombras: o rapaz louro; um rapaz mais velho com cabelos castanhos espessos e sobrancelhas marcantes; e uma garotinha de olhos escuros, que parecia um pássaro e não devia ter mais que 3 anos. Ela olhou por cima do ombro e disse:

— *Papa?*

Era evidente que estava chamando o líder do Instituto de Londres, um homem de pele marrom com expressão severa chamado Granville Fairchild.

— Vá, Charlotte. Você sabe qual é o seu dever — disse Fairchild.

O dever antes de tudo; essa era a conduta do guerreiro, refletiu Magnus. E certamente o dever antes do amor.

A pequena Charlotte era uma Caçadora de Sombras dedicada, e se afastou, obediente.

A voz baixa de Camille chamou novamente a atenção de Magnus.

— Não suponho que queira dividi-lo?

Magnus retribuiu o sorriso.

— Não como refeição. Foi isso o que quis dizer?

Camille riu. Ralf Scott emitiu um ruído impaciente, mas foi silenciado por De Quincey, que murmurou irritado para ele. Ao mesmo tempo, acima do barulho, surgiram os grunhidos descontentes de Roderick Morgenstern, um homem claramente interessado em terminar o discurso. E, então, finalmente chegou o lanche, servido em bandejas de prata por uma horda de criadas.

Arabella, a sereia, levantou a mão, agitando-se no aquário.

— Por favor — disse ela. — Quero um bolinho.

Quando o discurso interminável de Morgenstern acabou, todos já tinham perdido o desejo de conversar e só queriam ir para casa. Magnus se separou de Camille Belcourt, com profunda relutância, e dos Caçadores de Sombras, com enorme alívio.

Já fazia tempo que o feiticeiro não se apaixonava e estava começando a sentir os efeitos disso: lembrava-se do brilho do amor como mais forte e da dor da perda como mais suave do que de fato eram. Viu-se procurando potencial para o amor em diversos rostos e enxergando muitas pessoas como um Santo Graal de possibilidades. Talvez agora houvesse aquele algo mais indefinível que fazia corações famintos perambularem, desejarem e procurarem alguma coisa que não sabiam o que era, mas da qual, mesmo assim, não desistiam. Atualmente, cada vez que um rosto, olhar ou gesto chamava a atenção de Magnus, também despertava em seu peito um refrão, uma canção em ritmo insistente como o de suas batidas. *Talvez desta vez, talvez esta pessoa.*

Enquanto caminhava pela Thames Street, começou a arquitetar maneiras de encontrar Camille novamente. Ele deveria fazer uma visita ao clã de vampiros de Londres. Sabia que De Quincey morava em Kensington.

Era uma questão de educação.

— Afinal — falou Magnus em voz alta para si mesmo, balançando a bengala cuja extremidade era uma cabeça de macaco esculpida —, pessoas atraentes e interessantes simplesmente não caem do céu.

Foi então que o Caçador de Sombras de cabelos louros que Magnus viu no Instituto deu um salto-mortal do alto de um muro e aterrissou com graça na rua na frente dele.

— Roupas maravilhosas feitas na Bond Street com coletes de brocado vermelho simplesmente não caem do céu! — proclamou Magnus aos Céus em mais uma tentativa.

O jovem franziu a testa.

— Como?

— Ah, nada. Nada mesmo — disse Magnus. — Posso ajudá-lo? Acho que não tive o prazer de conhecê-lo.

O Nephilim se inclinou e pegou o chapéu, que caíra sobre os paralele-pípedos quando saltou. Depois, tirou-o para fazer um floreio na direção de Magnus. O efeito do sorriso combinado com os cílios foi como um terre-moto de atração. Magnus não podia culpar Amalia Morgenstern pelos risi-nhos, mesmo que o garoto fosse jovem demais para ela.

— Nada menos do que quatro de meus estimados anciãos me alerta-ram a jamais conversar com você, então jurei que o conheceria. Meu nome é Edmund Herondale. Posso perguntar o seu? Só se referiram a você como "aquela desgraça de feiticeiro exibido".

— Fico muito comovido com essa homenagem — respondeu Magnus, e fez seu próprio floreio. — Magnus Bane, ao seu dispor.

— Agora nos conhecemos — respondeu Edmund. — Maravilha! Você frequenta algum antro de pecado e devassidão?

— De vez em quando.

— Os Morgenstern disseram que sim, enquanto jogavam fora os pratos — relatou Edmund, muito entusiasmado. — Vamos?

Jogavam fora os pratos?, Magnus demorou um instante para compreen-der e, quando o fez, sentiu frio por dentro. Os Caçadores de Sombras joga-ram fora os pratos que os integrantes do Submundo tocaram, temerosos de que a porcelana pudesse ter sido corrompida.

Por outro lado, isso não era culpa de Edmund. O único outro lugar para o qual tinha que ir era a mansão que comprara, talvez de modo precipitado, em Grosvenor Square. Uma aventura recente o deixou temporariamente rico (uma condição que abominava; normalmente tentava se livrar de todo o dinheiro assim que o obtinha), então decidiu que viveria com estilo. A *nata* de Londres se referia a ele, Magnus acreditava, como "Bane, o nababo". Isso significava que muitas pessoas na cidade estavam ansiosas para conhecê-lo, e muitas delas pareciam entediantes. Ao menos, Edmund não era.

— Por que não? — decidiu Magnus.

Edmund se alegrou.

— Excelente. Poucas pessoas se dispõem a viver verdadeiras aventuras. Ainda não descobriu isso, Bane? Não é uma coisa triste?

— Tenho pouquíssimas regras na vida, mas uma delas é jamais recusar uma aventura. As outras são: evitar me envolver romanticamente com criaturas marinhas; sempre pedir o que quero, pois a pior coisa que pode acontecer é um constrangimento, e a melhor delas, a nudez; exigir o pagamento de cara; e nunca jogar cartas com Catarina Loss.

— O quê?

— Ela trapaceia — explicou Magnus. — Deixe para lá.

— Eu gostaria de conhecer uma dama que trapaceia em jogos de cartas — declarou Edmund melancolicamente. — Além da tia de Granville, Millicent, que é péssima com o baralho.

Magnus jamais havia imaginado que os poderosos Caçadores de Sombras jogassem cartas, quanto mais que roubassem. Supunha que suas atividades de lazer consistissem em treinamentos com armas e discussões sobre a infinita superioridade em relação aos outros.

Magnus tentou dar uma dica a Edmund.

— Clubes mundanos normalmente não gostam de clientes que, por exemplo, carreguem armas em abundância. Isso talvez seja um problema.

— De modo algum — prometeu Edmund. — Estou com uma seleção muito modesta: algumas adagas de pouco valor, um único estilete, alguns chicotes...

Magnus piscou.

— Não pode ser considerado um arsenal — observou o feiticeiro. — Mas soa como um sábado muito divertido.

— Maravilha! — disse Edmund Herondale, aparentemente interpretando a frase como aprovação para acompanhar Magnus no passeio. Ele pareceu encantado.

O clube White, na St. James Street, não havia mudado nada por fora. Magnus encarou a fachada de pedra clara com prazer: das colunas gregas e molduras arqueadas às janelas mais altas, como se cada uma fosse uma capela; a bancada de ferro fundido com um desenho elaborado que sempre fazia o feiticeiro pensar em uma procissão de caracóis; a janela saliente da qual um homem famoso já havia olhado e apostado em uma corrida entre pingos de chuva. O clube fora criado por um italiano e era um antro de criminosos e uma irresistível perdição para aristocratas britânicos havia mais de cem anos.

Sempre que Magnus ouvia algo sendo descrito como uma "perdição", tinha certeza de que gostaria. Foi por isso que se tornara sócio do White anos antes, quando voou até Londres: porque sua amiga Catarina apostou que ele não conseguiria.

Edmund girou ao redor de um dos postes pretos de ferro fundido em frente à porta. A chama atrás do vidro era escura em comparação aos olhos dele.

— Este costumava ser o lugar onde ladrões de estradas tomavam chocolate quente — contou Magnus distraidamente, enquanto entravam. — O chocolate quente era muito bom. Ladrões de estrada passam muito frio.

— Você já assaltou alguém?

— Só digo uma coisa — revelou Magnus —, fico belíssimo com uma máscara de bom gosto e um chapéu grande.

Edmund riu de novo, e sua risada era simples e alegre, como a de uma criança. Seus olhos percorreram todo o salão, do teto — construído para parecer que a clientela estava no interior de um grande barril de pedra — ao lustre com gotas de joias brilhantes como uma duquesa e então às mesas cobertas por tecidos verdes que entulhavam o lado direito da sala, onde homens jogavam cartas e perdiam fortunas.

A capacidade de Edmund em se maravilhar e se surpreender o fazia parecer ainda mais jovem do que era, e conferia um ar frágil à sua beleza. Magnus não ficou imaginando por que ele, um Nephilim, não temia um integrante do Submundo. Duvidava que Edmund temesse alguma coisa. Ansiava ser entretido, estava pronto para se divertir e confiava essencialmente no mundo.

Edmund apontou para onde havia dois homens, um deles fazendo uma anotação em um livro grande com um floreio desafiador da caneta.

— O que eles estão fazendo ali?

— Presumo que estejam registrando uma aposta. Tem um livro de apostas muito famoso aqui em White. Fazem todo tipo: se um cavalheiro consegue violar uma dama em um balão a 300 metros do chão, se um homem consegue sobreviver submerso por um dia.

Magnus encontrou duas cadeiras para eles perto de uma lareira e fez um gesto indicando que ele e o amigo precisavam desesperadamente de uma bebida. A sede foi saciada no instante seguinte. Havia vantagens em um clube de cavalheiros verdadeiramente bom.

— Você acha que seria possível? — perguntou Edmund. — Não me refiro a sobreviver embaixo d'água; sei que mundanos não conseguem. Falo da outra coisa.

— Minhas experiências com uma mulher em um balão não foram muito agradáveis — disse Magnus, franzindo a testa com a lembrança. A rainha Maria Antonieta foi uma companheira de viagem emocionante, porém, não estava muito à vontade. — Eu não me inclinaria a satisfazer desejos carnais em um balão com uma moça nem com um cavalheiro. Por mais agradáveis que fossem.

Edmund Herondale não pareceu nada surpreso pela menção de um cavalheiro nas especulações românticas de Magnus.

— Para mim, seria uma dama no balão — declarou.

— Ah — respondeu Magnus, que já havia imaginado que fosse este o caso.

— Mas sempre fico lisonjeado quando me admiram — disse Edmund, com um sorriso cativante. — E sempre me admiram.

Ele falou com aquele sorriso simples e mais uma piscada dourada dos cílios, a mesma maneira que usou para encantar Amalia Morgenstern. Estava claro que ele sabia que era lindo de morrer e esperava que as pessoas gostassem. Magnus desconfiava de que todos gostavam.

— Ah, bem — disse o feiticeiro, mudando de assunto graciosamente. — Alguma dama em particular?

— Não estou totalmente certo de que acredito em casamento. Por que comer apenas um bombom quando se pode ter a caixa inteira?

Magnus ergueu as sobrancelhas e tomou um gole do excelente brandy. O jovem tinha jeito com as palavras e o prazer ingênuo de alguém que jamais sofrera por amor.

— Ninguém nunca o machucou, não é? — disse Magnus, que não viu razão para fazer rodeios.

Edmund pareceu alarmado.

— Por quê? Você está prestes a fazê-lo?

— Machucar alguém que traz todos esses chicotes? Não. Só quis dizer que você parece o tipo de pessoa que nunca teve o coração partido.

— Perdi meus pais quando criança — respondeu Edmund, com sinceridade. — Mas raro é o Caçador de Sombras com uma família intacta. Fui acolhido pelos Fairchild e criado no Instituto. Aqueles corredores sempre foram a minha casa. Mas, se está falando de amor, neste caso, não, nunca partiram meu coração. E não prevejo um cenário em que isso aconteça.

— Não acredita no amor?

— Amor, casamento, tudo isso é muito superestimado. Por exemplo, um sujeito que conheço, chamado Benedict Lightwood, acaba de ser acorrentado, e o caso é terrível...

— Pode ser difícil ver os amigos passando para uma fase diferente da vida — observou Magnus em solidariedade.

Edmund fez uma careta.

— Benedict não é meu amigo. É da pobre jovem que tenho pena. O sujeito tem hábitos peculiares, se é que me entende.

— Não entendo — respondeu Magnus secamente.

— Um pouco depravado, é o que estou tentando dizer.

Magnus o olhou friamente.

— Benedict Más Notícias, é como o chamamos — disse Edmund. — Basicamente pelo hábito de se relacionar com demônios. Quanto mais tentáculos melhor, se é que me entende.

— Ah — respondeu Magnus, esclarecido. — Sei a quem você se refere. Tenho um amigo do qual ele comprou algumas xilogravuras estranhas. E também algumas gravuras. O tal amigo é simplesmente um comerciante honesto, e eu nunca comprei nada dele, só para constar.

— E também Benedict Lightverme. E Benedict Bestial — prosseguiu Edmund amargamente. — Mas ele vive sorrateiro enquanto o resto de nós faz brincadeiras inocentes, e toda a Clave acha que ele é extremamente bem-comportado. Pobre Barbara. Acho que ela se precipitou por causa do coração partido.

Magnus recostou-se na cadeira.

— E quem partiu o coração da moça, posso perguntar? — falou, entretido.

— Os corações das damas são como louças sobre uma cornija. São tantos, e é fácil parti-los sem perceber. — Edmund deu de ombros, como se lamentasse, mas também se divertisse com aquilo. Em seguida, um sujeito com um colete horroroso esbarrou em sua cadeira.

— Perdoe-me — disse o cavalheiro. — Acho que estou meio bêbado!

— Estou disposto a ser generoso e acreditar que você estava embriagado quando se vestiu — falou Magnus baixinho.

— Hum? — disse o homem. — Meu nome é Alvanley. Você não é um daqueles nababos indianos, é?

Apesar de nunca ter tido vontade de explicar suas origens para europeus pálidos que não sabiam a diferença entre Xangai e Yangon, Magnus achou que, considerando os problemas na Índia, não era bom ser confundido com um indiano. Ele suspirou e negou, então se apresentou e fez uma reverência.

— Herondale — disse Edmund, fazendo uma reverência também. A segurança dourada de Edmund e o sorriso aberto fizeram o serviço.

— Novo no clube? — perguntou Alvanley, subitamente benevolente. — Ora, ora. Temos que comemorar. Posso oferecer mais uma bebida?

Os amigos de Alvanley, alguns à mesa de cartas e outros circulando por ali, ergueram os respectivos copos em um brinde discreto. A rainha Vitória, assim diziam as felizes notícias, tivera um bom parto, e mãe e filha passavam bem.

— Um brinde à saúde da nossa nova princesa Beatriz e à rainha!

— A pobre coitada já não tem nove filhos? — perguntou Magnus. — Era de pensar que antes do nono ela já estaria exausta demais para escolher um novo nome e, certamente, para governar um país. Sem dúvida, vou beber à saúde dela.

Edmund estava mais do que disposto a aceitar a oferta de mais drinques, apesar de, em dado momento, ter se atrapalhado e se referido à rainha como Vanessa, e não Vitória.

— Ha ha ha — divertiu-se Magnus. — Ele já está embriagado, sem dúvida!

Edmund corou e quase imediatamente foi absorvido por um jogo de cartas. Magnus se juntou à partida, mas não pôde deixar de fitar o Caçador de Sombras com alguma preocupação. Pessoas que acreditavam despreocupadamente que o mundo lhes devia boa sorte podiam ser perigosas em mesas de jogos. Some-se a isso o fato de que Edmund obviamente almejava fortes emoções, e seu temperamento era o mais propício possível a um desastre. De súbito, viu algo de perturbador no brilho dos olhos do garoto, que, devido à luz das velas do clube, passara de céu a mar um instante antes de uma tempestade.

Edmund, decidiu Magnus, lembrava-o, acima de tudo, de um barco — um objeto lindo e brilhante, movido pela correnteza e pelos ventos. Só o tempo diria se ele encontraria uma âncora ou um porto, ou se toda aquela beleza e charme seriam reduzidos a destroços.

Imaginações à parte, Magnus não teve que bancar a babá do Caçador de Sombras. Edmund era um homem adulto e capaz de se cuidar sozinho. No fim, foi o feiticeiro quem acabou entediado e persuadiu Edmund a deixar o White para uma caminhada noturna a fim de abrandar um pouco o efeito da bebida.

Não estavam longe da St. James Street quando Magnus deu uma pausa no relato que fazia sobre certo incidente do Peru ao perceber que Edmund, a seu lado, estava prestando atenção em alguma outra coisa, e cada linha daquele corpo atlético e angelical ficou subitamente tensa. Pensou forçosamente em um cão de caça ouvindo um animal no mato.

Magnus acompanhou o olhar de Edmund até ver o que o Caçador de Sombras estava vendo: um homem com chapéu-coco segurava com firmeza a porta de uma carruagem, envolvido no que parecia ser uma discussão com os ocupantes do veículo.

A briga era feia, mas um instante depois piorou. Magnus viu o homem agarrar o braço de uma mulher. Ela usava roupas simples, adequadas a uma criada ou ama. O homem tentava arrancá-la da carruagem à força.

E teria sido bem-sucedido, não fosse a interferência da outra passageira, uma dama baixa e morena com um vestido que farfalhava como seda enquanto sua voz roncava como um trovão.

— Solte-a, seu patife! — disse a moça, e bateu na cabeça dele com o chapéu.

O homem se assustou com o ataque inesperado e soltou a mulher, mas então voltou a atenção para a agressora e agarrou a mão que empunhava o chapéu. A moça soltou um grito que pareceu mais de ultraje do que de pavor, e o acertou no nariz. O rosto do homem virou levemente com o golpe, e Magnus e Edmund conseguiram enxergar seus olhos.

Não havia como se enganar com o vazio por trás daqueles olhos brilhantes e verdes. Demônio, pensou Magnus. Um demônio; e faminto, para tentar raptar mulheres de carruagens em uma rua londrina.

Um demônio; e muito azarado, por fazê-lo na frente de um Caçador de Sombras.

Magnus recordou-se que Caçadores de Sombras normalmente caçavam em grupos, e que Edmund Herondale estava embriagado.

— Muito bem — disse Magnus. — Vamos parar por um instante e analisar... Ah, você já correu. Ótimo.

Magnus se deu conta de estar falando com o casaco de Edmund, arrancado e abandonado sobre os paralelepípedos, e com o chapéu, que girava suavemente ao lado dele.

Edmund saltou e deu um mortal em pleno ar, aterrissando perfeitamente no teto da carruagem. Ao fazê-lo, sacou as armas dos bolsos escondidos: os dois chicotes que mencionara antes, arcos de luz que chiavam contra o céu noturno. Ele os manejava com grande precisão, e a luz despertava chamas douradas no cabelo desgrenhado e projetava um brilho nas feições esculpidas. Com aquela iluminação, Magnus viu seu rosto se transformar de garoto risonho a anjo austero.

Um chicote enrolou-se na cintura do demônio como a mão de um cavalheiro faria com uma dama durante uma valsa. O outro apertou com força a garganta do monstro. Edmund girou uma das mãos, e o demônio rodou, caindo no chão.

— Você ouviu a moça — disse Edmund. — Solte-a.

O demônio, que subitamente pareceu ter muito mais dentes do que antes, rosnou e atacou a carruagem. Magnus levantou a mão e fechou a porta, fazendo o veículo sacudir e avançar alguns metros, apesar de o cocheiro ter desaparecido — provavelmente devorado — e de o Caçador de Sombras continuar no topo.

Edmund não perdeu o equilíbrio. Tão inabalável quanto um gato, simplesmente saltou para o chão e acertou o demônio Eidolon com um golpe no rosto, fazendo-o voar para trás outra vez. Edmund chutou a garganta da criatura, e Magnus a viu começar a se contorcer, seus limites ficando borrados e mudando de forma.

Ele ouviu o rangido de uma porta de carruagem se abrindo e viu a dama que socou o demônio tentando deixar a relativa segurança do interior em favor de uma rua infestada de demônios.

— Senhorita — disse Magnus, avançando. — Devo aconselhá-la a não deixar a carruagem durante o processo de aniquilação de um demônio.

Ela o olhou com atenção. Tinha olhos grandes e azuis, da cor do céu noturno imediatamente antes de escurecer completamente, e o cabelo que se soltava do penteado elaborado era preto, como se a noite não tivesse estrelas. Apesar de os belos olhos estarem arregalados, ela não parecia assustada, e a mão que atingiu o demônio continuava cerrada em um punho.

Magnus fez a promessa silenciosa de voltar a Londres com mais frequência no futuro. Estava conhecendo pessoas encantadoras.

Magnus olhou para Edmund, que, no momento, era arremessado contra uma parede e sangrava muito, mas sorria e retirava a adaga da bota com uma das mãos enquanto enforcava o demônio com a outra.

— Não se assuste, senhorita. Está tudo sob controle — explicou, enquanto Edmund atacava com a adaga. — Por assim dizer.

O demônio gorgolejou e se debateu em tremores derradeiros. Magnus decidiu ignorar a agitação atrás dele e fez uma reverência encantadora para as duas damas. Não pareceu consolar a criada, que se encolheu nas sombras da carruagem e tentou esconder o rosto com um lenço.

A moça dos cabelos pretos brilhantes e dos olhos violeta soltou a porta da carruagem e deu a mão a Magnus. Tinha a mão pequena, suave e quente; nem mesmo tremia.

— Sou Magnus Bane — apresentou-se. — Pode me chamar quando enfrentar qualquer perigo mortal, ou se precisar desesperadamente de companhia para ir a uma exposição de flores.

— Linette Owens — disse a moça, e sorriu. Tinha belas covinhas. — Ouvi dizer que muitos perigos afligem a capital, mas isso já é um exagero.

— Tenho consciência de que tudo isso deve parecer muito estranho e assustador para você.

— Aquele homem é uma fada malévola? — perguntou a Srta. Owens. Ela fitou Magnus, que a observava com expressão espantada. — Sou de Gales — disse. — Ainda acreditamos em seres sobrenaturais e lendas antigas por lá.

Ela inclinou a cabeça para trás a fim de examinar Magnus. Suas tranças da cor da meia-noite pareciam grandes demais para uma cabeça tão pequena sobre um pescoço tão fino.

— Seus olhos... — disse ela lentamente. — Acredito que você seja uma fada boa, senhor. Quanto ao seu companheiro, não sei dizer.

Magnus olhou por cima do ombro para o companheiro, de cuja presença havia quase se esquecido. O demônio era escuridão e poeira aos pés de Edmund, e, com o inimigo devidamente aniquilado, o rapaz voltou a atenção para a carruagem. Magnus observou a faísca de seu charme dourado acender ao ver Linette, passando de chama de vela a sol em um instante.

— O que eu sou? — perguntou ele. — Sou Edmund Herondale, milady, e estarei para sempre ao seu dispor. Se me aceitar.

Ele deu um sorriso lento e devastador. Na rua estreita e longa após a meia-noite, seus olhos eram como o alto verão.

— Não quero soar indelicada nem ingrata — disse Linette Owens —, mas você é um lunático perigoso?

Edmund piscou.

— Temo ter que observar que você está caminhando pelas ruas armado até os dentes. Esperava combater uma criatura monstruosa hoje?

— Não "esperava" exatamente — respondeu Edmund.

— Então é um assassino? — perguntou Linette. — É um soldado super-zeloso?

— Madame — respondeu Edmund. — Sou um Caçador de Sombras.

— Não conheço o termo. Sabe fazer mágica? — perguntou ela, e pôs a mão sobre a manga de Magnus. — Este cavalheiro sabe.

Ela sorriu para Magnus em aprovação, fazendo o feiticeiro se sentir extremamente gratificado.

— É uma honra poder ajudar, Srta. Owens — murmurou.

Edmund pareceu ter sido atingido na face com um peixe.

— Claro... claro que não sei fazer mágica! — Conseguiu dizer, soando indignado com a ideia, à maneira dos Caçadores de Sombras.

— Ora, pois — disse Linette, visivelmente decepcionada. — Não é culpa sua. Todos nos viramos como podemos. Estou em dívida com o senhor, por salvar a mim e à minha amiga de um destino impronunciável.

Edmund empertigou-se e, animado, falou sem pensar:

— Não se preocupe com isso. Seria uma honra acompanhá-la até sua casa, Srta. Owens. As ruas próximas a Mall Pall podem ser muito traiçoeiras para as moças durante a noite.

Fez-se um silêncio.

— Quer dizer Pall Mall? — perguntou Linette, e deu um breve sorriso. — Não sou eu quem gosta de bebidas fortes. Prefere que eu o acompanhe até sua casa, Sr. Herondale?

Edmund perdeu a fala. Magnus desconfiou que se tratasse de uma experiência inédita e que provavelmente não lhe faria bem.

A Srta. Owens virou levemente de Edmund para Magnus.

— Minha criada, Angharad, e eu vínhamos em viagem da minha propriedade em Gales — explicou. — Vamos passar a temporada em Londres com uma parente distante. Tivemos uma jornada longa e exaustiva, e quis acreditar que pudéssemos chegar a Londres antes do anoitecer. Foi muito tolo e negligente de minha parte e provocou grande angústia a Angharad. Sua ajuda foi inestimável.

Magnus pôde compreender muito mais do relato da Srta. Owen do que o que ela disse de fato. Não se referiu à propriedade do pai, mas dela, de forma casual, como alguém acostumada a posses. Isso, somado ao tecido caro do vestido e a algo em sua postura, deu a Magnus a confirmação de que aquela dama era herdeira não apenas de uma propriedade, mas de uma fortuna. A forma como se referia a Gales dava a impressão de que ela não gostaria que suas terras fossem cuidadas por um administrador. A sociedade acharia um escândalo e uma vergonha que uma propriedade ficasse nas mãos de uma mulher, principalmente uma tão jovem e bonita. As pessoas esperariam que ela se casasse, e que o marido pudesse administrar a herança e tomar posse tanto da terra quanto da dama.

Ela devia ter ido a Londres por não ter gostado dos pretendentes de Gales e estava em busca de um marido para levar de volta.

Ela fora a Londres em busca do amor.

Magnus se solidarizou com isso. Tinha consciência de que o amor nem sempre fazia parte da negociação nos casamentos da alta sociedade, mas Linette Owens parecia ter ideias próprias. Ele achou que fosse provável que ela tivesse um propósito: o casamento certo com o homem certo; e que fosse conquistá-lo.

— Seja bem-vinda a Londres — disse Magnus.

Linette fez uma pequena reverência na carruagem aberta. Seus olhos passaram sobre os ombros de Magnus e abrandaram-se. O feiticeiro olhou em volta, então viu Edmund parado, um chicote enrolado no pulso, como se confortasse a si mesmo com ele. Magnus tinha que admitir que era uma façanha parecer tão gloriosamente lindo e, no entanto, tão abatido.

Linette visivelmente se rendeu a um impulso caridoso e saltou do veículo. Atravessou a rua de paralelepípedos e se colocou diante do jovem e desamparado Caçador de Sombras.

— Sinto muito se fui descortês ou se, de alguma forma, agi como se achasse que você era um... *twpsyn** — disse a moça, tendo o tato de não traduzir o termo.

---

* Em irlandês ou gaélico, significa "idiota".

Ela estendeu a mão, e Edmund ofereceu a dele, com a palma para cima e o chicote ainda enrolado no punho da camisa. De repente, surgiu uma franqueza voraz em seu rosto; o momento teve um peso súbito. Linette hesitou e, então, pôs a mão na dele.

— Estou muito grata por ter salvado a minha vida e a de Angharad de um destino pavoroso. De verdade — disse Linette. — Mais uma vez, peço desculpas se fui indelicada.

— Eu lhe dou licença para ser tão indelicada quanto você quiser — disse Edmund —, se puder voltar a vê-la.

Ele a fitou, sem bancar o sedutor. Sua expressão era sincera e desarmada.

O momento se transformou. A sinceridade humilde e solene fez o que os cílios e o ar superior não fizeram. Fez Linette Owens hesitar.

— Você pode me fazer uma visita no número 26 de Eaton Square, na casa de Lady Caroline Harcourt — disse ela. — Se, pela manhã, este ainda for o seu desejo.

Então puxou a mão, e, após um instante de incerteza, Edmund a soltou.

Linette tocou o braço de Magnus antes de entrar novamente na carruagem. Continuava tão bonita e afável quanto antes, mas algo em sua conduta mudara.

— Por favor, vá me visitar também, se desejar, Sr. Bane.

— Parece uma ótima ideia.

Ele pegou a mão da jovem e a ajudou a subir, soltando-a com um movimento leve e gracioso.

— Ah, e Sr. Herondale — disse a Srta. Owens, esticando a cabeça para fora da janela da carruagem. — Por favor, deixe seus chicotes em casa.

Magnus fez um pequeno gesto, e faíscas minúsculas azul-celeste dançaram entre seus dedos. A carruagem partiu sem cocheiro pelas ruas de Londres, em plena escuridão.

Algum tempo se passou até Magnus comparecer à outra reunião sobre os Acordos propostos, sobretudo em função de discordâncias quanto ao local de encontro. O próprio Magnus votou para que fossem a algum lugar diferente da seção do Instituto construída em terreno consagrado. Tinha a sensação de que o local tinha uma atmosfera de alojamento de servos. Sobretudo porque Amalia Morgenstern mencionou que a área servia de alojamento para os servos dos Fairchild.

Os Caçadores de Sombras se opuseram à ideia de frequentar qualquer covil do Submundo (citação exata de Granville Fairchild), e a sugestão de se encontrarem no parque a céu aberto foi vetada, pois acharam que a dignidade do conclave seria muito comprometida se mundanos desavisados fizessem um piquenique entre eles.

Magnus não acreditou em uma palavra.

Após semanas de discussão, finalmente se renderam e voltaram cabisbaixos ao Instituto de Londres. A única coisa boa foi uma coisa literalmente boa: Camille foi com um chapéu vermelho extremamente fascinante, além de luvas de renda elegantes, também vermelhas.

— Você parece tola e frívola — disse De Quincey, enquanto os Caçadores de Sombras se sentavam nos respectivos lugares ao redor da mesa no salão mal iluminado.

— De Quincey tem razão — concordou Magnus. — Você parece tola, frívola e fabulosa.

Camille empertigou-se, e Magnus achou encantador e atraente o jeito como um pequeno elogio tinha sido capaz de agradar uma mulher que há séculos era linda.

— Exatamente o efeito que planejei — disse Camille. — Posso lhe contar um segredo?

— Por favor. — Magnus se inclinou na direção dela, e ela retribuiu o gesto.

— Eu me vesti para você — sussurrou Camille.

A sala escura e pomposa, cujas paredes eram cobertas por tapeçarias estampadas com espadas, estrelas e os símbolos usados pelos Nephilim na própria pele, de repente se iluminou. Toda a cidade de Londres pareceu se iluminar.

O próprio Magnus era vivo havia centenas de anos, e, no entanto, as coisas mais simples podiam transformar um dia em joia e uma sucessão de dias em uma corrente brilhante que não tinha fim. Eis uma coisa simples: uma garota bonita gostava dele, e o dia clareou.

A pele pálida de Ralf Scott se tornou ainda mais pálida e agora estava marcada por linhas de dor, mas Magnus não conhecia o garoto e não tinha obrigação de cuidar do seu coração partido. Se a dama preferia Magnus, o feiticeiro não discutiria com ela.

— Que prazer recebê-los novamente — disse Granville Fairchild, tão carrancudo como sempre. Cruzou as mãos diante de si sobre a mesa. — Finalmente.

— Que bom que pudemos chegar a um acordo — disse Magnus. — Finalmente.

— Acho que Roderick Morgenstern preparou algumas palavras — anunciou Fairchild. Estava com o rosto impassível, e a voz grave soou como um eco. Havia uma leve semelhança com um filhote de gato chorando sozinho em uma caverna imensa.

— Acho que já ouvi o bastante dos Caçadores de Sombras — disse Ralf Scott. — Já escutamos os termos dos Nephilim para a manutenção da paz entre nós e vocês...

— A nossa lista de exigências não estava completa, de jeito algum — interrompeu um homem chamado Silas Pangborn.

— Não estava mesmo — concordou a mulher ao lado, tão carrancuda e linda quanto uma das estátuas dos Nephilim. Pangborn a apresentou como "Eloisa Ravenscar, minha *parabatai*" com o mesmo ar de propriedade de quem pudesse dizer "minha esposa".

Evidentemente, estavam unidos contra os integrantes do Submundo.

— Temos nossos próprios termos — disse Ralf Scott.

Fez-se total silêncio do lado dos Caçadores de Sombras. Por suas expressões, Magnus não achou que estivessem se preparando para ouvir com atenção. Em vez disso, pareceram abalados com a insolência dos integrantes do Submundo.

Ralf insistiu, apesar da total falta de estímulo. O garoto era valente mesmo em face de uma causa perdida, pensou Magnus, e, apesar de não querer, sentiu uma leve pontada.

— Queremos garantias de que nenhum integrante do Submundo que não tenha sujado as mãos com sangue mundano seja aniquilado. Queremos uma lei que determine que qualquer Caçador de Sombras que abata um inocente do Submundo seja punido. — Ralf ouviu uma explosão de protestos, e gritou acima da voz deles. — Vocês vivem pelas leis! Elas são tudo o que vocês entendem!

— Sim, nossas leis, transmitidas pelo Anjo! — vociferou Fairchild.

— E não as regras que a escória demoníaca tenta nos impor — zombou Starkweather.

— É pedir muito querer uma lei que nos defenda, se há leis que defendem os mundanos e os Nephilim? — perguntou Ralf. — Meus pais foram destruídos por Caçadores de Sombras por causa de um terrível engano, por estarem no lugar errado, na hora errada, e levaram a culpa só por serem licantropos. Estou criando meu irmão mais novo sozinho. Quero minha espécie protegida, forte, e não acuada até se tornarem assassinos ou serem assassinados!

Magnus olhou para Camille a fim de compartilhar a faísca de solidariedade e indignação por Ralf Scott, tão jovem, tão ferido e tão apaixonado por ela. O rosto de Camille permaneceu impassível, mais parecido com o de uma boneca de porcelana do que com o de uma pessoa; sua pele era como porcelana, que não podia enrubescer nem empalidecer, e os olhos eram como vidro frio.

Ele sentiu enjoo e descartou-o imediatamente. Era o rosto de uma vampira, só isso — aquilo não era nenhum reflexo de como ela se sentia de fato. Havia muita gente que não enxergava nada além de maldade nos olhos do próprio Magnus.

— Que horror — disse Starkweather. — Pensei que tivesse mais irmãos para dividir o fardo. Vocês normalmente têm ninhadas, não?

Ralf Scott deu um salto e bateu na mesa com a palma aberta. Seus dedos se transformaram em garras e arranharam o tampo.

— Acho que precisamos de bolinhos! — exclamou Amalia Morgenstern.

— Como ousa? — berrou Granville Fairchild.

— Isso é mogno! — gritou Roderick Morgenstern, parecendo indignado.

— Eu gostaria muito de um bolinho — disse Arabella, a sereia. — E também, se possível, de alguns sanduíches de pepino.

— Eu gosto de ovo e agrião — acrescentou Rachel Branwell.

— Não vou tolerar um insulto desses! — disse um Caçador de Sombras chamado Waybread ou coisa do tipo.

— Não tolera insultos, mas insiste em nos assassinar — observou Camille, a voz fria cortando o ar. Magnus sentiu um orgulho quase intolerável da vampira, e Ralf lhe direcionou um olhar apaixonado e agradecido. — Não me parece justo.

— Sabia que, da última vez, eles jogaram fora os pratos profanados por nossos toques, depois que nos retiramos? — perguntou Magnus suavemente. — Podemos chegar a um acordo, desde que comecemos em uma posição de respeito mútuo.

Starkweather riu. Na verdade, Magnus não o odiava; pelo menos, ele não era um hipócrita. E, por pior que fosse, Magnus sempre apreciava a sinceridade.

— Então não chegaremos a nenhum acordo.

— Temo concordar — murmurou Magnus, e pôs a mão sobre o coração e o novo colete azul-pavão. — Tento sentir algum respeito por você, mas minha nossa! Parece ser uma missão impossível.

— Maldito mágico libertino e insolente!

Magnus inclinou a cabeça.

— Exato.

Quando a bandeja com o lanche chegou, a pausa nos insultos foi tão insuportavelmente constrangedora que Magnus pediu licença sob o pretexto de ter que ir ao banheiro.

Havia poucas câmaras no Instituto com acesso permitido a integrantes do Submundo. Magnus pretendia apenas se esgueirar até um canto sombrio e ficou muito aborrecido ao descobrir que o primeiro que encontrou estava ocupado.

Havia uma poltrona e uma pequena mesa. Um homem estava estirado sobre uma mesa que retratava anjos dourados, e segurava uma caixa de forma zelosa. Magnus reconheceu os cabelos brilhantes e os ombros largos imediatamente.

— Sr. Herondale? — perguntou.

Edmund levou um susto terrível. Por um instante, Magnus achou que ele fosse cair da cadeira, mas a graça dos Caçadores de Sombras o salvou. Encarou Magnus com uma surpresa confusa e ferida, como uma criança que é despertada por um tapa. O feiticeiro duvidou que ele estivesse tendo boas horas de sono; o rosto do rapaz estava marcado por noites em claro.

— Tivemos uma noite e tanto, hein? — perguntou Magnus, com um pouco mais de gentileza.

— Tomei algumas taças de vinho para acompanhar o pato com laranja — respondeu Edmund, com um sorriso sem graça que desapareceu tão logo surgiu. — Nunca mais comerei pato. Não acredito que gostava de pato. O pato me traiu. — Ele ficou em silêncio, depois admitiu: — Talvez mais do que algumas taças. Não o vi em Eaton Square.

Magnus ficou imaginando por que Edmund teria achado que o encontraria lá, e, em seguida, se lembrou. Era o endereço da bela jovem galesa.

— Você foi a Eaton Square?

Edmund olhou para Magnus como se ele fosse estúpido.

— Perdoe-me — disse Magnus. — Eu simplesmente acho difícil imaginar um dos gloriosos protetores invisíveis dos mundanos fazendo uma visita social.

Desta vez, o sorriso de Edmund foi o de sempre, brilhante e cativante, apesar de não ter durado muito.

— Bem, eles me pediram um cartão, mas não faço ideia do que isso signifique. Fui impedido de entrar pelo mordomo, com grande desprezo.

— Suponho que isso não o tenha feito desistir.

— De fato, não — respondeu Edmund. — Simplesmente fiquei deitado esperando e após alguns dias tive a oportunidade de seguir Li... a Srta. Owens e a alcancei na Rotten Row. Tenho me encontrado com ela todos os dias, desde então.

— "Seguir"? Fico impressionado que a dama não tenha alertado algum policial.

O brilho voltou ao rosto de Edmund, deixando-o dourado, azul e pérola outra vez.

— Linette diz que tenho sorte por ela não ter feito isso. — Então acrescentou, um pouco tímido: — Estamos noivos e vamos nos casar.

Isso sim era novidade. Os Nephilim normalmente se casavam entre si, uma aristocracia baseada na crença da própria santidade. Qualquer noiva ou noivo mundano em potencial deveria beber do Cálice Mortal e ser transformado em filho do Anjo por meio de uma perigosa alquimia, mas nem todos sobreviviam a tal transformação.

— Meus parabéns — disse Magnus, e guardou para si as preocupações. — Presumo que a Srta. Owens vá Ascender em breve?

Edmund respirou fundo.

— Não — disse. — Não vai.

— Ah — respondeu Magnus, entendendo afinal.

Edmund olhou para a caixa nas mãos do rapaz. Era um objeto simples de madeira, com o símbolo do infinito desenhado na lateral com o que parecia ser fósforo queimado.

— Isto é uma Pyxis — explicou. — Contém o espírito do primeiro demônio que destruí. Eu tinha 14 anos, e foi nesse dia que descobri o que nasci para fazer, o que nasci para ser: um Caçador de Sombras.

Magnus olhou para a cabeça abaixada de Edmund, as mãos cicatrizadas de um guerreiro apertando a pequena caixa, e não pôde conter a solidariedade que crescia dentro dele.

Edmund falou, em uma torrente de confissões para a própria alma e para a única pessoa que ele sabia que podia ouvi-lo sem achar que seu amor era blasfemo:

— Linette acha que seu dever e sua vocação consistem em cuidar das pessoas em sua propriedade. Ela não quer ser Caçadora de Sombras. E eu... não ia querer, nem pedir isso dela. Homens e mulheres perecem em tentativas de Ascender. Ela é corajosa, linda e inabalável, e se a Lei diz que não é digna do jeito que é, então a Lei é uma mentira. Não consigo acreditar na injustiça de ter encontrado uma mulher, neste mundo inteiro, que posso amar, e em como a Lei trata este sentimento que eu sei que é sagrado. Para ficar com ela devo pedir que meu amor arrisque a própria vida, uma vida que me é mais cara do que a minha própria? Ou será que eu preciso cortar a outra parte da minha alma, queimar o propósito da minha existência e todos os dons que o Anjo me deu?

Magnus se lembrou de Edmund ao dar aquele belo salto para atacar o demônio, de como o corpo do rapaz se transformou de energia inquieta em propósito absoluto ao avistar o inimigo: quando se lançou à briga com a alegria simples e natural de alguém que faz o que nasceu para fazer.

— Você já quis ser outra coisa?

— Não — disse Edmund. Ele ergueu o corpo, apoiou uma das mãos na parede e passou a outra pelo cabelo; um anjo que caíra de joelhos, desgovernado e aturdido pela dor.

— Mas e suas noções pessimistas sobre o casamento? — perguntou Magnus. — E a história de comer um único bombom quando se pode ter a caixa toda?

— Eu era muito tolo — respondeu, quase violentamente. — Pensava no amor como um jogo. Não é um jogo. É mais sério do que a morte. Não ter Linette seria o mesmo que morrer.

— Você fala em abrir mão da sua natureza de Caçador de Sombras — disse Magnus suavemente. — Uma pessoa pode abrir mão de muita coisa por amor, mas não de si próprio.

— É mesmo, Bane? — Edmund deu meia-volta. — Nasci para ser um guerreiro e nasci para ficar com ela. Diga-me como conciliar os dois, pois eu não consigo!

Magnus não respondeu. Olhou para Edmund e se lembrou de quando pensou, inebriado, que o Caçador de Sombras era como um belo navio que podia flutuar pelo mar ou naufragar nas pedras. Ele enxergava as pedras agora, escuras e recortadas contra o horizonte. Viu o futuro de Edmund sem a Caça às Sombras, e o quanto ele ansiaria pelo perigo e pelo risco. E em como os encontraria nas mesas de jogos. Em como se tornaria frágil depois que seu senso de propósito desaparecesse.

E, então, havia Linette, que se apaixonara por um Caçador de Sombras dourado, um anjo vingador. O que pensaria dele quando se tornasse apenas um fazendeiro galês, privado de toda a glória?

No entanto, o amor não era algo a ser descartado com facilidade. Acontecia tão raramente; apenas algumas vezes em uma vida mortal. Às vezes, só surgia uma vez. Magnus não podia dizer que Edmund Herondale estivesse errado em agarrá-lo, uma vez que o encontrou.

Ele só pensava em como a Lei Nephilim era errada por fazê-lo escolher.

Edmund suspirou. Parecia esgotado.

— Perdoe-me, Bane — falou. — Estou apenas sendo uma criança, chutando e gritando contra o destino, e é hora de deixar de ser um menino tolo. Por que lutar contra uma escolha que já tinha sido feita? Se me fizessem escolher entre sacrificar minha vida ou sacrificar todos os dias da existência de Linette até a eternidade, eu me sacrificaria todas as vezes.

Magnus desviou o olhar para não ver o naufrágio.

— Desejo-lhe boa sorte — disse. — Sorte e amor.

Edmund fez uma pequena reverência.

— Desejo-lhe um bom dia. Acho que não nos veremos mais.

Então se afastou para as alas mais internas do Instituto. A alguns metros dali, hesitou e parou; a luz de uma das janelas estreitas da igreja o deixou com os cabelos ainda mais louros, e Magnus acreditou que ele fosse dar meia-volta. Mas Edmund Herondale jamais olhou para trás.

Magnus voltou com o coração pesado para a sala onde Caçadores de Sombras e integrantes do Submundo ainda travavam uma guerra de palavras. Nenhum dos lados parecia inclinado a ceder. O feiticeiro tendia a desistir do assunto e considerá-lo sem solução.

Através dos vitrais, as cortinas da noite começavam a dar sinais de desaparecer para dar lugar ao dia, e os vampiros tiveram que ir embora.

— Parece que outra reunião vai ser tão inútil quanto essas foram — disse Camille, calçando as luvas vermelhas.

— Se os integrantes do Submundo continuarem insolentes — declarou Starkweather.

— Se os Caçadores de Sombras continuarem sendo assassinos hipócritas. — Scott irritou-se. Magnus não conseguia olhar para o rosto dele, não depois de ver o de Edmund Herondale. Não queria assistir enquanto os sonhos de outro garoto morriam.

— Basta! — declarou Granville Fairchild. — Senhorita, não me peça que acredite que nunca feriu uma alma humana. Não sou tolo. E quaisquer mortes provocadas por Caçadores de Sombras ocorreram em nome da justiça e da defesa dos desamparados.

Camille deu um sorriso lento e doce.

— Se acredita nisso — murmurou —, então é um tolo.

E com isso veio outra entediante explosão de fúria dos Caçadores de Sombras reunidos. Ver Camille defendendo o garoto acalentava Magnus. Ela gostava de Ralf Scott, pensou o feiticeiro. Talvez mais do que isso. Magnus poderia até torcer para ser o escolhido, mas não poderia deixar de notar o afeto dela por Scott. Ele ofereceu o braço ao se retirarem, e ela aceitou. Saíram juntos para a rua.

E ali, na entrada do Instituto, os demônios desceram. Demônios Achaieral, com dentes afiados e asas abertas de couro preto e chamuscado, como os aventais dos ferreiros. Espalharam-se pela noite, encobrindo a lua e varrendo as estrelas, e Camille estremeceu ao lado de Magnus, com as presas prontas. Ao sentir o medo da vampira, Ralf Scott atacou o inimigo, transformando-se nesse meio-tempo, e derrubou uma das criaturas em uma confusão sangrenta sobre os paralelepípedos.

Os Caçadores de Sombras também se apressaram, retirando as armas das bainhas e das roupas. Amalia Morgenstern, como se viu, escondia um pequeno e belo machado sob a saia. Roderick Morgenstern correu para a rua e esfaqueou o demônio que lutava com Scott.

Do pequeno carrinho onde estava o seu aquário, Arabella soltou um grito de verdadeiro pavor e mergulhou para o fundo daquele tanque terrivelmente inadequado.

— Comigo, Josiah! — vociferou Fairchild, e Josiah Waybread... não, Magnus achava que era Wayland, na verdade... juntou-se a ele. Colocaram-se diante do carrinho de Arabella para defendê-la, não deixando nenhum demônio passar pela linha brilhante de suas espadas.

Silas Pangborn e Eloisa Ravenscar foram para a rua, lutando virados de costas um para o outro, com armas que não passavam de borrões brilhantes nas mãos e movimentos perfeitamente sincronizados, como se os dois tivessem se fundido em uma única criatura feroz. De Quincey foi atrás e se juntou a eles.

A presença ao lado de Magnus desapareceu de súbito. Camille o deixou e correu para ajudar Ralf Scott. Um demônio saltou para cima dela, vindo de trás, e a capturou com as garras afiadas como lâminas. Ralf uivou de desespero e dor. Magnus explodiu o demônio em pleno ar. Camille caiu no chão, e o feiticeiro se ajoelhou e segurou seu corpo, que tremia, em seus braços. Ele ficou impressionado ao ver o brilho das lágrimas naqueles olhos verdes e constatar como ela parecia frágil.

— Perdoe-me. Normalmente não me exalto com tanta facilidade. Uma cartomante mundana certa vez me disse que a morte me pegaria de surpresa — revelou Camille, com a voz trêmula. — Superstição tola, certo? Ainda assim, gostaria de ser alertada. Não temo nada, se souber que o perigo se aproxima.

— Eu mesmo estaria completamente exaltado se minha roupa fosse estragada por demônios que não entendem nada de moda — disse Magnus, e Camille riu.

Os olhos da vampira pareciam grama sob o orvalho, e ela era corajosa, linda e lutava pelos seus, mas, no entanto, se apoiava nele. Foi nesse instante que Magnus sentiu como se tivesse parado de procurar o amor.

O feiticeiro desviou o olhar do rosto encantador de Camille e viu que os Caçadores de Sombras e os integrantes do Submundo não estavam, para sua surpresa, discutindo. Em vez disso, observavam uns aos outros na rua subitamente quieta, com os corpos dos inimigos ao redor, derrotados porque eles lutaram juntos. Havia certo fascínio no ar, como se os Nephilim não conseguissem enxergar os integrantes do Submundo como demoníacos enquanto lutavam juntos contra os verdadeiros demônios. Os Caçadores de Sombras eram guerreiros; os laços de batalha significavam muito para eles.

Magnus não era um guerreiro, mas se lembrou de como os Caçadores de Sombras agiram para proteger uma sereia e um lobisomem. Isso também significava alguma coisa para ele. Talvez algo pudesse ser salvo nesta noite. Talvez conseguissem fazer essa ideia maluca dos Acordos funcionar, afinal.

Então sentiu Camille se mexer em seus braços e viu para onde ela olhava. Encarava Ralf Scott, que retribuía o gesto. Ele trazia uma dor imensurável nos olhos.

O rapaz ficou de pé e começou a descarregar a ira nos Caçadores de Sombras.

— Vocês fizeram isso — esbravejou. — Querem nos ver mortos. E nos atraíram para cá...

— Você está *louco*? — perguntou Fairchild. — Somos Nephilim. Se os quiséssemos mortos, estariam mortos. Não precisamos de demônios para executar nossas vítimas, e certamente não os queremos manchando nossa porta de entrada. Minha filha mora aqui. Eu não a poria em perigo por nada que se possa imaginar, e certamente não o faria por causa de integrantes do Submundo.

Magnus tinha que admitir que era um bom argumento.

— Foram vocês que trouxeram essa imundice para cá! — berrou Starkweather.

Magnus abriu a boca para discutir, então se lembrou do excesso de veemência da rainha das fadas quando se posicionou contra um acordo com os Caçadores de Sombras, e de sua estranha curiosidade em relação aos detalhes do processo, como a hora e o local das reuniões. E fechou a boca.

Fairchild lançou um olhar de reprovação a Magnus, como se pudesse ler a culpa de todos do Submundo no semblante do feiticeiro.

— Se o que Starkweather diz procede, vocês perderam uma oportunidade de forjar um acordo entre nossos povos.

Era isso, então, e Magnus viu a raiva deixar o rosto de Ralf Scott quando ficou evidente que ele abria mão da luta. Ralf fitou Fairchild, e seus olhos brilhavam quando ele falou com a voz calma e ressonante:

— Não vão nos ajudar? Muito bem. Não precisamos. Os lobisomens cuidarão de si. Vou me encarregar disso.

O garoto lobisomem se esquivou da mão de De Quincey e não prestou atenção à resposta afiada de Fairchild. A única pessoa em quem prestou atenção foi Camille. Olhou-a por um instante. Ela levantou a mão, abaixando-a em seguida, e Ralf girou, se afastando tanto dos Caçadores de Sombras quanto dos outros integrantes do Submundo. Magnus o viu erguer os ombros estreitos enquanto se afastava, um garoto aceitando um fardo pesado e a perda de um amor. Magnus pensou em Edmund Herondale.

Ele não voltou a ver Edmund Herondale, mas o ouviu mais uma vez.

Os Caçadores de Sombras decidiram que Magnus e Camille eram os mais razoáveis representantes do Submundo que eles tinham reunido.

Como as outras opções eram lobisomens destemperados e Alexei De Quincey, Magnus não se sentiu lisonjeado pela preferência.

Os Nephilim pediram a Magnus e Camille que comparecessem a uma reunião particular para trocar informações de modo a continuar se correspondendo, independentemente de Ralf Scott. E, nesse pedido, estava implícito que eles poderiam oferecer proteção, caso Magnus e Camille necessitassem no futuro. Em troca, é claro, de magia ou informações do Submundo.

Magnus foi à reunião para ver Camille, nada mais. Disse a si mesmo que não estava pensando na luta contra os demônios nem na união que ocorrera.

Ao entrar no Instituto, porém, foi surpreendido pelo barulho. Os ruídos vinham das profundezas do lugar, e eram os sons ruidosos e atormentados de alguém sendo esfolado vivo. Pareciam os gritos de uma alma no inferno ou sendo arrancada do céu.

— O que é isso? — perguntou Magnus.

Havia poucos Caçadores de Sombras presentes nesta reunião extraoficial, em lugar da habitual massa de representantes da Clave. Somente Granville Fairchild, Silas Pangborn e Josiah Wayland compareceram. Os três Caçadores de Sombras permaneciam na pequena sala enquanto os gritos de agonia reverberavam das paredes cobertas por tapeçarias e do teto abobadado, e os três Nephilim pareciam completamente indiferentes.

— Um jovem Caçador de Sombras chamado Edmund Herondale desgraçou o nome da família e renunciou ao chamado para se jogar nos braços de uma jovem mundana — respondeu Josiah Wayland, sem qualquer indício de emoção. — Suas Marcas estão sendo removidas.

— E é assim que as Marcas são removidas? — disse Magnus lentamente.

— Ele está sendo refeito em algo mais vil — disse Granville Fairchild, com a voz fria, apesar do rosto pálido. — É contra a vontade do Anjo. Claro que dói.

Um grito de agonia ilustrou as palavras do Nephilim. Ele nem sequer virou a cabeça.

Magnus se sentiu gelado de horror.

— Vocês são bárbaros.

— Deseja correr para ajudá-lo? — perguntou Wayland. — Se sim, nós três vamos derrubá-lo. Não ouse questionar nossos motivos nem nossa conduta. Você está falando de coisas mais importantes e mais nobres do que é capaz de entender.

Magnus ouviu mais um grito, que foi interrompido por soluços desesperados. O feiticeiro pensou no garoto alegre com quem passou uma noite no clube, com o rosto vibrante e desprovido de dor. Este era o preço do amor, taxado pelos Caçadores de Sombras.

Magnus começou a avançar, mas os Caçadores de Sombras se aproximaram com as espadas desembainhadas e os rostos severos. Um anjo com uma espada flamejante proibindo a passagem de Magnus não teria expressado mais convicção na própria justiça. Ouviu os ecos da voz do padrasto na própria mente: *filho do demônio, cria de Satã, nascido para ser amaldiçoado, renegado por Deus.*

O longo e solitário grito de um garoto sofredor que ele não podia ajudar congelou Magnus até os ossos, como água fria penetrando a terra em busca de um túmulo. Às vezes, achava que todos fossem renegados. Todas as almas desta Terra.

Até mesmo os Nephilim.

— Não há nada a ser feito, Magnus. Vamos — disse a voz de Camille ao seu ouvido, em tom baixo. Sua mão era pequena, mas segurava com firmeza o braço do feiticeiro. Ela era forte, mais do que ele, talvez, de todas as formas possíveis. — Fairchild criou o rapaz desde a infância, acredito, e, no entanto, vai jogá-lo na rua como um rejeitado. Os Nephilim não têm piedade.

Magnus permitiu que ela o levasse para a rua e para longe do Instituto. A calma da vampira o impressionou. Camille era uma fortaleza, pensou o feiticeiro, e ele gostaria que ela pudesse ensiná-lo o truque de ser menos tolo e menos facilmente magoado.

— Soube que vai nos deixar, senhor Bane. — falou ela — Lamentarei muito vê-lo partir. De Quincey promove festas lendárias, e dizem que você é a alma de todas as festas que frequenta.

— Também lamento muito ter que partir.

— Posso perguntar o motivo? — Camille estava com o rosto adorável contrariado, e os olhos verdes brilhando. — Achei que Londres o tivesse conquistado, e que você pudesse ficar.

O convite era quase irresistível. Mas Magnus não era Caçador de Sombras. Conseguia sentir pena de alguém que era jovem e estava sofrendo.

— Aquele jovem lobisomem, Ralf Scott — disse Magnus, sem rodeios. — Ele está apaixonado por você. E me pareceu que você também olhou para ele com algum interesse.

— E se for verdade? — perguntou Camille, rindo. — Você não me parece o tipo de homem que abandona a disputa e renuncia à recompensa em benefício alheio!

— Ah, mas eu não sou um homem, sou? Tenho muitos anos, assim como você — acrescentou; e isso também era glorioso, a ideia de amar uma mulher e não temer perdê-la em breve. — Mas lobisomens não são imortais. Envelhecem e morrem. O garoto, Scott, só tem uma chance de conhecer o seu amor, ao passo que eu... posso ir, voltar, e reencontrá-la aqui.

Ela fez um beicinho gracioso.

— Eu posso esquecê-lo.

Ele se curvou ao ouvido de Camille.

— Se o fizer, serei obrigado a fazê-la se lembrar de mim. — Ele colocou as mãos sobre a cintura dela e sentiu a seda macia do vestido sob as pontas dos dedos. Notou a reação de Camille ao seu toque. Seus lábios roçaram a pele dela, e ele a sentiu estremecer. Ele sussurrou: — Ame o garoto. Dê-lhe a felicidade. E, quando eu voltar, dedicarei uma era a admirá-la.

— Uma era inteira?

— Talvez — disse Magnus, provocando. — Como é o poema de Marvell?

Cem anos serão de devoção
Aos seus olhos e ao seu olhar;
Duzentos para adorar cada seio,
Mas trinta mil para todo o resto;
Ao menos, uma era para cada parte,
E a última deverá mostrar seu coração....

As sobrancelhas de Camille se ergueram com a menção aos seios, mas seus olhos cintilavam.

— E como sabe que tenho um coração?

Magnus ergueu as próprias sobrancelhas, aceitando o argumento.

— Ouvi falar que amar é ter fé.

— Se sua fé é verdadeira — disse Camille —, o tempo dirá.

— Antes que o tempo nos diga mais alguma coisa — disse Magnus —, peço humildemente que aceite um pequeno símbolo do meu apreço.

Enfiou a mão na parte interna do casaco, feito de um tecido azul super-delicado que ele torceu para que Camille achasse fabuloso, e pegou o colar.

O rubi brilhava sob a luz de um poste próximo, e seu centro tinha a cor forte do sangue.

— É muito bonito — disse Magnus.

— Muito bonito — soou ela, entretida com o eufemismo.

— Não é digno da sua beleza, é claro, mas o que poderia ser? E há mais uma coisa além da beleza. Tem um feitiço na joia que avisa quando demônios estão por perto.

Camille arregalou os olhos. Era uma mulher inteligente, e Magnus viu que ela entendeu todo o valor da joia e do feitiço.

Magnus tinha vendido a casa em Grosvenor Square e o que mais poderia fazer com o dinheiro? Não pensava em nada mais valioso do que uma garantia de que manteria Camille em segurança e a faria se lembrar dele com carinho.

— Pensarei em você enquanto estiver longe — prometeu ele, colocando o pingente no pescoço pálido da vampira. — Gostaria de imaginá-la sem medo algum.

A mão de Camille tremeu, como uma pomba branca, até o brilhante do colar, então se afastou de novo. Ela olhou nos olhos de Magnus.

— Para ser justa, tenho que lhe dar um símbolo para se lembrar de mim — falou, sorrindo.

— Ah, bem — disse Magnus, enquanto ela se aproximava. A mão do feiticeiro se ajeitou na pequena circunferência de seda de sua cintura. Antes dos lábios se encontrarem, ele murmurou: — Se é uma questão de justiça.

Camille o beijou. Magnus conseguiu pensar em fazer a luz do poste brilhar com mais intensidade, e a chama no ferro e no vidro preencheu toda a rua com uma luminosidade suave. Ele a segurou, assim como à promessa de um possível amor, e, naquele instante caloroso, todas as ruas estreitas de Londres pareceram se expandir, fazendo-o conseguir pensar de forma positiva até sobre os Caçadores de Sombras. Mais sobre um do que do resto.

Separou um instante para torcer que Edmund Herondale encontrasse conforto nos braços de seu belo amor mundano, para que vivesse uma vida que fizesse valer a pena todo o sofrimento por que passou.

O navio de Magnus partiria naquela noite. Deixou Camille para que ela pudesse procurar Ralf Scott, e embarcou naquele navio glorioso chamado *Persia*, feito com a mais inovadora criatividade mundana. Seu interesse pelo navio e a ideia de uma aventura fizeram com que seu arrependimento por deixar Londres diminuísse, mas, mesmo assim, ficou parado na amurada enquanto a embarcação partia pelas águas noturnas. Olhou pela última vez para a cidade que estava deixando para trás.

Anos depois, Magnus voltaria a Londres, para perto de Camille Belcourt, e descobriria que não seria como sonhou. Anos depois, outro jovem Herondale, de olhos muito azuis, bateria à sua porta, tremendo devido ao frio da chuva e à própria tristeza, e, dessa vez, Magnus poderia ajudar.

Mas naquele momento, o feiticeiro não sabia de nada disso. Simplesmente ficou parado no convés do navio e viu Londres e suas luzes desaparecerem aos poucos.

O Herdeiro
da Meia-Noite

Cassandra Clare e Sarah Rees Brennan

1903

Magnus levou quase vinte minutos para notar o garoto que apagava todas as luzes do recinto a tiros, mas, para ser sincero, ele se distraíra com a decoração.

Fazia quase um quarto de século desde que estivera em Londres. E sentira saudades. Certamente, na virada do século, Nova York tinha uma energia com a qual nenhum lugar no mundo poderia rivalizar. Magnus adorava sentar em uma carruagem, avançar para as luzes deslumbrantes de Longacre Square e parar em frente à fachada elaborada em estilo francês renascentista do Teatro Olímpia, ou esbarrar em dezenas de pessoas diferentes no festival do cachorro-quente em Greenwich Village. Ele gostava de viajar pelos trilhos elevados, apesar dos freios barulhentos, e mal podia esperar para conhecer o transporte subterrâneo que estavam construindo sob o coração da cidade. Tinha visto a criação da grande estação de Columbus Circle logo antes de deixar Nova York e torcia para encontrá-la finalmente pronta ao regressar.

Mas Londres era Londres e vestia a história em camadas; todas as eras contidas na atual. Magnus também tinha história naquele lugar. Ele amara pessoas e as odiara. Houve uma mulher que ele tanto amara quanto odiara, portanto, fugira para escapar de sua lembrança. Às vezes, pensava se tinha errado ao sair, se deveria ter suportado as memórias ruins em nome das boas; se deveria ter sofrido e ficado.

Magnus se acomodou na cadeira acolchoada de veludo — com os braços surrados, gastos por décadas de mangas esfregando o tecido — e olhou em volta. Havia uma nobreza nos locais ingleses que os Estados Unidos, com toda a sua juventude, não conseguiam atingir. Candelabros brilhantes desciam do teto — eram de vidro lapidado, claro, e não de cristal, mas refletiam a luz de forma bela — e candeeiros elétricos cobriam as paredes. Magnus ainda achava a eletricidade algo emocionante, apesar da luz elétrica ser mais fraca do que a enfeitiçada.

Grupos de cavalheiros sentavam-se às mesas, jogando cartas. Mulheres de vida dissoluta, cujos vestidos eram excessivamente apertados, coloridos e tudo o que Magnus mais gostava, se encontravam nos bancos de veludo encostados nas paredes. Cavalheiros que se saíam bem nas mesas se aproximavam delas, irradiando vitória e notas de libras; os que não recebiam as bênçãos da Sorte vestiam os respectivos casacos e saíam, silenciosos, noite adentro, sem dinheiro nem companhia.

Era tudo muito dramático, coisa de que Magnus gostava. Ainda não havia se cansado das ostentações da vida cotidiana e das pessoas cotidianas, apesar da passagem do tempo e do fato de que, no fim, as pessoas eram sempre as mesmas.

Uma explosão alta fez com que olhasse para cima. Havia um garoto no meio da sala, com uma pistola de prata na mão. Estava cercado de vidro quebrado, pois tinha acabado de atirar em um dos braços do candelabro.

Magnus foi dominado pela sensação que os franceses chamam de *déjà vu*, aquela impressão de que *já estive aqui*. Ele tinha, obviamente, estado em Londres, há 25 anos.

O rosto do garoto remetia ao passado. Este *era* um rosto do passado, um dos mais belos que Magnus se lembrava de ter visto. Um rosto tão bem moldado que aliviava consideravelmente o mau estado do recinto — uma beleza que ardia tão brilhante que ofuscava as luzes elétricas. A pele dele era tão branca e clara que parecia ter uma luz acesa por trás. As linhas das maçãs do rosto, da mandíbula, da garganta — exposta por uma abertura no colarinho da camisa de linho branca — eram tão perfeitas que o jovem pareceria uma estátua, não fosse pelos cabelos muito desgrenhados e parcialmente ondulados que caíam em seu rosto, tão escuros quanto a meia-noite contra a palidez luminosa.

Os anos arrastaram Magnus novamente, e a névoa de uma Londres de mais de 20 anos passados emergiu para buscá-lo. Ele flagrou os próprios lábios moldando um nome: Will. Will Herondale.

Magnus avançou instintivamente, como se o movimento se desse por vontade própria.

Os olhos do garoto se voltaram para ele, e um estremecimento percorreu o feiticeiro. Não eram os olhos de Will dos quais se recordava, azuis como o céu noturno do Inferno; olhos que Magnus já vira desesperados e suaves.

O menino tinha olhos dourados e brilhantes, como uma taça de cristal cheia de vinho branco, estendida para captar a luz do sol. Se a pele do rapaz era luminosa, os olhos eram radiantes. Magnus não conseguia imaginar ternura neles. O garoto era muito, muito adorável, mas sua beleza era como a de Helena de Troia talvez, contendo desastre em cada traço. A luz daquela beleza fazia Magnus pensar em cidades em chamas.

A névoa e a luz a gás se recolheram na memória. O lapso momentâneo de nostalgia terminou. Este não era Will. O garoto lindo e perturbado seria um homem agora, e este era um estranho.

Mesmo assim, Magnus não acreditava que tanta semelhança pudesse ser coincidência. Com pouco esforço, foi até o rapaz, pois os outros presentes no antro de jogatina pareciam, talvez compreensivelmente, relutantes em se aproximar. O garoto estava sozinho, como se o vidro quebrado ao seu redor fosse um mar brilhante, e ele, uma ilha.

— Não é exatamente uma arma de Caçador de Sombras — murmurou Magnus. — Certo?

Os olhos dourados se estreitaram como fendas brilhantes, e a mão de dedos longos que não segurava a pistola foi para a manga, onde Magnus presumiu que a lâmina mais próxima estivesse escondida. As mãos não estavam muito firmes.

— Paz — acrescentou Magnus. — Não pretendo machucá-lo. Sou um feiticeiro que os Whitelaw de Nova York garantem ser um tanto... bem, quase sempre... inofensivo.

Fez-se uma longa pausa, que pareceu consideravelmente perigosa. Os olhos do garoto eram como estrelas brilhantes, mas não davam qualquer pista quanto aos seus sentimentos. Magnus normalmente era bom em ler as pessoas, mas achou difícil prever o que aquela à sua frente poderia fazer.

O feiticeiro ficou muito surpreso com o que ouviu em seguida.

— Sei quem você é. — A voz não era como o rosto. Tinha suavidade.

Magnus conseguiu conter a surpresa e ergueu as sobrancelhas, questionando em silêncio. Não tinha vivido 300 anos sem aprender a não morder todas as iscas oferecidas pela vida.

— Você é Magnus Bane.

Magnus hesitou; em seguida, inclinou a cabeça.

— E você é?

— Eu — anunciou o garoto — sou James Herondale.

— Sabe — murmurou o feiticeiro —, imaginei que seu nome fosse algo assim. Fico muito feliz em saber que sou famoso.

— Você é o amigo feiticeiro do meu pai. Ele sempre falava a seu respeito para mim e para minha irmã quando os outros Caçadores de Sombras se referiam com descaso aos integrantes do Submundo na nossa presença. Dizia que conhecia um feiticeiro que era mais amigo e mais confiável do que muitos guerreiros Nephilim.

Os lábios do garoto se curvaram ao dizer isso, e ele falou com deboche, mais com desprezo do que divertimento, como se o pai tivesse sido um tolo por lhe dizer isso e o próprio James fosse um tolo em repetir.

Magnus não estava com humor para ironias.

Ele e Will despediram-se em bons termos; Magnus, porém, conhecia os Caçadores de Sombras. Os Nephilim eram muito precipitados em condenar um integrante do Submundo por más ações, agindo como se todos os pecados fossem marcados em pedra por toda a eternidade, provando que pessoas como ele eram ruins por natureza. A convicção dos Caçadores de Sombras acerca da própria virtude angelical e integridade possibilitava que esquecessem as boas ações de um feiticeiro como se estivessem escritas em água.

Magnus não esperava ver ou ouvir falar em Will Herondale nesta viagem, mas, se tivesse pensado no assunto, não teria se surpreendido em estar praticamente esquecido, um mero figurante na tragédia de um garoto. Ser lembrado, e com tanta gentileza, emocionou-o mais do que ele imaginava ser possível.

Os olhos brilhantes e ardentes do menino percorreram a face do feiticeiro e viram coisas demais.

— Eu não ficaria tão contente com isso. Meu pai confia em gente demais — disse James Herondale, e riu. De repente, ficou claro que ele estava muito embriagado. Não que Magnus tivesse achado que ele estava sóbrio ao atirar nos candelabros. — Confiança. É como pôr uma lâmina na mão de alguém e colocar a ponta contra o próprio coração.

— Não pedi que confiasse em mim — observou Magnus calmamente. — Acabamos de nos conhecer.

— Ah, confiarei em você — retrucou o garoto, indiferente. — Não tem a menor importância. Todos somos traídos, mais cedo ou mais tarde. Todos, traídos ou traidores.

— Vejo que a vocação para o drama é de família — sussurrou Magnus. Mas tratava-se de um drama diferente. Will mostrava seu lado errado em âmbito privado, para afastar os mais próximos e queridos. James estava fazendo disso um espetáculo público.

Talvez gostasse do errado pelo errado.

— O quê? — perguntou James.

— Nada — respondeu Magnus. — Só estava imaginando o que o candelabro pode ter feito para ofendê-lo.

James olhou para o candelabro destruído e reduzido a cacos de vidro a seus pés, como se só agora tivesse se dado conta deles.

— Apostaram vinte libras que eu não conseguiria apagar todas as luzes do candelabro a tiros — explicou ele.

— E quem apostou? — perguntou o feiticeiro, sem revelar o que pensava: qualquer um que apostasse com um bêbado de 17 anos sobre ele utilizar uma arma mortal impunemente deveria ser preso.

— Aquele camarada ali — anunciou James, e apontou.

Magnus olhou na direção indicada por James e identificou um rosto familiar à mesa de jogo.

— O verde? — indagou Magnus. Fazer Caçadores de Sombras embriagados bancarem os bobos era um dos passatempos favoritos dos membros do Submundo, e essa exibição tinha sido um tremendo sucesso. Ragnor Fell, o Alto Feiticeiro de Londres, deu de ombros, e Magnus suspirou baixinho. Talvez a prisão fosse um exagero, embora o feiticeiro ainda achasse que seu amigo esmeralda poderia se controlar um pouco.

— Ele é *realmente* verde? — perguntou James, sem parecer se importar muito. — Achei que fosse o absinto.

Então, James Herondale, filho de William Herondale e Theresa Gray, os dois Caçadores de Sombras mais próximos de amigos que Magnus já havia conhecido — apesar de Tessa não ser exatamente uma Caçadora de Sombras ou, pelo menos, não totalmente — deu as costas para Magnus, olhou para uma mulher que servia bebidas a uma mesa cercada de lobisomens, e atirou nela. Ela caiu no chão com um grito, e todos os jogadores se levantaram das mesas, cartas voando e bebidas entornando.

James riu de forma nítida e alegre, e foi nesse momento que Magnus ficou realmente alarmado. A voz de Will teria tremido e revelado que sua crueldade era parte de uma encenação, mas o filho estava aparentemente feliz com o caos ao redor.

A mão de Magnus se ergueu, e ele agarrou o pulso do garoto, o chiado e a luz da magia estalando entre seus dedos como uma promessa.

— Basta.

— Acalme-se — disse James, ainda rindo. — Sou muito bom de tiro, e Peg, a servente da taverna, é famosa por sua perna de pau. Acho que é por isso que a chamam de Peg. Seu verdadeiro nome, acredito, é Ermentrude.

— E suponho que Ragnor Fell tenha apostado 20 libras que você não seria capaz de atirar nela sem derramar sangue? Muito espertos, vocês dois.

James soltou a mão do aperto de Magnus e balançou a cabeça. Seus cabelos pretos bateram sobre o rosto, tão parecidos com os do pai que Magnus respirou fundo.

— Meu pai falou que você agia como uma espécie de protetor dele, mas não preciso de proteção, feiticeiro.

— Discordo.

— Fiz um bocado de apostas hoje — informou James Herondale. — Preciso executar todas as más ações que prometi. Afinal, não sou um homem de palavra? Quero preservar minha honra. E mais uma bebida!

— Ótima ideia — comentou Magnus. — Soube que o álcool só melhora a mira de um homem. A noite é uma criança. Imagine em quantas garçonetes pode atirar antes do amanhecer.

— Um feiticeiro tão tedioso quanto um acadêmico — provocou James, cerrando os olhos âmbar. — Quem poderia imaginar que algo assim existia?

— Magnus nem sempre foi tão tedioso — disse Ragnor, aparecendo ao lado de James com uma taça de vinho na mão. Ofereceu-a ao menino, que a aceitou e virou o conteúdo com um gesto perturbadoramente hábil. — Houve uma vez, no Peru, em um barco cheio de piratas...

James limpou a boca com a manga e pousou a taça.

— Eu adoraria sentar e ouvir velhos senhores recordando as próprias vidas, mas tenho que fazer algo de fato interessante. Fica para outra hora, amigos.

Girou nos calcanhares e foi embora. Magnus fez um movimento como se fosse segui-lo.

— Deixe que os Nephilim controlem o moleque, se conseguirem — falou Ragnor, sempre feliz em testemunhar o caos, mas nunca envolvido nele de fato. — Venha tomar um drinque comigo.

— Outra noite — prometeu Magnus.

— Ainda é um ponto sensível em você, Magnus — falou Ragnor, por trás dele. — Não existe nada de que goste mais do que uma alma perdida ou uma má ideia.

Magnus queria discutir, mas era difícil quando já estava abrindo mão do calor e da promessa de bebida e carteado para correr no frio atrás de um Caçador de Sombras demente.

O referido Caçador de Sombras demente virou-se para ele, como se a rua estreita de pedras fosse uma jaula, e ele, um animal selvagem e faminto, preso há tempo demais.

— Eu não me seguiria — alertou James. — Não estou querendo companhia. Sobretudo a companhia de um mágico que não sabe aproveitar a vida.

— Sei perfeitamente bem como aproveitar a vida — observou Magnus, entretido, e fez um pequeno gesto para que todos os postes de luz que ladeavam a rua derramassem faíscas coloridas. Por um momento, achou que tinha notado um brilho mais suave e menos ardente nos olhos de James Herondale, o esboço de um sorriso alegre e infantil.

No instante seguinte, isso se apagou. Os olhos de James estavam tão brilhantes quanto as joias de um tesouro protegido por um dragão, e não eram mais vivos, nem alegres. Ele balançou a cabeça, os cachos pretos voando pelo ar noturno, onde as luzes mágicas desbotavam.

— Mas você não quer aproveitar a vida, quer, James Herondale? — perguntou Magnus. — Não de verdade. Você quer ir para o inferno.

— Talvez eu ache que vá gostar de ir para o inferno — disse James Herondale, e seus olhos brilharam como os fogos do inferno, sedutores e prometendo um sofrimento inimaginável. — Apesar de não ver necessidade de levar alguém comigo.

Então desapareceu, de modo suave e silencioso, em pleno ar noturno, sem nenhuma testemunha além das estrelas, os postes de luz e Magnus.

Ele reconhecia magia ao vê-la. Girou e, no mesmo instante, ouviu sons de passos determinados contra o paralelepípedo da rua. Um policial caminhava, girando o cassetete e lançando um olhar desconfiado para o rosto do feiticeiro.

Mas não era com Magnus que ele tinha que se preocupar.

O feiticeiro viu que os botões do uniforme do sujeito tinham deixado de brilhar, apesar de ele estar sob um poste de luz, e distinguiu uma sombra descendo de um lugar onde não havia nada que a projetasse. Era uma onda preta na escuridão da noite.

O policial deu um grito de surpresa quando seu capacete foi retirado por mãos invisíveis. Ele cambaleou para a frente, com as mãos apalpando cegamente o ar em busca de algo já perdido.

Magnus lhe lançou um sorriso consolador.

— Alegre-se — disse. — Pode encontrar um chapéu mais bonito em qualquer loja na Bond Street.

O homem desmaiou. Magnus cogitou parar e ajudá-lo, mas uma coisa era sensibilidade, outra era ser ridículo o suficiente para não perseguir um mistério mais interessante. Um Caçador de Sombras capaz de se transformar em sombra? Magnus virou e correu atrás do capacete do policial, guiado apenas pela escuridão provocadora.

Correram rua após rua, Magnus e a escuridão, até o Tâmisa bloquear a passagem. Ele ouviu, mais do que viu, o ruído da rápida correnteza, as águas escuras se misturando à noite.

O que ele avistou foram dedos brancos que, de repente, agarraram a aba do capacete do policial, e a cabeça de James Herondale; a escuridão era substituída pela curva de um sorriso que aparecia subitamente. Magnus viu a sombra mais uma vez virando carne.

Então, o garoto havia herdado algo da mãe, além do que recebeu do pai, afinal. O pai de Tessa fora um anjo caído, um dos reis dos demônios. Os olhos dourados do rapaz de repente ficaram parecidos com os olhos do próprio Magnus, uma lembrança do sangue infernal.

James viu Magnus olhando, e deu uma piscadela antes de jogar o capacete para o alto. Por um instante, o objeto voou como um pássaro estranho, girando suavemente pelo ar até atingir a água. A escuridão foi interrompida por um esguicho prateado.

— Um Caçador de Sombras que sabe fazer truques de mágica — observou Magnus. — Isso é novo.

Um Caçador de Sombras que atacava os mundanos que tinha a missão de proteger; como a Clave adoraria isso.

— Somos pó e sombras, como diz o ditado — respondeu James. — Claro, o ditado não acrescenta que alguns de nós se transformam em sombras ocasionalmente, quando o clima pede. Suponho que ninguém tenha previsto que eu fosse nascer. É verdade que já me disseram que sou um tanto imprevisível.

— Posso perguntar quem apostou que roubaria o capacete de um policial e por quê?

— Pergunta tola. Nunca pergunte sobre a última aposta, Bane — aconselhou James, e alcançou casualmente o cinto, onde a arma estava pendurada, sacando-a com um movimento fluido e simples. — Deveria se preocupar com a próxima.

— Não existe a chance — perguntou Magnus, sem muita esperança — de que você seja um bom garoto que acha que é amaldiçoado e precisa se empenhar em parecer odioso para poupar aqueles ao redor de um terrível destino? Pois soube que isso acontece.

James pareceu divertido com a pergunta. Sorriu, e, ao fazê-lo, os cachos escuros se misturaram à noite, e o brilho da pele e dos olhos se tornou tão distante quanto a luz das estrelas, até ficar tão pálido que ficou difuso. Mais uma vez, ele passou a não ser mais que uma sombra entre as sombras. Era como uma irritante mistura de garoto e gato de Cheshire, que sumia sem deixar nada além da impressão do sorriso.

— Meu pai era amaldiçoado — falou James na escuridão. — Já eu? Sou condenado.

O Instituto de Londres era exatamente como Magnus recordava, alto, branco e imponente. A torre traçava uma linha alva contra o céu escuro. Institutos de Caçadores de Sombras eram construídos como monumentos feitos para suportar devastações de demônios e do tempo. Quando as portas se abriram, Magnus observou novamente a imensa entrada de pedra e os dois andares de escada.

Uma mulher com cabelos ruivos ondulados, de quem Magnus tinha certeza de que deveria se lembrar, mas não lembrava, abriu a porta, com o rosto marcado pelo sono e pela irritação.

— O que você quer, feiticeiro? — perguntou.

Magnus moveu o fardo que trazia nos braços. O garoto era alto, e Magnus tinha tido uma noite longa. A irritação deixou seu tom ríspido ao responder:

— Quero que avise a Will Herondale que eu trouxe o filhotinho dele para casa.

Os olhos da mulher se arregalaram. Ela soltou uma espécie de assobio impressionado e desapareceu subitamente. Alguns instantes depois, Magnus viu uma figura pálida descer suavemente pela escadaria.

Tessa era como o Instituto: não mudava. Tinha o mesmo rosto jovial de 25 anos atrás. Magnus supunha que ela tivesse parado de envelhecer no máximo três ou quatro anos depois que se viram pela última vez. Os cabelos estavam presos numa trança comprida e castanha que caía por cima de um dos ombros. Ela trazia uma pedra de luz enfeitiçada em uma das mãos e uma pequena esfera de luz na palma da outra.

— Você anda estudando magia, Tessa? — perguntou Magnus.

— Magnus! — exclamou Tessa, e seu rosto sério se iluminou com um sorriso receptivo que enviou uma onda de calor por ele. — Mas disseram... Ah, não. Onde encontrou Jamie?

Ela chegou ao pé da escada, foi até Magnus e apoiou a cabeça molhada do garoto na mão, num gesto quase inconsciente de afeto. Naquele gesto, o feiticeiro viu como Tessa mudara, viu o hábito da maternidade impregnado nela, o amor por alguém que havia criado e que amava.

Nenhum outro feiticeiro jamais teria um filho biológico. Somente Tessa passaria por essa experiência.

Magnus desviou o olhar ao ouvir mais alguém descendo pelas escadas.

A lembrança do garoto Will era tão fresca que foi um choque vê-lo agora, mais velho, ombros mais largos, mas com os mesmos cabelos pretos desgrenhados e olhos azuis risonhos. Estava bonito como sempre — talvez mais, considerando que parecia tão feliz. Magnus viu mais marcas de riso que de tempo no rosto de Will e se flagrou sorrindo. Era verdade o que ele havia dito, percebeu. Eram amigos.

Will reconheceu-o e sentiu alegria, mas ao ver o fardo que Magnus carregava, a preocupação imediatamente apagou todo o restante.

— Magnus — falou. — O que aconteceu com James?

— O que aconteceu? — perguntou o feiticeiro, pensativo. — Bem, deixe-me ver. Ele roubou uma bicicleta e pedalou, sem usar as mãos, pela Trafalgar Square. Tentou subir a coluna de Nelson e lutar contra ele. Então, o perdi por um breve período de tempo, e, quando o alcancei novamente, ele tinha andado até o Hyde Park, entrado no lago Serpentine, aberto os braços e gritava: "Patos, reconheçam-me como seu rei!"

— Santo Deus — disse Will. — Ele devia estar extremamente bêbado. Tessa, não aguento mais. O garoto anda arriscando a própria vida de maneira assustadora e rejeita todos os princípios que valorizo. Se continuar se exibindo por Londres será chamado a Idris e mantido lá, longe dos mundanos. Será que ele não sabe disso?

Magnus deu de ombros.

— Também fez inadequados avanços amorosos a uma senhora que vendia flores, um cão de caça irlandês, um inocente cabideiro em um estabelecimento que invadiu, e a mim. E acrescento que não acredito que a admiração de James pela minha pessoa, por mais incrível que me considere, seja sincera. Ele me falou que sou uma dama linda e cintilante. Em seguida desmaiou, naturalmente no trilho de um trem que vinha de Dover, e decidi que já passava da hora de trazê-lo para casa e para a família. Se preferirem que eu o leve a um orfanato, entenderei.

Will estava balançando a cabeça, agora com sombras nos olhos azuis.

— Bridget — gritou, e Magnus pensou *Ah, sim, esse era o nome da criada.* — Chame os Irmãos do Silêncio — concluiu Will.

— Chame Jem, você quer dizer — disse Tessa, baixando a voz, e ela e Will compartilharam um olhar que Magnus só poderia descrever como um olhar *de casado*; o olhar de duas pessoas que se entendiam e, no entanto, ainda se achavam adoráveis.

Era nauseante.

Ele limpou a garganta.

— Então ele ainda é um Irmão do Silêncio?

Will lançou um olhar desanimado a Magnus.

— Isso tende a ser um estado permanente. Aqui, dê meu filho.

Magnus permitiu que Will tirasse James de seus braços, que ficaram mais leves, ainda que molhados, e Magnus seguiu Will e Tessa pelas escadas. No interior do Instituto, ficou evidente que eles o haviam redecorado. A escura sala de estar de Charlotte agora tinha vários sofás que pareciam confortáveis, e as paredes tinham uma cor clara de damasco. Havia prateleiras altas cheias de livros, exemplares com as letras douradas apagadas das lombadas e, Magnus tinha certeza, páginas gastas. Aparentemente, tanto Tessa quanto Will continuavam a ser ávidos leitores.

Will colocou o filho em um dos sofás. Tessa correu e pegou um cobertor enquanto Magnus se virava para a porta, justo no momento em que Will agarrava a sua mão.

— Você foi muito generoso em trazer Jamie para casa — disse ele. — Sempre foi muito bom comigo e com os meus. Naquela época, eu era um garoto e não fui tão grato nem gentil quanto deveria.

— Foi o suficiente, Will — respondeu Magnus. — E vejo que cresceu e se tornou ainda melhor. Além disso, não está careca nem gordo. Toda essa correria e esse combate ao mal de vocês pelo menos servem para manter a boa forma na meia-idade.

Will deu uma risada.

— Também acho um prazer revê-lo — hesitou. — Quanto a Jamie...

Magnus ficou tenso. Não queria preocupar muito Will e Tessa. Não havia contado que ele caíra no lago Serpentine e que fizera pouquíssimo esforço para não se afogar. Não pareceu querer ser retirado das profundezas geladas da água: lutara contra Magnus enquanto o feiticeiro o arrastava. Em seguida, encostara a bochecha pálida contra a terra úmida da margem do rio e escondera o rosto nos braços.

Por um instante, Magnus achou que o garoto estivesse chorando, mas ao se abaixar para verificar o estado dele, notou que o jovem estava quase inconsciente. Com aqueles olhos dourados cruéis fechados, mais uma vez lembrava o menino que fora Will. Magnus o tocou gentilmente no cabelo molhado e disse "James" com a voz mais suave que conseguiu.

As mãos pálidas do menino encontravam-se espalhadas sobre a terra escura. O brilho do anel Herondale cintilou contra sua pele, e a ponta de algo metálico também flamejou sob a manga. Estava com os olhos fechados, os cílios pretos como luas crescentes contra as linhas das maçãs do rosto. Gotas brilhantes de água se prenderam nas curvas daqueles cílios, o que o deixava com uma aparência triste que ele não tinha quando acordado.

— *Grace* — sussurrou James durante o sono e ficou em silêncio.

Magnus não se irritou: ele mesmo já tinha se flagrado muitas vezes desejando uma graça benevolente. Abaixou-se e pegou-o nos braços. A cabeça rolou para seu ombro. Enquanto dormia, James parecia inocente e em paz, além de totalmente humano.

— Ele não é assim — dizia Will, enquanto Tessa puxava um cobertor sobre o filho, cobrindo-o firmemente.

Magnus ergueu uma sobrancelha.

— Ele é *seu* filho.

— O que está tentando insinuar? — perguntou Will, e por um instante Magnus viu seus olhos brilharem, tendo um vislumbre do menino de cabelos pretos desgrenhados e olhos azuis na sua sala de estar, furioso com o mundo inteiro e, mais do que tudo, consigo mesmo.

— Ele não é assim — concordou Tessa. — Sempre foi tão quieto, tão estudioso. Lucie era a impetuosa, mas ambos são generosos e têm bom coração. Em festas, Jamie normalmente ficava pelos cantos com seu latim, ou rindo de alguma piada interna com seu *parabatai*. Sempre manteve Matthew longe dos problemas, e ele mesmo sempre se preservou. Era o único que conseguia fazer aquele menino indolente comparecer às aulas — observou ela, com um singelo sorriso no rosto que dizia que ela gostava do *parabatai* do filho, não importava quais fossem seus defeitos. — Agora ele vive na rua, fazendo coisas terríveis, e não ouve a voz da razão. Não dá ouvidos a ninguém. Entendo o que você diz sobre Will, mas ele estava sozinho e desgastado nos dias que antecederam seu mau comportamento. James foi amado a vida inteira.

— Traição! — murmurou Will. — Cruelmente difamado pelo meu amigo e agora pela minha própria esposa amada. Menosprezado, meu nome sujo...

— Vejo que continua apreciando a arte dramática, Will — disse Magnus. — Assim como continua bonito.

Tinham crescido. Nenhum deles pareceu espantado. Tessa ergueu as sobrancelhas, e Magnus viu nela algo do filho. Ambos tinham o mesmo cenho expressivo e arqueado, que atribuía a seus rostos um olhar inquisitivo e entretido, apesar de, no rosto de James, o entretenimento ser amargo.

— Pare de flertar com meu marido — disse Tessa.

— Não vou parar — declarou Magnus —, mas farei uma breve pausa para podermos colocar os assuntos em dia. Não recebo notícias desde que você me mandou uma mensagem sobre a chegada do bebê, e sobre ele e a mãe estarem em ótimo estado.

Will pareceu surpreso.

— Mas mandamos diversas cartas sob os cuidados dos Morgenstern, que visitavam os Whitelaw no Instituto de Nova York. Você é que se provou um péssimo correspondente.

— Ah — disse Magnus. Ele próprio não ficou nada surpreso. Este era um comportamento típico dos Caçadores de Sombras. — Os Morgenstern devem ter se esquecido de entregá-las. Que descuido.

Tessa, ele notou, também não pareceu surpresa. Ela era feiticeira e Caçadora de Sombras, e, ao mesmo tempo, não era uma coisa nem outra. Os Caçadores de Sombras achavam que o sangue deles era mais forte do que tudo, mas Magnus acreditava perfeitamente que muitos Nephilim podiam não ser gentis com uma mulher capaz de fazer mágica e que não sofria os efeitos do tempo.

Mas duvidava que lhe faltassem com a gentileza na frente de Will.

— Teremos mais cuidados com relação a quem confiaremos nossas cartas no futuro — disse Tessa, decidida. — Estamos sem contato há tempo demais. Que sorte estar em Londres, por nós e por Jamie. O que o traz aqui, negócios ou prazer?

— Gostaria que fosse o negócio do prazer — disse Magnus a ela. — Mas não, é muito tedioso. Uma Caçadora de Sombras que acredito ser conhecida de vocês me chamou... Tatiana Blackthorn? A dama que costumava ser Lightwood, não? — Magnus virou-se para Will. — E sua irmã Cecily se casou com o irmão dela. Gilbert. Gaston. Tenho uma péssima memória para os Lightwood.

— Implorei a Cecily que não se jogasse para um Lightverme — murmurou Will.

— Will! — disse Tessa. — Cecily e Gabriel são muito felizes juntos.

O marido se jogou dramaticamente em uma poltrona, tocando o pulso do filho ao passar, com um afago suave e cuidadoso que dizia muito.

— Pelo menos tem que admitir, Tess, que Tatiana é tão louca quanto um rato preso em um bule. Ela se recusa a falar com qualquer um de nós, e isso inclui os irmãos, pois diz que tivemos culpa na morte do pai. Aliás, ela diz que nós o matamos impiedosamente. Todo mundo tenta explicar que, na época de seu assassinato impiedoso, o pai era um verme gigante que havia devorado o marido dela e concluíra a refeição com sorvete de criados, mas ela insiste em vagar pelo solar, sofrendo com todas as cortinas fechadas.

— Ela perdeu muita coisa. Perdeu o filho — respondeu Tessa, e acariciou o cabelo de James, com o rosto perturbado. Will olhou para a cena e se calou.

— A Sra. Blackthorn veio de Idris para o solar da família na Inglaterra especificamente para me receber, e me mandou uma mensagem pelos canais habituais do Submundo prometendo uma bela quantia se eu viesse e aplicasse alguns feitiços para aumentar os atrativos da filha adotiva — disse

Magnus, e tentou concluir num tom mais ameno. — Suponho que queira casá-la com alguém.

Tatiana não seria a primeira Caçadora de Sombras a recorrer à magia de um feiticeiro para tornar a vida mais fácil e agradável. Era, contudo, a Caçadora de Sombras que oferecia o melhor preço.

— É mesmo? — perguntou Will. — A coitada deve parecer um sapo de gorro.

Tessa abafou uma risada com a mão, e Will sorriu, parecendo satisfeito consigo mesmo, como sempre o fazia quando divertia Tessa.

— Suponho que eu não devesse falar sobre o filho dos outros quando o meu é tão esperto. Ele atira em coisas, sabe. Fez uma cena e tanto na corrida de cavalos em Ascot quando viu uma pobre mulher com um chapéu que ele considerou que tinha muitas frutas de cera.

— Sei que ele atira em coisas — respondeu Magnus cautelosamente. — Sei, sim.

Will suspirou.

— Que o Anjo me conceda paciência, para não estrangulá-lo, e sabedoria, para tentar colocar algum juízo na cabeça dele.

— A quem será que puxou? — observou Magnus.

— Não é a mesma coisa — disse Tessa. — Quando Will tinha a idade de Jamie, tentava afastar a todos que amava. Jamie é muito amoroso conosco, com Lucie, com o *parabatai*. É a si próprio que deseja destruir.

— E sem razão — disse Will, batendo no braço da cadeira com o punho cerrado. — Conheço meu filho, e ele não se comportaria assim a não ser que não tivesse escolha. A não ser que esteja atrás de um objetivo ou de uma punição para si mesmo, por achar que fez algo errado...

Me chamaram? Estou aqui.

Magnus levantou o olhar e viu o Irmão Zachariah na entrada. Era um contorno esguio e tinha o capuz abaixado, exibindo seu rosto. Os Irmãos do Silêncio raramente mostravam o rosto, pois sabiam como a maioria dos Caçadores de Sombras reagia às cicatrizes e desfigurações de suas peles. Aparecer assim para Will e Tessa era uma demonstração da confiança de Jem.

Jem continuava sendo Jem — como Tessa, não tinha envelhecido. Os Irmãos do Silêncio não eram imortais, mas envelheciam extremamente devagar. Os símbolos poderosos que lhes davam sabedoria e permitiam que falassem com a mente também desaceleravam o envelhecimento do corpo, transformando os Irmãos em estátuas vivas. As mãos de Jem eram pálidas e esguias sob os punhos da túnica, e continuavam sendo mãos de músico, mesmo depois de tanto tempo. O rosto parecia esculpido em mármore, os olhos eram crescentes fechados, e os símbolos escuros dos Irmãos se destacavam nas maçãs do rosto altas. Os cabelos ondulavam nas têmporas, escuros e prateados.

Uma imensa tristeza tomou conta de Magnus ao vê-lo. Era humano envelhecer e morrer, e Jem não tinha mais essa humanidade; não estava mais sobre a luz que ardia de modo tão forte e breve. Do lado de fora daquela luz e daquele fogo, era muito frio. Ninguém conhecia esse frio tão bem quanto Magnus.

Ao ver o feiticeiro, Jem inclinou a cabeça.

Magnus Bane. Não sabia que estaria aqui.

— Eu... — Magnus começou a falar, mas Will já estava de pé, atravessando a sala em direção a Jem. Tinha se alegrado ao vê-lo, e o feiticeiro sentiu a atenção de Jem se desviar dele para Will, se fixando ali. Aqueles meninos haviam sido tão diferentes, mas, algumas vezes, pareciam um só. Isso era tão verdade que agora parecia estranho para Magnus ver Will mudado, como acontecia com os humanos, enquanto Jem fora excluído disso. Era estranho vê-los seguindo rumos que o outro não podia acompanhar. Supôs que para eles mesmos fosse ainda mais estranho.

Ainda assim, restava algo que Magnus associava à lenda da linha vermelha do destino: era um fio escarlate invisível que ligava certas pessoas, e, por mais que se emaranhasse, não podia ser rompido.

Os Irmãos do Silêncio se moviam como uma estátua faria, se pudesse. Jem havia entrado da mesma maneira, mas conforme Will se aproximou, deu um passo em direção ao antigo *parabatai*, e o passo foi veloz, ansioso e humano, como se a proximidade dos que amou o fizesse sentir o sangue nas veias novamente.

— Você chegou — disse Will, e naquelas palavras ficou implícita a sensação de que sua alegria estava completa. Agora que Jem estava ali, tudo estava certo no mundo.

— Sabia que viria — disse Tessa, saindo do lado do filho para ir atrás do marido até Jem. Magnus viu o rosto do Irmão Zachariah brilhar ao ouvir a voz dela; símbolos e palidez não faziam mais diferença. Por um instante, voltou a ser um menino, no começo da vida, com o coração cheio de esperança e amor.

Como se amavam, esses três, como sofreram uns pelos outros, e quanta alegria eles evidentemente sentiam apenas por estar juntos no mesmo recinto. Magnus já tinha amado muitas vezes, mas não se lembrava de sentir a paz que irradiava dos três pela simples presença de todos. Às vezes, desejava a paz, como um homem vagando por séculos no deserto faria com a água, sem nunca tê-la visto, mas convivendo com a vontade.

Tessa, Will e seu Jem perdido estavam juntos em um nó firme. Magnus soube que, por um instante, nada além dos três existiu no mundo.

Olhou para o sofá onde James Herondale se encontrava, e viu que o menino estava acordado, os olhos dourados como chamas que ensinavam as velas a brilhar forte. James era o mais jovem do grupo, um menino com toda a vida pela frente, mas não tinha alegria ou esperança no rosto. Ele, Tessa e Will pareciam naturais juntos, mas mesmo nesta sala, com aqueles que o amavam mais que a vida, James parecia muito sozinho. Havia algo de desesperado e desconsolado em seu rosto. Ele tentou se apoiar em um cotovelo, mas sucumbiu novamente sobre as almofadas do sofá, e sua cabeça caiu para trás como se fosse pesada demais para ele aguentar.

Tessa, Will e Jem murmuravam entre si, a mão de Will repousada no braço de Jem. Magnus jamais havia visto alguém tocar um Irmão do Silêncio daquela forma, por pura amizade. Isso o doeu por dentro, e ele viu aquela dor refletida no rosto do garoto no sofá.

Seguindo um impulso impetuoso, Magnus atravessou a sala e se ajoelhou ao lado do sofá, perto do filho de Will, que o fitou com olhos dourados e cansados.

— Olhe para eles — disse James. — A forma como se amam. Eu achava que todos amavam assim. Como nos contos de fada. Achava que o amor era generoso, magnânimo e bom.

— E agora? — perguntou Magnus.

O menino virou o rosto. Magnus se viu fitando a parte de trás da cabeça de James, observando os cabelos pretos bagunçados, tão parecidos com os do pai, e a ponta do símbolo *parabatai* logo abaixo do colarinho. Devia estar nas costas, Magnus pensou, sobre a omoplata, onde estaria a asa de um anjo.

— James — disse Magnus, com a voz baixa e apressada. — Houve um tempo em que seu pai teve um terrível segredo que acreditava não poder contar a ninguém no mundo, e ele me contou. Vejo que algo o incomoda, que está escondendo algo. Se existe um assunto que queira me revelar, agora ou em qualquer outro momento, tem a minha palavra de que guardarei seus segredos, ou ajudarei como puder.

James se moveu para olhar Magnus. Em seu rosto, o feiticeiro teve a impressão de ter visto uma suavidade, como se estivesse soltando um pouco o que tanto o atormentava.

— Não sou como meu pai — falou. — Não confunda meu desespero com nobreza disfarçada, pois não é isso. Sofro por mim, por mais ninguém.

— Mas *por que* você sofre? — perguntou Magnus, frustrado. — Sua mãe tem razão quando diz que você foi amado a vida inteira. Se me deixar ajudá-lo...

A expressão do menino se fechou como uma porta. Virou a cara novamente e fechou os olhos, a luz batendo nos cílios.

— Dei minha palavra de que jamais contaria — falou. — E não existe vivalma nesta Terra capaz de me ajudar.

— James — respondeu Magnus, verdadeiramente surpreso com o desespero na voz do menino, e o alarme em seu tom de voz chamou a atenção dos outros presentes. Tessa e Will desviaram os olhares de Jem para o filho, que fora batizado com o nome do Irmão do Silêncio, e, ao mesmo tempo, Will e Tessa foram para o lado dele, de mãos dadas.

O Irmão Zachariah se curvou pelo encosto do sofá e tocou afetuosamente o cabelo de James com os dedos de músico.

— Oi, tio Irmão Zachariah — falou James, sem abrir os olhos. — Pediria desculpas por incomodá-lo, mas tenho certeza de que esta foi a maior animação que teve no ano. Não acontece muita coisa na Cidade dos Ossos, certo?

— James! — Will se irritou. — Não fale assim com Jem.

Como se eu não estivesse acostumado aos Herondale malcomportados, disse o Irmão Zachariah, com aquele jeito de Jem de tentar promover a paz entre Will e o mundo.

— Suponho que a diferença seja que meu pai sempre se importou com sua opinião sobre ele — respondeu James. — E eu não. Mas não leve para o lado pessoal, tio Jem. Não ligo para o que ninguém pensa.

No entanto, tinha o hábito de fazer cenas, como Will havia colocado, e Magnus não tinha a menor dúvida de que era de propósito. Devia se importar com a opinião de alguém. Devia estar fazendo isso tudo com um propósito. *Mas que propósito poderia ser?*, pensou Magnus.

— James, você não é assim — disse Tessa, preocupada. — Sempre se importou. Sempre foi generoso. O que o está incomodando?

— Talvez nada esteja me incomodando. Talvez eu tenha simplesmente percebido que era um chato antes. Não acha que eu era chato? Todo aquele estudo e o latim. — Ele estremeceu. — Um horror.

Não há nada de chato em se importar ou em ter um coração aberto e amoroso, disse Jem.

— Isso é o que vocês dizem — respondeu James. — E é fácil enxergar por que, afinal, vocês três fizeram o possível e o impossível com as próprias vidas para se amarem, um mais do que o outro. E *é* muita gentileza se importarem comigo. — A respiração falhou um pouco, então James sorriu, mas um sorriso muito triste. — Gostaria de não perturbá-los tanto.

Tessa e Will trocaram olhares de desespero. O cômodo estava carregado de preocupação e temores paternais. Magnus estava começando a se sentir oprimido pelo peso da humanidade.

— Bem — anunciou —, por mais educativa e ocasionalmente úmida que tenha sido a noite, não quero me meter em uma reunião de família e não desejo experimentar dramas familiares, pois, tratando-se de Caçadores de Sombras, eles costumam ser extensos. Tenho que ir.

— Mas pode ficar aqui — ofereceu Tessa. — Ser nosso convidado. Ficaríamos muito felizes em recebê-lo.

— Um feiticeiro nos aposentos reverenciados de um Instituto de Caçadores de Sombras? — Magnus estremeceu. — Pense só.

Tessa o fitou com ar severo.

— Magnus...

— Além disso, tenho um compromisso — completou o feiticeiro. — Para o qual não posso me atrasar.

Will o olhou com o rosto franzido.

— A essa hora da noite?

— Tenho uma ocupação peculiar e horários peculiares — explicou Magnus. — Acho que me lembro de você me procurar e pedir ajuda em horários estranhos da noite algumas vezes. — E inclinou a cabeça. — Will. Tessa. Jem. Boa noite.

Tessa foi para perto dele.

— Vou acompanhá-lo até a porta.

— Tchau, quem quer que seja. — James se despediu sonolento, fechando os olhos. — Não me lembro do seu nome.

— Não ligue para ele — falou Tessa baixinho ao caminhar com Magnus para a saída. Parou por um instante na entrada, olhando para o filho e para os dois homens com ele. Will e Jem estavam lado a lado, e, a essa distância, era impossível não notar a forma mais magra de Jem, além do fato de que ele não havia envelhecido, como Will. Contudo, na voz de Will havia toda a ansiedade de um menino quando ele disse, respondendo a uma pergunta que Magnus não escutou:

— Ora, sim, claro que pode tocar antes de ir. Está na sala de música, como sempre, guardado para você.

— O violino? — murmurou Magnus. — Não achei que os Irmãos do Silêncio gostassem de música.

Tessa suspirou suavemente e continuou andando para o corredor.

— Will não enxerga um Irmão do Silêncio quando olha para James — disse ela. — Só vê Jem.

— É difícil? — perguntou.

— O que é difícil?

— Dividir o coração de seu marido com outra pessoa — explicou.

— Se fosse de outra forma, não seria o coração de Will — respondeu Tessa. — Ele sabe que também divide o meu com Jem. Eu não aceitaria que fosse diferente, e ele também não.

Eram tão parte um do outro que não havia como se desvencilharem, mesmo agora, nem desejavam fazê-lo. Magnus quis perguntar se Tessa tinha medo do que lhe aconteceria quando Will partisse, quando o laço finalmente fosse rompido, mas não o fez. Com sorte, a primeira morte de Tessa ainda demoraria; muito tempo se passaria até que ela percebesse por completo o que é o fardo de ser imortal e amar àqueles que não o são.

— Muito bonito. — Foi o que Magnus disse. — Bem, desejo a vocês o melhor com seu pequeno diabinho.

— Nós o veremos novamente antes que deixe Londres, é claro — disse Tessa, naquele tom que tinha desde menina, não permitindo contradições.

— Sim — disse Magnus. Depois hesitou. — E, Tessa, se algum dia precisar de mim... e espero que, caso precise, seja daqui a muitos anos, com todos muito felizes... mande uma mensagem, e venho na hora.

Ambos sabiam o que isso significava.

— Mandarei — disse Tessa, e deu a mão para ele. Era pequena e suave, mas surpreendentemente forte.

— Acredite, querida — falou Magnus, com leveza. Soltou a mão dela e se curvou com um floreio. — Chame, e virei!

Ao se virar para deixar a igreja, Magnus ouviu o som do violino se propagando pelo ar nebuloso de Londres, e se lembrou de outra noite, uma noite de fantasmas, neve e música natalina, com Will nos degraus do Instituto, observando-o ao sair. Agora era Tessa quem estava à porta, com a mão levantada em despedida até Magnus chegar ao portão com a mensagem ameaçadora: SOMOS PÓ E SOMBRAS. Ele olhou para trás, viu a figura pálida e magra na entrada do Instituto e pensou novamente: *sim, talvez eu tenha errado em deixar Londres.*

Não era a primeira vez que Magnus se deslocava de Londres a Chiswick para visitar a Casa dos Lightwood. A propriedade de Benedict Lightwood muitas vezes foi aberta a integrantes do Submundo que não se incomodavam com suas ideias de divertimento.

Fora uma mansão grandiosa em outros tempos, o mármore branco brilhante, adornada com esculturas gregas e muitos pilares. Os Lightwood eram pessoas orgulhosas e ostentadoras, e a casa, com toda a sua glória neoclássica, refletia isso.

Magnus sabia o que tinha acontecido com todo aquele orgulho. O patriarca, Benedict Lightwood, contraíra uma doença oriunda de suas relações com demônios e se transformara em um monstro assassino que os próprios filhos foram forçados a matar, com a ajuda de outros Caçadores de Sombras. A casa havia sido tomada pela Clave como punição, os fundos foram confiscados, e a família passou a ser vítima de deboche, um símbolo de pecado e traição a tudo que os Caçadores de Sombras prezavam.

Magnus não tinha tempo para a arrogância presunçosa dos Caçadores de Sombras e normalmente gostava de vê-los tomando uma dose de humildade, mas mesmo ele raramente via uma família decair tanto e tão depressa. Gabriel e Gideon, os dois filhos de Benedict, conseguiram recuperar o respeito com bom comportamento e com a bênção da Consulesa, Charlotte Branwell. A irmã, no entanto, era totalmente diferente.

Como tinha conseguido colocar as mãos na Casa dos Lightwood, Magnus não sabia. *Tão louca quanto um rato preso em um bule*, falara Will a respeito dela, e sabendo do estado desgraçado da família, Magnus não esperava a ostentação dos tempos de Benedict. Sem dúvida, o local estaria arruinado agora, empoeirado pelo tempo, com poucos criados para manter a ordem...

A carruagem contratada por Magnus parou.

— O local parece abandonado — opinou o cocheiro, olhando desconfiado para os portões de ferro, que pareciam fechados com ferrugem e
amarrados com vinhas.

— Ou mal-assombrado — sugeriu Magnus alegremente.

— Bem, não posso entrar. Os portões não abrem — disse o cocheiro
asperamente. — Você terá que saltar e caminhar, se está tão disposto.

E Magnus estava. Sua curiosidade agora fora aguçada, e ele se aproximou dos portões como um gato, pronto para escalar, se fosse necessário.

Com um toque de mágica, um pouquinho de feitiço de abertura, os
portões escancararam com uma chuva de fragmentos de metal enferrujado,
levando a uma entrada cheia de mato que conduzia a um solar fantasmagórico ao longe, brilhando como uma tumba sob a lua cheia.

Magnus fechou o portão e seguiu, ouvindo o som de pássaros noturnos
nas árvores acima e o chiado de folhas ao vento. Uma floresta de galhos
escurecidos se erguia sobre ele, os restos dos famosos jardins Lightwood.
Aqueles jardins outrora haviam sido adoráveis. Magnus lembrava-se vagamente de ter ouvido Benedict Lightwood falar, embriagado, que eram a
alegria da esposa falecida.

Agora, as cercas altas do jardim italiano formavam um labirinto con-
torcido do qual não havia como fugir. Mataram o monstro em que Benedict
Lightwood se transformou naquele jardim, Magnus se lembrava de ter ouvido falar, e o icor preto do monstro vazou das veias da criatura para a terra
em uma enxurrada incontrolável.

Magnus sentiu um arranhão em uma das mãos e olhou para baixo,
avistando uma roseira que havia sobrevivido, porém se tornara selvagem.
Levou um instante para identificar a planta, pois, apesar da forma dos botões ser familiar, a cor não era. As rosas eram pretas como o sangue da
serpente morta.

Ele arrancou uma. A flor se desfez em sua palma como se fosse feita de
cinzas, como se já estivesse morta.

Magnus continuou em direção à casa.

A corrupção que se apoderou das rosas não poupou a casa. O que outrora fora uma fachada branca e lisa agora estava cinza, marcada por poeira
escura e mofo verde. Os pilares brilhantes estavam cercados por vinhas mo-
ribundas, e as varandas, das quais Magnus se lembrava como aberturas de
cálices de alabastro, agora estavam cheias de emaranhados de espinhos escuros e dos escombros dos anos.

A aldrava antes fora a imagem de um leão dourado e brilhante com um anel na boca. Agora o anel estava apodrecido nos degraus, e a boca do leão cinzento estava aberta e vazia em um rosnado faminto. Magnus bateu rapidamente à porta. Ouviu o som ecoar pelo interior como se tudo ali fosse o silêncio pesado de um caixão, como se qualquer ruído fosse uma perturbação.

A convicção de que todos nesta casa deviam estar mortos se apoderou de Magnus de tal forma que foi um choque quando a mulher que o chamou abriu.

Era, claro, muito estranho uma dama abrir a própria porta da frente, mas, a julgar pela aparência do local, Magnus presumiu que todos os criados tivessem recebido a década de folga.

Magnus teve uma vaga lembrança de ter visto Tatiana Lightwood em uma das festas do pai: a visão de uma menina perfeitamente normal, com olhos verdes arregalados, atrás de uma porta que se fechava rapidamente.

Mesmo após ter visto a casa em ruínas, não estava preparado para Tatiana Blackthorn.

Ainda tinha olhos muito verdes. A boca teimosa trazia marcas de amargas decepções e muita dor. Ela parecia uma mulher na faixa dos 60, e não dos 40. Trajava um vestido fora de moda há décadas, que descia pelos ombros frágeis e esvoaçava ao redor do corpo como uma mortalha. O tecido tinha manchas marrom-escuras, mas, em alguns pontos, via-se um tom pastel quase branco, enquanto outros permaneciam com a cor que Magnus imaginava ser a original: fúcsia.

Ela deveria parecer patética. Usava um vestido rosa-shocking e ridículo feito para uma moça mais jovem, quase uma menina, apaixonada pelo marido e prestes a visitar o pai.

Mas não estava patética. Seu rosto severo proibia qualquer pena. Ela, assim como a casa, inspirava respeito em sua ruína.

— Bane — disse Tatiana, e abriu a porta o suficiente para que Magnus pudesse passar. Não disse qualquer palavra de boas-vindas.

Fechou a porta atrás dele, produzindo um som tão derradeiro quanto o do fechamento de um caixão. Magnus parou no corredor e, enquanto esperava a mulher atrás dele, ouviu passos acima de sua cabeça, sinal de que havia mais alguém vivo na casa.

Da escadaria ampla em curva, veio uma menina. Magnus sempre achou os mortais lindos e já havia visto muitos que qualquer pessoa descreveria como belos.

Mas esta era uma beleza extraordinária, diferente da de quase todos os mortais.

Na ruína manchada e suja que a casa havia se tornado, ela brilhava como uma pérola. Seus cabelos também tinham cor de pérola, marfim-claro com um brilho dourado, e a pele tinha o branco e cor-de-rosa luminosos de uma concha. Os cílios eram espessos e escuros, cobrindo olhos de um cinza sublime.

Magnus respirou fundo. Tatiana o ouviu, olhou para ele e deu um sorriso triunfante.

— Ela é gloriosa, não? Minha pupila. Minha Grace.

Grace.

A descoberta atingiu Magnus como um golpe. Claro que James Herondale não estava falando "graça", pedindo algo tão rudimentar e distante quanto uma bênção, o desespero da alma pela misericórdia e compreensão divina. O desespero era em função de algo mais terreno do que isso.

Mas por que é segredo? Por que ninguém pode ajudá-lo? Magnus se esforçou para manter o rosto neutro enquanto a menina vinha até ele e lhe oferecia a mão.

— Como vai? — sussurrou ela.

Magnus a encarou. Seu rosto era um cálice de porcelana, e seus olhos carregavam promessas. A combinação de beleza, inocência e a promessa de pecado era atordoante.

— Magnus Bane — disse ela, com voz suave e ofegante. Magnus não pôde deixar de encará-la. Tudo nela era perfeitamente construído para atrair. Era linda, sim, porém mais do que isso. Parecia tímida; no entanto, toda a sua atenção estava voltada para Magnus, como se ele fosse a coisa mais fascinante que ela já tinha visto. Não havia homem que não quisesse se ver refletido assim nos olhos de uma menina linda. E se o vestido era um pouco decotado, não parecia escandaloso, pois seus olhos cinzentos eram cheios de uma inocência que dizia que ela não sabia o que era desejo, não ainda, mas a curva do lábio tinha uma exuberância, e os olhos, uma luz escura que dizia que, nas mãos certas, ela seria uma aprendiz que traria os mais incríveis resultados...

Magnus deu um passo para trás, afastando-se como se a menina fosse uma cobra venenosa. Ela não pareceu magoada, irritada ou sequer espantada. Virou o olhar para Tatiana, com uma espécie de dúvida curiosa.

— Mamãe? — perguntou. — O que há de errado?

Tatiana curvou o lábio.

— Este não é como os outros — falou. — Digo, ele gosta muito de meninas, e de meninos também, ouvi dizer, mas não sente atração por Caçadores de Sombras. E não é mortal. Está vivo há muito tempo. Não se pode esperar que tenha... reações normais.

Magnus conseguia imaginar perfeitamente quais seriam as reações normais — as reações de um garoto como James Herondale, protegido e ensinado que o amor era gentil e generoso, que a pessoa deveria amar com todo o coração e doar a alma. Magnus conseguia imaginar as reações diante desta menina, na qual cada gesto, expressão e traço dizia *ame-a, ame-a, ame-a.*

Mas Magnus não era esse garoto. Lembrou a si mesmo de que precisava ter bons modos e se inclinou.

— Encantado — disse. — Ou qualquer que seja o efeito de sua preferência.

Grace o olhou com um interesse frio. Suas reações foram indistintas, pensou Magnus, ou melhor: cuidadosamente aferidas. Ela parecia uma criatura feita para atrair a todos e não expressar nada real, embora fosse necessário um grande observador, como Magnus, para perceber.

De repente, ela lembrou Magnus não de uma mortal, mas da vampira Camille, que fora seu mais recente e lamentável amor verdadeiro.

Magnus passou anos imaginando que houvesse fogo por trás do gelo de Camille, que esperança, sonhos e amor o aguardavam. Mas o que ele amou em Camille não passou de uma ilusão. Magnus agiu como uma criança, procurando formas e histórias nas nuvens.

Ele desviou o olhar de Grace, em seu vestido branco e azul como uma visão do céu no inferno cinzento desta casa, e olhou para Tatiana. Ela estava com os olhos cerrados de desprezo.

— Venha, feiticeiro — disse. — Temos negócios a discutir.

Magnus seguiu Tatiana e Grace pelas escadas e por um longo corredor muito escuro. Ouviu estalos de vidro quebrado sob os pés e, à luz fraca e quase imperceptível, notou algo se afastando. Torceu para que fosse algo tão inofensivo quanto um rato, mas alguma coisa nos movimentos sugeria uma forma muito mais grotesca.

— Não tente abrir portas ou gavetas enquanto estiver aqui, Bane. — A voz de Tatiana flutuou até ele. — Meu pai deixou muitos guardiões para protegerem o que é nosso.

Ela abriu uma porta, e Magnus contemplou o cômodo. Havia uma mesa virada, cortinas pesadas nas janelas feito corpos de enforcados e, no piso de madeira, viam-se farpas e manchas de sangue, as marcas de uma luta antiga que ninguém limpou.

Havia muitos porta-retratos tortos ou com os vidros quebrados. Muitos pareciam expor aventuras náuticas — Magnus tinha perdido o interesse pelo mar após sua tentativa frustrada de levar uma vida pirata —, mas mesmo as fotos que tinham permanecido inteiras estavam manchadas de cinza. Os navios pintados pareciam afundar em um mar de poeira.

Havia apenas um retrato incólume. Uma pintura a óleo, que não tinha qualquer proteção de vidro, mas estava livre de qualquer grão de poeira na superfície. Era a única coisa limpa, além de Grace, em toda a casa.

O retrato era de um garoto de mais ou menos 17 anos. Estava sentado em uma cadeira, com a cabeça apoiada no encosto como se não tivesse força para sustentá-la. Era terrivelmente magro, branco como sal. Os olhos eram de um verde profundo, como uma piscina natural em um bosque, escondida sob as folhas de uma árvore e nunca exposta ao sol ou ao vento. Tinha cabelos pretos sobre o rosto, tão lisos e finos quanto seda, e os longos dedos estavam curvados sobre os braços da cadeira, quase agarrados a eles. A firmeza desesperada daquelas mãos contava uma história silenciosa de dor.

Magnus já havia visto retratos assim, as últimas imagens dos perdidos. Dava para perceber, mesmo com o passar dos anos, o esforço necessário ao garoto para posar para aquela foto, para o conforto daqueles que continuariam vivos depois de sua partida.

Seu rosto pálido tinha o olhar distante de alguém que tinha dado muitos passos pelo caminho da morte para ser lembrado. Magnus pensou em James Herondale, ardendo com luz demais, amor demais, demais, demais — enquanto o menino do retrato era tão adorável quanto um poeta moribundo, com a beleza frágil de uma vela prestes a se apagar.

No papel de parede rasgado que outrora talvez tivesse sido verde, mas agora apresentava uma coloração verde-cinzenta, como um mar cheio de lixo, havia palavras escritas no mesmo marrom-escuro das manchas do vestido de Tatiana. Magnus teve que admitir para si mesmo o que era aquela cor: sangue derramado há anos e jamais lavado.

O papel de parede se pendurava em farrapos. Magnus conseguia apenas identificar uma ou outra palavra nos pedaços que restavam: PENA, ARREPENDIMENTO, INFERNAIS.

A última frase continuava legível. Dizia: QUE DEUS TENHA PIEDA-
DE DE NOSSAS ALMAS. Abaixo, sem estar escrito em sangue, mas corta-
do no papel de parede com uma letra que Magnus suspeitava ser diferente,
lia-se: DEUS NÃO TEM PIEDADE, E EU TAMBÉM NÃO TEREI.

Tatiana sentou-se em uma poltrona, o forro surrado e manchado pelos
anos, e Grace se ajoelhou no chão imundo, ao lado da mãe adotiva. Ela se
ajoelhou delicada e suavemente, as saias se acumulando ao redor como
pétalas de uma flor. Magnus desconfiou que se tratasse de um hábito da
menina, repousar na sujeira e se levantar com uma aparência radiante-
mente pura.

— Aos negócios, então, madame — disse o feiticeiro, e acrescentou silenciosamente para si próprio, *para poder deixar essa casa o quanto antes.*
— Diga-me exatamente por que necessita dos meus incríveis e insuperáveis
poderes, e o que quer que eu faça.

— Já percebeu, imagino — disse Tatiana —, que minha Grace não precisa de feitiços que realcem seu charme natural.

Magnus olhou para Grace, que fitava as próprias mãos entrelaçadas no
colo. Talvez já estivesse utilizando feitiços. Talvez fosse simplesmente linda.
Magia ou natureza, para Magnus, eram a mesma coisa.

— Tenho certeza de que ela já é, por si só, um encanto.

Grace não disse nada, apenas olhou para ele sob os cílios. Um olhar
extremamente arrasador.

— Quero outra coisa de você, feiticeiro. Quero que você — disse ela,
lenta e claramente — saia pelo mundo e mate cinco Caçadores de Sombras
para mim. Direi como deve ser feito, e pagarei uma bela quantia.

Magnus ficou tão espantado que sinceramente acreditou ter ouvido mal.

— Caçadores de Sombras? — repetiu. — Matar?

— Meu pedido é tão estranho assim? Não tenho amor aos Caçadores
de Sombras.

— Mas, prezada senhora, você *é* uma Caçadora de Sombras.

Tatiana Blackthorn cruzou as mãos sobre o colo.

— Não sou nada.

Magnus encarou-a por um longo instante.

— Ah — disse. — Perdoe-me. Seria terrivelmente indelicado de minha
parte perguntar o que a senhora acredita ser? Acha que é um abajur?

— Não vejo graça em sua leviandade.

O tom de Magnus foi sussurrado ao dizer:

— Perdoe-me mais uma vez. Acha que é um piano?

— Segure a língua, feiticeiro, e não fale sobre assuntos a respeito dos quais não sabe *nada*. — As mãos de Tatiana, de repente, se fecharam, fortes como garras na saia do vestido outrora luminoso. A nota de agonia verdadeira em sua voz foi o suficiente para calar Magnus, mas ela continuou: — Um Caçador de Sombras é um guerreiro. Um Caçador de Sombras nasce a fim ser treinado para agir como a mão de Deus na Terra, para livrá-la de todo o mal. É isso que dizem as nossas lendas. Foi isso que meu pai me ensinou, mas ele também me ensinou outras coisas. Decretou que eu não seria treinada como Caçadora de Sombras. Falou que não era o meu lugar, e que minha função na vida era ser a filha de um guerreiro e, um dia, a esposa de um nobre guerreiro e a mãe de guerreiros que carregariam a glória dos Caçadores de Sombras por mais uma geração.

Tatiana fez um gesto para as palavras nas paredes e as manchas no chão.

— Que glória — disse ela, e riu amargamente. — Meu pai e minha família foram desgraçados, e meu marido, destruído diante dos meus olhos. Destroçado. Tive um filho, meu menino lindo, meu Jesse, mas ele não podia ser treinado para se tornar guerreiro. Sempre foi tão fraco, tão adoentado. Implorei para que não aplicassem símbolos nele, tinha certeza de que o matariam, mas os Caçadores de Sombras me seguraram e o prenderam enquanto queimavam as Marcas na carne dele. Ele gritou sem parar. Todos achamos que fosse morrer, mas não. Ele sobreviveu por mim, pela mamãe dele, mas a crueldade o condenou. A cada ano se tornou mais doente e fraco, até ser tarde demais. Ele tinha 16 anos quando me disseram que não poderia mais viver.

Suas mãos se moviam agitadamente enquanto falava, do gesto para as paredes a puxões no vestido tingido com um sangue muito antigo. Tocou os próprios braços como se ainda doessem onde foi segurada pelos Caçadores de Sombras, e mexeu em um largo pingente pendurado no pescoço. Abriu e fechou-o, o metal manchado brilhando entre os dedos, e Magnus teve a impressão de ter visto um retrato fantasmagórico. Seu filho outra vez?

Olhou para a foto na parede, o rosto pálido e jovem, e calculou quantos anos deveria ter o filho de Rupert Blackthorn quando morreu, há vinte e cinco anos. Se Jesse Blackthorn morreu aos 16, então devia estar morto fazia nove anos, mas talvez o luto de uma mãe nunca passasse.

— Sei que sofreu muito, Sra. Blackthorn — disse Magnus, o mais sua-vemente possível. — Mas, em vez de uma vingança planejada com a des-truição sem sentido de Caçadores de Sombras, considere que existem mui-tos Caçadores que não querem nada além de ajudá-la a suavizar sua dor.

— Ah, é? De quem está falando? William Herondale — pingou veneno a cada sílaba do nome de Will — zombou de mim porque tudo que fiz foi gritar enquanto meus amados morriam, mas diga, o que mais eu poderia ter feito? O que mais me ensinaram a fazer? — Os olhos de Tatiana estavam imensos e muito verdes, e eram olhos com dor suficiente para consumir o mundo e devorar uma alma. — Pode me dizer, feiticeiro? Será que William Herondale poderia me dizer? Alguém pode me dizer o que eu deveria ter feito, quando fiz tudo que me pediram? Meu marido está morto, meu pai também, meus irmãos, perdidos, minha casa, roubada, e os Nephilim não tiveram poderes para salvar meu filho. Fui tudo o que me pediram para ser, e, como recompensa, a minha vida foi reduzida a cinzas. Não fale em sua-vizar a minha dor. Minha dor é tudo o que me resta. Não fale sobre eu ser Caçadora de Sombras. Não sou. Recuso-me a ser.

— Muito bem, senhora. Já deixou bem clara a sua posição anti-Caçado-res de Sombras — respondeu Magnus. — O que não sei é por que acha que vou ajudá-la a obter o que deseja.

Magnus era muitas coisas, mas nunca foi um tolo. A morte de alguns Caçadores de Sombras nunca foi o objetivo em si. Se tudo que quisesse fosse isso, ela não precisaria recorrer a ele.

A única razão pela qual procuraria um feiticeiro seria se quisesse utili-zar aquelas mortes, fazer alquimia com as vidas tiradas e transformá-las em magia para um feitiço. Seria o mais sombrio dos feitiços, e o fato de que Tatiana sabia a respeito desse tipo de coisa dizia a Magnus que esta não era a primeira vez que recorria à magia sombria.

O que Tatiana Blackthorn — cuja dor a consumira como um lobo em seu íntimo — queria com a magia sombria, Magnus não sabia. Ele não que-ria saber o que ela havia feito com o poder no passado, e certamente não queria que ela obtivesse poderes que pudessem ser cataclísmicos agora.

Tatiana franziu o rosto, um pouco confusa, e aquilo a deixou como a filha mimada e cheia de vontades de Benedict Lightwood mais uma vez.

— Por dinheiro, é claro.

— Você acha que eu mataria cinco pessoas e deixaria poderes impro-nunciáveis em suas mãos — disse Magnus — por dinheiro?

Tatiana fez um gesto de indiferença com a mão.

— Ah, não tente elevar o preço se autobajulando ou fingindo ser dotado de moral e ternura, filho de demônio. Diga um preço alto e pronto. As horas da noite são preciosas para mim, e não quero mais perder tempo com alguém como você.

Era a casualidade com que falava que era tão fria. Por mais louca que Tatiana estivesse, naquele momento não estava furiosa nem amarga. Simplesmente trabalhava com os fatos tais quais os Caçadores de Sombras os conheciam: um integrante do Submundo é tão inteiramente corrupto que ela ao menos sonhou que ele tivesse um coração.

Claro, claro, a grande maioria dos Caçadores de Sombras pensava nele como algo menor que os mundanos, e tão inferior aos filhos dos Anjos quanto primatas em relação aos humanos. Às vezes podia ser útil, mas era uma criatura a ser desprezada, usada e descartada, e seu toque tinha que ser evitado por não ser limpo.

Fora útil a Will Herondale, afinal. Will não o procurara como amigo, mas como uma fonte conveniente de magia. Mesmo os melhores Caçadores de Sombras não eram tão diferentes do restante.

— Deixe-me falar o que eu disse uma vez, em um contexto totalmente diferente, para Catarina, a Grande — declarou Magnus. — Prezada dama, você não tem condições financeiras de me pagar, e, por favor, deixe aquele cavalo em paz. Boa noite.

Então fez uma reverência e saiu, com um pouco de pressa. Enquanto a porta se fechava com uma pancada, ouviu a voz de Tatiana estalando no mesmo tom:

— Vá atrás dele!

Magnus não se surpreendeu ao ouvir passos suaves descendo atrás dele. Virou-se na entrada e encontrou os olhos de Grace.

Suas passadas eram tão leves quanto as de uma criança, mas ela não parecia uma criança. Naquele rosto semelhante à porcelana, seus olhos eram concavidades cinzentas, lagos densos e sedutores com sereias nas profundezas. Ela fitou os olhos de Magnus com tranquilidade e, mais uma vez, o feiticeiro se lembrou de Camille.

Era impressionante que uma garota que não aparentava ter mais de 16 anos pudesse rivalizar com uma vampira de séculos de existência em termos de autocontrole. Ainda não tinha tido tempo de se tornar tão fria a ponto de não se importar. *Deve haver*, pensou Magnus, *alguma coisa por trás desse gelo.*

— Não voltará lá para cima, percebo — disse Grace. — Não quer participar do plano de mamãe.

Não foi uma pergunta, e ela não soou abalada ou preocupada. Para ela, não era impossível que Magnus tivesse escrúpulos. Talvez a própria garota tivesse escrúpulos, mas estava trancada nesta casa escura com uma louca e mais nada, a não ser a amargura que entrava em seu ouvido do amanhecer ao anoitecer. Não era de estranhar que fosse diferente das outras garotas.

De repente, Magnus se arrependeu por ter se encolhido diante de Grace. Ela não passava de uma menina, afinal, e ninguém melhor do que ele para saber como era ser julgado e condenado. Esticou a mão para tocá-la no braço.

— Você tem para onde ir? — perguntou Magnus.

— Algum lugar? — disse Grace. — Moramos em Idris, na maior parte do tempo.

— O que quero dizer é: ela a deixaria sair? Você precisa de ajuda?

Grace se moveu tão rápido que pareceu um raio envolvido em musselina, a longa lâmina voando da saia para a mão. Ela segurou a ponta brilhante contra o peito de Magnus, sobre o coração.

Ali havia uma Caçadora de Sombras, pensou Magnus. Tatiana tinha aprendido algo com os erros do pai. Tinha mandado a menina treinar.

— Não sou prisioneira aqui.

— Não? — perguntou Magnus. — Então o que é?

Os olhos terríveis e autoritários de Grace se estreitaram. Brilhavam como aço e eram, Magnus tinha certeza, tão mortais quanto ele.

— Sou a lâmina de minha mãe.

Caçadores de Sombras frequentemente morriam cedo, deixando os filhos para serem criados por outros caçadores. Isso não era novidade. Era natural que uma pupila assim, acolhida por um Caçador de Sombras, pensasse no guardião ou guardiã como pai ou mãe. Magnus não questionava isso. Contudo, naquele instante lhe ocorreu que uma criança pudesse ter tanta gratidão que sua lealdade seria feroz, que uma garota criada por Tatiana Blackthorn pudesse não querer ser resgatada. Poderia não desejar nada além do cumprimento dos planos obscuros da mãe.

— Você está me ameaçando? — perguntou Magnus baixinho.

— Se não pretende nos ajudar — disse ela —, então saia desta casa. Já vai amanhecer.

— Eu não sou vampiro — respondeu o feiticeiro. — Não desapareço com a luz.

— Desaparecerá, se eu matá-lo antes de o sol nascer — disse Grace. — Quem sentiria falta de um feiticeiro?

E ela sorriu, um sorriso selvagem que, mais uma vez, recordou-o de Camille. Aquela mistura potente de beleza e crueldade. Ele próprio já tinha sido vítima. Mais uma vez, só pôde imaginar, com pavor, que efeito aquilo teria provocado em James Herondale, um menino bondoso preparado para acreditar que o amor também era bondoso. James dera o coração a esta menina, pensou Magnus, e o feiticeiro sabia muito bem, graças a Edmund e Will, o que significava quando um Herondale entregava o coração. Não era um presente que pudesse ser devolvido.

Tessa, Will e Jem criaram James com amor, cercando-o desse sentimento e do bem que ele trazia. Mas não o prepararam para os possíveis males. Envolveram seu coração com seda e veludo, para em seguida o menino o entregar a Grace Blackthorn, que o colocou em uma jaula com arames farpados e cacos de vidro, incendiando-o e explodindo o que sobrou, como mais uma camada de cinzas neste local de lindos horrores.

Magnus fez um gesto por trás das costas, em seguida se afastou da lâmina de Grace pela porta que se abriu magicamente.

— Você não vai contar a ninguém sobre o que minha mãe lhe pediu esta noite — disse Grace. — Ou vou fazer questão de que seja destruído.

— Acredito que se julgue capaz disso. — Magnus suspirou. Ela era terrível e brilhante, como a luz que irradiava da ponta de uma lâmina. — Aliás, desconfio que se James Herondale soubesse que eu vinha para cá hoje, teria mandado lembranças.

Grace abaixou a espada, nada mais. A ponta se apoiou suavemente no chão. A mão não tremeu, e os cílios esconderam os olhos.

— E por que me interessaria por James Herondale? — perguntou ela.

— Achei que pudesse. Afinal de contas, uma lâmina não escolhe para onde aponta.

Grace ergueu o olhar. Seus olhos eram piscinas profundas e paradas, inteiramente imperturbáveis.

— Uma lâmina não se importa — disse ela.

Magnus virou-se e atravessou o caminho cheio de rosas escuras e mato em direção aos portões enferrujados. Olhou mais uma vez para a casa, só uma, observando as ruínas do que outrora fora majestoso, uma cortina voando em uma janela alta e a sugestão de um rosto. Ficou imaginando quem o estaria vendo sair.

Poderia alertar aos membros do Submundo que ficassem longe de Tatiana e de seus planos. Não importa o quanto oferecesse, ninguém do Submundo deixaria de ouvir um alerta contra algum dos Nephilim. Tatiana não obteria magia sombria.

Isso Magnus podia fazer, mas não sabia como ajudar James Herondale. Talvez Grace e Tatiana o tivessem enfeitiçado, imaginou Magnus. Não duvidaria disso, mas não conseguia imaginar por quê. Que papel James Herondale poderia desempenhar em qualquer plano sombrio que arquitetavam? O mais provável era que o garoto simplesmente houvesse cedido aos encantos de Grace. Amor era amor, e não havia feitiço que curasse um coração partido sem destruir para sempre a capacidade deste de amar.

E não havia motivo para Magnus revelar a Will e Tessa o que havia descoberto. Os sentimentos de James por Grace eram um segredo do garoto. Magnus disse ao rapaz que jamais trairia sua confiança, e não o faria agora. Que bem faria a Will e Tessa saber o nome da dor do filho e, mesmo assim, não conseguir curá-la?

Pensou mais uma vez em Camille e em como havia magoado saber a verdade sobre ela, em como havia lutado feito um homem que se arrasta sobre facas para não saber, e, finalmente, como fora forçado a aceitar aquilo com mais dor ainda.

Magnus não fazia pouco caso de um sofrimento como esse, mas nem os mortais morriam por corações partidos. Por mais cruel que Grace tivesse sido, ele disse a si mesmo, James ficaria bem. Mesmo sendo um Herondale.

Abriu os portões, os espinhos arranhando sua mão, e lembrou-se novamente do primeiro momento em que viu Grace, e da sensação de ter sido encarado por um predador. Ela era muito diferente de Tessa, que sempre manteve Will estável e protegido, animando seus olhos e suavizando-lhe os lábios.

Seria irônico, pensou Magnus, terrível e cruelmente irônico, que um Herondale fosse salvo pelo amor e o outro, condenado.

Tentou afastar tanto a lembrança de Tessa e Will quanto o eco das palavras reprovadoras de Tatiana. Havia prometido a Tessa que voltaria, mas, naquele momento, percebeu que tudo o que queria era fugir. Não ligava para o que os Caçadores de Sombras pensavam a seu respeito. Não queria se importar com o que acontecia a ele ou a seus filhos.

Oferecera ajuda a três Caçadores de Sombras esta noite. Um deles respondeu que nada poderia ajudá-lo, a outra pediu que cometesse assassinatos, e a terceira apontou uma lâmina para seu peito.

Sua relação de tolerância distante e mútua com os Whitelaw do Instituto de Nova York de repente pareceu atraente. Ele fazia parte do Submundo de Nova York e não queria nada diferente. Ficou feliz por ter deixado Londres. Percebeu que estava com saudade de Nova York e de suas luzes mais brilhantes e da menor quantidade de corações partidos.

— Para onde vamos? — perguntou o cocheiro.

Magnus pensou no navio que ia de Southampton para Nova York, no convés da embarcação, no ar marinho limpando a névoa de Londres. Respondeu:

— Acho que vou para casa.

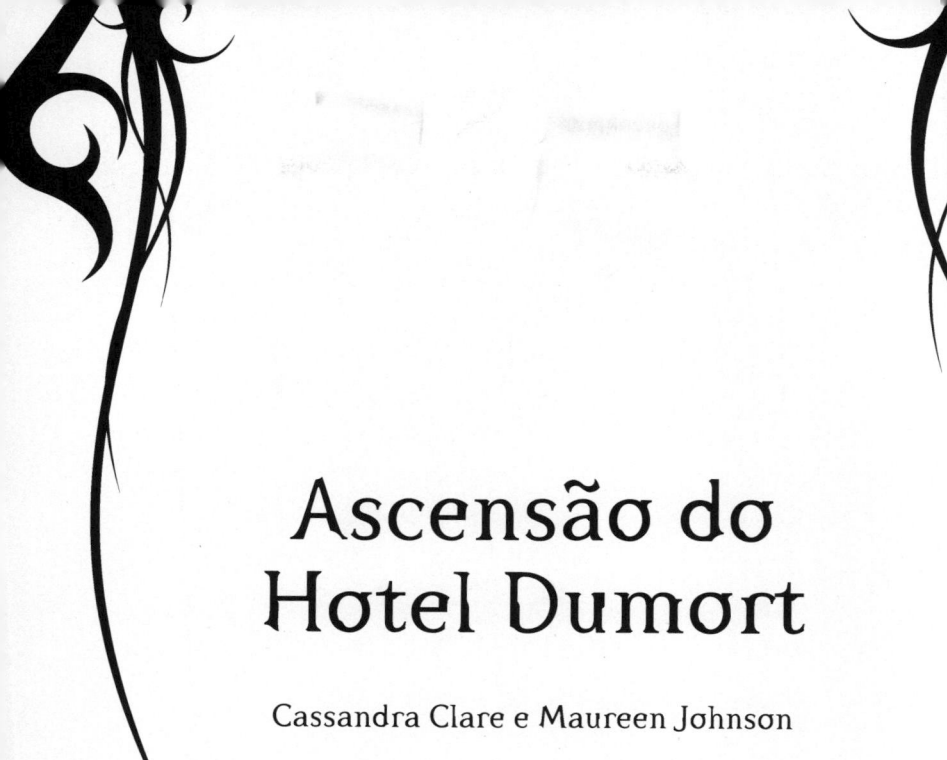

Ascensão do Hotel Dumort

Cassandra Clare e Maureen Johnson

Fim de setembro, 1929

Imediatamente Magnus avistou a pequena vampira sedutora. Ela estava atravessando a multidão e parou por um instante para uma rápida dancinha perto da banda. Tinha cabelos perfeitamente cortados na altura do queixo, pretos e brilhantes com uma franja lisa, exatamente como Louise Brooks. Trajava um vestido azul vibrante com contas delicadas que desciam até os joelhos.

Sob quase todos os aspectos, parecia uma cliente comum no bar clandestino de Magnus e se misturava facilmente às outras três ou quatro dezenas de pessoas que preenchiam a pequena pista de dança. Mas havia algo de *distinto* nela, algo de sonhador e estranho. A música era rápida, mas ela dançava em um ritmo controlado e sensual. A pele completamente branca, mas não por causa do pó de arroz. E, enquanto executava sua dança sinuosa na frente do saxofonista, ela se virou e olhou direto nos olhos de Magnus. Ao fazê-lo, duas pequenas presas apareceram contra o lábio vermelho e brilhante. Ao perceber que estavam expostas, ela riu e cobriu a boca com a mão. No instante seguinte, as presas tinham se recolhido.

Enquanto isso, Alfie, que a essa altura estava agarrado ao bar para se apoiar, prosseguiu com uma história.

— Eu disse pra ele... Magnus, está me ouvindo?

— Claro, Alfie — disse Magnus. Alfie era um cliente habitual muito bonito e divertido, com excelente gosto para ternos e uma predileção por bebidas fortes. Contava histórias muito boas e dava belos sorrisos. Era um banqueiro ou coisa do tipo. Corretor de ações, talvez. Todos tinham alguma coisa a ver com dinheiro atualmente.

— ... Eu disse a ele, você não pode levar um barco para o quarto do hotel. E ele respondeu, "claro que posso. Sou um *capitão*". Eu falei, eu falei pra ele, eu falei...

— Um instante, Alfie. Preciso fazer uma coisa.

— Estou chegando à melhor parte...

— Só um instante — repetiu Magnus, e afagou o braço do amigo. — Volto já.

Alfie seguiu Magnus com os olhos até a garota.

— Aquela, sim, é uma fruta apetitosa — falou e balançou a cabeça afirmativamente. — Mas não pensei que este fosse seu gosto.

— Meus gostos são universais — respondeu Magnus com um sorriso.

— Bem, vá logo. Ela não vai passar a noite toda aqui. Eu cuido do bar para você. — Alfie bateu na bancada. — Pode confiar em mim.

Magnus acenou com a cabeça para Max, seu excelente barman, que imediatamente preparou mais um drinque para Alfie.

— Para manter seu bico molhado durante minha ausência.

— Muito gentil — disse Alfie, assentindo. — Você é esperto, Seca.

Magnus chamava o bar de Sr. Seca. Em tese, os EUA estavam sob a "Lei Seca", e o álcool era ilegal em todos os lugares. Mas a verdade era que a maioria destes estava "molhada" — cheia de álcool. Principalmente Nova York. Todos em Nova York bebiam, e o fato de agora ser ilegal só melhorava as coisas. O bar clandestino, até onde Magnus sabia, era uma das maiores conquistas da humanidade. Íntimo, alegre, ilegal sem ser imoral — um *frisson* de perigo sem qualquer ameaça real.

O Sr. Seca não era um lugar grande — esses bares clandestinos raramente o eram. Por natureza, tinham de ser secretos. O dele ficava escondido atrás da fachada de uma loja de perucas na parte oeste da Rua 25. Para entrar, era necessário repetir uma senha para o eficiente porteiro, que via o possível cliente por uma pequena abertura no painel em uma porta reforçada na parede dos fundos da loja. Uma vez lá dentro, você se espremia por um corredor estreito e entrava nos majestosos domínios de Magnus — dez mesas e um bar de mármore (importado de Paris), apoiado em um suporte de madeira que exibia todas as garrafas de coisas estranhas que Magnus conseguia obter.

A maior parte do espaço era ocupada pelo palco e pela pista de dança, que pulsava sob a batida dos pés dançantes. Pela manhã, seria limpa e encerada, e as marcas de milhares de sapatos seriam lavadas. Ele passou gentilmente pelos dançarinos, a maioria deles tão intensos e inebriados que sequer tinham consciência de sua presença. Ele gostava dos suaves (e ocasionalmente não tão suaves) socos de membros voadores e chutes de pés agitados. Gostava da sensação de calor humano sendo transportado pelo movimento e a onda de dançarinos conforme se tornavam mais ou menos uma massa sólida e pulsante.

A pequena vampira era jovem — não mais que 16 anos —, e sua cabeça alcançava apenas o peito de Magnus. Ele se inclinou e falou ao seu ouvido.

— Talvez eu possa lhe oferecer uma bebida? — perguntou ele. — Em particular? Nos fundos?

As pontas das presas emergiram novamente quando ela sorriu.

Magnus já se sentiu ligeiramente tranquilizado — o sorriso com parte das presas provavelmente não era de fome. Embriaguez podia fazer com que as presas aparecessem um pouco. Mas vampiros, assim como mundanos, normalmente procuravam alimentos salgados e encontros amorosos quando estavam bêbados.

— Por aqui — indicou ele, e a conduziu, abrindo uma cortina para revelar um pequeno corredor que levava a uma única porta. Imediatamente atrás do estabelecimento principal, Magnus havia construído uma sala pequena e muito restrita com um bar de zinco. Esta sala era coberta com grandes painéis de vitrais, iluminados por trás com luzes elétricas, que retratavam Dioniso, o deus grego do vinho. Era ali que ele guardava o que tinha de melhor e de pior no estoque, e era dali que conduzia seus negócios mais privados.

— Acho que ainda não nos conhecemos — falou Magnus, enquanto ela se sentava animada em um dos bancos e girava.

— Ah, eu sei quem *você* é. Você é Magnus Bane.

Ela possuía um daqueles sotaques nova-iorquinos aos quais Magnus ainda estava se acostumando, apesar de já estar na cidade havia meses. Era metálico e grande, como um letreiro de neon piscando. Seus sapatos infantis de couro tinham as pontas dianteiras arranhadas, e havia uma mancha de lama na base do salto, além de marcas de outras substâncias que Magnus não reconhecia. Estes eram sapatos para dançar *e* para caçar.

— E como devo chamá-la?

— Pode me chamar de Dolly — respondeu ela.

Magnus retirou uma garrafa gelada de champanhe de uma grande banheira de gelo que tinha, no mínimo, sessenta garrafas idênticas.

— Gosto daqui — declarou Dolly. — É um lugar com classe.

— Que bom que você pensa assim.

— Muitos lugares têm classe — argumentou Dolly ao mesmo tempo em que pegava um pote com cerejas e puxava-as com suas unhas longas (e provavelmente sujas). — Mas são falsamente classudos, sabe? Este aqui parece ter classe de fato. Você serve bons vinhos. Coisas assim.

Ela apontou para o champanhe barato que Magnus segurava e servia. A garrafa, assim como as outras na banheira, certamente era bonita, mas todas foram preenchidas com espumantes baratos e fechadas cuidadosamente com as rolhas. Vampiros podiam beber muito, era caro mantê-los por perto, e ele tinha certeza de que ela não saberia a diferença. E acertou. Ela entornou metade da taça no primeiro gole e a estendeu para que ele a enchesse.

— Bem, Dolly — disse Magnus, completando a taça —, eu certamente não me importo com o que você faz na rua ou onde quer que seja, mas gosto da minha clientela. Considero uma questão de bom serviço me certificar de que vampiros não os comam sob o meu teto.

— Não vim aqui para comer — respondeu. — Vamos ao Bowery para isso. Pediram que eu viesse perguntar sobre você.

Os sapatos davam crédito à história sobre Bowery. Aquelas ruas ao sul eram imundas.

— Ah? E quem é gentil o suficiente para perguntar sobre mim?

— Ninguém — disse a menina.

— Ninguém — comentou Magnus — é um dos meus nomes favoritos.

Isto fez com que a menina vampira risse e girasse no banco. Ela esvaziou a taça e estendeu-a novamente. Magnus a encheu mais uma vez.

— Essa pessoa, minha amiga...

— Ninguém.

— Ninguém, isso. Eu acabei de conhecer e... essa pessoa, mas ela é uma das minhas, sabe?

— Vampiro.

— Sim. Então, querem que eu lhe dê um recado — continuou. — Disseram que você precisa deixar Nova York.

— Ah, é mesmo? Por quê?

Em resposta, ela riu e meio deslizou, meio caiu do banco, dançando uma dança particular e inebriada ao som da música que ultrapassava as paredes.

— Veja bem — explicou, enquanto dançava —, as coisas estão prestes a ficar perigosas. Algo sobre o dinheiro mundano e um mau presságio. Vai quebrar ou coisa do tipo. Todo o dinheiro. E, quando isso acontecer, significará o fim do mundo...

Magnus suspirou internamente.

O Submundo de Nova York era um dos lugares mais ridículos que ele já havia visitado, e em parte por esse motivo ele agora passava o tempo servindo bebidas ilegais para mundanos. E, mesmo assim, não conseguia escapar destas sandices. Pessoas iam ao bar para conversar, e os integrantes do Submundo também. Os lobisomens eram paranoicos. Os vampiros, fofoqueiros. Todos tinham uma história. Algo sempre estava *prestes a acontecer*, alguma coisa grande. Fazia parte do clima da época. Os mundanos vinham ganhando montanhas de dinheiro em Wall Street e gastavam em frivolidades, cinema e bebida. Essas eram coisas que Magnus sabia respeitar. Mas o Submundo era pautado por profecias incompletas e rivalidades inúteis. Os clãs lutavam entre si pelo controle de pedaços inexpressivos de domínio. As fadas se mantinham quietas como sempre, ocasionalmente atraindo humanos errantes da porta do Central Park Casino e levando-os para seu mundo com a promessa de uma festa inesquecível.

Pelo menos, uma vampira bonitinha falando bobagens era melhor que um lobisomem embriagado de fala arrastada. Magnus assentiu como se estivesse ouvindo e mentalmente ficou contando as garrafas de uísque e rum nas prateleiras de estoque abaixo do bar.

— Os mundanos, veja só, estão tentando invocar um demônio...

— Mundanos vivem fazendo isso — respondeu Magnus, pegando uma garrafa de rum ouro que fora colocada no lugar errado. — Atualmente também gostam de sentar em mastros de bandeiras e andar nas asas de aviões bimotores. Esta é uma era de hobbies tolos.

— Bem, esses mundanos não estão de brincadeira.

— Eles nunca estão de brincadeira, Dolly — disse Magnus. — Sempre acaba mal. Já vi mundanos salpicados em paredes o suficiente para...

De repente, o sino na parede começou a soar febrilmente e foi seguido por um chamado alto e profundo da sala principal.

— BATIDA!

Em seguida, muita gritaria.

— Com licença, um instante — pediu Magnus. Ele pousou a garrafa de espumante barato no bar e fez sinal para que Dolly se servisse, pois tinha certeza que ela faria isso mesmo sem permissão. Voltou pelo bar principal, onde uma atmosfera de loucura geral prevalecia. A banda não recolheu os instrumentos, mas tinha parado de tocar. Algumas pessoas engoliam os drinques, outras corriam para a porta, e ainda havia alguns chorando e em pânico.

— Senhoras e senhores! — chamou. — Por favor, apenas ponham suas bebidas sobre as mesas. Vai ficar tudo bem. Permaneçam sentados.

Magnus tinha clientes habituais suficientes para que houvesse uma rotina estabelecida. As pessoas estavam sentando, acendendo os cigarros alegremente e mal se viravam para olhar os machados que já apareciam pela porta de entrada.

— Luzes! — gritou Magnus, de forma teatral.

De imediato, os funcionários do bar apagaram todas as luzes, e o recinto ficou imerso em escuridão, exceto pelas pontas cor de laranja dos cigarros acesos.

— Agora, por favor, pessoal — disse Magnus, acima dos gritos da polícia, das machadadas e da madeira que se partia. — Se pudermos contar até três juntos. Um!

Nervosos, os clientes se uniram a ele no "dois" e no "três". Viu-se um clarão azul, em seguida, um estalo final quando a porta se abriu e a polícia entrou. Então, de súbito, as luzes se acenderam outra vez. Mas o bar clandestino desapareceu. Tudo o que os fregueses tinham à sua frente eram bules de porcelana e xícaras de chá. A banda de jazz fora substituída por um quarteto de cordas, que imediatamente começou a tocar uma música calma. As garrafas atrás do bar sumiram, substituídas por uma prateleira cheia de romances. Até a decoração mudou — as paredes encontravam-se cobertas por estantes de livros e cortinas de veludo, e tudo escondia o bar e o estoque de álcool.

— Cavalheiros! — Magnus abriu os braços. — Sejam bem-vindos ao clube do chá e do livro. Já íamos começar a discutir o título da noite, *Judas, o obscuro*. Os senhores chegaram bem a tempo! Posso ter de pedir que paguem pela porta, mas entendo o impulso. A pessoa não pode se atrasar para o debate!

Os presentes começaram a rir. Ergueram as xícaras de chá e acenaram com exemplares do livro.

Magnus sempre tentava variar a rotina. Uma vez, quando as luzes voltaram, ele havia transformado o recinto em um apiário, com colmeias e zumbidos por todo o salão. Em outra ocasião, fez um círculo de orações, com muitos dos clientes vestindo hábitos de freira e de pastores.

Normalmente, a polícia ficava tão confusa que as batidas eram breves e relativamente sem violência. Mas toda vez ele sentia a frustração aumentar. Hoje, o grupo estava sendo liderado por McMantry, um policial tão corrupto quanto se possa imaginar. Magnus se recusava a suborná-lo por uma questão de princípio, e agora ele estava descontando no Sr. Seca. Desta vez, os policiais vieram preparados. Todos tinham uma ferramenta — pelo menos 12 machados, várias marretas, pés de cabra e até uma ou duas pás.

— Levem todos — ordenou McMantry. — Todos para o carro. E depois revirem este lugar.

Magnus balançou os dedos nas costas para esconder a luz azul entre eles. De imediato, quatro painéis caíram das paredes e revelaram corredores e rotas de fuga. Os clientes correram para lá. Sairiam em quatro locais diferentes, a alguns quarteirões de distância. Apenas um pouquinho de mágica suave, buscando proteção. Ninguém merecia ir para a cadeia por tomar um drinque. Alguns policiais tentaram segui-los, mas, de repente, as passagens se fecharam.

Magnus desfez o feitiço de disfarce, e o bar clandestino voltou ao normal. A polícia ficou atordoada o bastante para que ele conseguisse se esgueirar atrás de uma cortina próxima e ficar invisível. Passou pelos policiais e saiu do bar. Parou alguns instantes apenas para observá-los puxar a cortina e estudar a parede atrás dela em busca da escotilha de escape que presumiram haver ali.

Na rua, via-se uma densa noite de setembro. Nova York normalmente ficava quente nesta época do ano, e a umidade da cidade tinha uma característica única. O ar era viscoso, cheio da névoa do East River e do Hudson, além do mar e do pântano, cheio de fumaça e cinzas e do aroma de todas as comidas possíveis sendo preparadas, com o forte cheiro de gás.

Magnus foi até uma das saídas, onde um grupo animado de clientes ria e conversava sobre o que acabara de acontecer. O grupo incluía alguns de seus clientes habituais preferidos e, com eles, o belo Alfie.

— Vamos! — disse Magnus. — Acho que podemos continuar na minha casa, não acham?

Algumas pessoas concordaram que seria uma excelente ideia. Magnus chamou um táxi, e outros fizeram o mesmo. Logo havia uma alegre fileira de veículos, e todos estavam prontos para partir. Enquanto uma última pessoa se espremia no banco de trás com Magnus, Dolly se inclinou na janela e falou ao seu ouvido:

— Ei, Magnus! — disse ela. — Não se esqueça. Cuidado com o dinheiro!

Magnus acenou com a cabeça educadamente, como se dissesse *sim, que seja*, e ela riu e se foi. Era tão pequena. Muito bonita. E muito bêbada. Provavelmente iria para o Bowery agora para se alimentar com um dos menos afortunados da cidade.

A fila de táxis começou a se mover, e todo o grupo (que, olhando pela janela de trás, parecia ter dobrado) foi para o Hotel Plaza.

Quando Magnus acordou no dia seguinte, a primeira coisa que reparou foi que estava muito, muito, muito claro. Alguém realmente precisava dar um jeito de acabar com o sol.

Ele logo percebeu que o excesso de claridade se devia ao fato de que as cortinas de sua suíte tinham desaparecido. Em seguida, notou, a seu lado na cama, as quatro pessoas totalmente vestidas (*suspiro*), que não tomavam consciência do sol e estavam mortas para o mundo.

A terceira coisa que viu, e talvez fosse a mais intrigante, foi a pilha de pneus de carro ao pé da cama.

O feiticeiro precisou de alguns instantes e de várias contorções estranhas para passar por cima dos adormecidos e sair da cama. Havia facilmente mais uns vinte desmaiados — ou dormindo — por toda a sala. As cortinas de lá também haviam desaparecido, mas ele viu onde tinham ido parar. As pessoas estavam utilizando como cobertores e barracas temporárias. Alfie era o único acordado, sentado no sofá, e olhava infeliz para o dia ensolarado.

— Magnus — resmungou. — Você pode me matar, por favor?

— Ora, mas isso é *ilegal*! — respondeu o feiticeiro. — E você sabe o que penso sobre transgredir a lei. E quem são essas pessoas? Não eram tantas assim quando fui dormir.

Alfie deu de ombros, indicando que o universo era misterioso e nada jamais seria inteiramente compreendido.

— Estou falando sério — disse Alfie. — Se não quiser fazer vodu ou coisa do tipo, bata na minha cabeça com alguma coisa. Você precisa me matar.

— Vou arrumar alguma coisa para você — disse Magnus. — Suco de tomate gelado e pimenta, pomelo fatiado e um prato de ovos mexidos; é disso que precisamos. Vou pedir que o serviço de quarto mande duas dúzias de cada uma.

Ele tropeçou sobre algumas pessoas para chegar ao telefone, apenas para descobrir que, na verdade, o que tinha alcançado era uma cigarreira grande e decorativa. Possivelmente ele também não estava em sua melhor forma.

— E café — acrescentou, pousando a cigarreira e pegando o fone com muita dignidade. — Vou pedir um pouco de café também.

Magnus fez o pedido para o serviço de quarto, que a essa altura já havia parado de questionar as estranhas necessidades do Sr. Bane, que incluíam coisas como 24 pratos de ovos mexidos e "café suficiente para encher uma banheira". Ele se juntou a Alfie no sofá e ficou observando enquanto alguns dos convidados viravam e resmungavam durante o sono.

— Tenho de parar com isso — disse Alfie. — Não posso continuar assim.

Alfie evidentemente era uma dessas pessoas que ficavam sentimentais após uma boa noite de farra. Por alguma razão, isso apenas o tornava mais atraente.

— É só uma ressaca, Alfie.

— É mais que isso. Tem uma garota...

— Ah — disse Magnus, assentindo. — Sabe, a maneira mais eficiente de curar um coração partido é recomeçar...

— Não para mim — respondeu Alfie. — Ela era única. Ganho bem. Tenho tudo que quero. Mas perdi essa garota. Veja...

Ah, não. Uma história. Isso talvez fosse sentimental demais e excessivo demais para essa hora da manhã, mas homens bonitos e com o coração partido ocasionalmente podiam ser aturados. Magnus tentou parecer atencioso. Era difícil fazer isso com o brilho do sol e o desejo de voltar a dormir, mas tentou. Alfie contou uma história a respeito de uma garota chamada Louisa, algo sobre uma festa, uma confusão relacionada a uma carta e alguma coisa sobre um cachorro e possivelmente uma lancha. Era uma lancha ou um chalé nas montanhas. São coisas difíceis de confundir, mas realmente estava *cedo demais* para isso. Enfim, definitivamente havia um cachorro e uma carta, e tudo acabou de forma desastrosa, com Alfie indo toda noite afogar as mágoas no bar de Magnus. Enquanto a história caminhava para o fim, Magnus viu o primeiro dos adormecidos no chão começar a dar sinal de vida. Alfie também percebeu e se inclinou para perto de Magnus, a fim de conversar com mais privacidade.

— Ouça, Magnus — disse Alfie. — Sei que você consegue... fazer coisas.

Isso soava promissor.

— Digo... — Alfie se inquietou por um instante. — Você consegue fazer coisas que não são naturais...

Isso soou *de fato* muito promissor, pelo menos, no início. Contudo, os olhos arregalados de Alfie indicavam que esta não era uma proposta amorosa.

— O que quer dizer? — perguntou Magnus.

— Quero dizer... — Alfie baixou ainda mais a voz. — Você faz... aquelas coisas que você faz. Elas são... são mágicas. Digo, têm de ser. Não acredito nessas coisas, mas...

Magnus havia mantido a premissa de que não era nada além de um diretor de circo. Era uma premissa que fazia sentido, e a maioria das pessoas ficava feliz em aceitar. Mas Alfie — um mundano com os pés no chão — aparentemente não acreditava naquela ideia.

O que era atraente. E preocupante.

— O que você está me pedindo exatamente, Alfie?

— Eu a quero de volta, Magnus. Precisa haver um jeito.

— Alfie...

— Ou me ajude a esquecê-la. Aposto que consegue.

— Alfie... — Magnus não queria mentir, mas não entraria nesta discussão. Não agora nem aqui. Mesmo assim, parecia que precisava dizer alguma coisa.

— Lembranças são importantes — declarou.

— Mas *dói*, Magnus. Pensar nela me machuca.

Magnus não queria passar por isso a essa hora — esta conversa sobre lembranças dolorosas e a vontade de esquecer. Esta conversa tinha de terminar, agora.

— Preciso de um banho rápido para me recuperar. Abra a porta para o serviço de quarto, por favor? Você vai se sentir melhor depois de comer.

Magnus afagou Alfie no ombro e foi para o banheiro. Precisou tirar duas pessoas que estavam dormindo por lá, uma na banheira e outra no chão, para começar seus procedimentos. Ao terminar, o serviço de quarto havia entregado seis mesas com rodinhas, cheias de jarros de suco de tomate e todos os ovos, pomelos e café necessários para animar o dia. Alguns dos quase mortos tinham acordado e agora comiam, bebiam e faziam barulho, trocando figurinhas sobre quem estava se sentindo pior.

— Você recebeu nossos presentes, Magnus? — perguntou um dos homens.

— Recebi, obrigado. Estava mesmo precisando de uns pneus extras.

— Pegamos de uma viatura de polícia. Vingança por terem arruinado o bar.

— Foi muita gentileza. Por falar nisso, acho que é melhor ir até lá verificar o que restou do meu estabelecimento. A polícia não parecia muito contente ontem à noite.

Ninguém prestou muita atenção quando ele saiu. Continuaram comendo, bebendo, conversando e rindo do próprio sofrimento, ocasionalmente correndo para o banheiro para vomitar. Era mais ou menos assim que funcionava, todo dia e toda noite. Estranhos apareciam em seu quarto, sempre acabados por causa da noite anterior. De manhã, se recompunham. Esfregavam os olhos borrados de maquiagem, procuravam por chapéus perdidos, plumas, pérolas, números de telefone, sapatos e horários. Não era uma vida ruim. Não ia durar, mas nada durava.

Todos acabariam como Alfie, chorando no sofá durante a madrugada e arrependidos de tudo. Por isso, Magnus ficava longe desses problemas. Continuava a viver. Continuava a dançar.

Magnus assobiou ao fechar a porta do quarto e tirou o chapéu para uma senhora com olhar de reprovação que ouviu a movimentação do lado de dentro. Quando o elevador chegou ao saguão, seu humor havia melhorado o suficiente para que desse cinco dólares de gorjeta ao ascensorista.

O bom humor de Magnus durou poucos minutos. O trajeto de táxi foi consideravelmente menos feliz que o último. O sol estava extremamente claro, o táxi ficou engasgando e pulando, e as ruas estavam mais congestionadas que de costume — seis carros na transversal, todos buzinavam de uma vez e soltavam fumaça pela janela. Todas as viaturas que ele avistava faziam com que se lembrasse das indignidades da noite anterior.

Ao chegar à Rua 25, o nível de destruição ficou imediatamente claro. A porta da loja de perucas fora quebrada e substituída (sem muito cuidado) por uma tábua de madeira e uma corrente. Magnus abriu-a com um rápido golpe de luz azul dos dedos e afastou a madeira. A loja tinha sofrido graves danos — prateleiras reviradas, perucas espalhadas pelo chão em uma poça de cerveja e vinho, parecendo estranhas criaturas marinhas. A porta escondida tinha sido completamente arrancada das dobradiças e jogada no chão. Magnus passou pelo corredor estreito, que exibia uma piscina de cerca de 7 centímetros, oriunda de uma mistura de álcool no piso rebaixado. O riacho vinha escorrendo dos três degraus que levavam ao bar. A porta tinha sido destruída, reduzida a farpas. Além da entrada, Magnus apenas viu destruição — vidro estilhaçado, mesas quebradas, pilhas de escombros. Mesmo o inocente candelabro tinha sido espancado, e o que sobrou dele foram pedaços espalhados pela pista de dança.

Mas esta nem mesmo foi a pior parte. Em meio à destruição, sentado sobre uma das três cadeiras que sobraram intactas, estava Aldous Nix, o Alto Feiticeiro de Manhattan.

— Magnus — disse ele. — Finalmente. Estou esperando há uma hora.

Aldous era velho — até para os padrões dos feiticeiros. Mais velho que o calendário. A julgar por suas lembranças, o consenso geral era de que ele provavelmente tinha quase 2 mil anos. Sua aparência era de um homem de quase 70 anos, com uma barba branca rala e cabelos brancos cuidadosamente aparados. Sua marca eram as mãos e os pés em forma de garra. Os pés ficavam disfarçados com botas especiais, e ele sempre mantinha uma das mãos no bolso, enquanto a outra envolvia o punho com bola de prata de uma longa bengala preta.

O fato de Aldous estar sentado ali, em meio aos destroços, era um tipo de acusação.

— O que eu fiz para merecer esta honra? — perguntou Magnus, passando com cautela pela bagunça no chão. — Ou você sempre quis ver um bar destruído? É quase um espetáculo.

Aldous empurrou um pedaço de garrafa quebrada com a bengala.

— Existem negócios melhores a se fazer, Magnus. Você realmente quer passar seu tempo vendendo bebida ilegal a mundanos?

— Quero.

— Bane...

— *Aldous...* — disse Magnus. — Já me envolvi em tantos problemas e batalhas. Não há nada de errado em querer viver tranquilamente por um tempo e evitar confusão.

Aldous apontou com a mão para a destruição.

— Isso não é problema — afirmou Magnus. — Não um de verdade.

— Mas também não é um investimento sério.

— Não há nada de errado em querer curtir um pouco a vida. Temos a eternidade. Será que devemos passar o tempo todo trabalhando?

Foi uma pergunta estúpida. Aldous provavelmente passaria a eternidade trabalhando.

— Magnus, você não pode ter deixado de notar que as coisas estão mudando. Está tudo inquieto. A Grande Guerra Mundana...

— Eles vivem entrando em guerra — declarou Magnus, e pegou as bases de uma dúzia de taças de vinho quebradas e as enfileirou.

— Não assim. Não tão global. E eles estão se aproximando da mágica. Produzem luz e som. Estão se comunicando a distância. Isso não o preocupa?

— Não — respondeu Magnus. — Não me preocupa.

— Então não está vendo nada?

— Aldous, minha noite foi longa. Do que você está falando?

— Está chegando, Magnus. — De repente, a voz de Aldous soou muito grave. — Dá para sentir no ar. Está chegando, e tudo se destruirá.

— O *que* está chegando?

— A quebra e a queda. Os mundanos colocam a fé no dinheiro em papel, e, quando isso virar pó, o mundo vai virar de cabeça para baixo.

Ser feiticeiro certamente não impede que suas ideias fiquem um pouco bagunçadas. Aliás, ser feiticeiro pode *facilmente* fazer com que você fique com as ideias um pouco bagunçadas. Quando o verdadeiro peso da eternidade bate — normalmente no meio da noite quando se está sozinho —, ele pode ser insuportável. Saber que todos vão morrer e que você vai continuar em um futuro vasto e desconhecido, habitado sabe-se lá por quem, que tudo sempre acabará e você continuará...

Aldous estava pensando nisso. Estava com aquele olhar.

— Tome um drinque, Aldous. — Magnus ofereceu com compaixão. — Guardo algumas garrafas especiais escondidas embaixo do chão nos fundos. Tenho um Château Lafite Rothschild de 1818 que estava guardando para um dia ensolarado.

— Você acha que isso é a solução para tudo, não acha, Bane? Bebida, dança, sexo... Mas, digo o seguinte, alguma coisa está acontecendo e seremos tolos se ignorarmos.

— *Quando* foi que eu disse que não era tolo?

— Magnus! — Aldous se levantou subitamente e bateu com a ponta da bengala, enviando uma enxurrada de raios roxos entre os destroços do chão. Mesmo enquanto falava loucuras, Aldous era um feiticeiro muito poderoso. Quando você existe há dois mil anos, acaba aprendendo algumas coisas.

— Quando resolver ser sério, me procure. Mas não espere muito. Tenho uma nova residência, no Hotel Dumont, Rua 116.

Magnus foi deixado nos destroços do bar. Uma integrante do Submundo surgindo para despejar um monte de besteira sobre presságios e desastres pode ser ignorada. Mas este fato ser seguido por uma visita de Aldous, que parecia dizer o mesmo...

... a não ser que os dois rumores fossem apenas um, e ambos tivessem sido originados por Aldous, que não estava soando muito são.

Fazia sentido, na verdade. O Alto Feiticeiro de Manhattan fica um pouco estranho, começa a falar sobre fatalidades, dinheiro mundano e desastre... Alguém ouviria essa história e a transmitiria, e, como todas as histórias, ela chegaria a Magnus.

Magnus tamborilou os dedos sobre o mármore rachado de seu bar outrora impecável. O tempo, reparou, corria mais depressa hoje em dia. Aldous não estava completamente errado em relação a isso. O tempo era como água, às vezes glacial e lenta (a década de 1720... *nunca mais*), às vezes, um lago parado, às vezes, um ribeiro suave, outras, um rio acelerado. E, às vezes, o tempo era como vapor, desaparecendo instantaneamente, envolvendo tudo em bruma, refletindo a luz. Esses foram os anos de 1920.

Mesmo em tempos acelerados como este, Magnus não poderia reabrir o bar imediatamente. Ele precisava simular alguma normalidade. Por alguns dias, talvez uma semana. Talvez até reconstruísse do jeito mundano, contratando pessoas para virem com baldes, madeira e pregos. Talvez trabalhasse pessoalmente. Provavelmente, isso lhe faria bem.

Então Magnus arregaçou a manga e se ocupou, recolhendo o vidro estilhaçado, jogando cadeiras quebradas e mesas em uma pilha. Pegou um rodo e empurrou poças de mistura de bebida, sujeira e farpas. Após algumas horas fazendo isso, ficou cansado e entediado, e estalou os dedos para arrumar tudo.

As palavras de Aldous continuavam soando em sua mente. Algo precisava ser feito. Alguém deveria ser alertado. Alguém mais responsável e interessado que ele, que pudesse assumir este problema. E, é claro, só um grupo de pessoas poderia fazer isso.

Caçadores de Sombras não frequentavam bares clandestinos. Eles respeitavam a lei mundana que bania o consumo de álcool (sempre maçantes com seu "A lei é dura, mas é a lei"). Isso significava que Magnus precisaria ir até o Upper East Side, para o Instituto.

A grandiosidade do Instituto sempre o impressionava — a forma como se erguia imponente acima de tudo, atemporal e sólido em sua reprovação gótica a tudo que era moderno e mutável. Integrantes do Submundo normalmente não conseguiam entrar no Instituto pela porta principal — a entrada deles era o Santuário. Mas Magnus não era um integrante do Submundo comum, e sua ligação com os Caçadores de Sombras era antiga e conhecida.

Isso não significava que ele tivesse recepções calorosas. A governanta, Edith, não disse nada ao recebê-lo, exceto "Espere aqui". Magnus ficou na entrada, onde examinou as decorações bolorentas com olhos críticos. Os Caçadores de Sombras realmente gostavam de papéis de parede bordô e abajures em forma de flor para acompanhar a mobília pesada. O tempo jamais correria acelerado aqui.

— Venha — disse Edith, quando voltou.

Magnus a acompanhou pelo corredor até a sala de estar, onde Edgar Greymark, o diretor do Instituto, se encontrava diante de uma prateleira de livros.

— Edgar — cumprimentou Magnus, com um aceno de cabeça. — Vejo que cedeu à pressão e instalou um telefone.

Magnus apontou para o aparelho telefônico sobre uma pequena mesa em um canto escuro, como se estivesse sendo punido por existir.

— É um estorvo. Já ouviu o barulho que faz? Mas permite que se fale facilmente com os outros Institutos, e é possível pedir gelo, então...

Ele fechou pesadamente o livro que estava lendo.

— O que o traz aqui, Magnus? — perguntou. — Ouvi dizer que atualmente você administra um estabelecimento de bebidas. É isso mesmo?

— Exatamente — disse Magnus, com um sorriso. — Apesar de, no momento, ele ser mais útil como uma pilha de gravetos.

Edgar não pediu explicações, e Magnus não ofereceu nenhuma.

— Você sabe que a venda de bebidas alcoólicas é ilegal — prosseguiu o diretor do Instituto —, mas suponho que seja por isso que goste.

— Todo mundo deve ter um ou dois hobbies — respondeu Magnus. — O meu, por acaso, inclui comércio ilegal, bebidas e orgias. Tem coisa pior.

— Nossa tendência é não ter tempo para hobbies.

Caçadores de Sombras. Sempre melhores que você.

— Estou aqui porque neste meu estabelecimento de bebidas fiquei sabendo sobre coisas do Submundo que talvez lhe interessem.

Magnus contou tudo que lembrava — tudo o que Aldous dissera, inclusive seu comportamento estranho. Edgar ouviu, sem mudar a expressão.

— Você está se baseando nos devaneios de Aldous Nix? — perguntou, quando o feiticeiro terminou. — Todos sabem que Aldous não anda muito bem atualmente.

— Eu existo há mais tempo que você — retrucou Magnus. — Tenho muita experiência e aprendi a confiar nos meus instintos.

— Não agimos por instinto — disse Edgar. — Ou você tem informações ou não tem.

— Considerando nossa longa história, Edgar, acho que talvez você devesse agir com base no que estou dizendo.

— O que pretende que façamos?

Magnus detestava ter de soletrar tudo. Havia ido aos Caçadores de Sombras com informações. Não cabia a ele explicar precisamente como deveriam interpretá-las.

— Quem sabe falar com ele? — sugeriu Magnus. — Façam o que fazem de melhor, fiquem atentos.

— Estamos sempre atentos, Magnus. — Havia um ligeiro sarcasmo no tom de Edgar, que o Feiticeiro não apreciou. — Manteremos tudo isso em mente. Obrigado pela visita. Edith vai levá-lo até a porta.

Ele tocou um sino, e a governanta, com a expressão amarga, apareceu em um instante para tirar o homem do Submundo de sua casa.

Antes de ir ao Instituto, Magnus estava decidido a não fazer nada. Apenas transmitir a informação e seguir com sua existência infinita. Mas o descaso de Edgar com suas preocupações o motivou. Aldous disse que o Hotel Dumont ficava na Rua 116, que não era muito longe. Era localizado no Harlem italiano, uma caminhada de vinte minutos, talvez. Magnus foi na direção norte. Nova York era um lugar que mudava bruscamente de uma vizinhança para a outra. O Upper East Side era um lugar tão rico e digno que quase doía. Mas, à medida que caminhava, as casas ficavam menores, os veículos, mais agressivos, e as carroças de cavalos, mais frequentes. Acima da Rua 100, as crianças eram mais violentas, jogavam bola na rua e corriam umas atrás das outras enquanto as mães berravam pelas janelas.

A sensação nessas ruas era mais convidativa. Havia uma atmosfera mais familiar, com aromas deliciosos vindo das janelas. E era agradável ver uma vizinhança onde nem todos tinham pele branca. O Harlem era o centro da cultura negra e berço da melhor música do mundo. Era o lugar mais quente e ousado para se estar.

Razão pela qual, supunha, alguém havia construído esta monstruosidade de hotel. O Dumont não combinava com os prédios, as lojas e os restaurantes, mas também não parecia o tipo de local que se importava se os vizinhos o aprovavam ou não. Ficava recuado em uma pequena rua lateral que poderia ter sido feita sob medida para ele. Tinha uma bela fachada em colunatas com várias janelas, todas com as cortinas fechadas. Um par de portas metálicas pesadas estava fechado.

Magnus se sentou no quiosque de refrigerante do outro lado da rua e decidiu observar e esperar. Ele não sabia ao certo o que estava esperando. Alguma coisa. Qualquer coisa. Não tinha certeza de que algo fosse acontecer, mas estava ali para isso. A primeira hora foi extremamente monótona. Magnus leu um jornal para matar o tempo. Comeu um sanduíche de sardinha e tomou café. Usou seu poder para recuperar uma bola para umas crianças do outro lado da rua, e elas nem imaginaram o que se passou. Estava quase disposto a desistir quando uma comitiva de carros caríssimos começou a se aproximar da frente do hotel. Foi como ver uma exibição dos carros mais caros do mundo — um Rolls-Royce, um Packard, alguns Pierce-Arrow, um Isotta Fraschini, três Mercedes e um Duesenberg —, todos tão reluzentes que Magnus mal conseguia vê-los com o brilho do sol se pondo. Ele piscou os olhos lacrimejantes e observou os motoristas abrindo as portas para os passageiros.

Certamente eram pessoas ricas. Os ricos compravam roupas maravilhosas que você identificava. Os *mais ricos* faziam seus funcionários irem a Paris comprar toda a nova coleção que ninguém fora dos ciclos da moda conhecia ainda. Essas pessoas pertenciam ao segundo grupo. Todas tinham, Magnus notou, entre 40 e 60 anos. Todos os homens tinham barba e usavam chapéu, e as mulheres não eram jovens nem livres o suficiente para os vestidos Chanel cor-de-rosa e os Vionnet de seda etérea que compraram. Todos entraram rapidamente no hotel, sem conversar e sem parar para admirar o pôr do sol. Pareciam suficientemente austeros e cheios de si, e isso sugeria que provavelmente tinham se juntado para tentar invocar um demônio (pessoas que tentavam invocar um demônio sempre tinham aquela aparência). Mas o que mais incomodava Magnus era o fato de que claramente estavam tentando fazer isso com a ajuda de Aldous, que possuía poderes e conhecimentos inimagináveis até para Magnus.

Então, ele esperou. Cerca de uma hora se passou. Os motoristas trouxeram os carros de volta em uma fileira, e, um por um, os integrantes do grupo entraram e partiram pela noite nova-iorquina. Não havia demônios. Nada. Magnus desceu do banco e começou a caminhar de volta para o Plaza, tentando assimilar tudo.

Talvez não tivesse sido nada. Aldous tinha uma visão sombria dos mundanos. Talvez estivesse apenas brincando com aquele grupo de pessoas supostamente importantes. Havia passatempos piores que brincar com um bando de milionários tolos, pegar o dinheiro deles e dizer que vai fazer mágica. Era possível ganhar uma fortuna rapidamente, partir para a Riviera Francesa e passar dez anos sem levantar um dedo. Talvez, vinte.

Mas Aldous não era o tipo de feiticeiro que jogava esses jogos, e dez ou vinte anos — sequer eram medidas de tempo que ele contava.

Talvez Aldous estivesse simplesmente estranho. Acontece. Magnus ficou imaginando se daqui a centenas de anos isso aconteceria com ele. Talvez também se trancafiasse em um hotel e passasse o tempo com pessoas ricas, fazendo sabe-se lá o quê. Será que isso era tão diferente do que ele estava fazendo agora? Afinal, não tinha passado a manhã limpando o lixo de seu bar mundano?

Era hora de ir para casa.

Outubro de 1929

De certa forma, Magnus havia perdido o interesse no bar. O fechamento de alguns dias que ele planejara se estendeu para uma semana, depois duas, depois três. Com o Sr. Seca temporariamente fechado, alguns dos clientes regulares de Magnus se viram sem ter para onde ir. Então, é claro, simplesmente vinham para o quarto de hotel do feiticeiro toda noite. Inicialmente eram apenas um ou dois, mas, em uma semana, Magnus passou a ter um fluxo constante de visitantes. Entre eles, a gerência do hotel, que sugeriu educadamente que o Sr. Bane "pudesse preferir levar seus amigos e associados a outro lugar". Magnus respondeu, de forma igualmente educada, que eles não eram amigos nem associados. Normalmente eram estranhos, o que não deixou a gerência muito feliz.

E também não era totalmente verdade. Alfie esteve presente desde o princípio e agora estava morando permanentemente no sofá de Magnus. E, com o passar do tempo, só se tornava mais sorumbático. Saía para onde quer que fosse seu trabalho durante o dia, voltava embriagado e ficava assim. Depois parou de ir trabalhar.

— Está piorando, Magnus — disse ele em uma tarde, ao acordar de um entorpecimento induzido por uísque.

— Tenho certeza que sim — disse Magnus, sem tirar os olhos do exemplar de *Guerra e Paz*.

— Estou falando sério.

— Tenho certeza que está.

— Magnus!

Magnus levantou a cabeça preguiçosamente.

— Está piorando. Não pode durar. Já está começando a ruir. Está vendo? Balançou o jornal na direção de Magnus.

— Alfie, você precisa ser mais específico. A não ser que esteja falando deste jornal, que parece bem.

— Estou falando que toda a estrutura financeira dos Estados Unidos pode cair a qualquer instante. — Alfie se levantou e olhou por cima do encosto do sofá. — Todos disseram que poderia acontecer, e eu jamais acreditei, mas agora me parece realmente possível.

— Acontece.

— Como você pode não se importar?

— Questão de prática — disse Magnus, voltou os olhos para o livro e virou uma página.

— Não sei. — Alfie deslizou um pouco sobre o sofá. — Talvez você tenha razão. Talvez fique tudo bem. Tem de ficar, certo?

Magnus não se incomodou em observar que não foi isso que ele quis dizer. Alfie pareceu apaziguado, e era o que bastava. Mas o feiticeiro já havia perdido o fio da meada da leitura e a vontade de continuar. Os visitantes estavam começando a ficar irritantes.

Após alguns dias, Magnus se cansou completamente da companhia, mas não estava inclinado a expulsá-los. Isso seria inadequado. Ele simplesmente reservou uma segunda suíte em outro andar e parou de voltar para casa. Os convidados pareceram notar, mas ninguém se importava, contanto que a porta da antiga suíte estivesse aberta e a conta do serviço de quarto também.

Magnus tentou preencher o tempo com atividades corriqueiras — ler, caminhar no Central Park, ver um filme ou peça de teatro, compras. O calor passou, e um outubro suave se instalou sobre a cidade. Um dia ele contratou um barco e passou o tempo circulando Manhattan, olhando os esqueletos dos diversos arranha-céus novos e imaginando o que aconteceria se tudo ruísse e o quanto ele se importava atualmente. Já tinha visto governos e economias caírem antes. Mas essas pessoas... haviam subido muito, e a queda seria longa.

Então, ele abriu um champanhe.

Notou que muitas pessoas passavam seus dias agrupadas em torno dos índices da bolsa, que se faziam presentes em todos os clubes e hotéis, em muitos restaurantes, até mesmo em bares e barbearias. Magnus ficava impressionado com o quanto essas coisinhas mecânicas podiam fascinar algumas pessoas. Elas se reuniam, hora após hora, apenas para observar uma máquina cuspir uma longa tira de papel cheio de símbolos. Alguém pegava o papel enquanto ele se desenrolava e lia a mágica ali contida.

O dia 24 de outubro trouxe o primeiro susto, com o mercado tropeçando e recuperando um pouco do equilíbrio. Todos tiveram um fim de semana inquieto; então, veio a semana seguinte, e tudo piorou muito. Depois, veio a terça-feira, dia 29, e tudo ruiu, exatamente como todo mundo aparentemente havia previsto, sem de fato acreditar, no entanto, que pudesse acontecer. Magnus não pôde evitar a onda de choque, nem mesmo no sossego do seu quarto no Plaza. O telefone começou a tocar. Ouviu vozes no corredor, até mesmo um ou dois gritos. Foi para o saguão, onde um pânico total se desenrolava, pessoas corriam com suas malas, todas as cabines telefônicas estavam ocupadas, e um homem chorava no canto.

Na rua era pior. Um grupo de pessoas do lado de fora conversava agitadamente.

— Estão pulando das janelas dos prédios no centro da cidade — disse um homem. — Fiquei sabendo. Meu amigo trabalha lá e falou que as pessoas estão abrindo as janelas e se atirando.

— Então isso está realmente acontecendo? — perguntou outro homem, tirando o chapéu e segurando-o sobre o coração, como se quisesse protegê-lo.

— Acontecendo? Aconteceu! Os bancos estão começando a tapar as portas!

Magnus concluiu que provavelmente seria melhor subir, trancar a porta e pegar uma boa garrafa de vinho.

Ele subiu, se dirigiu ao quarto, mas, assim que chegou, um dos recentes estranhos do outro quarto apareceu no corredor.

— Magnus — disse o homem, fedendo a álcool —, você precisa vir. Alfie está tentando se atirar da janela.

— Nossa, essa moda se espalhou depressa — observou Magnus, com um suspiro. — Onde?

— No seu antigo quarto.

Não havia tempo para Magnus perguntar há quanto tempo sabiam do novo quarto. Ele acompanhou o homem enquanto este corria e cambaleava pelos corredores do Plaza. Foram pela escada dos fundos e subiram os três andares até a antiga suíte; a porta estava aberta, e havia diversas pessoas reunidas em volta da porta do antigo quarto de Magnus.

— Ele se trancou aí e colocou alguma coisa contra a porta — relatou um dos homens. — Olhamos por esta janela e o vimos no parapeito.

— Saiam todos vocês — ordenou Magnus. — Agora.

Quando saíram, Magnus estendeu a mão e fez a porta se abrir. A janela do quarto, outrora um recurso para a bela vista do Central Park e para a intensa luz do sol, agora emoldurava a figura agachada de Alfie. Ele estava empoleirado na base estreita de concreto do lado de fora e fumava um cigarro, nervoso.

— Não se aproxime, Magnus! — avisou ele.

— Não é essa minha ideia — retrucou Magnus, sentando-se na cama. — Mas será que podia compartilhar os cigarros? Afinal de contas, é do meu quarto que está planejando se jogar.

Isso perturbou Alfie por um instante, mas ele enfiou a mão com cuidado no bolso, retirou um maço e o arremessou para dentro do quarto.

— Então — disse Magnus ao pegar o maço do chão e retirar um cigarro —, antes de ir, por que você não me conta o que houve?

O feiticeiro estalou os dedos, e o cigarro acendeu. Definitivamente fez isso para chamar a atenção de Alfie, e funcionou.

— Você... você sabe o que houve... o que acabou de fazer?

— Acendi um cigarro.

— O que quis dizer é: o que você acabou de *fazer*?

— Ah, aquilo. — Magnus cruzou a perna e se reclinou um pouco. — Bem, acho que você já adivinhou, Alfie, que não sou como as outras crianças.

Alfie se mexeu por um instante, considerando a informação. Seu olhar estava límpido, e Magnus achou que talvez fosse a primeira vez em semanas que ele estava sóbrio.

— Então, é verdade — disse ele.

— Então, é verdade.

— O que você é?

— O que eu sou é alguém que não quer que você pule da janela. O resto é detalhe.

— Me dê um bom motivo para não pular — disse Alfie. — Tudo se foi. Louisa. Tudo o que eu tinha, tudo o que fiz.

— Nada é permanente — disse Magnus. — Sei disso por experiência própria. Mas você pode conseguir coisas novas. Pode conhecer pessoas novas. Pode seguir em frente.

— Não quando me lembro do que já tive — respondeu Alfie. — Então, se você é... o que quer que seja, pode fazer alguma coisa, não pode?

Magnus deu uma tragada, pensativo.

— Entre, Alfie — falou, afinal. — E eu ajudo.

O processo de alterar a memória era, de fato, complicado. A mente é uma rede complexa, e a memória é importante para o aprendizado. Retire a lembrança errada, e você pode fazer a pessoa esquecer que o fogo queima. Mas as lembranças podem ser suavizadas ou encurtadas. Um feiticeiro talentoso — e Magnus era talentoso — pode enfeitar o passado e torná-lo algo diferente em forma e tom.

Mas não era um trabalho fácil.

Não estava claro por que Magnus fazia isso de graça para um mundano que andava vivendo à sua custa havia semanas. Talvez porque este fora um dia de muito sofrimento, e esta era a parte do sofrimento que Magnus podia atenuar.

Uma hora depois, Alfie se retirou da suíte sem se lembrar exatamente de quem era uma menina chamada Louisa, que era uma trocadora de ônibus ou coisa do tipo. Talvez uma bibliotecária em sua cidade natal? Ele nem mesmo sabia por que tinha pensado em seu nome. Também não recordava nada sobre sua breve fortuna.

Foi exaustivo, e, quando acabou, Magnus se apoiou no peitoril da janela e olhou para a cidade que escurecia sobre a grande extensão do Central Park.

Foi então que notou a estranha luz sobre a área residencial da cidade. Uma luz em forma de cone, menor na direção do arranha-céu, que se expandia pelas nuvens e tinha um brilho ligeiramente verde.

Bem acima do Hotel Dumont.

Não havia como conseguir um táxi. Todos os táxis da cidade estavam ocupados, e todos corriam. Todo mundo estava indo para algum lugar, tentava se livrar de ações, vender alguma coisa ou apenas se locomover em pânico total, ziguezagueando pela cidade em um frenesi. Então, Magnus correu para a parte leste do parque e foi até a Rua 116. O Hotel Dumont estava exatamente igual à última vez que Magnus o vira. Todas as cortinas continuavam cerradas, e as portas continuavam fechadas. Era frio, quieto e nada convidativo. Mas, quando Magnus tentou a porta da frente, descobriu que estava destrancada.

A primeira coisa estranha era que o hotel parecia completamente vazio. Não havia ninguém à mesa, ninguém no saguão, ninguém em lugar algum. O cenário era certamente magnífico, com uma escadaria graciosa e dourada. Tudo muito macio e acolchoado. Um rico tapete vermelho e dourado cobria o piso, e as janelas eram cobertas com cortinas pesadas que iam do teto ao chão. Estava frio, sombrio, abafado e perturbadoramente quieto. Magnus olhou em volta e para o alto, até o teto de afresco com seus querubins que apontavam uns para os outros e balançavam alegremente em vinhas no jardim.

À esquerda, havia um arco amplo ladeado por pilares cobertos por uma estampa floral. Isso evidentemente levava a um dos grandes quartos do hotel e parecia um local a ser explorado, tanto quanto qualquer outro. Magnus abriu a porta. Ela conduzia a um salão — incrivelmente magnífico — com um chão de mármore branco e rodeado por diversas bancadas douradas,

intercaladas por espelhos com molduras também douradas que amplifica-
vam o salão com seus reflexos.

Também refletiam a pilha de corpos humanos no fim do andar, em
volta do que parecia uma prancha de granito polida. Magnus tinha quase
certeza de que essas eram as mesmas pessoas que Magnus tinha visto saltando dos carros. Havia alguns rostos, alguns pedaços de roupas finas espalhadas no chão em tiras e laços, em alguns casos ainda presos a um braço
decepado ou um tronco. O chão naquela ponta estava inteiramente pre-
to-avermelhado, o sangue se espalhara, criando uma piscina sobre o mármore, como uma cobertura fina.

— Pelo Anjo...

Magnus virou e viu Edgar Greymark atrás dele, com seu uniforme de
Caçador de Sombras e a lâmina serafim desembainhada.

— Que bom que vocês vieram — disse Magnus. A observação era para
ter sido sarcástica, mas soou seca. *Era* bom que tivessem vindo. Não importa o que estivesse acontecendo, ele precisaria de ajuda.

— Achou que fôssemos simplesmente ignorar seu aviso? — perguntou
Edgar.

Magnus decidiu não responder. Provavelmente os Caçadores de Sombras ignoraram o aviso e, assim como ele, viram a luz no céu.

— Quem são essas pessoas? — perguntou Edgar.

— Acredito que sejam mundanos que vieram ver Aldous.

— E onde está Aldous?

Não o vi. Acabei de chegar.

Edgar levantou a mão, e mais meia dúzia de Caçadores de Sombras
apareceu e foi até os corpos para examiná-los.

— Parece um ataque de Beemote — observou uma menina, enquanto
examinava uma pilha de sangue e pedaços de tecido com restos de carne.
— Bagunçado. Desorganizado. E estas provavelmente são marcas de fileiras
duplas de dentes, mas é difícil dizer...

Atrás deles, ouviu-se um tremendo barulho, e todos se viraram quando
um jovem gritou e derrubou uma coisa no chão, que soltou fumaça e chiou.

— Meu Sensor explodiu — rosnou ele.

— Acho que podemos supor que há grande atividade demoníaca —
disse Edgar. — Revistem o hotel. Encontrem Aldous Nix e tragam-no aqui.

Os Caçadores de Sombras partiram, e Edgar e Magnus continuaram
com a pilha de corpos.

— Você faz alguma ideia do que possa estar acontecendo aqui? — perguntou Edgar.

— Contei tudo o que sabia — disse Magnus. — Vim porque vi algo no céu. Encontrei isso.

— Do que Aldous é capaz?

— Aldous tem 2 mil anos. Ele é capaz de *qualquer coisa*.

— É o que dizem. Ele não me convida para as festas de aniversário.

— Ele me pareceu um tanto estranho, mas nunca pensei... Bem, não importa o que pensei. Evidentemente, temos muitos demônios na área. Essa é a nossa primeira preocupação. E Nix...

— Está aqui — disse uma voz.

Aldous saiu de trás de uma das pesadas tapeçarias de parede. Apoiava-se com força na bengala, caminhando devagar até a placa de granito, onde se sentou. Edgar ergueu um pouco a arma, mas Magnus conteve-lhe o braço.

— O que aconteceu aqui, Aldous? — perguntou Magnus.

— É apenas um teste — disse Aldous. — Para meus patrocinadores, que gentilmente disponibilizaram todo este hotel e permitiram que eu fizesse meu trabalho em paz.

— Seus patrocinadores — falou Magnus. — Essas pessoas aqui no chão, destruídas.

— Que trabalho é esse? — perguntou Edgar.

— O trabalho? Ah. Isso é um assunto interessante. Mas não para seus ouvidos. Falarei com ele. — E apontou para Magnus. — O restante de vocês pode ir se ocupar. Vocês, Caçadores de Sombras, sempre se ocupam. Deve haver dez demônios por aí. Não registrei todos, mas, como disse a menina, pareciam basicamente Beemote. Nojentos. Matem-nos.

Edgar Greymark não era o tipo de homem que gostava de ser dispensado, mas Magnus lhe lançou um olhar e tentou encorajá-lo a recuar.

— Sim — rosnou Edgar. — Temos trabalho a fazer. Mas não vá embora, Nix. Voltaremos para discutir o assunto.

Magnus assentiu, e Edgar deixou o salão, fechando as portas com grande barulho atrás de si. Aldous olhou para as mãos nodosas antes de falar.

— Magnus, nosso lugar não é aqui. Nunca foi aqui. Vivo neste mundo há mais tempo que todo mundo que conheço, e esta é a única verdade na qual confio. Tenho certeza de que você também já chegou a essa conclusão.

— Não exatamente — disse Magnus. Aproximou-se mais um pouco, mas evitou o mar de sangue que se apresentava entre eles.

— Não exatamente?

— Às vezes, me sinto um pouco deslocado, mas me considero muito como parte deste mundo. De onde mais eu seria?

— Você pode ter nascido aqui, mas foi originado em outra dimensão.

— Você está falando do Vazio?

— É exatamente o que estou falando. Pretendo ir aonde pertenço. Quero ir para o único lugar que acredito realmente poder chamar de meu lar. Quero ir para Pandemônio. Eu estava abrindo um Portal para me permitir chegar lá.

— E essas pessoas?

— Essas pessoas achavam que controlavam o mundo. Acreditavam que o dinheiro que possuíam lhes dava o direito ao controle. Ouviram falar a meu respeito e vieram me procurar em busca de um jeito de ganhar controle sem fazer guerra, sem força. E eu disse a elas que mostraria um poder que jamais imaginaram possível, se me dessem o que eu precisava. Então me deram este hotel. Estou trabalhando aqui há alguns meses, preparando o caminho. Todo este prédio agora é uma treliça de feitiços e encantos. As paredes estão cheias de electrum e metal demoníaco. Agora é um canal. Será perfeito e o mais forte dos Portais.

— E essas pessoas vieram para cá...

— Para uma demonstração. Avisei que havia riscos. Talvez não tenha sido suficientemente claro. Achei que sim...

Sorriu um pouco nesta parte.

— Eles eram monstros, Magnus. Não podiam ter o direito de viver. Mundanos tolos, achando que poderiam controlar o mundo se aproveitando do *nosso* poder? Não. Morreram rapidamente.

— E, imagino, de forma muito dolorosa e apavorante.

— Talvez. Mas seus sofrimentos acabaram. E agora os meus também. Venha comigo.

— Ir com você? Ao Pandemônio? Para o *Vazio*? E eu achando que meu convite para passar o verão em Nova Jersey tinha sido o pior que já havia recebido.

— Não é hora para piadas, Bane.

— Aldous — disse Magnus —, você está falando em ir para o reino demoníaco. Não se volta de lá. E você sabe os horrores que enfrentaria.

— Não sabemos como é. Não sabemos nada. Eu desejo saber. Meu último desejo é conhecer aquele lugar misterioso, minha verdadeira casa. O último passo para concluir o feitiço... — falou e puxou a ponta redonda da bengala, revelando uma faca — são algumas gotas de sangue de feiticeiro. Só um pouquinho. Um corte na palma.

Aldous olhou pensativamente para a faca, depois para Magnus.

— Se ficar aqui, o Portal se abrirá, e você virá comigo. Se não quiser me acompanhar, saia agora.

— Aldous, você não pode...

— Certamente posso e estou prestes a fazê-lo. Faça sua escolha, Magnus. Fique ou vá, mas se for, vá agora.

O que naquele momento estava extremamente claro para Magnus era que Aldous era louco. Ninguém planejava viagens ao Vazio se estivesse em pleno gozo das faculdades mentais. Ir ao Vazio era um ato maior e pior que o suicídio — era se enviar para o Inferno. Mas também era muito, muito difícil conversar com pessoas ensandecidas. Alfie podia ser demovido da janela com argumentos. Não seria tão fácil com Aldous. Força física seria uma abordagem tão complicada quanto o diálogo. Qualquer movimentação que Magnus fizesse provavelmente seria prevista e respondida com força igual ou maior.

— Aldous...

— Então você fica? Vem comigo?

— Não. Eu só... eu...

— Está preocupado comigo — disse ele. — Acha que não sei o que estou fazendo.

— Não colocaria exatamente desta forma...

— Há muito tempo considero isto, Magnus. Sei o que estou fazendo. Então, por favor. Fique ou vá. Decida agora, pois vou abrir o Por...

A flecha emitiu uma espécie de ruído cantado ao cortar o ar. Entrou no peito de Aldous como uma faca que penetra facilmente uma maçã. Aldous se sentou ereto por um instante, olhando para ela; em seguida, deslizou para o lado, morto.

Magnus viu o sangue atingir o granito.

— CORRA — gritou.

O jovem Caçador de Sombras ainda estava admirando, orgulhoso, o próprio trabalho, a perfeição com que tinha atingido a marca. Não notou a rede de ranhuras se espalhando do altar pelo chão, rachando o mármore branco em centenas e milhares de pedaços com um ruído de gelo quebrando.

Magnus correu. Correu de um jeito que não sabia que podia correr, e, quando alcançou o Caçador de Sombras, pegou-o e o arrastou junto. Tinham acabado de alcançar a porta e saltado para fora quando um enorme jato de fogo explodiu na entrada e preencheu o recinto com chamas que iam do chão ao teto. Tão depressa quanto surgiu, o fogo foi sugado de volta ao salão. As portas do hotel se fecharam sozinhas. O próprio prédio tremeu como se um enorme aspirador tivesse aparecido por cima dele e o estivesse sugando.

— O que está acontecendo? — perguntou o Caçador de Sombras.

— Ele abriu uma espécie de canal com o Vazio — respondeu Magnus, e se levantou, cambaleando.

— O quê?

Magnus balançou a cabeça. Não havia tempo para explicar.

— Todos estavam fora do prédio? — perguntou.

— Não tenho certeza. Os demônios estavam dentro e fora. Pegamos uma meia dúzia na rua, mas...

O prédio tremeu e pareceu se esticar um ou dois centímetros, como se implorasse para ser sugado para cima.

— Chegue para trás — disse Magnus. — Não faço ideia do que possa acontecer em seguida, mas parece que tudo isso pode... Chegue para trás!

Em todos os seus anos, em todos os seus estudos, Magnus jamais encontrou nada que o preparasse para isso — um prédio que se transformara em um Portal perfeito, um feiticeiro que queria ir para o Vazio por considerá-lo sua casa, utilizando o próprio sangue como chave. Isso não constava dos livros didáticos. Ele teria de fazer suposições. E ter muita sorte. E provavelmente um pouco de tolice.

Se errasse em algum passo, coisa que provavelmente aconteceria, seria sugado para o Vazio. Para o próprio Inferno. Que seria onde entraria a tolice.

Magnus abriu a porta. O Caçador de Sombras atrás dele berrou, mas o feiticeiro apenas gritou para que ele ficasse para trás.

Esta é uma péssima ideia, pensou Magnus ao se encontrar no saguão novamente. *Pode ser a pior ideia que já tive.*

O fogo que havia estourado no coração do prédio chamuscara cada superfície, deixara o teto preto, destruíra os móveis, expusera o chão sob o tapete e carbonizara a grande escadaria. As portas do salão, no entanto, se mantiveram intactas.

Magnus entrou cuidadosamente no salão.

Ainda não fui sugado para o Vazio, pensou. *Isso é bom. Definitivamente bom.*

Os corpos agora eram esqueletos latentes, e o chão branco de mármore estava completamente fraturado. O sangue tinha evaporado e deixado uma mancha escura. A placa de granito, no entanto, estava inteira. E também estava levitando, a mais ou menos 1,80 metro do chão, banhada pela fraca luz verde que Magnus vira mais cedo. Aldous não estava em lugar algum.

O que é você?

A voz veio do nada. Estava no salão. Estava lá fora. Estava na mente de Magnus.

— Um feiticeiro — respondeu Magnus. — E o que você é?

Somos muitos.

— Por favor, não diga que são uma legião. Alguém já pegou esse nome.

Aprecia as Escrituras Sagradas mundanas, feiticeiro?

— Só estou quebrando o gelo — disse Magnus para si mesmo.

Gelo?

— Onde está Aldous? — perguntou o feiticeiro, com o tom de voz mais alto.

Está conosco. Agora você virá conosco. Venha ao altar.

— Acho que vai ficar para a próxima — disse Magnus. — Tenho um lugar aqui do qual gosto muito.

Isso era interessante. Aparentemente os demônios não conseguiam sair. Se conseguissem, teriam saído. Era isso que demônios faziam. Mas uma conexão foi aberta. Uma conexão de mão única, porém, ainda assim, uma conexão.

Magnus se aproximou mais um pouquinho, tentando procurar alguma marca no chão, qualquer coisa que pudesse informar o tamanho do Portal. Não achou nada.

Feiticeiro, não se cansa de sua vida?

— Esta é uma pergunta muito filosófica para uma voz sem nome e sem rosto de um Vazio — retrucou Magnus.

Não se cansa da eternidade? Não quer acabar com seu sofrimento?

— Saltando no Vazio? Na verdade, não.

Você é como nós. Tem nosso sangue. É um de nós. Venha e seja bem-vindo. Venha e fique com os seus.

Sangue...

Se sangue de feiticeiro abriu o Portal... bem, sangue de feiticeiro poderia fechar.

... ou não.

Era um palpite tão bom quanto qualquer outro.

— Por que eu ia querer isso? — perguntou Magnus. — O Pandemônio deve ser um lugar muito lotado, considerando que vocês vivem tentando sair.

Não reconheceria seu pai?

— Meu pai?

Sim, feiticeiro. Seu pai. Não o reconheceria?

— Meu pai jamais se interessou por mim — retrucou Magnus.

Não reconheceria seu pai, mesmo se falasse com ele?

Com isso, Magnus parou.

— Não — disse. — Suponho que não. A não ser que esteja tentando me dizer que o que estou ouvindo agora é a voz do meu pai.

Você ouve seu próprio sangue, feiticeiro.

Magnus olhou para a placa que levitava, a destruição, os restos dos corpos. Também tomou leve consciência de uma presença atrás dele. Alguns dos Caçadores de Sombras tinham entrado e estavam olhando para a placa, mas não pareceram ouvir nada.

— Magnus? — perguntou um deles.

— Não se aproximem — respondeu o feiticeiro.

Por que os protege? Eles não o protegeriam.

Magnus foi até o Caçador de Sombras mais próximo, pegou uma lâmina e se cortou.

— Você. — E apontou para o Caçador de Sombras que havia atirado em Aldous. — Dê-me uma flecha. Agora.

A flecha foi entregue, e Magnus molhou a ponta em seu sangue. Em seguida, esfregou mais um pouco no cabo, só para garantir. Não precisava do arco. Dirigiu a flecha para a placa com toda a força e produziu todos os feitiços de fechamento de Portal que conhecia.

Parecia que estava preso no lugar, o corpo inteiro feito de concreto, o tempo estendido e lento. Magnus não tinha mais certeza quanto ao local em que estava nem mesmo o que ele era, só sabia que ainda estava lançando feitiços, que o altar permanecia e que as vozes em sua mente gritavam. Centenas de vozes. Milhares.

Magnus...
Magnus, venha a mim...
Magnus, venha...

Mas Magnus se manteve firme. Em seguida, a placa caiu no chão e se partiu em inúmeros pedaços.

Magnus viu um vulto apoiado na porta do hotel quando voltou para casa naquela noite.

— Então, você entendeu o recado, não é? — disse Dolly. — Sobre o dinheiro mundano? Acho que foi tudo para o espaço, não?

— Parece que sim — respondeu Magnus.

— Não achei que tivesse acreditado em mim.

Magnus se apoiou na parede oposta e suspirou pesadamente. Não havia barulho em nenhum dos quartos no corredor, exceto por alguns gritos distantes e abafados no extremo oposto. Ele tinha a sensação de que muitas pessoas provavelmente estavam deixando o hotel, agora que não tinham dinheiro para pagar as contas ou estavam sentadas atrás da porta em um silêncio atônito. E, no entanto, elas não faziam ideia de que o *crash* da bolsa, na verdade, era a menor das suas preocupações, e que o verdadeiro perigo tinha sido combatido. Nunca saberiam. Jamais ficavam sabendo.

— Você parece cansado — observou Dolly. — Como se precisasse de um estímulo.

— Acabei de fechar um Portal para o Vazio. Preciso dormir. Por uns três dias.

Dolly soltou um assobio baixo.

— Minha amiga me disse que você é uma batata quente. Ela não estava brincando, hein?

— Ela?

Dolly levou a mão à boca, arranhando o nariz com as longas unhas pintadas.

— Oops!

— Quem a enviou? — perguntou Magnus.

Dolly abaixou a mão e sorriu.

— Uma grande amiga sua.

— Não tenho certeza se tenho grandes amigos.

— Ah, tem. — Dolly girou a bolsa em um círculo. — Tem, sim. Nos vemos por aí, Magnus.

Ela percorreu o corredor em ritmo oscilante, virando ocasionalmente para olhar para ele. Magnus deslizou alguns centímetros pela parede, sentindo a exaustão por todo o corpo. Mas, com um esforço enorme, se levantou e correu atrás de Dolly. Observou da esquina enquanto ela entrava em um elevador e, imediatamente, apertou o botão para chamar o seguinte. O elevador estava cheio de pessoas sorumbáticas, visivelmente assoladas pelas notícias do dia. Então o que ele iria fazer em seguida era péssimo para eles.

Magnus estalou os dedos e retirou o controle do ascensorista, fazendo-o descer muito velozmente, de forma um tanto descontrolada. No outro dia, dera uma ótima gorjeta ao sujeito, então se sentiu no direito de ter o controle, se assim desejasse. Não tinha direito sobre os outros passageiros, que começaram a gritar quando o elevador foi passando pelos andares.

Ele chegou ao saguão antes de Dolly e passou pelas pessoas ainda traumatizadas (muitas rezando) no elevador. Foi ziguezagueando pelo saguão, mantendo-se na lateral, atrás de colunas, plantas e grupos de pessoas. Entrou em uma cabine telefônica e observou Dolly passar, com os sapatos estalando levemente no chão de mármore. Ele a seguiu, o mais quieta e disfarçadamente possível, para a porta da frente, enfeitiçando-se para passar pelo porteiro. Havia um carro do lado de fora, um incrível Pierce-Arrow vermelho com cortinas prateadas sobre as janelas dos passageiros, escondendo o rosto de quem estava lá dentro. A porta, no entanto, estava aberta. Um motorista estava ali, atento. Através da abertura Magnus pôde ver um pé e um calcanhar, ambos muito bonitos, um pequeno sapato prateado e um pedaço de uma perna com meia-calça. Dolly foi até o carro e se inclinou para dentro da porta aberta. Tiveram uma conversa que Magnus não conseguiu escutar, e, em seguida, a garota entrou no carro e deu a todos na frente do Plaza uma bela vista do seu traseiro. Então, a passageira se inclinou para a frente, falou com o motorista, e Magnus viu seu perfil. Não havia como confundir aquele rosto.

Era Camille.

Salvando
Raphael Santiago

Cassandra Clare e Sarah Rees Brennan

ESTÃO TODOS MORTOS.

E EU TAMBÉM ESTOU MORTO.

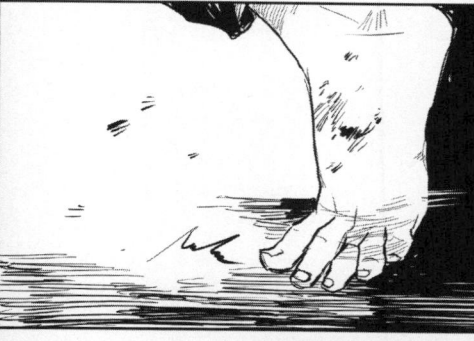

AGARRA

Houve uma violenta onda de calor no fim do verão de 1953. O sol agredia a calçada, que parecia mais plana por submissão, e alguns meninos de Bowery estavam abrindo um hidrante para fazer um chafariz na rua e se refrescar por alguns minutos.

Era o sol que o estava afetando, pensou mais tarde, e que o encheu com o desejo de ser um investigador particular. O sol e o romance de Raymond Chandler que acabara de ler.

Mas havia um problema com a ideia. Nas capas de livros e nos filmes, a maioria dos detetives parecia trajar ternos dominicais próprios de comemorações provincianas. Magnus almejava lavar a mancha de sua nova profissão se vestindo de uma forma ao mesmo tempo adequada, elegante e ousada. Ele dispensou o casaco e acrescentou punhos de veludo verde ao terno cinza, e um chapéu de aba curva.

O calor era tão terrível que o feiticeiro teve que tirar o paletó assim que pisou na rua; mas o que vale é a intenção, e, além disso, ele estava com suspensórios verde-esmeralda.

A decisão de se tornar detetive não se baseou exclusivamente no guarda-roupa. Ele era um feiticeiro, e pessoas — bem, nem todo mundo os consideraria pessoas — constantemente o procuravam com o intuito de obter soluções mágicas para seus problemas, o que ele concedia, por um preço. Por Nova York, se espalhou a notícia de que Magnus era o feiticeiro capaz de tirar as pessoas de qualquer complicação. Havia também um Santuário, no Brooklyn, caso alguém precisasse se esconder, mas a bruxa que o coordenava não resolvia problemas. Era ele quem resolvia. Então, por que não ser pago para isso?

Magnus não achou que a simples decisão de se tornar um detetive particular fizesse com que um caso pousasse em seu colo assim que pintou as palavras magnus bane, detetive particular na janela com letras grandes e pretas. Mas, como se alguém tivesse soprado sua ideia no ouvido do Destino, um caso apareceu.

Magnus voltou ao apartamento após uma casquinha de sorvete e, quando a viu, ficou satisfeito por já tê-la consumido. Era evidente que se tratava de uma daquelas mundanas que sabia o suficiente sobre o Mundo das Sombras para procurar Magnus em busca de magia.

Ele tirou o chapéu para ela e perguntou:

— Posso ajudá-la, senhorita?

Ela não era uma loura de fazer um bispo quebrar um vitral. Era uma mulher baixa e de pele marrom, e, apesar de não ser linda, tinha um charme brilhante e inteligente o bastante para que, se quisesse vitrais quebrados, Magnus quebraria que pudesse. Usava um vestido xadrez ligeiramente desbotado, mas ainda muito bonito, com uma faixa na cintura fina. Parecia ter quase 40 anos, a mesma idade da atual companheira de Magnus, e, sob os cabelos negros e ondulados, tinha um rosto em forma de coração e sobrancelhas tão finas que lhe conferiam um ar desafiador, que a deixava ao mesmo tempo mais atraente e mais intimidante.

Ela apertou a mão dele, e a dela era pequena, porém, firme.

— Meu nome é Guadalupe Santiago — disse. — Você é um... — Acenou com a mão. — Não conheço a palavra exata. Um mago, um fazedor de magia.

— Pode dizer "feiticeiro", se quiser — explicou. — Não importa. O que quer dizer é que sou alguém com poder para ajudá-la.

— Isso — respondeu Guadalupe. — Foi isso mesmo que quis dizer. Preciso de sua ajuda. Preciso que salve meu filho.

Magnus a convidou a entrar. Achou que estava entendendo a situação, agora que ela havia pedido ajuda para um parente. As pessoas frequentemente o procuravam em busca de cura, não tanto quanto procuravam Catarina Loss, mas, ainda assim, havia certa frequência. Ele preferia mil vezes curar um jovem mundano a um daqueles Caçadores de Sombras arrogantes que o procuravam sempre, mesmo que com o mundano ganhasse menos dinheiro.

— Fale-me sobre seu filho — pediu.

— Raphael — disse Guadalupe. — O nome dele é Raphael.

— Fale-me sobre Raphael — disse Magnus. — Há quanto tempo ele está doente?

— Não está doente — respondeu Guadalupe. — Temo que esteja morto — observou, com a voz inabalável, como se não estivesse falando do mais terrível temor de todos os pais.

Magnus franziu o rosto.

— Não sei o que lhe disseram, mas quanto a isso não posso ajudá-la.

Guadalupe levantou a mão.

— Não é uma doença comum, nem nada que alguém do meu mundo possa curar — contou. — É sobre seu mundo e como se cruzou com o meu. É sobre os monstros aos quais Deus deu as costas, aqueles que vivem no escuro e atacam inocentes.

Ela deu uma volta pela sala, e a saia xadrez esvoaçou sobre as pernas marrons.

— *Los vampiros* — sussurrou.

— Ah, meu Deus, não os vampiros sanguinários de novo — respondeu Magnus. — Sem duplo sentido.

Após proferir as temidas palavras, Guadalupe recobrou a coragem e continuou a história.

— Todos nós já ouvimos boatos sobre tais criaturas — falou. — Depois foram mais do que boatos. Um dos monstros passou a circular pela vizinhança. Pegando garotinhas e garotinhos. O irmão caçula de um dos amigos do meu Raphael foi levado e, depois, encontrado quase na entrada da própria casa, o corpinho quase sem sangue. Rezamos, todas as mães rezamos, todas as famílias rezaram, para que a praga sumisse. Mas meu Raphael começou a andar com um bando de meninos um pouco mais velhos do que ele. Bons meninos, sabe, de boas famílias, mas um pouco... brutos, querendo muito mostrar que eram homens antes de serem de fato, se é que me entende?

Magnus já tinha parado de fazer piadas. Um vampiro caçando crianças por esporte — um vampiro que tinha gosto pela atividade, e sem indício de parar — não era piada. Ele fitou os olhos de Guadalupe com expressão séria e respeitosa para mostrar que entendia.

— Eles formaram uma gangue — disse Guadalupe. — Não uma das gangues de rua, mas... bem, era para proteger nossa rua contra o monstro, disseram. Eles o seguiram até o covil uma vez, e todos ficaram falando sobre como sabiam onde ele ficava, e como poderiam pegá-lo. Eu deveria... eu não prestei atenção à conversa dos meninos. Temi pelos meus garotos mais novos, e tudo parecia um tipo de brincadeira. Mas então Raphael e todos os seus amigos... desapareceram, há algumas noites. Já passaram noites inteiras na rua antes, mas, desta vez... desta vez, está demorando demais. Raphael jamais me deixaria preocupada desse jeito. Quero que você descubra onde está o vampiro, e quero que vá atrás do meu filho. Se Raphael estiver vivo, quero que o salve.

Se um vampiro tinha matado crianças humanas, uma gangue de adolescentes o caçando seria como bombons entregues em domicílio. O filho desta mulher estava morto.

Magnus inclinou a cabeça.

— Tentarei descobrir o que aconteceu com ele.

— Não — disse a mulher.

Magnus se viu olhando para cima, paralisado pela voz da moça.

— Você não conhece meu Raphael — falou. — Mas eu o conheço. Ele está com meninos mais velhos, mas não é um maria vai com as outras. Todos o ouvem. Só tem 15 anos, mas é tão forte, rápido e esperto quanto um adulto. Se apenas um sobreviver, será ele. Não vá procurar um corpo. Salve Raphael.

— Você tem a minha palavra — prometeu Magnus com sinceridade.

Ele teve pressa em sair. Antes de visitar o Hotel Dumont, o local abandonado por mortais e assombrado por vampiros desde a década de 1920, e onde Raphael e os amigos foram, Magnus tinha outras investigações a fazer. Outros integrantes do Submundo saberiam sobre um vampiro que transgredia a Lei tão abertamente, mesmo que torcessem para que os vampiros resolvessem o assunto entre si, mesmo que os outros membros do Submundo ainda não tivessem decidido procurar os Caçadores de Sombras.

Guadalupe apertou a mão de Magnus antes que ele saísse, e os dedos se agarraram aos dele. Seu olhar desafiador havia se tornado suplicante. Magnus teve a impressão de que ela jamais imploraria por si, mas estava disposta a fazê-lo pelo filho.

— Dei a ele um crucifixo para usar no pescoço — relatou. — O padre da Santa Cecília me entregou pessoalmente, e eu o dei a Raphael. É uma cruz pequena e de ouro; com ela, você o reconhecerá. — Sua respiração era entrecortada. — Eu lhe dei um crucifixo.

— Então deu a ele uma chance.

Procure fadas para ouvir fofocas sobre vampiros, procure lobisomens para fofocas sobre fadas, e não fofoque sobre lobisomens, pois eles tentam arrancar seu rosto a dentadas: esse era o lema de Magnus.

Ele conhecia uma fada que trabalhava no Latin Quarter, o clube noturno de Lou Walters, o local mais sujo e desprotegido da Times Square. Magnus tinha assistido a Mae West ali, uma ou duas vezes, e visto uma corista com um feitiço que cobria suas asas de fada e a pele ametista. Ele e Aeval eram amigos desde então — tão amigos quanto se pode ser quando ele e a dama só buscavam informações.

Ela estava sentada nos degraus, já fantasiada. Tinha muita carne lilás delicada à mostra.

— Estou aqui para ver uma fada por causa de um vampiro — disse ele com a voz baixa, e ela riu.

Magnus não conseguiu rir de volta. Ele tinha a impressão de que não conseguiria se livrar tão cedo da lembrança do rosto de Guadalupe, nem do aperto dela em seu braço.

— Estou procurando um menino. Humano. Provavelmente levado por alguém do clã do Harlem espanhol.

Aeval deu de ombros, um movimento fluido e gracioso.

— Você sabe como são os vampiros. Poderia ser qualquer um.

Magnus hesitou e, em seguida, acrescentou:

— Dizem que esse vampiro gosta dos bem jovens.

— Nesse caso... — Aeval bateu as asas. Mesmo os integrantes do Submundo mais cascudos não gostavam de pensar em crianças como vítimas. — Talvez eu tenha ouvido falar alguma coisa sobre um tal Louis Karnstein.

Magnus fez um gesto para que ela continuasse, inclinando-se e puxando o chapéu, para que ela pudesse falar ao seu ouvido.

— Ele morava na Hungria até muito pouco tempo. É velho e poderoso, razão pela qual Lady Camille o recebeu tão bem. E tem predileção por crianças. Acha que o sangue é mais puro e doce, considerando que a carne jovem é a mais macia. Foi expulso da Hungria por mundanos que encontraram seu covil... que encontraram todas as crianças ali.

Salve Raphael, pensou Magnus. Parecia uma missão cada vez mais impossível.

Aeval olhou para ele, seus olhos enormes e ovais denunciando uma ligeira preocupação. Quando fadas se preocupavam, era hora de entrar em pânico.

— Faça o que tem que fazer, feiticeiro — disse ela. — Você sabe como os Caçadores de Sombras reagirão se descobrirem sobre alguém assim. Se Karnstein estiver praticando seus velhos truques na nossa cidade, será pior para todos nós. Os Nephilim vão matar todos os vampiros que virem. Primeiro, virão as lâminas serafim e, depois, as perguntas.

Magnus não gostava de se aproximar do Hotel Dumont se pudesse evitar. Era decrépito e perturbador, trazia muitas lembranças ruins, e ocasionalmente abrigava sua ex-amante.

Mas hoje parecia que não teria como escapar do hotel.

O sol estava escaldante no céu, mas não duraria muito. Se Magnus tinha vampiros a combater, seria melhor fazê-lo no momento em que estivessem mais fracos.

O Hotel Dumont ainda era lindo, mas por pouco, Magnus pensou ao entrar. Estava sendo enterrado pelo tempo, com camadas espessas de teias de aranha formando cortinas em cada arco. Desde os anos 1920, os vampiros consideravam o local como sua propriedade privada e ficavam por lá. Magnus nunca perguntou como Camille e os vampiros se envolveram na tragédia daquela década ou que direito achavam que tinham sobre a construção agora. Possivelmente os vampiros apenas gostassem do apelo de um lugar que era, ao mesmo tempo, decadente e abandonado. Mais ninguém se aproximava. Os mundanos diziam que era mal-assombrado.

Magnus não havia abandonado a esperança de que os mundanos voltariam, reclamariam o hotel e o restaurariam, espantando os vampiros. Camille ficaria extremamente irritada.

Uma jovem vampira correu pela entrada em direção a Magnus, as cores vermelha e verde do vestido e o cabelo tingido de hena vívidos nas sombras cinzentas.

— Você não é bem-vindo aqui, feiticeiro! — disse ela.

— Não sou? Meu Deus, que gafe social! Peço desculpas. Antes de me retirar, posso fazer uma pergunta? O que você pode me contar a respeito de

Louis Karnstein? — perguntou Magnus em tom indiferente. — E sobre as crianças que ele tem trazido para o hotel e assassinado?

A menina se esquivou como se Magnus tivesse queimado seu rosto com um crucifixo.

— Ele é hóspede daqui — disse ela, em voz baixa. — Lady Camille disse que deveríamos recebê-lo com todas as honras. Não sabíamos.

— Não? — perguntou Magnus, e a incredulidade tingiu-lhe a voz como uma gota de sangue na água.

Os vampiros de Nova York eram cuidadosos, obviamente. Havia pouquíssimo derramamento de sangue humano, e quaisquer "acidentes" eram rapidamente encobertos, debaixo do nariz dos Caçadores de Sombras. Magnus não teria dificuldade em acreditar, contudo, que se Camille tivesse motivos para agradar a um convidado, ela permitiria que ele cometesse até assassinato. E o faria com tanta facilidade quanto o encheria de luxos: prata, veludo e vidas humanas.

E Magnus em nenhum momento acreditou que, uma vez que Louis Karnstein trouxesse as carnes suculentas para casa, assumindo toda a culpa, mas disposto a dividir parte do sangue, os outros não se deliciassem. Olhou para a delicada menina e ficou imaginando quantas pessoas ela teria matado.

— Você prefere — perguntou muito gentilmente — que eu vá e volte com os Nephilim?

Os Nephilim — os monstros dos monstros e de todos os que poderiam ser monstros. Magnus tinha certeza de que esta menina poderia ser monstruosa se quisesse. Sabia que ele próprio podia ser um monstro.

E sabia outra coisa. Não pretendia deixar um menino no covil dos monstros.

Os olhos da garota se arregalaram.

— Você é Magnus Bane — disse ela.

— Sim — respondeu Magnus. Às vezes, era bom ser reconhecido.

— Os corpos estão lá em cima. No quarto azul. Ele gosta de brincar com eles... depois. — Ela deu de ombros e saiu da frente, desaparecendo nas sombras.

Magnus ajeitou os ombros. Presumiu que a conversa tivesse sido escutada, considerando que não o desafiaram e que nenhum outro vampiro chegou enquanto ele se dirigia à escadaria curva, cujo dourado e escarlate perdiam-se sob um tapete cinza, porém, de formato intacto. Ele subiu até os apartamentos, onde sabia que o clã dos vampiros de Nova York recebia seus convidados valiosos.

Encontrou o quarto azul com facilidade: era um dos maiores e provavelmente havia sido o mais grandioso do hotel. Se ainda fosse um hotel normal, o hóspede deste aposento teria que pagar uma quantia substancial. Um buraco fora aberto no teto alto. O teto arqueado era pintado de azul-claro, da cor de ovos de melro, o tom delicado que artistas imaginavam que teria o céu de verão.

O verdadeiro céu de verão se mostrava através do buraco no teto, um branco ardente e impiedoso, tão implacável quanto a fome que impulsionava Karnstein, que ardia tão brilhante quanto uma tocha empunhada por alguém prestes a encarar um monstro.

Magnus viu poeira por todo o chão, poeira que ele não considerava apenas um indício do acúmulo do tempo. Ele viu poeira e viu corpos: encolhidos, descartados como bonecas de retalho, espalhados como aranhas esmagadas no chão contra as paredes. Não havia qualquer graciosidade na morte.

Havia corpos de meninos adolescentes, os que tinham se encaminhado até aqui em uma caçada destemida para pegar o predador que vinha rondando a vizinhança; que acreditaram inocentemente que poderiam triunfar. E havia outros, corpos mais antigos de crianças mais jovens. As crianças que Louis Karnstein havia raptado nas ruas de Raphael Santiago, que matara e guardara.

Não havia como salvá-las, pensou Magnus. Neste quarto não havia nada além de sangue e morte, e o eco do medo, a perda de qualquer possibilidade de redenção.

Portanto, Louis Karnstein estava louco. Às vezes acontecia, com a idade e a distância da humanidade. Magnus tinha visto acontecer com um feiticeiro há trinta anos.

Magnus ansiava para que, se ele próprio enlouquecesse assim, a ponto de envenenar todo o ar que o cercava e de machucar todos que se aproximassem, houvesse alguém que o amasse o suficiente para contê-lo. Matá-lo, se fosse preciso.

Esguichos arteriais e marcas de mãos ensanguentadas decoravam as paredes azuis, e no chão viam-se poças escuras. Havia sangue humano e de vampiro: sangue de vampiro era de um vermelho mais profundo, que permanecia vermelho mesmo depois de seco, vermelho eterno. Magnus se aproximou das manchas, mas em uma das poças de sangue humano viu algo brilhando, imerso quase além da esperança, mas com um brilho teimoso que chamou sua atenção.

Magnus se inclinou e pescou o objeto brilhante da poça. Um crucifixo, pequeno e dourado, e pensou que ao menos poderia devolvê-lo a Guadalupe. Guardou-o no bolso.

O feiticeiro deu um passo para a frente, depois mais um. Não tinha certeza se o chão o sustentaria, disse a si mesmo, mas sabia que esta era apenas uma desculpa. Não queria andar no meio de toda aquela morte.

Mas, de repente, percebeu que precisava.

Precisava porque, no canto mais distante do quarto, nas sombras mais escuras, ouviu horríveis ruídos gulosos de sucção e viu um menino nos braços de um vampiro.

Magnus levantou a mão, e a força de sua mágica lançou o vampiro pelo ar, até uma das paredes sujas de sangue. Ele ouviu um estalido e viu o vampiro se encolher no chão. Não ficaria caído por muito tempo.

O feiticeiro correu pelo recinto, tropeçando sobre os corpos e escorregando no sangue; caiu de joelhos ao lado do menino e pegou-o em seus braços. Era jovem, tinha 15 ou 16 anos, e estava morrendo.

Magnus não tinha como encher um corpo de sangue com mágica, principalmente um corpo que já estava perdendo as forças com a falta de sangue. Ele apoiou a cabeça caída do menino em uma das mãos, observou as pálpebras trêmulas e esperou para ver se haveria algum momento em que o menino seria capaz de se concentrar e no qual Magnus se despediria.

O menino não olhou para ele, nem falou. Agarrou a mão do feiticeiro. Magnus achou que fosse reflexo, como um bebê, mas Magnus esperou e tentou oferecer ao menino o conforto que podia.

O menino respirou uma vez, duas, três, e, em seguida, sua mão afrouxou.

— Você sabe o nome dele? — perguntou asperamente para o vampiro que o matara. — Era Raphael?

Ele não sabia por que tinha perguntado. Não queria saber que o menino que Guadalupe o mandara salvar tinha acabado de morrer em seus braços, que o último integrante daquela missão galante e fracassada para salvar inocentes quase tinha sobrevivido o bastante — mas não o suficiente. Não conseguia esquecer o olhar suplicante de Guadalupe Santiago.

Magnus olhou para o vampiro, que não tinha se movido para atacar. Estava sentado, encolhido contra a parede onde Magnus o lançara.

— Raphael? — falou o vampiro lentamente. — Você veio procurar Raphael? — E deu um riso curto, agudo, quase incrédulo.

— Qual é a graça? — perguntou Magnus.

Uma fúria sombria inflou em seu peito. Há muito tempo não matava um vampiro, mas estava disposto a fazer isso.

— Porque eu sou Raphael Santiago — disse o menino.

Magnus encarou o menino-vampiro-Raphael. Estava com os joelhos no peito, abraçando-os. Sob a cabeça cheia de cachos soltos havia um rosto em forma de coração como a da mãe, olhos grandes e escuros que encantariam mulheres — ou homens — quando ele crescesse, e uma boca macia e infantil manchada de sangue. O sangue cobria a parte inferior do rosto, e Magnus enxergou o brilho branco de dentes contra o lábio inferior de Raphael, como diamantes na escuridão. Ele era a única coisa que se mexia naquele terrível cenário de coisas imóveis. Ele tremia, e os tremores curtos percorriam seu corpo, sacudindo tanto que Magnus conseguia enxergá-los, tanto que parecia violento, o frio de alguém tão frio que estava prestes a mergulhar em imobilidade e morte. Este quarto cheio de morte estava tão quente quanto os mundanos imaginariam que fosse o Inferno, mas o menino tremia como se estivesse com tanto frio, que jamais fosse conseguir se aquecer novamente.

Magnus se levantou, moveu-se cuidadosamente entre poeira e mortos até estar suficientemente próximo ao vampiro, e então falou suavemente:

— Raphael?

Ele levantou a cabeça ao ouvir o som da voz de Magnus. Já tinha visto muitos vampiros de pele branca como sal. A de Raphael ainda era marrom, mas não tinha o tom quente da mãe. Não era mais a carne de um menino vivo.

Não havia como salvar Raphael.

Suas mãos encontravam-se cobertas de terra e sangue, como se ele tivesse saído do túmulo há muito pouco tempo. Seu rosto também estava sujo com terra de cemitério. Tinha cabelos pretos, uma massa suave de cachos que a mãe provavelmente adorava acariciar, que teria afagado quando ele tinha pesadelos e chamava por ela, que tocava com dedos leves enquanto ele dormia e ela não queria acordá-lo, cabelos dos quais ela provavelmente guardou um cacho de bebê. Aqueles cabelos estavam cheios de terra de túmulo.

Havia marcas de lágrimas vermelhas em seu rosto, que brilhavam, escuras. Ele tinha sangue no pescoço, mas Magnus sabia que o ferimento já havia fechado.

— Onde está Louis Karnstein? — perguntou Magnus.

Quando se pronunciou, dessa vez em espanhol suave e baixo, Raphael falou:

— O vampiro achou que eu o ajudaria com os outros se ele me transformasse em mais um de sua espécie. — Ele deu uma gargalhada súbita, um barulho louco e forte. — Mas não ajudei — acrescentou. — Não, ele não estava esperando isso. Ele está morto. Virou cinzas que voaram ao vento. — E fez um gesto para o buraco no teto.

Magnus ficou espantado e em silêncio. Era extremamente incomum que um vampiro novo ascendesse e superasse a fome o bastante para raciocinar ou fazer qualquer coisa além de se alimentar. Magnus ficou imaginando se Raphael teria matado mais de um dos amigos.

Não perguntaria, e não apenas porque perguntar teria sido cruel. Mesmo que Raphael tivesse matado e, em seguida, se voltado contra seu mestre, superar Karnstein exigiria uma vontade férrea.

— Estão todos mortos — disse Raphael, aparentemente se controlando.

De repente, sua voz soou nítida. Seus olhos escuros também ficaram claros ao encarar Magnus, e, em seguida, ele se virou deliberadamente, descartando o feiticeiro como se este fosse irrelevante.

Raphael, Magnus notou com um crescente desconforto, olhava para aquele buraco brilhante no teto, o buraco que indicou ao dizer que Karnstein tinha sido reduzido a cinzas.

— Estão todos mortos — repetiu Raphael lentamente. — E eu também estou.

Ele se esticou, rápido como uma cobra, e saltou.

Somente porque Magnus vira para onde Raphael estava olhando e sabia o que ele estava sentindo, aquela exata sensação extremamente fria de ser um estranho no ninho, tão sozinho que mal parecia existir, é que agiu rápido o suficiente.

Raphael saltou para o ponto de luz letal no chão, e Magnus pulou em sua direção. Derrubou-o antes de ele chegar à luz do sol.

Ele soltou um berro incoerente, como uma ave de rapina, um grito vil que não passava de fúria e fome, que ecoou na mente de Magnus e fez sua carne tremer. Raphael se debateu e se arrastou para o sol, mas o feiticeiro não o soltou, e o menino utilizou toda a sua força de vampiro recém-trans-formado para tentar se libertar, arranhando e girando. Não tinha hesitação nem remorso, nem nada do desconforto habitual de um novo vampiro com seu poder recém-adquirido. Tentou morder o pescoço de Magnus. Tentou rasgá-lo, membro por membro. Magnus precisou de magia para prender o menino ao chão, e, mesmo com todo o corpo de Raphael preso, o feiticeiro teve que se desviar das presas do vampiro e somente escapou por pouco.

— Solte-me! — gritou o menino afinal, com a voz falhando.

— Calma, calma — sussurrou Magnus. — Sua mãe me mandou vir, Raphael. Fique quieto. Sua mãe me mandou aqui para encontrá-lo. — Ele pegou o crucifixo dourado que havia encontrado e colocado no bolso e o segurou diante do rosto de Raphael. — Ela me deu isso e me mandou salvá-lo.

Raphael se encolheu diante do crucifixo, e Magnus guardou-o apressadamente, mas não antes de o menino parar de lutar e começar a chorar, com soluços que percorriam todo o seu corpo, como se ele pudesse se livrar de sua nova forma odiada se tremesse e sacudisse o bastante.

— Você é burro? — suspirou. — Você *não pode* me salvar. Ninguém pode fazer isso.

Magnus sentiu o gosto do desespero de Raphael como se fosse sangue. O feiticeiro acreditava nele. Segurou o menino, recém-nascido em terra e sangue, e desejou que o tivesse encontrado morto.

O choro cansou Raphael o suficiente para que ele ficasse dócil. Magnus o levou para sua casa, pois não tinha ideia do que fazer com ele.

Raphael estava sentado, uma pequena tragédia no sofá de Magnus. Magnus teria lamentado muitíssimo por ele, mas tinha parado em um telefone público a caminho de casa para ligar para Etta no pequeno clube de jazz onde ela se apresentaria esta noite e avisar que ela não deveria aparecer, pois tinha um bebê-vampiro com o qual lidar.

— Um bebê-vampiro? — perguntou Etta, e riu da mesma maneira que riria do marido que sempre leva para casa os itens mais estranhos do mercado de antiguidades. — Não conheço nenhum exterminador para o qual você possa ligar.

Magnus sorriu.

— Eu consigo resolver sozinho. Pode acreditar.

— Ah, normalmente acredito — respondeu Etta. — Apesar de minha mãe ter tentado me ensinar a ter mais juízo.

Magnus estava ao telefone papeando com Etta há apenas dois minutos, mas quando desligou foi para encontrar Raphael agachado na calçada. Ele sibilara, com as presas brancas e afiadas na noite, como um gato que protege a presa quando Magnus se aproximou. O homem em seus braços, com o colarinho branco da camisa totalmente vermelho, estava inconsciente; Magnus o afastou do vampiro sibilante e o colocou em um beco, torcendo para que acordasse acreditando que tinha sido assaltado.

Quando voltou para a calçada, Raphael ainda estava lá, com as mãos curvadas como garras e pressionadas contra o peito. Havia um rastro de sangue em sua boca. Magnus sentiu um profundo desespero no coração. Esta não era apenas uma criança sofrendo. Era um monstro com a face de um anjo de Caravaggio.

— Você devia ter me deixado morrer — disse Raphael com a voz baixa e oca.

— Não podia.

— Por que não?

— Porque prometi a sua mãe que o levaria para casa — respondeu Magnus.

Raphael congelou ao ouvir falar na mãe, da mesma forma como o fizera no hotel. Magnus viu seu rosto no brilho dos postes de rua. Ele tinha o olhar de uma criança que tinha acabado de levar um tapa no rosto: dor e espanto, e nenhuma condição de lidar com nenhuma das sensações.

— E você acha que ela iria me querer em casa? — perguntou Raphael. — *A-assim?*

Sua voz tremeu e seu lábio inferior, ainda sujo de sangue, estremeceu. Passou uma mão vil no próprio rosto, e Magnus viu novamente a forma como se recompôs instantaneamente, o controle severo que ele exercia sobre si mesmo.

— Olhe para mim — disse ele. — Diga que ela vai me convidar para entrar.

Magnus não tinha como dizer isso. Lembrou-se de como Guadalupe havia falado sobre monstros, os que andavam pela noite e atacavam inocentes. Pensou em como ela poderia reagir — a mulher que deu um crucifixo ao filho — a um filho com sangue nas mãos. Lembrou-se do próprio padrasto que o forçava a repetir orações até que as palavras sagradas tivessem um gosto amargo em sua boca; lembrou-se da mãe e de como ela não conseguiu tocá-lo depois que descobrira a verdade, e de como o padrasto o segurou embaixo d'água. No entanto, em algum momento eles o amaram, e ele os amou.

O amor não superava tudo. O amor nem sempre durava. Tudo que você tinha podia ser arrancado, o amor poderia ser tudo que lhe restava, e, em seguida, também poderia ser arrancado.

Mas Magnus sabia que o amor poderia ser uma última esperança e uma estrela-guia. Uma luz que se apagava já brilhara um dia.

Magnus não poderia prometer a Raphael o amor de sua mãe. Mas como Raphael ainda a amava, o feiticeiro queria ajudá-lo, e achava que sabia como.

Magnus avançou sobre o tapete de sua casa e viu os olhos de Raphael brilharem no escuro, espantados com o movimento súbito e cheio de propósito.

— E se ela não tivesse que saber?

Raphael piscou lentamente, quase como um réptil em hesitação.

— Como assim? — perguntou, esgotado.

Magnus pôs a mão no bolso, retirou algo brilhante de dentro dele e segurou-a na palma da mão.

— E se você entrasse pela porta — perguntou Magnus — usando o crucifixo que ela lhe deu?

Ele deixou o crucifixo cair, e Raphael, por puro reflexo, o segurou, com a mão aberta. O objeto caiu na palma de sua mão, e Magnus viu Raphael estremecer, estremecimento este que se transformou em um tremor que correu por todo o seu corpo e fez seu rosto enrijecer de dor.

— Muito bem, Raphael — falou Magnus gentilmente.

Raphael abriu os olhos e encarou Magnus, e isso não era o que Magnus esperava. O cheiro de carne queimando preencheu a sala. Ele ia ter que investir em um pouco *pot-pourri*.

— Muito bem, Raphael — disse Magnus. — Muito corajoso. Pode soltá-la agora.

Raphael sustentou o olhar de Magnus, e fechou lentamente os dedos sobre o crucifixo. Pequenos fios de fumaça passaram pelos espaços entre seus dedos.

— Muito bem? — ecoou o menino-vampiro. — Muito corajoso? Estou apenas começando.

Estava sentado no sofá de Magnus, o corpo inteiro arqueado de dor, segurando o crucifixo da mãe. E não o soltou.

Magnus reavaliou a situação.

— Um bom começo — disse-lhe em tom condescendente. — Mas precisará de bem mais do que isso.

Os olhos de Raphael se estreitaram, mas não respondeu.

— Claro — acrescentou Magnus casualmente —, talvez você não aguente. Terá muito trabalho, e você é só um menino.

— Sei que terei muito trabalho — disse-lhe Raphael, engolindo o fim de cada palavra. — Só tenho você para me ajudar, e você não impressiona muito.

Magnus percebeu que a pergunta no covil dos vampiros — *Você é burro?* — não tinha sido apenas uma expressão de desespero, mas uma representação da personalidade do menino.

Logo, o feiticeiro descobriria que esta era a expressão favorita de Raphael.

Nas noites que se seguiram, Raphael adquiriu roupas terrivelmente monocromáticas, espantou diversos clientes de Magnus com observações cáusticas, dedicou sua existência a irritar Magnus e permaneceu teimosamente imune a qualquer magia exibida pelo feiticeiro. Magnus o alertou sobre os Caçadores de Sombras, os filhos do Anjo que tentariam liquidá-lo caso transgredisse alguma de suas Leis, e contou sobre tudo que ele poderia ter e sobre todas as pessoas que poderia conhecer. Todo o Submundo foi apresentado a ele: fadas, lobisomens e encantos, mas a única coisa que parecia interessar o menino era o tempo que conseguia segurar o crucifixo, e quanto tempo a mais conseguiria a cada noite.

O veredicto de Etta foi que nada conseguia impressioná-lo.

Etta e Raphael se mantinham distantes um do outro. Raphael ficou aberta e ofensivamente surpreso por Magnus ter uma amiga mulher, e Etta, apesar de saber sobre o Submundo, era muito cuidadosa em relação a seus integrantes, exceto Magnus. Raphael ficava fora do caminho quando Etta aparecia.

Magnus e Etta tinham se conhecido em uma casa noturna há quinze anos. Ele a convencera a dançar, e ela disse que, antes do fim da música, estava apaixonada. Ele lhe disse que se apaixonou antes mesmo de começar.

Quando Etta vinha de alguma apresentação que Magnus não acompanhara — e ele vinha perdendo muitas, por causa de Raphael —, era tradição ela tirar os saltos altos, com os pés doendo após uma noite longa, mas mantendo o vestido chique, e eles dançarem juntos, murmurando canções ao ouvido um do outro e competindo para ver que música dançariam por mais tempo.

Na primeira vez em que encontrou Raphael, Etta ficou um pouco quieta.

— Ele virou vampiro há poucos dias — disse ela finalmente enquanto dançavam. — Foi o que você disse. Antes ele era só um menino.

— Se serve de consolo, desconfio que ele fosse uma ameaça.

Etta não riu.

— Sempre pensei nos vampiros como criaturas velhas — falou. — Nunca pensei em como as pessoas se tornam essas criaturas. Acho que faz sentido. Digo... Raphael, o pobre menino, é jovem demais. Mas dá para entender alguém querer ser jovem para sempre. Assim como você.

Etta vinha falando sobre idade cada vez mais ultimamente. Ela não mencionava os homens que compareciam às casas noturnas para vê-la cantar, que queriam tirá-la de lá e ter filhos com ela. Não precisava.

Magnus entendia, conseguia ler os sinais como um marinheiro sabia quais nuvens do céu se converteriam em tempestade. Já tinha sido abandonado antes, por diversos motivos, e a situação não tinha qualquer ineditismo.

Você pagava um preço pela imortalidade, e as pessoas que você amava também, muitas e muitas vezes, sempre. Houve um pequeno grupo de pessoas importantes que ficou com Magnus até que a morte os separasse, mas fosse por morte ou por um novo caminho que pudessem seguir, todos acabavam deixando-o.

Não podia culpar Etta.

— Você ia querer? — perguntou Magnus afinal, após um longo tempo dançando. Não fez a oferta, mas pensou no assunto, e poderia ter providenciado. Havia maneiras. Maneiras pelas quais alguém poderia pagar um preço terrível. Meios que seu pai conhecia, e Magnus detestava o pai. Mas se ela pudesse ficar com ele para sempre...

Fez-se mais um silêncio. Tudo que ele ouviu foi o estalo dos próprios sapatos e os movimentos suaves dos pés descalços de Etta no piso de madeira.

— Não — disse Etta, com o rosto no ombro do feiticeiro. — Não, se eu pudesse fazer com que as coisas fossem do meu jeito, ia querer mais tempo com você. Mas eu não pararia o relógio por isso.

Lembretes estranhos e dolorosos vinham a Magnus uma vez ou outra, quando ele se acostumou a Raphael como o morador sempre irritado e irritante que caíra em seu colo. Surpreendia-se com um lembrete do que já sabia: que o relógio de Raphael fora parado, que sua vida humana lhe fora arrancada de modo terrível.

Magnus estava elaborando um novo penteado com o auxílio de gel e uma pitada de mágica quando Raphael chegou por trás e o surpreendeu. Raphael fazia isso com frequência, considerando que tinha os passos silenciosos de um vampiro. Magnus suspeitava que fizesse de propósito, mas como o menino jamais sorria era difícil dizer.

— Você é muito fútil — observou Raphael em tom de reprovação, olhando para o cabelo de Magnus.

— E você é um menino de 15 anos — rebateu Magnus.

Raphael normalmente tinha uma resposta para qualquer coisa que Magnus dissesse; mas, em vez disso, Magnus recebeu um longo silêncio. Quando levantou os olhos do espelho, viu que Raphael tinha ido até a janela e observava a noite.

— A esta altura eu teria 16 — disse Raphael, a voz tão fria e distante quanto a luz da lua. — Se eu tivesse sobrevivido.

Magnus se lembrou do dia em que percebeu que não estava mais envelhecendo, ao olhar em um espelho que parecia mais frio do que todos os espelhos que já tinha visto, como se visse o próprio reflexo em uma lasca de gelo. Como se o espelho fosse o responsável por ter mantido sua imagem tão congelada e distante.

Ficou imaginando o quão diferente seria para um vampiro saber o exato dia, hora, minuto em que deixou de fazer parte do calor e das mudanças comuns da humanidade. Quando você ficava parado, e o mundo girava e jamais sentia sua falta.

Não perguntou.

— Quem é como você — disse Raphael, que era a forma como ele se referia a feiticeiros, pois era muito galanteador — uma hora para de envelhecer, não? Vocês nascem como os humanos, e sempre são o que são, mas envelhecem como os humanos, até o dia em que não envelhecem mais.

Magnus ficou imaginando se Raphael teria lido os pensamentos em seu rosto.

— Isso mesmo.

— Você acha que quem é como você tem alma? — perguntou Raphael, continuando a olhar pela janela.

Magnus conhecia pessoas que achavam que não. Ele acreditava que sim, mas isso não queria dizer que nunca tinha duvidado.

— Não importa — continuou Raphael antes que Magnus pudesse responder. A voz soou seca. — De qualquer forma, tenho inveja de você.

As Crônicas de Bane

— Por quê?

O luar transbordou sobre Raphael, clareando seu rosto, de modo que ele parecesse uma imagem de mármore de um santo que morrera jovem.

— Ou ainda possui alma — disse Raphael — ou nunca teve e não sabe o que é vagar pelo mundo condenado, exilado e sentindo falta de uma alma eternamente.

Magnus pousou a escova.

— Todos os integrantes do Submundo têm alma — falou. — É o que nos difere dos demônios.

Raphael zombou.

— Isso é crença Nephilim.

— E daí? — disse Magnus. — Às vezes, eles têm razão.

Raphael disse algo ofensivo em espanhol.

— Eles se acham tão salvadores, os *cazadores de sombras* — falou. — Os Caçadores. E mesmo assim nunca apareceram para me salvar.

Magnus olhou em silêncio para o menino. Nunca conseguiu argumentar contra as convicções de seu padrasto sobre o que Deus queria ou o que Deus julgava. Não sabia como convencer Raphael de que ele talvez ainda tivesse alma.

— Vejo que você está tentando me distrair da verdadeira questão. — Foi o que Magnus disse então. — Você fez aniversário, uma desculpa perfeita para eu providenciar uma das minhas famosas festas, e não me contou nada?

Raphael o encarou silenciosamente, em seguida virou-se e se retirou.

Magnus frequentemente pensava em adquirir um bicho de estimação, mas jamais cogitou ter um vampiro adolescente rabugento. Se Raphael fosse embora, pensou, arrumaria um gato. E sempre faria uma festa de aniversário para o bichinho.

Não demorou muito até que Raphael tivesse conseguido usar o crucifixo no pescoço, a noite inteira, sem gritar ou exibir qualquer sinal visível de incômodo. Ao fim da noite, quando o removeu, ficou com uma marquinha tênue no peito, como se fosse de uma queimadura antiga, e foi tudo.

— Então é isso — disse Magnus. — Ótimo. Você está pronto! Vamos visitar sua mãe.

Magnus havia mandado uma mensagem a ela avisando para não se preocupar e pedindo que não o visitasse, pois estava utilizando toda a magia possível para salvar Raphael e não podia ser incomodado. Porém sabia que isso não a manteria afastada para sempre.

A expressão de Raphael estava vazia enquanto ele brincava com a corrente em uma das mãos, seu único sinal de incerteza.

— Não — falou. — Quantas vezes vai me subestimar? Não estou pronto. Não estou nem perto disso.

Explicou a Magnus o que queria fazer em seguida.

— Você está fazendo uma boa ação me ajudando — observou o menino na noite seguinte, ao se aproximarem do cemitério. Sua voz soou quase clínica.

Magnus pensou, mas não disse: *sim, pois já fiquei tão desesperado, infeliz e convencido de que não tinha alma quanto você.* Pessoas o ajudaram quando precisou, porque precisou e por nenhum outro motivo. Lembrou-se dos Irmãos do Silêncio indo até ele de Madri e ensinando que havia, sim, como viver.

— Não precisa agradecer. — Foi o que Magnus disse. — Não estou fazendo por você.

Raphael deu de ombros, um gesto fácil e fluido.

— Tudo bem, então.

— Digo, pode ser grato ocasionalmente — emendou Magnus. — Pode arrumar o apartamento uma vez ou outra.

Raphael considerou.

— Não, acho que não.

— Acho que sua mãe deveria ter lhe dado umas surras — declarou Magnus. — Com frequência.

— Meu pai me bateu uma vez, em Zacatecas — comentou Raphael casualmente.

Raphael nunca tinha falado no pai, e Guadalupe não mencionou marido, apesar de Magnus saber que havia diversos irmãos.

— Bateu? — Magnus tentou fazer a voz soar ao mesmo tempo neutra e encorajadora, caso Raphael quisesse se abrir.

Raphael, que não era do tipo que se abria, pareceu entretido.

— Ele não me bateu duas vezes.

Era um cemitério pequeno, escondido e distante no Queens, cercado por prédios altos e escuros, um armazém e uma casa vitoriana abandonada. Magnus tinha providenciado para que a área fosse regada com água benta, benzida e sacralizada. Igrejas eram territórios sacros, mas cemitérios não.

Todos os vampiros tinham que ser enterrados em algum lugar, e tinham que ascender.

Não ofereceria uma barreira como o Instituto dos Caçadores de Sombras, mas seria bem difícil para Raphael colocar os pés naquele solo.

Era mais um teste. Raphael prometera que não faria nada além de colocar o pé no chão.

Raphael prometera.

Quando Raphael levantou o queixo, como um cavalo dando uma mordida, e correu direto para o solo sagrado, correndo, ardendo e gritando, Magnus ficou imaginando como poderia ter acreditado nele, e...

Raphael! — gritou e correu atrás do menino, pela escuridão e pelo território sacro.

Raphael pulou em um túmulo, aterrissou e se equilibrou. Seus cabelos cacheados se afastaram do rosto, o corpo se arqueara, e os dedos agarravam a borda de mármore. Os dentes estavam expostos, das pontas cruéis à gengiva, e os olhos pretos e sem vida. Parecia um fantasma, um pesadelo se levantando de um túmulo. Menos humano e com menos alma do que qualquer fera selvagem.

Ele pulou. Não para cima de Magnus, mas para o perímetro do cemitério. E se levantou do outro lado.

Magnus correu atrás dele; Raphael estava balançando, apoiado contra o muro baixo de pedra, como se mal conseguisse ficar de pé. A pele em seus braços visivelmente borbulhava. Ele parecia querer arrancar a epiderme restante por causa da agonia, mas estava sem forças para isso.

— Bem, você conseguiu — observou Magnus. — E com isso quero dizer que conseguiu quase que eu enfartasse. Não pare por aqui. A noite é uma criança. O que vai fazer para me perturbar em seguida?

Raphael olhou para ele e sorriu. Não foi uma expressão das melhores.

— Vou fazer a mesma coisa outra vez.

Magnus concluiu que ele mesmo tinha pedido.

Quando Raphael acabou de correr pelo território sagrado, não uma, mas dez vezes, apoiou-se no muro. Parecia desgastado e esgotado, e, apesar de fraco demais para correr, ficou encostado na parede murmurando para si mesmo, no início engasgando, mas depois conseguindo pronunciar a palavra, o nome de Deus.

Engasgou-se com o sangue enquanto falava, tossiu, e continuou murmurando.

— *Dios.*

Magnus olhou para ele, fraco demais para se levantar e mesmo assim ainda se machucando enquanto podia.

— Raphael, não acha que já fez o suficiente?

Previsivelmente, Raphael o encarou.

— Não.

— Você tem a eternidade para aprender a fazer isso e se controlar. Você tem...

— Mas *eles não*! — berrou Raphael. — *Dios*, você não entende nada? A única coisa que me resta é a esperança de vê-los, de não partir o coração da minha mãe. Preciso convencê-la. Preciso que seja perfeito, e preciso que seja logo, enquanto ela ainda acredita que eu esteja vivo.

Ele disse "*Dios*" quase sem tremer daquela vez.

— Você está sendo muito bom.

— Não é mais possível que eu seja bom — disse Raphael, com a voz fria. — Se eu ainda fosse bom e corajoso, faria o que minha mãe gostaria se soubesse a verdade. Sairia ao sol e acabaria com minha própria vida. Mas sou uma fera egoísta, má e sem coração, e ainda não quero arder no fogo do Inferno. Quero ver minha m-mãe, e vou. Vou. Vou!

Magnus assentiu.

— E se Deus pudesse ajudar? — perguntou gentilmente.

Era o mais próximo que conseguia de *e se tudo em que você acredita estiver errado e você ainda puder ser amado e perdoado?*

Raphael balançou a cabeça teimosamente.

— Sua uma Criança Noturna. Não sou mais filho d'ele, não estou mais sob Sua proteção. Deus não vai me ajudar — respondeu com a voz embargada e a boca cheia de sangue. Cuspiu o sangue outra vez. — E Deus não vai me conter.

Magnus não discutiu. Raphael ainda era bastante jovem de muitas formas, e o mundo tinha sucumbido ao seu redor. Tudo que lhe restava para dar sentido às coisas eram suas crenças, e ele se agarraria a elas mesmo que fossem as mesmas que lhe dissessem que estava totalmente perdido, condenado e morto.

Magnus nem mesmo sabia se seria certo tentar tirar dele essas crenças.

Naquela noite Magnus dormiu e acordou e ouviu o murmúrio baixo e fervorosa da voz de Raphael. Ele tinha ouvido muitas pessoas rezando, e reconhecia o som. Escutou os nomes, nomes estranhos, e ficou imaginando se seriam os amigos de Raphael. Em seguida, ouviu o nome Guadalupe, da mãe, e soube que os outros nomes tinham que ser dos irmãos do rapaz.

Assim como os mortais chamavam por Deus, anjos e santos, assim como entoavam as orações do rosário, Raphael dizia os únicos nomes sagrados para ele e que não queimavam sua língua. Raphael estava chamando a família.

Havia muitos aspectos negativos em dividir a casa com Raphael que não envolviam a convicção do menino de que ele era uma alma perdida e condenada, nem mesmo o fato de que ele gastava muito sabão no banho (apesar de nunca suar e não precisar de tantos banhos assim), ou o fato de que jamais lavava a louça. Quando Magnus fez essa observação, Raphael respondeu que ele nunca comia e, portanto, não sujava nenhuma louça, o que era a cara dele.

Mais uma desvantagem se tornou clara no dia em que Ragnor Fell, o Alto Feiticeiro de Londres e eterna pedra verde no sapato de Magnus, veio fazer uma visita inesperada.

— Ragnor, que surpresa agradável — disse o feiticeiro, abrindo a porta.

— Fui pago por alguns Nephilim para vir — disse Ragnor. — Queriam um feitiço.

— E minha lista de espera estava muito grande. — Magnus moveu a cabeça com ar de tristeza. — Sou muito requisitado.

— E você constantemente irrita os Caçadores de Sombras, então, nenhum deles gosta de você, exceto por alguns rebeldes — disse Ragnor. — Quantas vezes já lhe disse, Magnus? Comporte-se de maneira profissional em ambientes profissionais. Ou seja, não deve ser rude com os Nephilim, nem se apegar a eles.

— Jamais me apego aos Nephilim! — protestou Magnus.

Ragnor tossiu, e em meio à tosse disse algo que soava como "blerondale".

— Bem — disse Magnus. — Quase nunca.

— Não deve se apegar aos Nephilim — repetiu Ragnor severamente. — Fale de modo respeitoso com seus clientes e ofereça a eles o serviço que desejam, assim como a magia. E guarde a incivilidade para os seus amigos. Por falar nisso, não o vejo há séculos, e você está ainda mais horrível do que de costume.

— Que mentira absurda — retrucou Magnus.

Ele sabia que estava muito bem. Estava com uma gravata belíssima de brocado.

— Quem está aí? — Era a voz autoritária de Raphael que flutuou do banheiro, e com ela veio o resto dele, de toalha e parecendo tão crítico como sempre. — Já falei que você tem que começar a trabalhar em horário comercial, Bane.

Ragnor cerrou os olhos para Raphael. O menino retribuiu o olhar malignamente. Havia certa tensão no ar.

— Ah, Magnus — disse Ragnor, e cobriu os olhos com sua mão verde e grande. — Ah, não, não.

— O quê? — perguntou Magnus, confuso.

Ragnor abaixou a mão abruptamente.

— Não, você tem razão, é claro. Estou sendo tolo. Ele é um vampiro. Só parece ter 14 anos. Quantos anos você tem? Aposto que mais do que nós dois, ha ha.

Raphael olhou para Ragnor como se o feiticeiro fosse louco. E achou ótimo ver outra pessoa recebendo aquele olhar, para variar.

— Eu teria 16 — respondeu lentamente.

— Ah, Magnus! — lamentou Ragnor. — Isso é nojento! Como pôde? Perdeu o juízo?

— O quê? — perguntou Magnus outra vez.

— Concordamos que 18 era a idade mínima — disse Ragnor. — Eu, você e Catarina fizemos um juramento.

— Um ju... Ah, espere. Você acha que estou namorando Raphael?! — perguntou Magnus. — Raphael? Isso é ridículo. É...

— Essa é a ideia mais nojenta que já ouvi.

A voz de Raphael soou até o teto. Provavelmente o escutaram até na rua.

— Isso é um certo exagero — disse Magnus. — E, francamente, me magoa.

— E se eu desejasse me entregar a impulsos nada naturais, e, permita-me ser claro, certamente não desejo — continuou Raphael desdenhosamente —, até parece que *ele* seria o escolhido. Ele! Que se veste como um maluco, age como um tolo, e faz piadas mais idiotas do que os homens que vivem sendo ovados todo sábado na frente do *Dew Drop*.

Ragnor começou a rir.

— Homens melhores já imploraram por uma chance de ganhar isso tudo — murmurou Magnus. — Já duelaram por mim. Um homem duelou *para* mim, mas isso é um pouco constrangedor, considerando que já faz muito tempo.

— Sabia que, às vezes, ele passa horas no banheiro? — anunciou Raphael sem dó. — Desperdiça magia no cabelo. No cabelo!

— Amei esse garoto — falou Ragnor.

Claro que amou. Raphael se afligia em relação ao mundo como um todo, gostava particularmente de insultar Magnus, e tinha uma língua tão afiada quanto seus dentes. Obviamente era a alma gêmea de Ragnor.

— Leve-o — sugeriu Magnus. — Leve-o para longe, para bem longe.

Em vez disso, Ragnor pegou uma cadeira, e Raphael se vestiu e se juntou aos dois.

— Deixe-me contar mais uma coisa sobre Bane — começou Raphael.

— Vou sair — anunciou Magnus. — Eu descreveria o que vou fazer na rua, mas acho difícil acreditar que algum de vocês entenda o conceito de "se divertir com pessoas interessantes". Não pretendo voltar até que vocês parem de ofender seu belo anfitrião.

— Então vai se mudar e me dar o apartamento? — perguntou Raphael. — Eu aceito.

— Um dia essa boca vai encrencá-lo — falou Magnus sombriamente por cima do ombro.

— Olha quem fala — disse Ragnor.

— Hein? — disse Raphael, lacônico como sempre. — Alma maldita.

Pior companheiro de apartamento da história.

Ragnor ficou por treze dias. Foram os treze dias mais longos da vida de Magnus. Toda vez que Magnus tentava se divertir, lá estavam eles, o baixinho e o verde, balançando a cabeça em reprovação e fazendo comentários. Em certa ocasião, Magnus virou a cabeça rapidamente e os viu se cumprimentando.

— Escreva para mim — disse Ragnor a Raphael enquanto saía. — Ou telefone, se quiser. Sei que os jovens gostam disso.

— Foi um prazer conhecê-lo, Ragnor — disse Raphael. — Eu já estava começando a achar que todos os feiticeiros fossem inúteis.

Pouco depois que Ragnor se foi, Magnus tentou se lembrar da última vez em que Raphael havia bebido sangue. Magnus sempre evitava pensar em como Camille se alimentava, mesmo quando a amava, e não queria ver Raphael matando de novo. Mas notou que o tom de pele de Raphael havia mudado, notou a expressão tensa em sua boca, e pensou: chegar tão longe e Raphael se destruir por puro desespero.

— Raphael, não sei exatamente como dizer isso, mas você tem se alimentado direito? — perguntou Magnus. — Até pouco tempo você era um menino em fase de crescimento.

— *El hambre agudiza el ingenio* — falou Raphael.

A fome acentua a inteligência.

— Bom provérbio — disse Magnus. — No entanto, como a maioria dos provérbios, soa sábio, mas não esclarece nada.

— Acha que eu me permitiria chegar perto da minha mãe, dos meus irmãos, se eu não tivesse total certeza de que podia me controlar? — respondeu Raphael. — Preciso saber que, se estiver preso em um quarto com algum deles, há dias sem sangue, serei capaz de me controlar.

Raphael quase matou outro homem na outra noite, bem diante dos olhos de Magnus. Conseguiu provar seu argumento.

Magnus não precisava se preocupar com Raphael passando fome por pena, misericórdia nem qualquer sentimento em relação ao resto da humanidade. Raphael não se considerava mais parte da raça humana. Achava que podia pecar, pois já estava condenado. Só estava praticando a abstinência para provar ser capaz disso, para testar os próprios limites e para exercitar o pleno autocontrole que estava determinado a alcançar.

Na noite seguinte, Raphael correu por território sacro e, em seguida, tomou calmamente o sangue de um vagabundo dormindo na rua, que talvez jamais acordasse, apesar do feitiço de cura que Magnus sussurrou sobre ele. Estavam caminhando pela noite, e Raphael calculava em voz alta quanto tempo ainda levaria para obter a força necessária.

— Acho que você já está bem forte — disse Magnus. — E tem bastante autocontrole. Veja só como está reprimindo todo o heroísmo que está doido para me mostrar que tem.

— Às vezes, é um verdadeiro exercício me controlar para não rir na sua cara — respondeu Raphael solenemente. — Isso é verdade.

Foi então que Raphael enrijeceu e, quando Magnus emitiu um ruído inquisidor, o menino sinalizou para que fizesse silêncio rapidamente. Magnus olhou para os olhos escuros de Raphael e seguiu a direção em que estavam fixos. Ele não sabia para onde Raphael estava olhando, mas concluiu que não faria mal seguir o vampiro quando ele se moveu.

Havia um beco que se estendia atrás de um restaurante abandonado. Nas sombras, ouvia-se um ruído que poderia ser de ratos no lixo, mas conforme se aproximaram Magnus pôde ouvir o que atraíra Raphael: o barulho de risos, o som de sucção e os gemidos de dor.

Ele não sabia ao certo o que Raphael estava fazendo, mas não tinha planos de abandoná-lo agora. Magnus estalou os dedos, e fez-se a luz — que irradiou de sua mão, preencheu o beco com brilho e iluminando as faces de quatro vampiros na frente dele, e uma vítima.

— O que pensam que estão fazendo? — perguntou Raphael.

— O que parece? — respondeu a única menina do grupo.

Magnus a reconheceu como a alma corajosa e solitária que o recebeu no Hotel Dumont.

— Estamos bebendo sangue. O que foi, você é novo?

— É isso que estão fazendo? — perguntou Raphael com uma voz de exagerada surpresa. — Mil desculpas. Acho que não notei, pois estava preocupado demais com o excesso de burrice de vocês.

— Burrice? — ecoou a menina. — Não quer dizer "erro"? Está nos dando sermão sobre...

Raphael estalou os dedos impacientemente para ela.

— Se estou falando em "erro"? — disse ele. — Já estamos todos mortos e condenados. O que "erro" significa para nós?

A menina inclinou a cabeça e pareceu pensativa.

— Quero dizer *burrice* — declarou Raphael. — Não que eu considere honroso caçar uma criança tola, diga-se de passagem. Pense no seguinte: você a mata e coloca os Caçadores de Sombras na nossa cola. Não sei quanto a vocês, mas eu não quero que os Nephilim apareçam e encurtem minha vida com uma lâmina porque alguém foi tolo demais.

— Então você está dizendo "poupe a vida dela" — rosnou um dos meninos, apesar de a garota ter lhe dado uma cotovelada.

— Mas mesmo que não a mate — continuou Raphael impiedosamente, como se ninguém o tivesse interrompido —, bem, então já tomaram o sangue dela, em condições frenéticas e descontroladas que facilmente fariam com que ela acidentalmente provasse do sangue de vocês. O que a deixará com compulsão de segui-los. Façam isso com vítimas o bastante e vocês serão sufocados por subjugados, e, sinceramente, eles não são muito bons de papo, ou farão mais vampiros. Matematicamente falando, uma hora dessas vocês terão problemas com o suprimento de sangue, pois não restarão mais humanos. E os humanos podem esgotar os recursos quando souberem que não estarão por perto para lidar com as consequências, mas vocês nem têm essa desculpa. *Céus*, vocês vão pensar enquanto uma lâmina serafim cortar suas cabeças, ou vão olhar em volta ao morrer de fome, *se ao menos tivéssemos sido espertos e escutado Raphael quando tivemos a chance...*

— Ele está falando sério? — perguntou outro vampiro, soando impressionado.

— Quase invariavelmente — comentou Magnus. — É o que o torna tão entediante.

— É esse seu nome? Raphael? — perguntou a vampira. Ela estava sorrindo, com os olhos pretos dançando.

— Sim — respondeu Raphael de imediato, imune ao flerte, assim como era imune a todas as coisas divertidas. — De que adianta ser imortal, se não fizer nada com isso além de ser irresponsável e inaceitavelmente estúpido? Qual é seu nome?

O sorriso da vampira se expandiu, exibindo as presas que brilhavam por trás da boca com batom.

— Lily.

— Aqui jaz Lily — disse Raphael. — Morta por caçadores de vampiros porque estava assassinando pessoas sem a inteligência de cobrir seus rastros.

— O que foi, agora está dizendo que tem medo de mundanos? — perguntou outro vampiro, rindo. E este era um homem com cabelos grisalhos nas têmporas. — Essas são histórias antigas contadas para assustar os mais jovens de nós. Presumo que você seja muito novo, mas...

Raphael sorriu, com as presas expostas, apesar de sua expressão não ter nada a ver com humor.

— Sou bem jovem — falou. — E quando estava vivo, era caçador de vampiros. Matei Louis Karnstein.

— Você é um vampiro caçador de vampiros? — perguntou Lily.

Raphael praguejou em espanhol.

— Não, claro que não sou um vampiro caçador de vampiros — falou. — Exatamente que espécie de cretino traidor eu seria? Além do mais, que coisa tola. Eu logo seria morto por todos os outros vampiros, que se uniriam contra uma ameaça comum. Pelo menos, espero que sim. Talvez todos fossem tolos demais. Eu sou alguém que fala coisas sensatas — informou Raphael com ar severo —, e tem *muito pouca* competição para o trabalho.

O vampiro grisalho estava quase fazendo beicinho.

— Lady Camille nos deixa fazer o que quisermos.

Raphael não era tolo. Não ofenderia a líder do clã de vampiros de sua própria cidade.

— Lady Camille evidentemente tem muito que fazer sem ter que se preocupar em correr atrás de idiotas como vocês, e ela acha que vocês são mais ajuizados do que de fato são. Deixe-me oferecer algo para vocês pensarem, se forem capazes de pensar.

Lily foi para perto de Magnus, com os olhos ainda em Raphael.

— Eu gosto dele — falou. — Ele é mais ou menos chefe, apesar de ser tão estranho. Entendeu o que quero dizer?

— Desculpe. Fiquei surdo de espanto por alguém conseguir gostar de Raphael.

— E ele não tem medo de nada — prosseguiu Lily, sorrindo. — Ele fala com Derek como um professor conversando com um aluno malcomportado, e eu já vi com meus próprios olhos Derek arrancando cabeças de pessoas e bebendo do tronco delas.

Ambos olharam para Raphael, que fazia um discurso. Os outros vampiros se encolhiam ligeiramente.

— Vocês já estão mortos. Querem deixar de existir completamente? — perguntou Raphael. — Assim que deixarmos este mundo, só teremos tormento e fogueiras eternas no Inferno. Querem que sua existência condenada não sirva para nada?

— Acho que preciso beber alguma coisa — murmurou Magnus. — Mais alguém quer um drinque?

Todos os vampiros, exceto Raphael, levantaram as mãos. Raphael pareceu acusar e julgar a todos, mas Magnus acreditava que o rosto dele fosse daquele jeito mesmo.

— Muito bem. Estou preparado para dividir — disse Magnus, pegando a garrafa dourada do lugar feito sob medida para ela no cinto. — Mas aviso logo que estou sem sangue de inocentes. Isto é uísque.

Depois que os outros vampiros ficaram embriagados, Raphael e Magnus mandaram a mundana embora; ela ficara um pouco tonta pela perda de sangue, mas, fora isso, bem. Magnus não se surpreendeu com o *encanto* exercido por Raphael sobre ela. Supôs que o menino também andasse treinando isso. Ou talvez impor a vontade aos outros fosse natural para Raphael.

— Nada aconteceu. Você vai deitar em sua cama e não se lembrará de nada. Não vá andar por essas regiões à noite. Encontrará homens desagradáveis e demônios sugadores de sangue — disse-lhe Raphael com os olhos fixos. — E frequente a igreja.

— Você acha que sua missão na vida é dizer a todos o que fazer? — perguntou Magnus enquanto caminhavam de volta para casa.

Raphael o olhou amargamente. Tinha um rosto tão doce, Magnus pensou, o rosto de um anjo inocente, e a alma da pessoa mais irritadiça do mundo.

— Você jamais deveria voltar a usar esse chapéu.

— Exatamente o meu argumento — disse Magnus.

A casa dos Santiago ficava no Harlem, na rua 129 com a avenida Lenox.

— Não precisa ficar me esperando — disse Raphael a Magnus enquanto caminhavam. — Eu estava pensando em depois disso, independentemente do que acontecer, ir procurar Lady Camille Belcourt e morar com os vampiros. Posso ser útil lá, e me faria bem... ter o que fazer. Eu... peço desculpas se isso lhe ofende.

Magnus pensou em Camille, e em todas as suspeitas que tinha a seu respeito. Lembrou-se de todo o horror dos anos 1920 e de como ainda não sabia qual o envolvimento dela naquilo tudo.

Mas Raphael não podia continuar como hóspede de Magnus, um hóspede temporário no Submundo, sem onde pertencer, sem nada que o ancorasse nas sombras e o mantivesse afastado do sol.

— Ah, não, Raphael, por favor, não me deixe — disse Magnus em tom monótono. — Onde eu estaria sem a luz do seu doce sorriso? Se você for, vou me jogar no chão e chorar.

— Vai? — perguntou Raphael, erguendo uma sobrancelha fina. — Porque se for, eu fico para assistir ao show.

— Saia — disse Magnus. — Vá! Eu o quero longe. Vou dar uma festa quando você sair, e você detesta festas. Assim como moda, música e diversão como conceito. Jamais vou culpá-lo por seguir seu caminho e fazer o que mais lhe agrada. Quero que tenha um propósito. Uma motivação para viver, mesmo que não se considere vivo.

Fez-se uma breve pausa.

— Bem, ótimo — respondeu Raphael. — Porque eu ia de qualquer jeito. Cansei do Brooklyn.

— Você é um moleque intragável — informou Magnus, e Raphael sorriu um de seus raros e surpreendentemente doces sorrisos.

Seu sorriso desbotou rapidamente ao se aproximarem da antiga vizinhança. Magnus percebeu que Raphael estava lutando contra o pânico. O feiticeiro se lembrou do rosto da mãe e do padrasto. Conhecia a sensação de ter a família lhe dando as costas.

Preferia que lhe tirassem o sol, como já acontecera a Raphael, a ficar sem amor. Flagrou-se rezando, algo que raramente fizera em anos, como o homem que o criou costumava fazer, como Raphael fazia, para que ele não tivesse que perder as duas coisas.

Aproximaram-se da porta da casa, uma varanda com treliças verdes desbotadas. Raphael a encarou com uma mistura de desejo e medo, como um pecador olharia para os portões do Paraíso.

Ficou a cargo de Magnus bater à porta e esperar que atendessem.

Quando Guadalupe Santiago abriu e viu o filho, a hora de rezar acabou.

Magnus enxergou todo o coração da mãe nos olhos ao ver Raphael. Ela não se moveu, não se jogou em cima dele. Estava olhando fixamente para o rosto de anjo e os cachos escuros, o corpo magro e as faces rubras — ele tinha se alimentado antes de ir para parecer mais vivo — e, acima de tudo, olhou para a corrente de ouro no pescoço do menino. Será que era o crucifixo? Magnus viu que ela estava imaginando. Será que era seu presente, que ela lhe dera para protegê-lo?

Os olhos de Raphael brilhavam. Era a única parte para a qual não tinha se preparado, percebeu Magnus, subitamente horrorizado. A única coisa que não treinaram era impedir que o menino chorasse. Se derramasse lágrimas na frente da mãe, estas seriam de sangue, e seria o fim.

Magnus começou a falar o mais rápido possível.

— Encontrei seu filho para você, conforme me pediu — disse. — Mas quando cheguei, ele estava quase morto, então, tive que lhe dar um pouco do meu poder, fazê-lo como eu — Magnus olhou nos olhos de Guadalupe, apesar de isso ter sido difícil, considerando que toda a atenção dela estava no filho. — Um fazedor de magia — disse ele, como ela lhe dissera uma vez. — Um mago imortal.

Ela achava que vampiros eram monstros, mas tinha procurado Magnus para obter ajuda. Podia confiar em um feiticeiro. Podia acreditar que um feiticeiro não fosse condenado.

O corpo inteiro da mulher ficou tenso, mas ela fez um curto gesto afirmativo com a cabeça. Tinha entendido as palavras, Magnus sabia, e queria acreditar. Queria tanto acreditar no que estavam dizendo que não conseguia confiar neles.

Guadalupe parecia mais velha do que há alguns meses, esgotada pela ausência do filho. Parecia mais velha, mas nem por isso menos firme, e estava na porta bloqueando a entrada com o braço, com as crianças olhando em volta, porém, protegidas pelo corpo da dona da casa.

Mas ela não fechou a porta. Ouviu a história e deu toda a atenção a Raphael, e seus olhos traçavam as linhas familiares do rosto do filho cada vez que ele falava.

— Passei todo esse tempo treinando para poder voltar para você e fazê-la se orgulhar de mim. Mãe — disse Raphael —, eu garanto, imploro que acredite em mim. Ainda tenho uma alma.

Os olhos de Guadalupe continuavam fixos na corrente fina e brilhante que ele usava no pescoço. Os dedos trêmulos de Raphael puxaram o crucifixo de dentro da camisa. Ele dançou ao pender da mão dele, dourado e brilhante, a coisa mais luminosa da noite desta cidade.

— Você usou — sussurrou Guadalupe. — Temi que não ouvisse sua mãe.

— Claro que ouvi — respondeu Raphael, com a voz trêmula. Mas ele não chorou, não Raphael, que tinha vontade férrea. — Usei, e ele me protegeu. Me salvou. Você me salvou.

Então, todo o corpo de Guadalupe mudou, daquela imobilidade forçada ao movimento, e Magnus notou que mais uma pessoa na conversa exercia seu autocontrole férreo. Soube a quem Raphael tinha puxado.

Ela ultrapassou a entrada e estendeu os braços. Raphael correu para a mãe, saiu de perto de Magnus mais depressa do que qualquer humano seria capaz, e passou um braço firme pelo pescoço dela. Ele estava tremendo nos braços dela, tremendo, enquanto a mãe o afagava na cabeça.

— Raphael — murmurou ela nos cachos do filho. Primeiro, Magnus e o menino pareceram incapazes de parar de falar, e agora parecia que era ela que não conseguia. — Raphael, *mijo*, Raphael, meu Raphael.

Inicialmente Magnus soube pelo emaranhado de palavras de amor e conforto que ela estava convidando Raphael a entrar, que estavam seguros, que tinham conseguido, que Raphael poderia ter a família e a família jamais teria que saber. Todas as palavras que disseram foram de carinho e declarações, amor e propriedade: meu filho, meu menino, minha criança.

Os outros meninos se reuniram em torno de Raphael, após receberem a bênção da mãe, e ele os tocou com mãos gentis, tocou os cabelos dos pequenos e afagou com um afeto que parecia descuidado, apesar de muito cuidadoso, e cumprimentou os meninos com firmeza, mas não em excesso.

Desempenhando o papel de professor e benfeitor de Raphael, Magnus também o abraçou. Irritadiço como era, Raphael não parecia muito receptivo a abraços. Magnus não ficava tão próximo de Raphael desde o dia em que o impediu de se jogar ao sol. As costas de Raphael pareciam magras sob as mãos de Magnus — frágeis, apesar de ele não ser.

— Eu lhe devo uma, feiticeiro — disse Raphael, um suspiro frio ao ouvido de Magnus. — Prometo que não vou me esquecer.

— Não seja ridículo — disse Magnus, e, em seguida, porque seria seguro, afagou o cabelo de Raphael ao recuar.

O olhar indignado na face do menino foi hilariante.

— Vou deixá-lo a sós com sua família — disse Magnus, e se retirou.

Antes de fazê-lo, no entanto, parou e criou algumas faíscas azuis entre os dedos que formaram minúsculas casas e estrelas de brinquedo, que transformavam a magia em algo divertido, que as crianças não temessem. Magnus disse a elas que Raphael não era tão talentoso nem fabuloso quanto ele e que por muitos anos não conseguiria executar esses milagres. Efetivou uma reverência cheia de floreios que fez com que os pequenos rissem e Raphael revirasse os olhos.

Magnus se retirou, caminhando lentamente. O inverno se aproximava, mas ainda não tinha chegado, e ele se alegrava em caminhar e aproveitar as pequenas coisas da vida, o vento frio, as poucas folhas douradas que ainda se curvavam sob seus pés, as árvores nuas no alto, que esperavam para renascer em sua glória. Ele voltaria para um apartamento que provavelmente pareceria vazio demais, mas logo convidaria Etta para uma visita, e ela dançaria com ele e preencheria o recinto com amor e risadas, assim como preencheria a vida de Magnus com amor e risadas, por mais algum tempinho antes de deixá-lo.

Ele ouviu passos ressoando por trás de si e, por um instante, achou que fosse Raphael, a farsa subitamente arruinada após se considerarem vitoriosos.

Mas não era Raphael. Magnus passou muitos meses sem ver Raphael. Quando o reencontrou, ele era o braço direito de Camille, calmamente dava ordens a vampiros centenas de anos mais velhos, de um jeito que só

Raphael conseguiria. Nessa ocasião, ele falou com Magnus como um importante membro do Submundo se comunicando com outro, com muito profissionalismo. Mas Magnus sabia que Raphael não tinha se esquecido de nada. As relações sempre foram tensas entre Magnus e os vampiros de Nova York, o clã de Camille, mas, de repente, passaram a ser menos forçadas. Os vampiros de Nova York passaram a frequentar suas festas, apesar de Raphael não o fazer, e o procuravam para buscar ajuda mágica, apesar de Raphael também não o fazer.

Os passos que perseguiam Magnus na noite fria de inverno não pertenciam a Raphael, mas a Guadalupe. Ela estava arfando em consequência da corrida, os cabelos escuros soltando dos grampos, formando uma nuvem sobre sua cabeça. Quase esbarrou no feiticeiro antes de conseguir se conter.

— Espere — disse ela. — Eu não lhe paguei.

As mãos de Guadalupe tremiam e derrubavam as notas. Magnus fechou os dedos da mulher em volta do dinheiro e fechou as mãos nas dela.

— Aceite — insistiu ela. — Aceite. Você fez jus; mereceu mais. Você o trouxe de volta para mim, meu menino mais velho, o mais doce, meu coração, meu jovem corajoso. Você o salvou.

Ela continuava tremendo enquanto Magnus segurava suas mãos; então, o feiticeiro apoiou a testa na dela. Segurou Guadalupe perto o bastante para beijá-la, perto o bastante para sussurrar os segredos mais importantes do mundo, e falou com ela como gostaria que algum bom anjo tivesse falado com sua família, com sua própria alma trêmula, há muito tempo, em uma terra distante:

— Não — murmurou Magnus. — Não, não salvei. Você o conhece melhor do que ninguém jamais conhecerá. Você o fez, ensinou-o a ser como é, e o conhece profundamente. Você sabe o quanto Raphael é forte. Sabe o quanto ele a ama. Se eu lhe dei alguma coisa, dê-me sua fé agora. Ensine uma coisa a todos os seus filhos. Eu jamais lhe disse uma verdade mais verdadeira do que esta. Acredite nisso, se não acreditar em mais nada. Raphael salvou a si mesmo.

A queda do
Hotel Dumort

Cassandra Clare e Maureen Johnson

Julho 1977

— O que é que você faz? — perguntou a mulher.

— Uma coisa aqui, outra ali — respondeu Magnus.

— Trabalha com moda? Você parece ser do mundo da moda.

— Não — disse ele. — Eu *sou* a moda.

Foi um comentário um pouco afetado, mas pareceu encantar a companheira de voo. Na verdade, foi uma espécie de teste. Tudo parecia fasciná-la — as costas do assento à sua frente, as próprias unhas, o copo, o próprio cabelo, o cabelo de todos os outros, o saco de vômito...

O avião só estava no ar havia uma hora, mas a moça sentada ao lado de Magnus já tinha levantado quatro vezes para usar o toalete. Em todas, ela voltara logo em seguida, esfregando furiosamente o nariz e visivelmente trêmula. Agora ela se inclinava sobre ele, os cabelos louros mergulhando na taça de champanhe de Magnus, e o pescoço exalando *Eau de Guerlain*. Um rastro desbotado de pó branco ainda marcava seu nariz.

Ele poderia ter feito a viagem em segundos com um Portal, mas havia algo de agradável nas aeronaves. Eram charmosas, íntimas e lentas. Dava para conhecer pessoas. Magnus gostava de conhecer pessoas.

— Mas sua *roupa* — disse ela. — O que *é*?

Magnus olhou para o paletó xadrez preto e vermelho com uma camiseta rasgada por baixo. Era moda na cena punk de Londres, mas Nova York ainda não tinha chegado lá.

— Eu trabalho como relações-públicas — informou a moça, aparentemente se esquecendo da própria pergunta. — Para discotecas e boates. As melhores boates. Aqui. Aqui.

Ela vasculhou sua bolsa imensa e parou por um instante ao encontrar os cigarros. Colocou um entre os lábios, acendeu e continuou procurando até retirar um pequeno porta-cartões com estampa de tartaruga. Abriu e pegou um cartão que dizia: *ELECTRICA*.

— Apareça — falou, batendo no cartão com uma longa unha vermelha. — Apareça. Está inaugurando. Vai ser um arraso. *Muuuuito* melhor do que a Studio 54. Ah. Desculpe. Você aceita?

Ela mostrou um pequeno frasco na palma da mão.

— Não, obrigado.

E, em seguida, estava se remexendo no assento outra vez, batendo com a bolsa no rosto de Magnus enquanto ia de novo ao banheiro.

Os mundanos tinham voltado a se interessar muito pelas drogas. Eles tinham essas fases. No momento, era cocaína. Magnus não via a droga nessa quantidade desde a virada do século, quando a colocavam em tudo — tônicos, poções e até na Coca-Cola. Achava que era coisa do passado, mas ela estava de volta, com força total.

Magnus nunca se interessou por drogas. Um bom vinho, com certeza, mas ficava longe de poções, pós e comprimidos. Não se deve usar entorpecentes e fazer mágica. Além disso, usuários são chatos. Irremediavelmente chatos. As drogas os deixam muito acelerados ou muito lentos, e eles basicamente só falam sobre isso. Depois param de usar — um processo doloroso — ou morrem. Não existe meio-termo.

Como toda fase dos mundanos, esta também passaria. De preferência, em breve. Ele fechou os olhos e decidiu dormir durante a travessia do Atlântico. Londres já ficara para trás. Era hora de ir para casa.

Ao desembarcar no aeroporto JFK, Magnus obteve o primeiro lembrete de por que havia sumariamente deixado Nova York para trás havia dois verões. A cidade era *quente demais* no verão. Fazia quase quarenta graus, e o cheiro de combustível e fumaça de exaustor se misturava aos gases pantanosos deste canto da cidade. O cheiro, ele sabia, só iria piorar.

Com um suspiro, entrou em uma fila de táxi.

O veículo era tão confortável quanto qualquer caixa de metal ao sol, e o suor do motorista se misturava ao odor geral no ar.

— Para onde, amigo? — perguntou, assimilando o traje de Magnus.

— Esquina da Christopher com a Sexta Avenida.

O motorista resmungou e ligou o taxímetro, em seguida partiu em direção ao tráfego. A fumaça do seu charuto voava direto para o rosto de Magnus. O feiticeiro levantou o dedo e a redirecionou para fora da janela.

A estrada do JFK para Manhattan era estranha, abria caminho por bairros residenciais e trechos desertos, passando por cemitérios. Era uma tradição antiga manter os mortos fora da cidade — mas não muito distantes. Londres, que Magnus acabara de visitar, era cercada por antigos cemitérios. E Pompeia, que visitara havia alguns meses, tinha uma avenida inteira de mortos, túmulos que iam até o muro da cidade. Passados os bairros e cemitérios, no fim da via expressa lotada, brilhando ao longe, lá estava Manhattan; os pináculos e cumes que eram acesos para a noite. Da morte à vida.

Magnus não pretendia passar tanto tempo longe de Nova York. Ele só ia fazer uma rápida viagem a Monte Carlo... mas essas coisas acabam se prolongando. Uma semana em Monte Carlo se transforma em duas na Riviera, que viram um mês em Paris e dois meses na Toscana, e então você acaba em um barco para a Grécia, volta para Paris por uma temporada, depois passa um tempo em Roma, Londres...

E às vezes, acidentalmente, acaba passando dois anos. Acontece.

— De onde você é? — perguntou o motorista, encarando Magnus pelo retrovisor.

— Ah, do mundo. Daqui, basicamente.

— Você é daqui? Esteve fora? Tem cara de que esteve fora.

— Por um tempo.

— Soube dos assassinatos?

— Faz tempo que não leio jornal — respondeu Magnus.

— Um maluco qualquer. Se apresenta como Filho de Sam. Também o chamam de assassino calibre 44. Sai por aí atirando em casais em *points* de namoro. É um doente. Muito doente. A polícia não o captura. Não fazem nada. Doente. A cidade está cheia deles. Você não deveria ter voltado.

Taxistas de Nova York: sempre tão agradáveis.

Magnus saltou na esquina arborizada da Sexta Avenida com a Christopher, no coração do West Village. Mesmo à noite o calor era sufocante. Ainda assim parecia incentivar uma atmosfera de festa na vizinhança. O Village era um lugar interessante antes de ele viajar. Ao que parecia, durante sua ausência as coisas tinham adquirido um novo grau de festividade. Homens fantasiados caminhavam pela rua. Os cafés estavam cheios. Havia uma atmosfera carnavalesca que Magnus instantaneamente considerou convidativa.

O apartamento de Magnus ficava no terceiro andar de uma das casas de tijolos que ladeavam a rua. Ele entrou e pulou os degraus com passos leves, muito animado. A animação se foi ao chegar ao seu andar. A primeira coisa que notou, ao lado da porta, foi um cheiro forte e desagradável — algo podre, misturado ao que parecia ser um gambá e a outras coisas que Magnus não desejava identificar. Ele não morava em um apartamento fedorento. Seu apartamento cheirava a piso limpo, flores e incenso. Colocou a chave na fechadura, e, quando tentou abrir a porta, ela emperrou. Ele teve que empurrar com força para abrir. O motivo ficou imediatamente claro: havia caixas de garrafas de vinho vazias do outro lado. E, para grande surpresa de Magnus, a TV estava ligada. Quatro vampiros estavam largados no sofá e assistiam, distraídos, a desenhos animados.

Ele soube imediatamente que eram vampiros. A ausência de cor na pele, a postura lânguida. Além disso, nem sequer se incomodaram em limpar o sangue dos cantos das bocas. Todos tinham gotas secas no rosto. Um disco rodopiava na vitrola. Havia chegado ao fim, e a agulha estava presa na faixa vazia final, sibilando suavemente em tom de desaprovação.

Apenas uma das vampiras se virou para olhar para ele.

— Quem é você? — perguntou ela.

— Magnus Bane. Moro aqui.

— Ah.

Ela se voltou novamente para o desenho.

Quando Magnus viajou, dois anos antes, deixou o apartamento aos cuidados de uma empregada, a Sra. Milligan. Ele mandou dinheiro para as contas e para a limpeza todos os meses. Era evidente que ela pagara as contas. A eletricidade continuava ligada. Mas ela não tinha limpado nada e provavelmente não convidara esses quatro vampiros para ficarem e destruírem a casa. Para todo canto que o feiticeiro olhava, havia traços de destruição e decadência. Uma das cadeiras da cozinha estava quebrada, os pedaços no chão. As outras sustentavam pilhas de revistas e jornais. Os cinzeiros transbordavam, e havia cinzeiros improvisados, vários rastros de cinzas e pratos cheios de guimbas de cigarro. As cortinas da sala estavam tortas e rasgadas. Tudo estava bagunçado, e algumas coisas simplesmente tinham desaparecido. Magnus possuía muitas obras de arte cativantes, as quais colecionou ao longo dos anos. Procurou uma das preferidas, uma peça de porcelana de Sèvres que ficava sobre a mesa na entrada. Claro, havia sumido. Assim como a mesa.

— Não quero ser rude — falou, e lançou um olhar triste para uma pilha de lixo fedorento no canto de um de seus melhores tapetes persa —, mas posso perguntar por que estão na minha casa?

E recebeu um olhar indiferente.

— Nós moramos aqui — respondeu a menina, afinal, a enérgica que conseguia virar a cabeça.

— Não — disse Magnus. — Acho que acabei de explicar que eu moro aqui.

— Você não estava. Então moramos aqui.

— Bem, eu voltei. Então, terão que se arranjar de outra forma.

Não obteve resposta.

— Permitam-me ser mais claro — disse o feiticeiro, colocando-se na frente da televisão. A luz azul estalou entre seus dedos. — Se estão aqui, talvez saibam quem eu sou. Talvez saibam do que sou capaz. Talvez queiram que eu chame alguém que possa ajudá-los? Ou talvez eu possa abrir um Portal e mandar vocês para a extremidade do Bronx? Ohio? Mongólia? Onde querem ficar?

Os vampiros no sofá não disseram nada por um ou dois minutos. Em seguida, conseguiram se entreolhar. Fez-se um grunhido, um segundo grunhido, e então se levantaram do sofá com enorme dificuldade.

— Não se preocupe com seus pertences — disse Magnus. — Eu mando entregar. No Dumont?

Os vampiros havia muito tinham tomado o velho e condenado Hotel Dumont. Era o endereço geral dos vampiros de Nova York.

Magnus os olhou com atenção. Jamais vira vampiros como eles. Pareciam... doentes? Vampiros não adoecem. Ficam com fome, mas não doentes. E esses haviam comido. As evidências estavam estampadas em seus rostos. Além do mais, estavam um pouco trêmulos.

Considerando o estado do lugar, Magnus não estava com humor para se preocupar com a saúde deles.

— Vamos — falou um deles. E se arrastaram até a entrada para, em seguida, descer as escadas.

Magnus fechou a porta com firmeza e com um gesto arrastou a pia seca de mármore para bloquear a porta por dentro. Afinal, era pesada demais para quebrar ou ser removida, mas estava cheia de roupas sujas e velhas que pareciam cobrir algo que ele instintivamente soube que jamais quereria ver.

O cheiro era terrível. A primeira coisa que deveria mudar. Um estalo azul atingiu o ar, e o fedor foi substituído pelo leve aroma de jasmim noturno. Ele tirou o disco da vitrola. Os vampiros tinham deixado para trás uma pilha de discos. Magnus analisou e escolheu o álbum novo do Fleetwood Mac que todos estavam ouvindo. Gostava da banda. Havia um som levemente mágico na música. Magnus passou a mão pelo ar novamente, e o apartamento começou a se ajustar por conta própria. Em agradecimento, ele mandou o lixo e as várias pilhas nojentas para o Dumont. Tinha prometido enviar o que era deles, afinal.

Apesar da mágica que ele aplicou no ar-condicionado na janela, apesar da limpeza, apesar de tudo que tinha feito, o apartamento ainda parecia sujo e desagradável. Magnus dormiu mal. Desistiu por volta de seis da manhã e partiu em busca de café e desjejum. Continuava no fuso horário londrino.

Na rua, algumas pessoas ainda voltavam para casa depois da noite. Uma mulher saltitava com um pé de salto alto e o outro descalço. Magnus viu três pessoas cobertas de purpurina e suor, todas trajando enfeites de penas, saltarem de um táxi na esquina. Ele sentou a uma mesa no canto de uma lanchonete do outro lado da rua. Era o único lugar aberto. Estava surpreendentemente cheio. Mais uma vez, a maioria das pessoas parecia estar encerrando o dia, e não começando, e comiam panquecas para absorver o álcool do estômago.

Magnus tinha comprado um jornal no caixa. O taxista não havia mentido. As notícias em Nova York eram muito ruins. Ele tinha deixado para trás uma cidade perturbada e retornado para uma destruída. A cidade estava falida. Metade dos prédios no Bronx havia incendiado. O lixo se acumulava nas ruas, pois não existia verba para recolhê-lo. Furtos, assassinatos, assaltos... e sim, alguém que se autodenominava Filho de Sam, afirmando ser um agente de Satã, circulava com uma arma atirando em pessoas a esmo.

— Achei que fosse você, Magnus — disse uma voz. — Por onde andou, cara?

Um jovem sentou do outro lado da mesa. Vestia jeans, um colete de couro sem camisa e uma cruz de ouro no pescoço. Magnus sorriu e dobrou o jornal.

— Greg!

Gregory Jensen era um lobisomem muito bonito, com cabelos louros na altura do ombro. Louro não era o tom de cabelo preferido de Magnus, mas em Greg caía muito bem. Durante um tempo, Magnus nutriu uma breve paixonite por Greg, da qual eventualmente abriu mão ao conhecer a mulher dele, Consuela. O amor licantrope era intenso. Ninguém mexia com ele.

— Falando sério — Greg puxou o cinzeiro da mesa e acendeu um cigarro —, as coisas andam péssimas ultimamente. E quero dizer *péssimas*.

— Péssimas como?

— Os vampiros, cara — Greg deu uma longa tragada. — Tem alguma coisa errada com eles.

— Encontrei alguns vampiros no meu apartamento na noite em que cheguei — disse Magnus. — Não pareciam bem. Para começar, estavam nojentos. E com aspecto de doentes.

— Eles estão doentes. Se alimentando como loucos. Está ficando ruim, cara. Está ficando ruim. Estou falando...

Ele se inclinou e diminuiu a voz.

— Os Caçadores de Sombras vão cair *em cima de nós* se os vampiros não se controlarem. No momento não tenho certeza se os Caçadores sabem o que está acontecendo. O índice de assassinatos na cidade anda tão alto que talvez eles não tenham percebido. Mas não vai demorar até que notem.

Magnus se inclinou para trás no assento.

— Camille normalmente mantém as coisas sob controle.

Greg deu de ombros com veemência.

— Só posso dizer que os vampiros começaram a aparecer nas boates e discotecas. Adoram esse tipo de coisa. Mas aí passaram a atacar pessoas o tempo todo. Nas boates, nas ruas. A polícia de Nova York acha que são assaltos atípicos, então até o momento está tudo quieto. Mas quando os

Caçadores de Sombras descobrirem, vão vir para cima da gente. Estão doidos para atacar. Qualquer desculpa serve.

— Os Acordos proíbem...

— Os Acordos uma pinoia. Estou falando, não vai demorar até que comecem a ignorar os Acordos. E os vampiros estão transgredindo a tal ponto que tudo pode acontecer. Estou falando, as coisas estão *péssimas*.

Um prato de panquecas foi colocado diante de Magnus, e ele e Greg pararam de falar por um instante. Greg apagou o cigarro que mal havia fumado.

— Tenho que ir — falou. — Eu estava patrulhando para ver se alguém foi atacado, e o vi pela janela. Quis cumprimentá-lo. É bom vê-lo de volta.

Magnus colocou cinco dólares sobre a mesa e afastou as panquecas.

— Vou com você. Quero ver pessoalmente.

A temperatura havia subido durante o pouco tempo que ele ficou na lanchonete. Isso aumentava a quantidade absurda de lixo que transbordava das lixeiras metálicas (cozinhando daquele jeito, o cheiro ruim apenas se intensificava), sacos se empilhavam nas calçadas. Lixo jogado diretamente na rua. Magnus evitou pisar sobre embalagens de hambúrgueres, latas e jornais.

— Duas áreas básicas de patrulha — relatou Greg, acendendo mais um cigarro. — Aqui e na parte oeste do centro. Passamos rua por rua. Estou encarregado daqui para a esquerda. Há muitas boates próximas ao rio, na parte sudoeste da cidade, o Meatpacking District.

— Está quente.

— Este calor, cara. Acho que pode ser o calor que os está enlouquecendo. Atinge a todos.

Greg tirou o colete. Certamente havia coisas piores do que dar uma volta com um belo homem descamisado em uma manhã de verão. Agora que o momento era mais civilizado, as pessoas se assumiam. Havia casais gays caminhando de mãos dadas pelas ruas, abertamente, durante o dia. Isso era relativamente novo. Mesmo com a cidade em ruínas, algo de bom estava acontecendo.

— Lincoln já falou com Camille? — perguntou Magnus.

Max Lincoln era o líder dos lobisomens. Todos o chamavam pelo sobrenome, o que combinava bem com sua aparência alta, magra e barbuda;

e porque, assim como o outro Lincoln, o mais famoso, ele era um líder re-conhecidamente calmo e decidido.

— Eles não se falam — explicou Greg. — Não mais. Camille vem aqui para as boates e só. Você sabe como ela é.

Magnus sabia muito bem. Camille sempre fora um pouco distante, pelo menos com estranhos e meros conhecidos. Tinha ares de realeza. Mas a Camille entre quatro paredes era uma fera completamente diferente.

— E Raphael Santiago? — perguntou Magnus.

— Ele se foi.

— Se foi?

— Dizem por aí que foi mandado embora. Uma fada me contou. Ale-gam ter ouvido alguns vampiros conversando enquanto caminhavam pelo Central Park. Ele provavelmente ficou sabendo o que estava acontecendo e deve ter discutido com Camille. Agora simplesmente se foi.

Isso não era nada bom.

Caminharam pelo Village, passando por lojas e cafés, em direção ao Meatpacking District com suas ruas de paralelepípedos e armazéns desativados. Muitos deles agora eram clubes noturnos. Havia uma sensa-ção de desolação durante as manhãs — apenas os restos de festas abando-nadas e o rio passando embaixo. Até o rio parecia ofendido com o calor. Vasculharam tudo — os becos, o lixo. Procuraram embaixo de caminhões e caminhonetes.

— Nada — disse Greg, enquanto espiavam e cutucavam a última pilha de lixo no último beco. — Pelo visto foi uma noite quieta. Hora de voltar. Está tarde.

Isso exigiu uma rápida caminhada no calor que só aumentava. Greg não tinha condições de pagar um táxi e se recusou a permitir que Magnus o fizesse, então Magnus, a contragosto, juntou-se a ele na corrida até a Ca-nal Street. O covil dos licantropes ficava escondido em Chinatown, atrás da fachada de um restaurante que só vendia comida para viagem. Uma lican-trope se encontrava atrás do balcão, sob o cardápio e as fotos de vários pratos chineses. Ela examinou Magnus com o olhar e, quando Greg acenou com a cabeça, permitiu que passassem por uma cortina de contas que daria na parte de trás.

Não havia cozinha depois da parede dos fundos. Em vez disso, encon-trava-se uma porta que desembocava em um ambiente mais amplo — a antiga delegacia de polícia (as celas eram bastante úteis na lua cheia). Magnus seguiu Greg pelo corredor mal iluminado até a sala principal da delegacia, que já estava cheia. O bando tinha se reunido, e Lincoln estava no centro, ouvindo um relatório e assentindo solenemente. Ao avistar Magnus, levantou a mão, cumprimentando-o.

— Muito bem — disse Lincoln. — Parece que estão todos aqui. E temos um convidado. Muitos de vocês conhecem Magnus Bane. Ele é um feiticeiro, como podem ver, e amigo deste bando.

A informação foi imediatamente aceita, e houve gestos de cabeça e cumprimentos por todo lado. Magnus se apoiou em um armário de arquivo no fundo para assistir à reunião.

— Greg — disse Lincoln —, você foi o último a chegar. Alguma notícia?

— Nada. Minha área estava limpa.

— Ótimo. Mas, infelizmente, houve um incidente. Elliot? Quer explicar?

Outro lobisomem deu um passo à frente.

— Encontramos um corpo — contou. — No centro, próximo ao Le Jardin. Definitivamente um ataque de vampiro. Nítidas marcas no pescoço. Cortamos a garganta para esconder os sinais de perfuração dos caninos.

Houve um resmungo generalizado no recinto.

— Isso vai manter as palavras "assassino vampiro" fora dos jornais por um tempo — afirmou Lincoln. — Mas é evidente que as coisas pioraram, e agora alguém morreu.

Magnus escutou diversas observações em voz baixa sobre vampiros, e outras em voz mais alta. Todas continham xingamentos pesados.

— Muito bem. — Lincoln levantou a mão e calou os ruídos gerais de consternação. — Magnus, o que acha disso?

— Não sei — respondeu o feiticeiro. — Acabei de voltar de viagem.

— Já viu algo assim? Ataques a esmo em massa?

Todas as cabeças se viraram para ele, que se ajeitou contra o armário. Não estava pronto para fazer uma apresentação sobre vampiros a essa hora da manhã.

— Já vi maus comportamentos — falou. — Depende muito. Estive em lugares onde não havia polícia nem Caçadores de Sombras por perto, então às vezes a coisa foge do controle. Mas nunca vi nada como isso, aqui ou em qualquer outra área desenvolvida. *Principalmente* próximo a um Instituto.

— Temos que dar um jeito nisso — gritou alguém.

Muitas vozes ecoaram pelo recinto, em concordância.

— Vamos conversar lá fora — disse Lincoln a Magnus.

Apontou com a cabeça para a porta, e os licantropes abriram caminho para Magnus passar. Lincoln e Magnus compraram um café queimado na padaria da esquina e sentaram na calçada em frente a uma clínica de acupuntura.

— Há algo de errado com eles — falou Lincoln. — Seja o que for, aconteceu de maneira rápida e violenta. Se estamos diante de vampiros doentes que andam causando esse tipo de derramamento de sangue... uma hora precisaremos agir, Magnus. Não podemos permitir que continue assim. Não podemos permitir assassinatos e correr o risco de atrair os Caçadores de Sombras. Não podemos ter problemas como esse começando novamente. Vai acabar mal para todo mundo.

Magnus examinou a rachadura no degrau debaixo.

— Já entraram em contato com a Praetor Lupus? — perguntou.

— Claro. Mas não conseguimos identificar o responsável pela situação. Não parece trabalho de um novo vampiro descontrolado. Estamos falando de ataques múltiplos em diversas regiões. Nossa única sorte é que todas as vítimas estavam sob a influência de várias substâncias, então não conseguem articular o que houve com elas. Se uma delas falar em vampiro, a polícia vai achar que é por causa das drogas. Mas no fim a história vai tomar forma. Vai ser um prato cheio para a imprensa, os Caçadores de Sombras vão ficar sabendo, e a coisa vai evoluir muito rapidamente.

Lincoln tinha razão. Se continuasse assim, os lobisomens teriam todo o direito de agir. E haveria derramamento de sangue.

— Você conhece Camille — observou Lincoln. — Poderia falar com ela.

— Eu *conheci* Camille. A essa altura você provavelmente a conhece melhor do que eu.

— Não sei como conversar com ela. Camille é uma pessoa com quem é muito difícil se comunicar. Já teria tentado se soubesse como. E nossa relação não é exatamente igual à que vocês dois mantinham.

— Nós não nos damos muito bem — respondeu Magnus. — Não nos falamos há décadas.

— Mas todo mundo sabe que vocês dois foram...

— *Isso* foi há muito tempo. Há cem anos, Lincoln.

— Para vocês esse tempo sequer importa?

— O que você quer que eu fale para ela? É um pouco difícil aparecer depois desse tempo todo e pedir: "Pare de atacar pessoas. E a propósito, como tem passado desde a virada do século?"

— Se algo estiver errado, talvez você possa ajudá-los. Se só estiverem se alimentando em excesso, então precisam saber que estamos preparados para agir. E, se você se importa com ela, e eu acredito que sim, ela merece este aviso. Seria bom para todos nós.

Ele colocou a mão no ombro de Magnus.

— Por favor — disse Lincoln. — Ainda dá para consertar isso. Pois se continuar, todos vamos sofrer.

Magnus tinha muitos ex-companheiros. Espalhavam-se pela história. A maioria era apenas uma lembrança, havia muito morta. Outros agora eram muito velhos. Etta, um de seus últimos amores, estava em um asilo e não o reconhecia mais. Tornou-se doloroso visitá-la.

Camille Belcourt era diferente. Havia entrado na vida de Magnus sob a luz de um poste a gás, com aparência régia. Fora em Londres, e o mundo era diferente. O romance dos dois aconteceu na névoa. Aconteceu em carruagens que saltavam em ruas de paralelepípedo, em sofás de seda cor de ameixa. Eles se amaram em tempos de criaturas mecânicas, antes das guerras mundanas. Naquela época parecia haver mais tempo, tempo para ocupar, tempo para gastar. E eles preencheram esse tempo. E o gastaram.

A separação foi conturbada. Quando se ama alguém com aquela intensidade e não se é correspondido, é impossível se separar bem.

Camille tinha chegado a Nova York no fim dos anos 1920, durante a quebra da bolsa e a crise geral. Era dona de um grande senso dramático, e de um bom faro para lugares em crise que necessitavam de uma guia. Em pouquíssimo tempo, tornou-se líder dos vampiros. Tinha um apartamento no famoso prédio Eldorado no Upper West Side. Magnus sabia onde ela estava, e ela sabia onde Magnus estava. Mas nenhum dos dois procurou o outro. Cruzaram-se, puramente por acidente, em diversas boates e eventos ao longo dos anos. Trocaram apenas rápidos acenos de cabeça. Aquela relação havia terminado. Era uma cerca elétrica que não podia ser tocada. A única tentação da vida que Magnus sabia que deveria deixar de lado.

No entanto, cá estava ele, de volta a Nova York havia apenas 24 horas e entrando no Eldorado, um dos grandes prédios de *art déco* de Nova York. Ficava do lado oeste do Central Park e tinha vista para o lago. Era famoso por suas duas torres idênticas que se estendiam como chifres. O Eldorado era lar do dinheiro antigo, das celebridades, das pessoas que simplesmente *tinham.* O porteiro uniformizado era treinado para não notar o vestuário de ninguém, contanto que tivessem ido ao prédio por um motivo legítimo. Para esta ocasião, Magnus decidiu abrir mão de seu novo look. Não haveria nenhum punk ali — nenhum vinil, nenhuma meia arrastão. Hoje vestia um terno Halston, preto, com grandes lapelas de cetim, que o fez passar no teste e receber um aceno de cabeça e um sorriso contido. Camille morava no 28º andar da torre norte, um trajeto de elevador com painéis de carvalho e grades de bronze para um dos apartamentos mais caros de Manhattan.

As torres garantiam andares pequenos e íntimos. Alguns tinham apenas um ou dois moradores. Neste caso, eram dois. Camille morava no 28C. Magnus pôde ouvir música escapando por debaixo da porta. Havia um cheiro forte de fumaça e resquícios do perfume de quem quer que tivesse acabado de passar por ali. Embora houvesse atividade no interior do apartamento, demoraram cerca de três minutos para abrir a porta.

Ele ficou surpreso ao perceber que reconheceu aquela pessoa imediatamente. Era um rosto de muito tempo atrás. Na época, a mulher tinha cabelos pretos e curtos e usava um vestido de melindrosa. Naquela ocasião fora jovem, e apesar de ter conservado a juventude (vampiros não envelhecem de fato), parecia mais vivida. Agora tinha cabelos pintados de louro com cachos longos e pesados. Usava um vestido justo dourado, acima do joelho, e tinha um cigarro pendurado na lateral da boca.

— Ora, ora, ora. É o feiticeiro preferido de todos! Não o vejo desde que tinha aquele bar clandestino. Faz muito tempo.

— Faz — concordou Magnus. — Daisy?

— Dolly. — Ela abriu mais a porta. — Vejam quem é, pessoal!

O recinto estava cheio de vampiros, todos muito bem vestidos. Magnus tinha que reconhecer. Os homens trajavam ternos brancos, muito populares nesta temporada. As mulheres usavam vestidos fantásticos de noite, a maioria dourado ou branco. A mistura de laquê, fumaça de cigarro, incenso, colônias e perfumes o deixou sem fôlego por um instante.

Além dos aromas fortes, havia uma tensão no ar que não tinha um alicerce real. Magnus conhecia bem os vampiros, mas este grupo estava *inquieto*, se entreolhando. Se mexendo. Esperando alguma coisa.

Não foi convidado a entrar.

— Camille está? — perguntou finalmente.

Dolly inclinou o quadril contra a porta.

— O que o traz aqui esta noite, Magnus?

— Acabei de voltar de um longo período de férias. Achei que deveria fazer uma visita.

— Achou?

Ao fundo, alguém diminuiu o volume da vitrola até que ela se tornasse quase inaudível.

— Alguém vá falar com Camille — ordenou Dolly, sem olhar para trás. Permaneceu onde estava, bloqueando a passagem com seu pequeno corpo. Fechou um pouco a porta para reduzir o espaço que tinha que preencher e continuou sorrindo para Magnus de um jeito um pouco ameaçador.

— Só um minuto — falou.

Lá dentro alguém se moveu para o corredor.

— O que é isso? — perguntou ela, tirando algo do bolso de Magnus. — Electrica? Nunca ouvi falar nessa boate.

— É nova. Dizem que é melhor que a Studio 54. Nunca fui a nenhuma, então não sei. Me deram as entradas.

Magnus havia colocado os ingressos no bolso ao sair de casa. Afinal, tinha se dado ao trabalho de se arrumar. Se esta visita acabasse tão mal quanto ele imaginava, seria interessante ter para onde ir depois.

Dolly formou um leque com as entradas e balançou-as singelamente na frente do rosto.

— Fique com elas — disse Magnus.

Estava claro que Dolly já tinha ficado com elas e não as devolveria, então pareceu educado oficializar.

O vampiro surgiu do corredor e falou com alguns dos outros que se encontravam no sofá e pela sala. Em seguida, outro vampiro veio até a entrada. Dolly foi para trás da porta por um instante, fechando-a um pouco mais. Magnus escutou um murmúrio. Em seguida, a porta foi novamente aberta, o bastante para permitir que ele entrasse.

— É sua noite de sorte — disse ela. — Por aqui.

O tapete branco que ia de uma parede à outra era tão desgrenhado e espesso que Dolly cambaleava no salto ao percorrê-lo. O tapete estava cheio de manchas — bebidas entornadas, cinzas e poças de algo que ele supôs se tratar de sangue. Os sofás e as cadeiras brancas apresentavam condições semelhantes. As muitas plantas imensas e as palmeiras em vasos estavam secas e murchas. Muitos quadros nas paredes estavam tortos. Havia garrafas e copos vazios com restos de vinho seco por toda parte. O mesmo tipo de bagunça que Magnus encontrou no próprio apartamento.

Ainda mais perturbador foi o silêncio de todos os vampiros que o observavam ser conduzido pelo corredor por Dolly. E então havia o sofá cheio de humanos imóveis — subjugados, sem dúvida, todos entorpecidos e jogados, bocas abertas, ferimentos e hematomas nos pescoços, braços e mãos, todos muito feios. A mesa de vidro diante deles tinha uma camada fina de pó branco e algumas lâminas. O único ruído vinha da música baixa e do ronco abafado de trovão lá fora.

— Por aqui — indicou Dolly, puxando Magnus pela manga.

O corredor estava escuro, e havia roupas e sapatos espalhados pelo chão. Ruídos abafados vinham de três portas pelo corredor. Dolly foi até o final, onde havia portas duplas. Bateu uma vez e abriu.

— Pode entrar — falou ela, ainda com aquele sorriso estranho.

Em um contraste estupendo com a brancura da sala, este quarto era o lado escuro do apartamento. O tapete era preto, como um mar noturno. As paredes eram cobertas por um papel prateado escuro. Todos os abajures tinham xales e cobertas prateadas ou douradas por cima. As mesas eram todas espelhadas e refletiam o cenário várias vezes. E no centro de tudo havia uma enorme cama preta com lençóis negros e uma pesada coberta dourada. Em cima dela estava Camille, trajando um quimono de seda em tom pêssego.

E 100 anos pareceram desaparecer. Magnus se viu incapaz de falar por um instante. Era como se estivesse em Londres outra vez, todo o século XX amassado e descartado.

Mas então o presente voltou subitamente quando Camille começou a se arrastar na direção dele, escorregando nos lençóis de cetim.

— Magnus! Magnus! Magnus! Venha! Aqui! Sente-se!

Os longos cabelos louro-prateados estavam soltos, parecendo selvagens. Ela afagou a ponta da cama. Esta não era a recepção que ele esperava. Não era a Camille da qual se lembrava, ou sequer a que tinha visto ocasionalmente.

Ao se preparar para passar por cima do que julgava ser uma pilha de roupas, notou que havia um humano no chão, com o rosto voltado para baixo. Ele se inclinou e segurou gentilmente a massa de cabelos pretos e longos para virar a face do ser para cima. Era uma mulher, ainda dotada de um pouco de calor e uma fraca pulsação no pescoço.

— Esta é Sarah — explicou Camille, deitando e esticando a cabeça pela beirada para olhá-la.

— Você tem se alimentado dela — afirmou Magnus. — É uma doadora voluntária?

— Ah, ela adora. Agora, Magnus... Você está lindo, por sinal. É um Halston?... Estávamos de saída. E *você* vem conosco.

Ela deslizou para fora da cama e, aos tropeços, foi até um closet enorme. Magnus ouviu o barulho de cabides sendo puxados e examinou mais uma vez a garota no chão. Tinha punções por todo o pescoço — e agora esboçava um sorriso para ele, puxando o próprio cabelo, oferecendo-lhe uma mordida.

— Não sou vampiro — esclareceu, apoiando gentilmente a cabeça da moça no chão outra vez. — E você deveria sair daqui. Quer ajuda?

Ela emitiu um ruído, algo entre um riso e um suspiro.

— Qual deles? — perguntou Camille ao sair do closet aos tropeços, segurando dois vestidos pretos de baile, praticamente idênticos.

— A garota está fraca — disse ele. — Camille, você tirou muito sangue dela. Ela precisa ir para um hospital.

— Ela está bem. Deixe-a em paz. Agora me ajude a escolher um vestido.

Tudo no diálogo estava errado. Não era assim que o reencontro deles deveria ter sido. Era para ser recatado, com muitas pausas estranhas e momentos ambíguos. Em vez disso, Camille agia como se tivesse visto Magnus ontem. Como se fossem simplesmente amigos. Foi o suficiente para que ele fosse direto ao ponto.

— Estou aqui por causa de um problema, Camille. Seus vampiros andam matando pessoas e largando corpos pela rua. Estão se alimentando em excesso.

— Ah, Magnus. — Camille balançou a cabeça. — Posso estar no comando, mas não os controlo. É preciso conceder a eles certo grau de liberdade.

— Isso inclui matar mundanos e abandonar os corpos na calçada?

Camille não estava mais ouvindo. Tinha colocado os vestidos na cama e no momento se ocupava com uma pilha de brincos. Enquanto isso, Sarah tentava engatinhar na direção de Camille. Sem olhar para ela, a vampira colocou um espelho cheio de pó branco no chão. Sarah foi diretamente para ele e começou a cheirar.

Então Magnus entendeu.

Embora as drogas mundanas não tivessem muito efeito em integrantes do Submundo, não havia como saber o que poderia acontecer quando a

A queda do Hotel Dumort

substância passava pelo sistema circulatório humano e, em seguida, era ingerida com o sangue.

Tudo fez sentido. A desordem. O comportamento estranho. O excesso de alimentação nas boates. O fato de que todos pareciam doentes, com personalidades transformadas. Ele já tinha visto isso milhares de vezes entre os mundanos.

Camille agora o encarava, o olhar fixo.

— Saia conosco hoje, Magnus — entoou. — Você é um homem que sabe se divertir. Sou uma mulher que oferece diversão. Saia conosco.

— Camille, você tem que parar. Tem que saber o quanto isso é perigoso.

— Não vai me matar, Magnus. Isso é impossível. E você não entende como é a *sensação*.

— A droga não pode matá-la, mas outras coisas podem. Sabe que existem pessoas que não podem permitir que vocês fiquem matando mundanos. Se continuar assim... Alguém vai tomar uma atitude.

— Que tentem — respondeu ela. — Posso acabar com dez Caçadores de Sombras depois que ingerir um pouco disso.

— Pode não ser...

Camille se abaixou antes que Magnus pudesse concluir e enterrou a cara no pescoço de Sarah. A garota se debateu uma vez e resmungou, depois se calou e ficou imóvel. Ele escutou o barulho nauseante da vampira bebendo e sugando. Camille levantou a cabeça, com sangue em volta da boca, escorrendo pelo queixo.

— Você vem ou não? — perguntou. — Adoraria levá-lo à Studio 54. Você nunca teve uma noite como as nossas.

Magnus teve que fazer um esforço para continuar olhando para ela naquele estado.

— Deixe-me ajudá-la. Em algumas horas, alguns dias... posso tirar isso do seu corpo.

Camille passou as costas da mão sobre a boca, espalhando sangue pela bochecha.

— Se não vem conosco, então fique fora do nosso caminho. Considere este um aviso educado, Magnus. Dolly!

Dolly já estava na porta.

— Acho que já terminou — falou ela.

Magnus observou Camille enterrar os dentes em Sarah outra vez.

— Sim — disse ele. — Acho que sim.

Do lado de fora, chovia forte. O porteiro segurou um guarda-chuva sobre a cabeça de Magnus e chamou um táxi. A incongruência da civilidade lá de baixo e o que ele viu lá em cima era...

Algo em que ele não queria pensar. Magnus entrou no táxi, informou o endereço de destino e fechou os olhos. A chuva batia forte no veículo. Parecia que o agredia diretamente no cérebro.

Magnus não se surpreendeu ao encontrar Lincoln na entrada de sua casa. Cansado, fez sinal para que ele entrasse.

— E então? — perguntou Lincoln.

— Não é nada bom — respondeu Magnus, e tirou o paletó molhado. — São as drogas. Eles estão se alimentando do sangue de pessoas drogadas. Deve estar aumentando a necessidade e diminuindo o controle.

— Você tem razão — afirmou Lincoln. — Isso não é nada bom. Achei que talvez tivesse alguma coisa a ver com drogas, mas imaginei que fossem imunes a coisas como vício.

Magnus serviu uma taça de vinho a cada um, e eles se sentaram e escutaram a chuva por um momento.

— Você pode ajudá-la? — perguntou Lincoln.

— Se ela permitir. Mas não se pode curar um viciado que não quer cura.

— Não — concordou Lincoln. — Eu mesmo já vi isso na nossa espécie. Mas você entende... não podemos permitir que esse comportamento continue assim.

— Sei que não.

Lincoln terminou o vinho e pousou gentilmente a taça.

— Sinto muito, Magnus. De verdade. Mas, se acontecer de novo, terá que deixar conosco.

Magnus assentiu. Lincoln apertou seu ombro e em seguida se retirou.

Nos dias seguintes, Magnus permaneceu quieto. O tempo estava brutal, variando entre calor e tempestades. Tentou se esquecer da cena no apartamento de Camille, e a melhor maneira de fazê-lo era se ocupar. Havia dois anos não acompanhava direito o próprio trabalho. Tinha clientes para os quais ligar. Feitiços a serem estudados e traduções a serem feitas. Livros a serem lidos. O apartamento precisava ser redecorado. Havia novos restaurantes, novos bares e novas pessoas...

Cada vez que parava, lembrava-se de Camille no tapete, a menina enfraquecida em seus braços, o espelho cheio de drogas, o rosto de Camille cheio de sangue. A confusão. O mau cheiro. O horror. Os olhares vazios.

Quando se perde alguém para o vício — e Magnus já perdera muitos —, perdia-se algo muito precioso. Você os via sucumbir. Esperava até chegarem ao fundo do poço. Era uma espera terrível. Ele não queria nada com isso. O que acontecia agora não era problema dele. Não tinha dúvida alguma de que Lincoln e os lobisomens cuidariam do assunto, e quanto menos soubesse, melhor.

Isso o mantinha acordado à noite. Isso e os trovões.

Dormir sozinho era um inferno, então resolveu não fazê-lo.

Acordou ainda assim.

Era a noite de 13 de julho — o treze da sorte. O barulho da tempestade lá fora estava incrivelmente alto, mais alto do que o ruído do ar-condicionado, mais alto do que o rádio. Magnus concluía uma tradução e estava prestes a sair para jantar quando as luzes piscaram. O rádio falhou. Em seguida, tudo brilhou consideravelmente quando a eletricidade percorreu os fios. Então...

Desligados. Ar-condicionado, luzes, rádio, tudo. Magnus mexeu as mãos com indiferença e acendeu uma vela sobre a escrivaninha. Falta de luz não era uma ocorrência incomum. Levou um instante até perceber que as coisas tinham ficado muito quietas e muito escuras de fato, e havia vozes gritando lá fora. Foi até a janela e a abriu.

Tudo estava escuro. As luzes da rua. Todos os prédios. Tudo, exceto os faróis dos carros. Ele pegou a vela e desceu cuidadosamente os dois lances de escada até a rua, onde se juntou ao grupo de pessoas agitadas. A chuva havia parado — só o que se ouvia era o som de trovões distantes ao fundo.

Nova York... estava apagada. Tudo apagado. Não havia linha do horizonte. Não havia brilho no Empire State. Estava muito, muito escuro. E gritavam uma palavra de janela em janela, de rua a carro a portaria...

— Blecaute!

As farras começaram quase instantaneamente. Quem deu início foi a sorveteria da esquina, que passou a vender qualquer coisa por dez centavos, e, em seguida, a distribuir sorvete gratuitamente para qualquer um que aparecesse com uma vasilha ou um copo. Em seguida, os bares começaram a oferecer drinques em copos de papel para transeuntes. Todos foram para as ruas. As pessoas colocaram rádios de pilha nas janelas, e começou uma mistura de música e notícias. A falta de luz foi resultado de um raio. Toda a cidade de Nova York estava apagada. Levaria horas — dias? — para que o serviço fosse restabelecido.

Magnus voltou ao apartamento, pegou uma garrafa de champanhe da geladeira, voltou para a varanda da frente para beber e dividiu com algumas pessoas que passavam. Estava quente demais para ficar dentro de casa, e lá fora estava interessante demais para que ele perdesse. As pessoas começaram a dançar pelas calçadas, e ele se juntou a elas por um tempo. Aceitou um martíni de um jovem simpático com um belo sorriso.

Em seguida, houve um sibilo. As pessoas se reuniram em torno de um dos rádios que estava transmitindo notícias. Magnus e seu novo amigo, que se chamava David, se juntaram ao grupo.

... incêndios pelas cinco regiões. Mais de cem incêndios foram relatados na última hora. E temos diversas informações sobre saques. Há troca de tiros. Por favor, se você está na rua esta noite, tenha muito cuidado. Apesar de toda a polícia ter sido convocada, não há oficiais suficientes para...

Outro rádio a alguns metros, em uma estação diferente, ofereceu um relato semelhante.

... centenas de lojas foram invadidas. Há relatos de destruições completas em algumas áreas. Recomenda-se fortemente que se fique em casa. Se não conseguir voltar para casa, procure abrigo em...

No curto silêncio, Magnus pôde ouvir sirenes ao longe. O Village era uma comunidade fechada, então estava em festa. Mas era evidente que o mesmo não valia para o resto da cidade.

— Magnus!

Magnus se virou e viu Greg passando em meio ao grupo. Ele afastou o feiticeiro da multidão e o levou a um espaço tranquilo entre dois carros estacionados.

— Achei que fosse você — falou. — Está tudo acontecendo. Eles enlouqueceram. O blecaute... Os vampiros estão surtando em uma boate. Não consigo nem explicar. É na Décima Avenida, descendo um quarteirão. Não tem táxi nesse breu. Você precisa correr.

Agora que Magnus estava tentando se deslocar, percebeu a total loucura das ruas. Como não havia sinais de trânsito, pessoas comuns tentavam ordenar o tráfego. Os carros ou não saíam do lugar ou andando rápido demais. Alguns se encontravam estacionados de frente, para que seus faróis iluminassem lojas e restaurantes. Todos estavam nas ruas — todo o Village havia saído dos prédios, e não havia espaço em lugar nenhum. Magnus e Greg tiveram que costurar entre as pessoas, entre os carros, tropeçando no escuro.

As multidões foram diminuindo um pouco à medida que se aproximavam do rio. A boate ficava em um dos velhos armazéns da região. A fachada industrial de tijolos tinha sido pintada de prateado, e lia-se a palavra "ELECTRICA" junto a um raio por cima das antigas portas de serviço. Havia dois lobisomens perto delas, segurando lanternas, e Lincoln aguardava ao lado. Estava concentrado em uma conversa com Consuela, a segunda na ordem de comando. Ao avistarem Magnus, Consuela chegou para o lado, para uma van que aguardava ali perto, e Lincoln se aproximou.

— Era isso que temíamos — disse Lincoln. — Esperamos tempo demais.

Os lobisomens que guardavam a entrada abriram caminho, e Lincoln escancarou as portas. Dentro da boate estava inteiramente escuro, exceto pelo brilho das lanternas dos licantropes. Havia um cheiro forte de bebida derramada misturada a algo desagradavelmente picante e intenso.

Magnus ergueu as mãos. As luzes de néon ao redor do recinto chiaram e brilharam. As luzes do alto — fluorescentes e desagradáveis — foram acesas. E o globo da discoteca ganhou vida, girando e refletindo mil pontos de luz colorida pelo salão. A pista de dança, formada por grandes quadrados plásticos coloridos, também foi iluminada por baixo.

O que só aumentava o horror da cena.

Havia quatro corpos: três mulheres e um homem. Todos pareciam ter corrido para vários pontos de saída. A pele deles tinha um tom de cinza, toda coberta por ferimentos roxo-esverdeados e dezenas de marcas, fortemente iluminadas pelas luzes de cor vermelha, amarela e azul que irradiavam por baixo deles. Havia muito pouco sangue. Apenas algumas pequenas poças aqui e ali, quantidade muito menor do que o esperado.

Uma das mulheres mortas, Magnus notou, tinha longos cabelos louros, familiares. Na última vez em que a vira, ela estava no avião, oferecendo-lhe convites...

Magnus teve que virar o rosto rapidamente.

— Foram todas esvaziadas — disse Lincoln. — A boate ainda nem havia sido aberta para a noite. Estavam com problemas no som mesmo antes da falta de luz, então os únicos presentes eram empregados. Dois ali...

Ele apontou para a plataforma elevada do DJ com pilhas de mesas de som e amplificadores. Alguns lobisomens estavam ali, examinando a cena.

— Dois atrás do bar — continuou. — Outro correu e se escondeu no banheiro, mas a porta estava arrombada. E esses quatro. Nove ao todo.

Magnus se sentou em uma das cadeiras próximas e apoiou a cabeça nas mãos por um instante para se recompor. Não importa por quanto tempo você vivesse, jamais se acostumaria a ver coisas terríveis. Lincoln lhe concedeu um instante.

— Isto é culpa minha. Quando fui ver Camille uma delas pegou as entradas no meu paletó.

Lincoln puxou uma cadeira e se sentou ao lado de Magnus.

— Não significa que é culpa sua. Pedi que falasse com Camille. Se ela veio aqui por sua causa... isso não faz de nenhum de nós culpado, Magnus. Mas agora você pode ver que não dá para continuar.

— O que pretende fazer? — perguntou Magnus.

— Há incêndios esta noite. Por toda a cidade. Vamos usar esta oportunidade. Vamos queimar este lugar. Acho que pouparia as famílias das vítimas se elas pensarem que seus amados morreram em um incêndio, e não...

Apontou para a terrível cena atrás deles.

— Tem razão — respondeu Magnus. — Ver uma pessoa amada nesse estado não pode resultar em nada de bom.

— Não. E a polícia testemunhar isso também não resultaria em nada de bom. Deixaria a cidade totalmente em pânico, e os Caçadores de Sombras seriam forçados a vir aqui. Vamos manter isso em silêncio. Cuidaremos de tudo.

— E os vampiros?

— Vamos capturá-los e trancá-los aqui durante o incêndio. Temos permissão da Praetor Lupus. Todo o clã deve ser tratado como infectado, mas tentaremos ter bom senso. A primeira a ser procurada, no entanto, é Camille.

Magnus expirou lentamente.

— Magnus — começou Lincoln —, o que mais podemos fazer? Ela é a líder do clã. Precisamos acabar com isso agora.

— Me dê uma hora — respondeu Magnus. — Uma hora. Se eu conseguir tirá-los da rua em uma hora...

— Já tem um grupo se dirigindo ao apartamento de Camille. Outro vai ao Hotel Dumont.

— Há quanto tempo saíram?

— Mais ou menos meia hora.

— Então vou agora. — Magnus se levantou. — Tenho que tentar fazer alguma coisa.

— Magnus — chamou Lincoln —, se você atrapalhar, o bando vai removê-lo da situação. Compreende isso?

Magnus fez que sim com a cabeça.

— Eu vou quando acabarmos aqui — disse Lincoln. — Vou até o Dumont. É lá mesmo que eles vão parar.

Um Portal foi necessário. Considerando a situação nas ruas, havia muitas chances de os lobisomens ainda não terem chegado ao apartamento de Camille — se é que ela estava lá. Ele só precisaria chegar até ela. Mas, antes mesmo de começar a desenhar os símbolos, ouviu uma voz no escuro.

— Você está aqui.

Magnus se virou e levantou a mão para iluminar o beco.

Camille caminhava em sua direção, sem firmeza. Usava um vestido preto e longo — na verdade, tratava-se de um vestido que havia se tornado escuro em função da quantidade incrível de sangue nele. Ainda estava molhado e pesado, grudado às pernas, enquanto ela avançava.

— Magnus...

Sua voz soou espessa. Manchas de sangue cobriam o rosto de Camille, os braços, os cabelos louros. Ela apoiou uma das mãos na parede para se segurar conforme se aproximava em uma série de passos pesados, como os de uma criança aprendendo a andar.

Magnus se aproximou lentamente. Assim que chegou perto o bastante, Camille abriu mão do esforço de se levantar e caiu para a frente. Ele a pegou a meio caminho do chão.

— Eu sabia que viria — disse ela.

— O que você fez, Camille?

— Eu estava procurando você... Dolly disse que estaria... que estaria aqui.

Magnus a abaixou lentamente no chão.

— Camille... você sabe o que aconteceu? Sabe o que fez?

O cheiro que ela exalava era nauseante. Magnus respirou fundo pelo nariz para se acalmar. Os olhos de Camille estavam revirando. Ele a sacudiu.

— Você precisa me ouvir. Tente se manter acordada. Precisa invocá-los.

— Não sei onde estão... Estão por todos os lados. Está tão *escuro*. É nossa noite, Magnus. Para meus pequenos. Para nós.

— Você deve ter terra de cemitério — falou Magnus.

Diante disso Camille balançou levemente a cabeça.

— Muito bem. Pegaremos a terra. Você vai utilizá-la para invocá-los. Onde está?

— Na câmara mortuária.

— E onde está a câmara?

— Cemitério... Green-Wood. Brooklyn...

Magnus se levantou e começou a desenhar símbolos. Quando concluiu, e o Portal começou a abrir, pegou Camille do chão e a segurou com força.

— Pense nela agora — disse ele. — Visualize-a com clareza na sua mente. A câmara mortuária.

Considerando o estado de Camille, era um pedido arriscado. Segurando-a bem perto, sentindo o sangue do vestido sujar sua camisa, Magnus atravessou.

Havia árvores ali. Árvores e um pouco de brilho da lua cortando o céu nublado da noite. Nenhuma pessoa, nenhuma voz. Apenas o zumbido distante do trânsito. E centenas de placas brancas emergindo do chão.

Magnus e Camille estavam diante de um mausoléu que era um elefante branco. Era a parte da frente de um templo pequeno, construído bem na lateral de uma pequena colina.

Magnus olhou para baixo e viu que Camille tinha encontrado forças para abraçá-lo com os braços esguios. Ela tremia um pouco.

— Camille?

Ele inclinou a cabeça dela para cima. Ela estava chorando. Camille não chorava. Mesmo nestas circunstâncias, Magnus se comoveu. Ainda queria consolá-la, queria dar um tempo em tudo para garantir que as coisas ficariam bem. Mas só conseguiu perguntar:

— Você tem a chave?

Ela balançou negativamente a cabeça. Não tivera muita chance de pegar. Magnus colocou a mão na tranca que protegia as amplas portas de metal, fechou os olhos e se concentrou até sentir o clique sob os dedos.

A câmara mortuária tinha mais ou menos 1 metro quadrado e era feita de concreto. As paredes eram cobertas com prateleiras de madeira, do chão ao teto. E as prateleiras estavam preenchidas por pequenos frascos de vidro que continham terra. Eles variavam um pouco — alguns eram verdes e grossos, outros amarelos e de vidro soprado, com bolhas visíveis. Havia frascos mais finos, garrafas extremamente pequenas e algumas garrafinhas marrons. Os frascos mais antigos eram tampados com rolhas. Alguns tinham tampas de vidro. Os mais novos tinham tampas de rosca. A idade também era perceptível pelas camadas de poeira, lodo e pela quantidade de teias de aranha entre eles. No fundo, não daria para levantar algumas das garrafas das prateleiras, de tão espesso que era o resíduo acumulado em volta. Havia aqui uma história do vampirismo de Nova York que provavelmente teria interessado a muitos e que era digna de ser estudada...

Magnus esticou as mãos, e, com uma grande explosão de luz, todos os frascos explodiram de uma vez. Houve uma grande lufada de terra e pó vítreo.

— Para onde vão? — perguntou para Camille.

— Para o Dumont.

— Claro — disse Magnus. — Eles e todo mundo. Nós vamos para lá, e você vai dizer o que eu mandar. Precisamos corrigir isso, Camille. Você tem que tentar. Entendeu?

Ela fez que sim com a cabeça uma vez.

Dessa vez Magnus estava no controle do Portal. Eles emergiram na rua 116, no meio do que parecia um motim em grande escala. Havia incêndios no local. Os ecos de gritos e vidro quebrando iam de uma ponta à outra da rua. Ninguém sequer notou que subitamente Magnus e Camille estavam no meio da confusão. Estava escuro demais e louco demais. O calor era muito pior nesta área, e Magnus sentia o corpo todo pingando de suor.

Havia duas vans estacionadas bem na frente do Dumont, e um inconfundível grupo de lobisomens já estava reunido. Brandiam tacos de beisebol e correntes. Isso era tudo que se via. Sem dúvida, havia contêineres de água benta. Além de muitas chamas ao redor.

Magnus puxou Camille para o abrigo da sombra de um Cadillac estacionado, cujas janelas foram estilhaçadas. Ele esticou o braço e abriu a porta.

— Entre — falou para Camille. — E fique abaixada. Estão atrás de você. Deixe que eu vá e fale com eles.

Mesmo enquanto Magnus contornava o carro, Camille encontrou forças para se arrastar pelo banco da frente cheio de cacos e caiu pela porta do motorista. Quando Magnus tentou colocá-la novamente para dentro, ela o afastou.

— Saia do meu caminho, Magnus. É a mim que eles querem.

— Eles vão *matá-la*, Camille.

Mas ela já havia sido vista. Os licantropes atravessaram a rua, com os tacos prontos. Camille levantou a mão. Vários vampiros tinham acabado de chegar ao hotel. Vários outros já haviam lutado, e muitos se encontravam deitados, imóveis, na calçada. Mais alguns estavam sendo contidos.

— Entrem no hotel — ordenou ela.

— Camille... vão nos queimar — disse um deles. — *Olhe* para eles. Olhe para o que está acontecendo.

Camille olhou para Magnus, e ele entendeu. Ela estava deixando a situação nas mãos dele.

— Entrem — repetiu. — Isso não é um pedido.

Um por um, ao longo das horas seguintes, todos os vampiros de Nova York — independentemente da condição em que se encontravam — apareceram nos degraus do Dumont. Camille, apoiada nas portas para se escorar, ordenou que entrassem. Eles passaram pela falange de licantropes com tacos e correntes, parecendo atentos. Era quase manhã quando os últimos grupos apareceram.

Lincoln chegou no mesmo instante.

— Estão faltando alguns — observou Camille, quando ele saltou do carro.

— Estão mortos — respondeu Lincoln. — E deve agradecer a Magnus por não ter sido mais.

Camille balançou a cabeça uma vez, em seguida entrou no hotel e fechou as portas.

— E agora? — perguntou Lincoln.

— Não é possível curá-los sem consentimento, mas é possível secá-los. Ficam trancados aí até estarem limpos — respondeu Magnus.

— E se não der certo?

Magnus olhou para a fachada destruída do Dumont. Alguém, ele notou, tinha mudado o *n* para *r*. Dumort. Hotel dos mortos.

— Vamos ver o que acontece — falou Magnus.

Por três dias, Magnus manteve as barreiras de bloqueio no Dumont. Passava lá diversas vezes ao dia. Licantropes patrulhavam o perímetro o tempo todo, certificando-se de que ninguém saísse. No terceiro dia, logo após o pôr do sol, o feiticeiro liberou o bloqueio na porta da frente e entrou; em seguida, fechou-o novamente.

Era evidente que havia um princípio de organização no hotel. Os vampiros não afetados pela droga lotavam o lobby, as bancadas e os degraus. A maioria estava dormindo. Os licantropes agora permitiam que eles se levantassem e saíssem.

Com Lincoln e seus ajudantes ao lado, Magnus refez os passos que dera quase cinquenta anos antes, para o salão de festas do Dumont. Mais uma vez as portas estavam trancadas — agora com uma corrente.

— Peguem os cortadores na van — disse Lincoln.

Um cheiro terrível vinha lá de dentro.

Por favor, Magnus pensou. *Esteja vazio.*

Claro que o salão não estaria vazio. Foi um simples desejo de que os eventos dos últimos três dias não tivessem transcorrido. Pois, no fim, nada é pior do que testemunhar a queda de quem se ama. Por alguma razão, era pior do que perder um amor. Fazia tudo parecer questionável. Tornava o passado amargo e confuso.

O lobisomem voltou com os cortadores. A corrente foi cortada e caiu no chão com um estalo seco. Alguns dos vampiros não afetados ficaram para trás, reunidos às costas dos licantropes, para assistir.

Magnus abriu a porta.

O chão branco de mármore estilhaçara-se. Realmente tinha sido ali, havia cinquenta anos, que Aldous abrira o Portal para o Vazio?

Os vampiros se espalhavam por todas as partes do salão, talvez trinta ao todo. Estavam doentes, e todos em profundo estado de sofrimento. O cheiro por si só bastava para fazer qualquer um engasgar. E os licantropes protegeram os rostos com as mãos para bloquear o odor.

Os vampiros não se mexeram, nem cumprimentaram. Apenas alguns levantaram os rostos para ver o que se passava. Magnus passou por cima deles, observando cada um. Encontrou Dolly perto do centro, imóvel. Localizou Camille esparramada por trás de uma das longas cortinas penduradas no fundo do salão. Como os outros, ela se encontrava cercada por algumas poças de sangue regurgitado.

Estava com os olhos abertos.

— Quero andar — disse ela. — Ajude-me, Magnus. Ajude-me a andar um pouco. Preciso parecer forte.

Havia firmeza em sua voz, apesar de ela estar fraca demais para se levantar sozinha. Magnus se curvou e a levantou; em seguida, a apoiou enquanto ela caminhava, com toda a dignidade possível, sobre os corpos caídos do seu clã. Ele fechou novamente as portas ao saírem.

— Para cima — disse ela. — Vire. Preciso andar. Lá em cima.

Ele pôde sentir o esforço que ela fazia ao subir cada degrau. Em certos momentos ele praticamente a carregou.

— Você se lembra? — perguntou ela. — Do velho Aldous abrindo o Portal aqui... você se lembra? Tive que alertá-lo sobre o que ele estava fazendo.

— Lembro.

— Até os mundanos entenderam que tinham que ficar longe deste lugar e deixá-lo apodrecer. Detesto o fato de que alguns dos meus pequenos vivam em lugares podres. Mas é escuro. É seguro.

Era muito difícil conversar e andar, então ela se calou novamente e se encostou no peito de Magnus. Quando chegaram ao último andar, apoiaram-se no corrimão e olharam para baixo, para os destroços do lobby.

— Para nós nunca acabou de fato, não é? — perguntou. — Nunca tive outro... não como você. Pode dizer o mesmo, Magnus?

— Camille...

— Sei que não podemos voltar. Eu sei. Só me diga que não houve ninguém como eu.

Na verdade, houve muitos. E, se por um lado Camille estava em um nível só dela, por outro, houve muito amor — pelo menos, por parte de Magnus. No entanto, havia cem anos de dor naquela pergunta, e o feiticeiro ficou imaginando se talvez ele não tivesse sido tão sozinho em seu sentimento.

— Não — respondeu. — Nunca houve ninguém como você.

Ela pareceu ganhar um pouco de força com isso.

— Nunca era para ter acontecido — falou. — Tinha uma boate no centro onde alguns dos mundanos gostavam de ser mordidos. Eles tinham drogas no organismo. Essas substâncias são bem poderosas. Simplesmente calharam. Recebi de cortesia um drinque com sangue infectado. Eu não sabia o que estava bebendo, só conhecia o efeito que produzia. Não sabia que éramos suscetíveis a vícios. Nós não sabíamos.

Magnus olhou para a marca queimada no teto. Antigas feridas. Nada nunca passava *de fato*.

— Eu vou... Eu vou dar a ordem — disse ela. — O que aconteceu aqui jamais se repetirá. Você tem a minha palavra.

— Não é para mim que você tem que dizer.

— Diga a Praetor — respondeu ela. — Diga aos Caçadores de Sombras, se precisar. Não voltará a acontecer. Abro mão da minha vida antes de permitir que se repita.

— Provavelmente é melhor que fale com Lincoln.

— Então falarei com ele.

O manto da dignidade havia voltado a seus ombros. Apesar de tudo que tinha acontecido, ela ainda era Camille Belcourt.

— É melhor você ir agora — sugeriu a vampira. — Isso não é mais para você.

Magnus hesitou por um instante. Alguma coisa — alguma parte dele queria ficar. Mas o feiticeiro se flagrou descendo as escadas.

— Magnus — chamou Camille.

Ele se virou.

— Obrigada por mentir para mim. Você sempre foi gentil. Eu nunca fui. Foi por isso que não durou, não foi?

Sem responder, Magnus se virou e continuou descendo as escadas. Raphael Santiago passou por ele na subida.

— Sinto muito — disse Raphael.

— Por onde andou?

— Quando vi o que andava acontecendo, tentei contê-los. Camille tentou me fazer beber um pouco do sangue. Queria que todos do seu círculo interno participassem. Ela estava doente. Já vi coisas desse tipo e sabia como acabaria. Então fui embora. Voltei quando um frasco da terra do meu túmulo se rompeu.

— Não o vi entrar no hotel — falou Magnus.

— Entrei por uma janela quebrada no porão. Achei melhor ficar escondido por um tempo. Tenho cuidado dos doentes. Tem sido bastante desagradável, mas...

Ele levantou o olhar, por cima do ombro de Magnus, na direção de Camille.

— Preciso ir agora. Temos muito a fazer por aqui. Vá, Magnus. Não há nada para você aqui.

Raphael sempre conseguia interpretar Magnus bem demais.

Magnus tomou a decisão no táxi, a caminho de casa. Uma vez em seu apartamento, se preparou sem hesitar, reunindo tudo de que precisaria. Teria que ser muito específico. Anotaria tudo.

Então ligou para Catarina. Tomou um pouco de vinho enquanto esperava sua chegada.

Catarina talvez fosse a amiga mais próxima e verdadeira de Magnus, exceto por Ragnor (e essa relação vivia em contínua evolução). Catarina foi a única que recebeu cartas e telefonemas durante a viagem de dois anos de Magnus. Contudo, ele não dissera a ela que já havia voltado para casa.

— Sério? — perguntou ela, quando ele abriu a porta. — *Dois anos*, então você volta e nem me telefona durante duas semanas? E aí é "venha, preciso de você"? Nem sequer me *contou* que estava em casa, Magnus.

— Estou em casa — disse ele, e deu o que considerava seu sorriso mais irresistível. Exigiu-lhe um pouco de esforço, mas com sorte pareceu sincero.

— Nem tente fazer essa cara para mim. Não sou uma de suas conquistas, Magnus. Sou sua amiga. Vamos comer pizza, e não fazer brincadeiras imorais.

— Brincadeiras imorais? Mas eu...

— Não. — Ela ergueu o dedo em sinal de alerta. — Estou falando sério. Quase não vim. Mas você soou tão patético ao telefone que tive que vir.

Magnus examinou a camiseta de arco-íris e o macacão vermelho. Ambos se destacavam imensamente contra a pele azul. O contraste feriu os olhos do feiticeiro. Ele decidiu não comentar a roupa. O macacão vermelho era muito popular. Só que a maioria das pessoas não tinha pele azul. A maioria das pessoas não *vivia* o arco-íris.

— Por que está me olhando desse jeito? Sério, Magnus...

— Deixe-me explicar — falou. — Depois pode gritar comigo se quiser. Então explicou. E ela ouviu. Catarina era enfermeira e boa ouvinte.

— Feitiços de memória — disse ela, balançando a cabeça. — Não são muito a minha área. Sou curandeira. Você é que lida com este tipo de coisa. Se eu fizer errado...

— Não vai.

— Pode dar errado.

— Confio em você. Tome.

Ele entregou a Catarina um pedaço de papel dobrado. Nele havia uma lista de todas as vezes que tinha visto Camille em Nova York. Todas as vezes em todo o século XX. Essas eram as coisas que deveriam desaparecer.

— Sabe, existe um motivo pelo qual temos recordações — falou ela baixinho.

— Isso é muito mais fácil quando sua vida tem data de validade.

— Pode ser importante para nós.

— Eu a amei — disse ele. — Não posso guardar o que vi.

— Magnus...

— Ou você faz ou terei que fazer em mim mesmo.

Catarina suspirou e assentiu. Examinou o papel por vários instantes e, em seguida, segurou gentilmente as têmporas de Magnus.

— Você se lembra de que tem sorte em ter a mim, certo? — perguntou ela.

— Sempre.

Cinco minutos depois Magnus ficou confuso ao ver Catarina ao seu lado no sofá.

— Catarina? O quê...

— Você estava dormindo — falou ela. — E deixou a porta aberta. Eu entrei. Tem que mantê-la trancada. Esta cidade é uma loucura. Você pode ser um feiticeiro, mas isso não quer dizer que é impossível roubarem seu aparelho de som.

— Normalmente tranco — respondeu Magnus, esfregando os olhos. — Nem percebi que estava dormindo. Como você soube que eu...

— Você me ligou avisando que estava em casa e queria sair para comer uma pizza.

— Liguei? Que horas são?

— Hora de pizza — respondeu ela.

— Eu liguei?

— Uh-huh. — Ela se levantou e ofereceu a mão para ajudá-lo a ficar de pé. — E você voltou há duas semanas e só hoje me ligou, então está bem encrencado. Soou arrependido ao telefone, mas não foi o suficiente. Terá que me fazer mais cortesias.

— Eu sei. Desculpe. Estava...

Magnus se esforçou para encontrar as palavras. O que tinha feito nas últimas duas semanas? Trabalhado. Telefonado para os clientes. Dançado com estranhos atraentes. E mais alguma coisa, mas não conseguia se lembrar. Não tinha importância.

— Pizza — repetiu ela, puxando-o para cima.

— Pizza. Claro. Parece bom.

— Ei — disse ela, enquanto ele trancava a porta. — Teve alguma notícia de Camille recentemente?

— *Camille*? Não a vejo há pelo menos... oitenta anos? Algo assim? Por que está perguntando sobre Camille?

— Por nada — respondeu. — O nome dela me veio à mente. A propósito, você é quem vai pagar a conta.

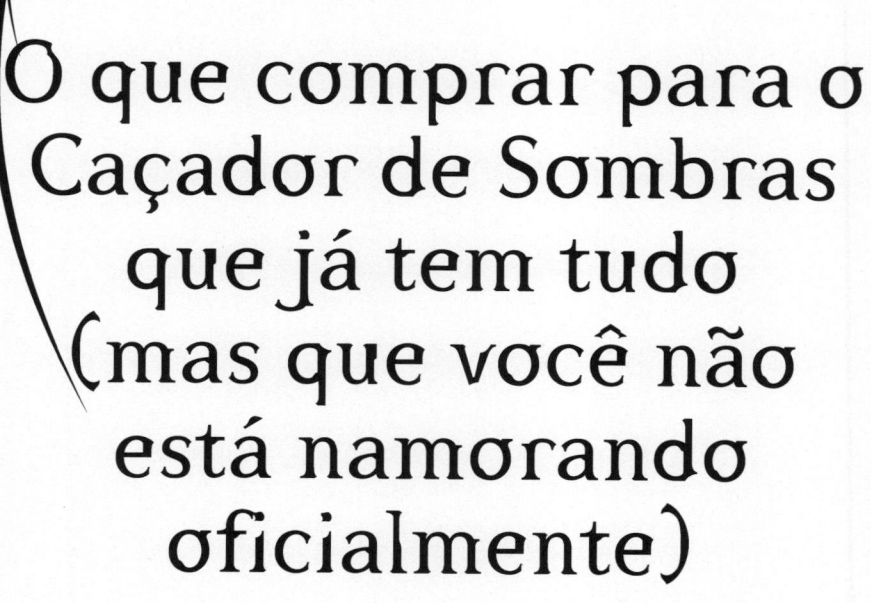

O que comprar para o Caçador de Sombras que já tem tudo (mas que você não está namorando oficialmente)

Cassandra Clare e Sarah Rees Brennan

Magnus acordou com a indolente luz dourada do meio-dia entrando pela janela e o gato dormindo sobre sua cabeça.

Às vezes, Presidente Miau expressava afeição dessa forma infeliz. Magnus desemaranhou o gato do cabelo, gentil, porém, com firmeza, e as pequenas garras fizeram um estrago ainda maior quando Presidente foi deslocado com um longo choro triste de desconforto felino.

Então o gato pulou para o travesseiro, aparentemente recuperado do incômodo, e saltou da cama. Atingiu o chão suavemente e, com um grito de guerra, partiu para a vasilha de comida.

Magnus rolou na cama e ficou de lado no colchão. A janela perto da cama era de vitral. Losangos dourados e verdes pairavam sobre os lençóis, repousando calorosamente sobre sua pele nua. Ele levantou a cabeça do travesseiro que agarrava e, em seguida, percebeu o que estava fazendo: farejando o ar à procura de cheiro de café.

Aconteceu algumas vezes nas últimas semanas: Magnus cambaleou até a cozinha seguindo o aroma forte de café, pegou um roupão de sua grande coleção e encontrou Alec ali. O feiticeiro havia comprado uma cafeteira, pois o rapaz sempre parecia ligeiramente perturbado pelo hábito de Magnus de roubar café e chá da loja The Mudd Truck. A máquina dava muito trabalho, mas Magnus ficou feliz por tê-la comprado. Alec tinha de saber que a máquina era para ele e para suas delicadas sensibilidades morais, e, perto daquela máquina, Alec parecia sentir um conforto que não sentia com mais nada; fazia café sem pedir permissão e levava uma xícara para Magnus enquanto ele trabalhava. Em todos os outros cantos do apartamento do feiticeiro, Alec ainda era cauteloso, tocava as coisas como se não tivesse direito sobre elas, como se fosse visita.

E claro que era visita. A questão era que Magnus tinha um desejo irracional de que Alec se sentisse em casa no apartamento, como se isso significasse alguma coisa, como se isso desse a Magnus algum direito sobre o rapaz, ou indicasse que Alec queria ceder tais direitos. Magnus supunha que fosse isso. Queria muito que Alec ficasse ali, e se entusiasmava com sua presença.

Contudo, ele não podia sequestrar o primogênito dos Lightwood e mantê-lo como peça de decoração. Alec tinha caído no sono duas vezes — no sofá, não na cama. Uma vez após uma lenta noite de beijos; e outra quando passou no apartamento para um rápido café, evidentemente exausto após um longo dia de caça a demônios, e adormeceu quase no mesmo instante. Magnus também passara a deixar a porta da frente aberta, afinal, ninguém roubaria o Alto Feiticeiro do Brooklyn, e Alec às vezes aparecia de manhã cedo.

Todas as vezes em que Alec apareceu — ou nas manhãs seguintes às noites em que havia dormido lá —, Magnus acordou com os barulhos e cheiros de Alec preparando café, apesar de o rapaz saber que Magnus poderia produzir café mágico do nada. Alec fez isso apenas algumas vezes, ficara por lá poucas manhãs. Não era nada a que Magnus devesse estar se acostumando.

Claro que Alec não estava ali naquele dia, porque era seu aniversário, e ele estaria com a família. E Magnus não era exatamente o tipo de namorado que se poderia levar para reuniões familiares. Aliás, por falar em reuniões familiares, os Lightwood nem sabiam que Alec tinha um namorado — quanto mais um que era feiticeiro —, e Magnus nem imaginava se um dia saberiam. Não era uma questão com a qual pressionava o rapaz. Dava para perceber pela cautela de Alec que era cedo demais.

Não havia razão para Magnus sair da cama, passar pela sala, ir à cozinha e imaginar Alec inclinado sobre a bancada, preparando café e vestindo um suéter feio, com o rosto concentrado na tarefa simples. Alec se concentrava até mesmo no café. *E sempre veste suéteres realmente feios*, Magnus pensou, e ficou espantado quando este pensamento lhe trouxe uma onda de afeto.

Não era culpa dos Lightwood. Era óbvio que davam à irmã de Alec, Isabelle, e a Jace Wayland dinheiro suficiente para que se vestissem bem. Magnus suspeitava que a mãe de Alec comprasse suas roupas, ou que Alec fizesse isso segundo o critério da praticidade — *ah, veja, que bonito; cinza disfarça um pouco o icor* —, e aí ele vestia as roupas feias e funcionais sem sequer notar que o tempo as desgastava ou que esgarçavam e ficavam com buracos.

A contragosto, Magnus se deparou com um sorriso curvando seus lábios enquanto procurava a caneca de café azul que dizia MELHOR QUE GANDALF com letras brilhantes. Estava apatetado e oficialmente revoltado consigo mesmo.

Podia estar apatetado, mas hoje tinha outras coisas em que pensar além de Alec. Uma empresa mundana o contratara para invocar um demônio cecaelia. Pela quantia que estavam pagando, e considerando que demônios cecaelia são demônios inferiores que mal podiam causar grandes comoções, Magnus concordou em não fazer perguntas. Bebericou o café e contemplou a roupa para o dia de invocação de demônio. Invocações não eram coisas que Magnus realizava com frequência, pois, do ponto de vista técnico, eram extremamente ilegais. Magnus não nutria grande respeito pela Lei, mas, se fosse transgredi-la, queria estar bonito enquanto fazia isso.

Seus pensamentos foram interrompidos pelo som do interfone. Não tinha deixado a porta aberta para Alec hoje e ergueu as sobrancelhas ao ouvir o ruído. A Srta. Connor estava vinte minutos adiantada.

Magnus desgostava profundamente de pessoas que chegavam mais cedo às reuniões de negócio. Isso era tão grave quanto se atrasar, pois desestruturava todo mundo, e, o que é pior, pessoas que chegavam adiantadas agiam com grande superioridade no que se refere às péssimas habilidades com horários. Elas agiam como se fosse moralmente mais correto acordar cedo do que dormir tarde, mesmo que você realizasse exatamente a mesma quantidade de trabalho no mesmo período de tempo. Magnus considerava esta uma das grandes injustiças da vida.

Era possível que ele estivesse um pouco contrariado por não terminar o café antes de precisar cuidar do trabalho.

Abriu a porta para a representante da empresa. A Srta. Connor era uma mulher de trinta e poucos anos, cuja aparência fazia jus ao nome irlandês. Tinha cabelos cheios e ruivos, presos em um coque, e o tipo de pele branca impenetrável que Magnus apostaria que era incapaz de bronzear. Trajava um *tailleur* azul quadradão, porém bonito, e olhou de soslaio para a roupa do feiticeiro.

Esta era a casa de Magnus, ela havia chegado mais cedo, e ele se sentia totalmente no direito de não estar vestindo nada além de uma calça de pijama preta de seda com uma estampa de tigres e flamingos dançando. Percebeu que a calça estava um pouco caída nos quadris e a levantou. Viu o olhar reprovador da Srta. Connor deslizar por seu peito nu e repousar na pele lisa e marrom do local onde deveria haver um umbigo. A marca do Demônio, seu padrasto dizia, mas dizia o mesmo a respeito dos olhos de Magnus. Há muito não ligava a mínima para o julgamento dos mundanos.

— Caroline Connor — disse a moça. Não estendeu a mão. — Diretora financeira e vice-presidente de marketing das Empresas Sigblad.

— Magnus Bane — respondeu Magnus. — Alto Feiticeiro do Brooklyn e campeão de palavras cruzadas.

— Você foi muito recomendado. Ouvi dizer que é um mago muito poderoso.

— Feiticeiro — disse Magnus — para falar a verdade.

— Esperava que você fosse...

Ela parou como alguém que analisasse uma seleção de chocolates sobre os quais tinha muitas dúvidas. Magnus ficou imaginando qual escolheria, qual usuário confiável de magia ela estivera imaginando ou torcendo para encontrar — velho, barbado, caucasiano. Magnus havia encontrado muitas pessoas que buscavam um sábio. Estava com pouquíssimo tempo para isso.

Mesmo assim, precisava admitir que esta não era a postura mais profissional que já tivera.

— Esperava que eu estivesse, talvez — sugeriu gentilmente —, de camisa?

A Srta. Connor deu de ombros suavemente.

— Todos me disseram que você faz escolhas excêntricas no que se refere à moda, mas tenho certeza de que seu penteado é bastante *fashion* — respondeu ela. — Mas, francamente, parece que um gato dormiu na sua cabeça.

Magnus ofereceu um café a Caroline Connor, que ela recusou. Só aceitou um copo d'água. Ele estava cada vez mais desconfiado da mulher.

Quando Magnus surgiu do quarto vestindo calça de couro vermelha e um casaco brilhante com gola larga, acompanhada por um pequeno cachecol elegante, Caroline o olhou com uma distância fria que sugeriu que ela não considerou aquilo uma grande melhora em relação à calça do pijama. Magnus já aceitara o fato de que jamais haveria uma amizade eterna entre eles, e não se chateou com isso.

— Então, Caroline — começou.

— Prefiro "Srta. Connor" — pediu a mulher, empertigada na beiradinha do sofá de veludo dourado de Magnus.

Ela olhava para os móveis com o mesmo ar de reprovação conferido ao peito nu de Magnus, como se achasse algumas estampas interessantes e um abajur com sinos o equivalente a uma orgia romana.

— Srta. Connor. — Magnus se corrigiu tranquilamente.

O freguês sempre tem razão, e essa seria sua política até o serviço terminar, e então ele se recusaria a voltar a trabalhar para essa empresa por toda a eternidade.

Ela retirou um documento da maleta, um contrato em uma capa verde, que passou para Magnus ver. O feiticeiro já havia assinado outros dois contratos na última semana, um em um tronco de árvore nas profundezas de uma floresta alemã sob a luz da lua nova, e outro com o próprio sangue. Mundanos eram tão excêntricos.

O feiticeiro o examinou. Invocação de demônio menor, propósito misterioso, uma quantia obscena de dinheiro. Certo, certo e certo. Assinou e devolveu com um floreio.

— Bem — disse a Srta. Connor, cruzando as mãos sobre o colo. — Gostaria de ver o demônio agora, por favor.

— Demora um pouco para preparar o pentagrama e o círculo de invocação — explicou Magnus. — Talvez seja melhor se acomodar.

A mulher pareceu espantada e insatisfeita.

— Tenho uma reunião na hora do almoço — observou. — Não pode acelerar o processo?

— Hum, não. Isso é magia sombria, Srta. Connor — respondeu Magnus. — Não é o mesmo que pedir uma pizza.

A boca da Srta. Connor se contraiu como um pedaço de papel que fora dobrado ao meio.

— Seria possível que eu voltasse daqui a algumas horas?

A convicção de Magnus de que pessoas que se adiantavam para reuniões não respeitavam o tempo dos outros estava se confirmando. Por outro lado, não queria que aquela mulher permanecesse em sua casa por mais tempo que o estritamente necessário.

— Pode ir — respondeu ele, mantendo a voz urbana e charmosa. — Quando voltar, haverá um demônio cecaelia pronto para que faça dele o que quiser.

— Casa Bane — murmurou Magnus, enquanto a Srta. Connor se retirava, com a voz não tão baixa a ponto de garantir que ela não fosse escutar. — Demônios quentes e frios, ao seu dispor.

Não tinha tempo a perder se sentando e se irritando. Havia trabalho a fazer. Magnus começou a arrumar seu círculo de velas pretas. Dentro do círculo, desenhou um pentagrama, utilizando um graveto recém-partido por mãos de fadas. O processo todo durou algumas horas até que ele estivesse pronto para começar a entoar seus cânticos.

— *Iam tibi impero et praecipio, maligne spiritus!* Eu o invoco, pelo poder do sino, do livro e da vela. Invoco-o do vazio, das mais escuras profundezas. Eu o invoco, Elyaas, que nada nos mares da meia-noite das almas que se afogam eternamente, Elyaas, que vive às sombras que cercam Pandemônio, Elyaas, que se banha em lágrimas e brinca com os ossos dos marinheiros perdidos.

Magnus entoou as palavras, tamborilando com as unhas na caneca de café e examinando o esmalte, verde e lascado. Tinha orgulho do seu trabalho, mas esta não era a parte favorita, este não era o cliente favorito, e este não era o dia para isso.

A madeira dourada do chão da casa de Magnus começou a soltar fumaça, e a fumaça que subia tinha cheiro de enxofre. Mas a fumaça se erguia em tufos escuros. Magnus sentiu uma resistência ao puxar o demônio para perto de si, como um pescador puxando uma linha e prendendo um peixe que lutava.

Estava cedo demais naquela tarde para isso. Magnus falou com a voz mais alta, sentindo o poder se erguer dentro dele enquanto entoava, como se seu sangue estivesse pegando fogo e provocasse faíscas do centro de seu ser para o espaço entre os mundos.

— Como o destruidor de Marbas, eu o invoco. Eu o invoco como filho do demônio que pode fazer seus mares secarem e criarem o deserto. Eu o invoco por meu próprio poder e pelo poder de meu sangue, e você sabe quem é meu pai, Elyaas. Não vai, não ousará me desobedecer.

A fumaça se ergueu cada vez mais, tornou-se um véu, e, além do véu, por um instante Magnus enxergou outro mundo. Então a fumaça se tornou espessa demais para que fosse possível enxergar através dela. Magnus teve de esperar que diminuísse e adquirisse forma — não era exatamente a forma de um homem.

Magnus já tinha invocado muitos demônios nojentos na vida. O demônio amphisbaena tinha as asas e o tronco de uma galinha enorme. Contos mundanos alegavam que ele tinha a cabeça e a cauda de uma cobra, mas isso não era verdade. Demônios amphisbaena eram cobertos por tentáculos, e um dos tentáculos grandes continha um olho e uma boca com presas afiadas. Magnus entendia como a confusão tinha começado.

Os amphisbaena eram os piores, mas demônios cecaelia também não eram os preferidos de Magnus. Não tinham aparência agradável e espalhavam gosma por todo o chão.

Antes de mais nada, Elyaas era disforme. A cabeça era ligeiramente semelhante à de um homem, mas com os olhos verdes muito juntos no centro da face, e um corte triangular servindo como nariz e boca. Ele não tinha braços. O torso era abruptamente truncado, e as partes inferiores lembravam as de uma lula, com tentáculos espessos e curtos. E, da cabeça aos tentáculos, ele era coberto por gosma preta-esverdeada, como se tivesse vindo de um pântano fétido e, de cada poro, exalasse putrefação.

— Quem invoca Elyaas? — perguntou, sua voz masculina soava normal, até alegre, com uma leve indicação de estar sendo ouvida embaixo d'água. Era possível que assim fosse por ele estar com a boca cheia de gosma. Magnus viu a língua do demônio, semelhante a de um humano, mas verde e com a extremidade grossa, tremer entre os dentes afiados e manchados de visco enquanto ele falava.

— Eu — respondeu Magnus. — Mas acho que isso já foi esclarecido quando o invoquei e você se mostrou teimoso.

Ele falava alegremente, mas a chama azul e branca das velas reagiu ao seu humor e se contraiu, formando uma jaula de luz em torno de Elyaas que o fez uivar. Sua gosma não produzia qualquer efeito sobre o fogo.

— Ora, vamos! — resmungou Elyaas. — Não fique assim! Eu estava a caminho. Fui retido por algumas questões pessoais.

Magnus revirou os olhos.

— O que estava fazendo, demônio?

Elyaas pareceu esquivo, até onde se podia perceber sob a gosma.

— Tive uma coisa. Então, como tem passado, Magnus?

— O quê? — perguntou o feiticeiro.

— Você sabe, desde a última vez em que me invocou. Como tem andado?

— O quê? — perguntou Magnus novamente.

— Não se lembra de mim? — perguntou o demônio de tentáculos.

— Invoco muitos demônios — respondeu Magnus, em voz baixa.

Fez-se uma longa pausa. Magnus ficou olhando para o fundo da xícara de café e desejou desesperadamente que mais café aparecesse. Isso era algo que muitos mundanos faziam, mas Magnus tinha vantagem sobre os demais. Sua caneca se encheu lentamente outra vez, até estar cheia do líquido rico e escuro. Ele tomou pequenos goles e olhou para Elyaas, que oscilava pouco à vontade entre um tentáculo e outro.

— Bem — disse Elyaas. — Isso é constrangedor.

— Não é nada pessoal — respondeu Magnus.

— Talvez se eu refrescasse sua memória — sugeriu Elyaas bem-intencionado. — Você me invocou quando estava procurando um demônio que amaldiçoou um Caçador de Sombras. Bill Herondale?

— Will Herondale. — Magnus corrigiu.

Elyaas estalou os tentáculos como se fossem dedos.

— Eu sabia que era algo assim.

— Sabe — disse Magnus, esclarecido —, acho que lembro. Desculpe-me por aquilo. Percebi logo de cara que você não era o demônio que eu queria. Você parecia meio azul em um dos desenhos, mas obviamente não é azul, e eu estava desperdiçando seu tempo. Você foi bastante compreensivo.

— Não se preocupe — Elyaas acenou um tentáculo. — Essas coisas acontecem. E posso parecer azul. Sabe, na luz certa.

— A luz faz diferença, isso é verdade — comentou Magnus.

— Então, o que aconteceu com Bill Herondale e com aquela maldição que o demônio azul lançou sobre ele? — O interesse do demônio cecaelia pareceu verdadeiro.

— *Will* Herondale — repetiu Magnus. — Na verdade, é uma história muito longa.

— Sabe, às vezes nós, demônios, fingimos que estamos amaldiçoando alguém, e não amaldiçoamos de fato — disse Elyaas, em tom de conversa. — Digo, por diversão. É algo que fazemos. Sabia disso?

— Podia ter mencionado isso há um ou dois séculos — observou Magnus friamente.

Elyaas balançou a cabeça e deu um sorriso viscoso.

— A velha falsa maldição. É um clássico. Muito engraçado. — Ele pareceu notar a expressão nada impressionada de Magnus pela primeira vez. — Não pela sua perspectiva, é claro.

— Não teve graça nenhuma para Bill Herondale! — respondeu Magnus. — Maldição. Agora eu também estou falando errado.

O telefone de Magnus vibrou na bancada, onde ele o havia deixado. Magnus mergulhou para ele e ficou feliz ao ver que era Catarina. Estava esperando sua ligação.

Então percebeu que o demônio o fitava, curioso.

— Desculpe — disse Magnus. — Importa-se se eu atender?

Elyaas acenou um tentáculo.

— Ah, não, fique à vontade.

Magnus apertou o botão para atender, e foi em direção à janela, para longe do demônio e da fumaça sulfurosa.

— Oi, Catarina! — disse Magnus. — Fico muito feliz que finalmente tenha retornado minha ligação.

Talvez tenha colocado uma ligeira ênfase em "finalmente".

— Só liguei porque você falou que era urgente — respondeu a amiga Catarina, que era, em primeiro lugar, uma enfermeira e, em segundo, uma feiticeira. Magnus achava que ela não saía em um encontro romântico havia quinze anos. Antes disso ela teve um noivo com quem pretendera casar, mas nunca conseguia tempo, e ele, um dia, morreu de velhice, ainda na esperança de que fossem marcar uma data.

— É urgente — disse Magnus. — Você sabe que tenho, bem, andado com um dos Nephilim do Instituto de Nova York.

— Um Lightwood, certo? — perguntou Catarina.

— Alexander Lightwood — respondeu Magnus, e ficou um pouco horrorizado ao ouvir a própria voz suavizar ao dizer o nome.

— Não achei que tivesse tempo para isso, com tanta coisa acontecendo.

Era verdade. A noite em que Magnus conheceu Alec foi uma noite em que ele apenas queria dar uma festa, se divertir, desempenhar o papel de feiticeiro alegre, até, de fato, se sentir alegre. Lembrou-se de como, no passado, em determinadas épocas, sentia um desejo inquieto de ter um amor, e começava a procurar possibilidades em estranhos bonitos. Por alguma razão, dessa vez, não aconteceu. Tinha passado os anos de 1980 em uma nuvem de tristeza, pensando em Camille, a vampira que amou mais de um século antes. Ele não amava ninguém e nem tinha o amor correspondido desde Etta, nos anos 1950. Etta já estava morta havia anos, e o abandonara antes de morrer. Desde então teve casos, é claro, amantes que o decepcionaram ou que ele decepcionou, faces as quais mal se lembrava hoje, centelhas que piscaram e se apagaram mesmo antes de ele se aproximar.

Não deixara de desejar o amor. Simplesmente, por alguma razão, parara de procurar.

Ficou imaginando se poderia estar exausto sem saber, se a esperança poderia se perder não de uma vez, mas desaparecer gradualmente, dia após dia, e desaparecer antes de você perceber.

Então Clary Fray aparecera na festa, a menina cuja mãe vinha lhe escondendo a herança Nephilim por toda a vida. Clary fora levada a Magnus para que ele alterasse sua memória e bloqueasse sua visão diversas vezes enquanto crescia, e Magnus sempre o fez. Não era algo gentil a se fazer com uma menina, mas a mãe temia tanto pela filha que Magnus não foi capaz de recusar. No entanto, o feiticeiro não conseguiu deixar de desenvolver um interesse pessoal. Ver uma criança crescer, ano após ano, foi uma novidade para ele, assim como o peso das lembranças da menina em suas mãos. Tinha começado a se sentir um pouco responsável, quis saber o que aconteceria com ela, e passou a desejar o melhor para a criança.

Magnus se interessava por Clary, a menininha ruiva que cresceu e se tornou... uma menininha ruiva um pouquinho maior, mas não achou que se interessaria pelos amigos dela. Não pelo menino mundano; não pelo garoto de olhos dourados, Jace Wayland, que lembrava muito um passado que Magnus preferia esquecer; e certamente não pelos irmãos Lightwood, o menino e a menina morenos, de cujos pais Magnus tinha bons motivos para não gostar.

Não fez o menor sentido o fato de que seus olhos fossem atraídos incessantemente por Alec. Alec estava no fundo do grupo, não fez qualquer esforço para chamar atenção. Tinha tons belíssimos, a rara combinação de cabelos pretos e olhos azuis que sempre foi a preferida de Magnus, e o feiticeiro concluiu que foi por isso que olhou em primeiro lugar para ele. Era estranho ver a combinação de cores que tanto se destacara em Will e sua irmã, muito tempo antes, tão longe, e em alguém com um sobrenome completamente diferente...

Então Alec sorriu ao ouvir uma das piadas de Magnus, e o sorriso iluminou seu rosto sério, deixando os olhos azuis brilhantes e, por um instante, tirando o fôlego de Magnus. E, quando a atenção de Magnus foi capturada, ele viu uma faísca de interesse nos olhos do rapaz; era uma mistura de culpa, confusão e prazer com a atenção de Magnus. Caçadores de Sombras eram antiquados nesses assuntos; em outras palavras, eram bitolados e limitados, como em todos os aspectos da vida. Magnus já havia sido abordado por Caçadores de Sombras do sexo masculino, é claro, mas sempre de modo discreto, sempre como se estivessem fazendo um grande favor ao feiticeiro, como se o toque dele, apesar de desejado, maculasse (Magnus sempre os rejeitou). Foi um choque ver esses sentimentos tão abertos e inocentes no rosto de um menino lindo.

Quando Magnus deu uma piscadela para Alec e pediu que ele telefonasse, tinha sido um impulso, pouco mais que um capricho. Certamente não esperava receber o Caçador de Sombras em sua casa alguns dias depois, convidando-o para sair. Tampouco esperou que o encontro fosse tão incrivelmente bizarro, ou que fosse gostar tanto de Alec depois.

— Alec me surpreendeu — disse Magnus a Catarina, afinal, o que era um grande eufemismo, e tão verdadeiro que parecia uma revelação exagerada.

— Bem, me parece uma ideia louca, mas ideias loucas normalmente funcionam para você — argumentou Catarina. — Qual é o problema?

Essa era a pergunta de um milhão de dólares. Magnus resolveu soar casual a respeito. Não era algo com que deveria estar tão preocupado quanto estava, e queria conselhos, mas não queria que ninguém, nem mesmo Catarina, soubesse o quanto importava.

— Que bom que perguntou. Eis a questão — respondeu Magnus. — Hoje é o aniversário de Alec. Ele completa 18 anos. E eu gostaria de dar a ele um presente, pois a comemoração de um aniversário é uma época tradicional para presentear o aniversariante e indica que você sente afeto pela pessoa. E vale ressaltar que eu gostaria que você tivesse retornado a ligação mais cedo, não tenho ideia do que dar, e seria bom receber alguns conselhos. A questão é que ele não liga muito para bens materiais, inclusive roupas, coisa que não entendo, apesar de achar estranhamente charmoso. É impossível comprar algo para ele. As únicas coisas com as quais eu o vejo são armas, e nunchakus não são um presente romântico. Além disso, fiquei pensando se você acha que presenteá-lo pode me fazer parecer muito ansioso e espantá-lo. Estamos saindo há pouco tempo, e os pais dele nem sabem que ele gosta de meninos, quanto mais de feiticeiros degenerados, então, quero ser discreto. Talvez dar presente seja um erro. É possível que ele me ache intenso demais. E como você sabe, Catarina, não sou intenso. Deixo as coisas acontecerem. Sou um sofisticado entediado. Não quero que ele tenha a impressão errada a meu respeito ou pense que o presente significa mais do que deveria. Talvez apenas uma lembrança. O que você acha?

Magnus respirou fundo. Tinha soado um pouco menos relaxado, calmo, sensato e sofisticado do que gostaria.

— Magnus — concluiu Catarina —, tenho vidas a salvar.

E desligou.

Magnus ficou olhando, incrédulo, para o telefone. Jamais imaginaria que Catarina fosse fazer isso com ele. Parecia crueldade pura. Ele não tinha soado tão mal ao telefone.

— Alec é seu amante? — perguntou Elyaas, o demônio de tentáculos.

Magnus o encarou. Não estava pronto a ouvir ninguém dizer a ele a palavra "amante" com um chiado gosmento. Acreditava que jamais estaria pronto para isso.

— Deveria gravar uma fita K7 para ele — declarou Elyaas. — Jovens adoram fitas. São "a" coisa legal do momento.

— A última vez em que o invocaram foi durante os anos 1980? — perguntou Magnus.

— Pode ter sido — respondeu Elyaas defensivamente.

— As coisas mudaram.

— As pessoas ainda ouvem Fleetwood Mac? — perguntou o demônio de tentáculos, e sua voz tinha um tom melancólico. — Eu adoro o Mac.

Magnus ignorou o demônio, que havia começado a cantar suavemente uma música gosmenta para si próprio, e contemplou o próprio destino sombrio. Tinha de aceitá-lo. Não havia mais a quem recorrer.

Teria de ligar para Ragnor Fell e pedir conselhos sobre sua vida afetiva.

Ultimamente Ragnor vinha passando muito tempo em Idris, a cidade de vidro dos Caçadores de Sombras, onde telefones, televisão e internet não funcionavam, e onde Magnus imaginava que os escolhidos do Anjo precisavam recorrer a xilogravuras pornográficas quando queriam relaxar após um estressante dia de caça a demônios. Ragnor havia utilizado seus poderes mágicos para instalar um telefone, mas não se podia esperar que ele passasse o dia perto do aparelho. Por isso Magnus ficou imensamente agradecido quando o telefone de Ragnor tocou e o feiticeiro atendeu.

— Ragnor, graças a Deus! — exclamou.

— O que foi? — perguntou Ragnor. — É Valentim? Estou em Londres, e Tessa está na Amazônia, onde não há como contatá-la. Certo. Deixe-me resolver depressa. Você liga para Catarina, e eu os encontro em...

— Ah — disse Magnus. — Não há necessidade disso. Mas muito obrigado por se oferecer para me salvar imediatamente, meu príncipe esmeralda.

Fez-se uma pausa. Então Ragnor perguntou, com uma voz muito menos tensa e muito mais resmungona:

— Então por que está me incomodando?

— Bem, preciso de um conselho — explicou Magnus. — Por isso recorri a você, que é um dos meus amigos mais antigos e queridos, além de feiticeiro e camarada de fé, antigo Alto Feiticeiro de Londres, em quem confio plenamente.

— Elogios vindos de você me deixam nervoso — afirmou Ragnor. — Significam que quer alguma coisa. Sem dúvida, algo terrível. Não vou me tornar pirata com você outra vez, Magnus. Não importa o quanto me pague para isso.

— Não ia sugerir isso. Minha pergunta é... de uma natureza mais pessoal. Não desligue, Catarina já não foi nada solidária.

Fez-se um longo silêncio. Magnus ficou mexendo no trinco da janela, olhando para a fila de depósitos transformados em apartamentos. Cortinas de renda esvoaçavam com a brisa de verão em uma janela aberta do outro lado da rua. Ele tentou ignorar o reflexo do demônio na própria janela.

— Espere — disse Ragnor, e começou a se irritar. — É sobre o *namorado* Nephilim?

— Nossa relação ainda não está definida assim... — respondeu Magnus, com dignidade. Em seguida, agarrou o fone e sibilou: — ... e como você sabe sobre detalhes pessoais da minha vida íntima com Alexander?

— Ahhh, *Alexander*! — Ragnor entoou com uma voz melódica. — Eu sei de tudo. Raphael me ligou e me contou.

— Raphael Santiago — disse Magnus, pensando sombriamente sobre o atual líder do clã de vampiros de Nova York — tem um coração sombrio e ingrato, e um dia será punido por suas traições.

— Raphael me liga todo mês — disse Ragnor. — Ele sabe que é importante preservar boas relações e manter uma comunicação entre as diferentes facções do Submundo. E devo acrescentar que sempre se lembra de ocasiões importantes na minha vida.

— Esqueci seu aniversário uma vez há 60 anos! — rebateu Magnus. — Você precisa superar isso.

— Foi há 58 anos, só para constar. E Raphael sabe que devemos manter uma frente unida contra os Nephilim, e não, por exemplo, sair por aí com seus filhos menores de idade — continuou Ragnor.

— Alec tem 18 anos!

— Que seja — disse Ragnor. — Raphael jamais sairia com um Caçador de Sombras.

— Claro, por que sairia, quando vocês dois estão apaixonaaaaados? — perguntou Magnus. — "Ah, Raphael é sempre tão profissional", "Ah, Raphael levantou questões muito importantes na reunião em que você não foi", "Ah, Raphael e eu estamos planejando nos casar em junho". Além disso, Raphael jamais sairia com um Caçador de Sombras porque ele tem uma política de não fazer nada incrível.

— Símbolos de energia não são as únicas coisas que importam na vida — disse Ragnor.

— Palavras de alguém que desperdiça a própria — retrucou Magnus. — E, de qualquer forma, não é... Alec é...

— Se você me contar sobre seus sentimentos melosos por um dos Nephilim, vou ficar duas vezes mais verde e passar mal — disse Ragnor. — Estou avisando desde já.

Duas vezes mais verde soou interessante, mas Magnus não tinha tempo a perder.

— Tudo bem. Só me dê um conselho prático — pediu. — Devo comprar para ele um presente de aniversário? E, nesse caso, o quê?

— Acabei de lembrar que tenho um assunto muito importante para tratar — disse Ragnor.

— Não! — gritou Magnus. — Espere. Não faça isso. Eu confiei em você!

— Sinto muito, Magnus, mas a ligação vai cair.

— Talvez um suéter de caxemira? O que você acha de um suéter?

— Ops, túnel — disse Ragnor, e o barulho da linha telefônica ecoou no ouvido de Magnus.

Magnus não sabia por que todos os seus amigos imortais precisavam ser tão insensíveis e terríveis. O assunto importante de Ragnor provavelmente era encontrar Raphael para escrever um diário com observações amargas sobre os conhecidos. Magnus podia imaginá-los agora, compartilhando um banco e escrevendo alegremente sobre o cabelo ridículo dele.

Magnus foi afastado desta sombria visão privada pela visão de fato sombria que se desenrolava em seu apartamento nesse instante. Elyaas estava produzindo cada vez mais gosma, que inundava o pentagrama. O demônio cecaelia estava boiando naquilo.

— Acho que você deveria comprar para ele uma vela aromática — propôs Elyaas, com a voz cada vez mais grudenta. Acenou os tentáculos, entusiasmado, para ilustrar o argumento. — Existem muitos perfumes ótimos, como uva e laranja. E isso trará serenidade, e ele vai pensar em você quando for dormir. Todo mundo gosta de vela aromática.

— Preciso que cale a boca — disse Magnus. — Preciso pensar.

Ele se jogou no sofá. Magnus deveria ter esperado que Raphael, traidor imundo e babaca que era, tivesse contado tudo a Ragnor.

Magnus se lembrou da noite em que levou Alec ao Taki's. Normalmente iam a lugares frequentados por mundanos. Os locais famosos do Submundo, cheios de fadas, lobisomens, feiticeiros e vampiros que poderiam abrir a boca para contar aos pais dele, claramente deixavam Alec nervoso. Magnus achava que Alec não entendia o quanto o Submundo gostava de se manter longe de assuntos de Caçadores de Sombras.

O café estava cheio, e o centro das atenções era um peri e um lobisomem que estavam em uma espécie de disputa territorial. Ninguém prestou a menor atenção a Alec e Magnus, exceto Kaelie, a garçonete baixinha e loura, que sorriu quando eles entraram e que foi muito atenciosa.

— Você a conhece? — perguntou Magnus.

— Um pouco — respondeu Alec. — Ela é parte fada e gosta de Jace.

Ela não era a única que gostava de Jace, Magnus sabia. Ele próprio não entendia todo aquele frenesi. Além do fato de que Jace tinha rosto de anjo e um abdome incrível.

Magnus começou a contar a Alec uma história sobre uma boate de fadas que visitara uma vez. Alec estava rindo, e então Raphael Santiago entrou com seus seguidores vampiros mais fiéis, Lily e Elliott. Raphael viu Magnus e Alec, e ergueu as sobrancelhas.

— Não, não, não e não — disse Raphael, e deu vários passos para trás, em direção à porta. — Virem, todos. Não quero saber disso. Recuso-me a saber disso.

— Um dos Nephilim — disse Lily, menina má que era, e tamborilou na mesa com unhas azuis brilhantes. — Ora, ora.

— Oi? — disse Alec.

— Espere um instante — pediu Raphael. — Você é Alexander Light-wood?

Alec parecia mais em pânico a cada instante.

— Sou? — respondeu, como se não tivesse certeza. Magnus achou que ele estivesse considerando mudar de nome para Horace Whipplepool e fugir do país.

— Você não tem 12 anos? — Quis saber Raphael. — Eu me lembro especificamente de que você tinha 12 anos.

— Hum, isso foi há um tempo — explicou Alec.

Ele pareceu ainda mais apavorado. Magnus supunha que deveria ser perturbador ser acusado de ter 12 anos de idade por alguém que parecia um menino de 15.

O feiticeiro poderia ter achado a situação engraçada em outro contexto, mas olhou para Alec. Os ombros dele ficaram tensos.

A essa altura, Magnus já conhecia Alec bem o suficiente para saber o que ele estava sentindo, os impulsos conflitantes que guerreavam no rapaz. Ele era cismado, o tipo de pessoa que achava que todos à sua volta eram mais importantes do que ele, que acreditava estar decepcionando a todos. E era honesto, o tipo de pessoa naturalmente aberta ao que sentia e ao que queria. As virtudes de Alec montaram uma armadilha para ele: essas duas qualidades colidiram dolorosamente. Achava que não podia ser honesto sem decepcionar a todos que amava. Era um conflito terrível para ele. Era como se o mundo tivesse sido feito para deixá-lo infeliz.

— Deixe-o em paz — disse Magnus, e alcançou a mão de Alec por cima da mesa.

Por um instante, os dedos dele relaxaram sob os de Magnus e começaram a se curvar em torno deles, segurando sua mão em retribuição. Em seguida, olhou para os vampiros e puxou a mão de volta para si.

Magnus conheceu muitos homens e mulheres ao longo dos anos que tinham medo de quem eram e do que queriam. Amou muitos deles e sofreu por todos. Ele adorou as vezes em que, no mundo mundano, as pessoas tiveram um pouco menos de medo. Adorava esse momento do mundo, quando podia se esticar e pegar a mão de Alec em um local público.

Magnus não simpatizou mais com os Caçadores de Sombras ao ver um dos guerreiros tocados pelo anjo temer algo assim. Se precisavam acreditar que eram tão melhores que todos os outros, deveriam ao menos conseguir fazer com que seus filhos se sentissem bem em relação ao que eram.

Elliott se inclinou contra o assento de Alec, balançando a cabeça de modo que os finos dreadlocks bateram no rosto do feiticeiro.

— O que seus pais pensariam? — perguntou, com um desdém solene. Era engraçado para os vampiros. Mas não para Alec.

— Elliott — disse Magnus. — Você é chato. E eu não quero descobrir que você andou por aí contando histórias tediosas. Entendeu?

Ele brincou com a colher de chá, e faíscas azuis viajaram dos dedos para a colher e voltavam. Os olhos de Elliott disseram que Magnus não poderia matá-lo com uma colher. Os de Magnus o convidaram a testar.

Raphael perdeu a paciência, o que, na verdade, era como dizer que um deserto ficou sem água.

— *Dios!* — Irritou-se Raphael, e os outros dois vampiros se esquivaram. — Não estou interessado nos seus encontros sórdidos ou nas suas escolhas de vida constantemente desvirtuadas, e certamente não estou interessado nos assuntos dos Nephilim. Falei a verdade. Não quero saber sobre isso. E não vou saber. Isso nunca aconteceu. Não vi nada. Vamos.

Então agora Raphael tinha corrido para contar a Ragnor. Vampiros eram assim: sempre mirando a jugular, tanto no sentido literal quanto no metafórico. Estavam atrapalhando sua vida amorosa, assim como eram convidados sem consideração em suas festas, como quando entornaram sangue no aparelho de som na última festa, e transformaram o amigo idiota de Clary, Stanley, em um rato, e essas eram demonstrações de maus modos. Magnus jamais voltaria a convidar vampiros para suas festas. Seriam lobisomens e fadas o tempo todo, mesmo que fosse um inferno ter de limpar pelos e pó de fada do sofá.

Magnus e Alec se sentaram em um breve silêncio depois que os vampiros partiram, e, em seguida, outra coisa aconteceu. A luta entre o peri e o lobisomem saiu do controle. O rosto do lobisomem mudou com seus rosnados, e o peri virou a mesa. Ouviu-se uma pancada forte.

Magnus se assustou ligeiramente com o som, e Alec entrou em ação. Levantou de um salto, segurando uma adaga com uma das mãos enquanto a outra ia para a arma em seu cinto. Ele se moveu mais depressa que qualquer outro ser presente — lobisomem, vampiro ou fada — poderia ter se mexido.

E foi automaticamente para a frente da mesa em que Magnus estava sentado, colocou o corpo entre Magnus e a ameaça sem sequer pensar no assunto. Magnus já havia visto como Alec agia com seus colegas Caçadores de Sombras, com sua irmã e seu *parabatai*, mais próximo do que um irmão. Protegia-os, dava cobertura, sempre se comportava como se as vidas deles fossem mais preciosas que a sua.

Magnus era o Alto Feiticeiro do Brooklyn e, durante séculos, teve poderes que iam além dos sonhos tanto de mundanos quanto da maioria dos integrantes do Submundo. Magnus certamente não precisava de proteção, e ninguém jamais pensou em oferecer, muito menos um Caçador de Sombras. O melhor que se podia esperar de um deles, no caso dos membros do Submundo, era ser deixado em paz. Que ele lembrasse, ninguém tentara protegê-lo desde que era muito jovem. Ele jamais quis que o fizessem, não desde quando era criança e teve de correr para a piedade fria do santuário dos Irmãos do Silêncio. Isso fora há muito tempo em um país distante, e Magnus nunca desejou voltar a ser tão fraco. No entanto, ver Alec saltando para protegê-lo fez com que sentisse uma pontada no peito, ao mesmo tempo doce e dolorosa.

E os clientes do café Taki's se esquivaram de Alec, do poder angelical revelado em uma chama súbita de fúria. Naquele momento ninguém duvidou de que ele pudesse acabar com todos.

O peri e o lobisomem se encolheram em cantos opostos do café e, em seguida, saíram apressadamente. Alec voltou para a mesa, se sentou diante de Magnus e deu um sorriso envergonhado.

Foi estranho, espantoso e terrivelmente afetuoso, como o próprio Alec.

Depois, o feiticeiro arrastou Alec para fora, pressionou-o contra a parede de tijolos do Taki's, sob a placa luminosa de cabeça para baixo, e o beijou. Os olhos azuis de Alec que arderam em fúria angelical, de repente, se tornaram suaves e escureceram de paixão. Magnus sentiu o corpo forte de Alec contra o seu e as mãos gentis de Alec deslizarem pelas suas costas. Alec retribuiu o beijo com grande entusiasmo, e Magnus pensou *isso, este aqui, este combina, depois de tantos tropeços e procura, aqui está.*

— O que foi isso? — perguntou Alec um bom tempo depois, com os olhos brilhando.

Alec era jovem. Magnus nunca foi velho, jamais soube como o mundo reagia quando se era velho, mas também não pôde ser muito jovem por muito tempo. Ser imortal significava viver longe dessas preocupações. Todos os mortais que Magnus amou pareceram, ao mesmo tempo, mais novos e mais velhos que ele. Mas Magnus tinha plena consciência de que este era o primeiro namoro de Alec, o primeiro tudo. Foi o primeiro beijo de Alec.

Magnus queria ser bom para ele, e não um fardo com o peso de sentimentos que ele talvez não pudesse retribuir.

— Nada — mentiu Magnus.

Ao pensar naquela noite no Taki's, Magnus percebeu qual seria o presente perfeito para Alec. Também percebeu que não fazia ideia de como o daria.

No único momento de sorte em um dia terrível inundado por gosma e amigos cruéis, o interfone tocou.

Magnus cruzou o recinto com três passos e vociferou pelo interfone:

— QUEM OUSA PERTURBAR O TRABALHO DO ALTO FEITICEIRO?

Fez-se uma pausa.

— Sério, se forem Testemunhas de Jeová...

— Ah, não — respondeu uma voz feminina, tranquila, confiante e com um leve e estranho sotaque de Idris. — Aqui é Isabelle Lightwood. Você se importa se eu subir?

— Nem um pouco — respondeu Magnus, e apertou o botão para que ela entrasse.

Isabelle foi direto para a máquina de café e se serviu sem perguntar se podia. Ela era esse tipo de menina, Magnus pensou, o tipo que pegava o que queria e presumia que você ficaria feliz por ela ter gostado do objeto em questão. Ao fazê-lo, ignorou Elyaas propositalmente: deu uma olhada ao entrar no apartamento e aparentemente decidiu que perguntar sobre a presença do demônio de tentáculos seria grosseiro e provavelmente tedioso.

Ela se parecia com Alec, tinha as maçãs do rosto altas, pele branca como porcelana e cabelos escuros, apesar de os dela serem longos e muito bem penteados. Mas tinha olhos diferentes, brilhantes e pretos, como ébano envernizado: ao mesmo tempo, lindos e indestrutíveis. Parecia capaz de ser tão fria quanto a mãe, como se fosse propensa à corrupção, como tantos de seus ancestrais. Magnus conheceu muitos Lightwood e não se impressionou com a maioria deles. Não até um especificamente.

Isabelle se sentou na bancada, esticando as longas pernas. Vestia jeans sob medida, botas de saltos finos e uma blusa de seda vermelho-escura que combinava com o colar de rubi no pescoço, o que Magnus havia comprado pelo preço de uma casa em Londres havia mais de cem anos. Magnus gostava de vê-la usando o colar. Era como ver a sobrinha de Will, a risonha, impertinente e fumante de charuto Anna Lightwood — uma das poucas Lightwood de quem gostara — usando-o cem anos antes. Encantava-o, fazia com que se sentisse importante para aquelas pessoas naquele período. Ficou imaginando o quão horrorizados ficariam os Lightwood se soubessem que aquele colar outrora fora um presente de amor de um feiticeiro devasso para uma vampira assassina.

Provavelmente menos horrorizados do que ficariam se soubessem que Magnus estava namorando seu filho.

Encontrou os olhos pretos e ousados de Isabelle, e pensou que ela talvez não ficasse tão horrorizada com a origem do colar. Achou que ela se divertiria com isso. Talvez lhe contasse um dia.

— Então, hoje é o aniversário de Alec — anunciou Isabelle.

— Estou sabendo — respondeu Magnus.

Ele não disse mais nada. Não sabia o que Alec havia contado a Isabelle, sabia o quanto Alec a amava e queria protegê-la, não decepcioná-la, assim como não queria decepcionar nenhum deles, mas morria de medo de fazê-lo. Magnus não era muito bom com segredos e dera uma piscadela para Alec na noite em que o conheceu, quando o rapaz não era nada além de um menino incrivelmente lindo que o olhara com um interesse tímido. Porém tudo era mais complicado agora, quando sabia que Alec poderia sair magoado, quando Magnus sabia o quanto se importaria se Alec se magoasse.

— Sei que vocês dois estão... saindo — disse Isabelle, escolhendo cuidadosamente as palavras, mas olhando nos olhos de Magnus. — Não ligo. Digo, não me importo. Nem um pouco.

Ela atirou as palavras desafiadoramente a Magnus. Não havia necessidade de desafiá-lo, mas Magnus entendeu por que ela estava agindo assim, entendeu que provavelmente já ensaiara as provocações que um dia poderia ter de direcionar aos pais se defendesse o irmão.

Ela o defenderia. Então, amava o irmão.

— Bom saber — disse Magnus.

Ele sabia que Isabelle Lightwood era linda, e lhe parecia forte e engraçada — sabia que ela era alguém com quem ele não se importaria de tomar um drinque nem de convidar para uma festa. Ele não sabia que havia camadas de lealdade e amor nela.

Não era adepto a ler corações de Caçadores de Sombras por trás das fachadas angelicalmente arrogantes. Achava que talvez fosse esse o motivo pelo qual Alec o surpreendeu tanto, lhe deu uma rasteira de modo que Magnus tropeçou nos sentimentos que não havia planejado ter. Alec não tinha fachada alguma.

Isabelle assentiu, como se estivesse entendendo o que Magnus dizia.

— Achei... Me pareceu importante dizer isso para alguém, no aniversário dele — confessou. — Não posso contar a mais ninguém, mas eu o faria. Não é como se meus pais ou a Clave fossem me ouvir. — Isabelle entortou o lábio ao falar tanto dos pais quanto da Clave. Magnus estava gostando cada vez mais dela. — Ele não pode contar a ninguém. E você não vai contar a ninguém, certo?

— Não é um segredo meu para contar — respondeu o feiticeiro.

Podia não gostar de viver escondido, mas não contaria o segredo de ninguém. E menos ainda arriscaria causar medo ou dor a Alec.

— Você gosta mesmo dele, certo? — perguntou Isabelle. — De meu irmão?

— Ah, estava falando de Alec? — respondeu Magnus. — Pensei que se referisse a meu gato.

Isabelle riu e chutou uma das portas do armário de Magnus com o salto, descuidada e radiante.

— Mas, sério — falou —, você gosta.

— Vamos conversar sobre meninos? — perguntou Magnus. — Eu não sabia e, na verdade, não estou preparado. Não pode voltar outra hora, quando eu estiver de pijama? Podemos aplicar máscaras de beleza caseiras e fazer tranças, e aí sim vou lhe dizer que seu irmão é um sonho.

Isabelle pareceu satisfeita, ainda que um pouco intrigada.

— A maioria das pessoas prefere Jace. Ou a mim — acrescentou alegremente.

O próprio Alec já havia dito isso, parecendo espantado por Magnus querer sair com ele, e não com Jace.

Magnus não planejava falar sobre por que preferia Alec. O coração tem seus próprios motivos, e quase nunca eram racionais. Seria como perguntar por que Clary não criou um triângulo hilário se interessando por Alec, considerando que ele era — na opinião obviamente parcial de Magnus — extremamente bonito e sempre ficou sorumbático perto dela, coisa que algumas garotas curtem. As pessoas gostam de quem elas gostam.

Por tudo isso, Magnus tinha muitos motivos. Os Nephilim eram reservados, arrogantes, deveriam ser evitados. Mesmo os Caçadores de Sombras que Magnus havia conhecido e de quem tinha gostado foram, todos eles, um sundae de problemas com cerejas secretas e sombrias na cobertura.

Alec era diferente de todos os Caçadores de Sombras que Magnus já havia conhecido.

— Posso ver seu chicote? — perguntou Magnus.

Isabelle piscou, mas, verdade seja dita, não objetou. Desenrolou o chicote de electrum e enrolou a corda prata-dourada nas mãos por um instante, como uma criança brincando de cama de gato.

Magnus pegou o chicote cuidadosamente, colocou-o sobre as palmas como uma cobra, e o carregou para a porta do closet, que abriu. Pegou uma poção especial, que lhe custara uma quantia exorbitante e que vinha guardando para alguma ocasião especial. Caçadores de Sombras tinham símbolos para se protegerem. Feiticeiros tinham mágica. Magnus sempre gostou mais de sua magia que da deles. Somente Caçadores de Sombras suportavam símbolos, mas ele podia dar mágica a qualquer um. Inclinou a poção — sangue e pó de fada extraídos em um dos antigos rituais, hematita e heléboro, e mais coisas —, entornando-a sobre o chicote.

Em caso de grande perigo, esta arma não vai lhe falhar; no momento mais sombrio, está arma abaterá seu inimigo.

Magnus devolveu o chicote a Isabelle quando terminou.

— O que fez com ele? — perguntou ela.

— Dei uma pequena turbinada — respondeu o feiticeiro.

Isabelle o fitou de olhos semicerrados.

— E por que você faria isso?

— Por que veio até aqui me contar o que sabe sobre mim e Alec? — sugeriu Magnus. — É o aniversário dele. Isso significa que as pessoas que se importam com ele querem dar o que ele mais deseja. No seu caso, aceitação. No meu, sei que a coisa mais importante do mundo para ele é sua segurança.

Isabelle assentiu, e os olhares se encontraram. Magnus havia falado demais e se preocupou com a possibilidade de Isabelle enxergar demais.

Ela saltou da bancada, foi até a pequena mesa de centro de Magnus e rabiscou algo no bloco.

— Este é meu número.

— Posso perguntar por que está me dando?

— Nossa, uau, Magnus. Eu sabia que você tinha centenas de anos e tudo mais, mas tinha esperança de que estivesse atualizado com a tecnologia moderna. — Isabelle estendeu o telefone para ilustrar o argumento, e o balançou. — Para me ligar ou mandar mensagem. Se algum dia precisar da ajuda de Caçadores de Sombras.

— Se eu precisar da ajuda de Caçadores de Sombras? — perguntou Magnus, incrédulo. — Ao longo dos... você tem razão, centenas de anos... permita-me dizer que constatei justamente o contrário. Presumo que vá querer meu número em troca e também aposto que, baseando-me em nada além de um breve contato com seu círculo de amigos, vocês vão se meter em problemas e precisar muito da minha assistência mágica.

— Sim, talvez — disse Isabelle, com um sorriso libertino. — Tenho fama de encrenqueira. Mas não dei meu telefone por querer ajuda mágica, e, tudo bem, entendo que o Alto Feiticeiro do Brooklyn provavelmente não precisa de ajuda de um bando de Caçadores de Sombras menores de idade. Estava pensando que, se você vai ser importante para meu irmão, deveríamos ter o contato um do outro. E achei que você quisesse o meu se... se precisar falar comigo sobre Alec. Ou se eu precisar falar com você.

Magnus entendeu o que a garota queria dizer. O número dele podia ser facilmente obtido — o Instituto o tinha —, mas ao dar a ele o seu, Isabelle estava oferecendo a troca livre de informações sobre a segurança de Alec. Os Nephilim tinham vidas perigosas, perseguindo demônios, percorrendo o Submundo à procura de transgressões, seus corpos Marcados e de velocidade angelical eram a última linha de defesa do mundo mundano. Na segunda vez em que Magnus viu Alec, ele estava morrendo por causa de veneno de demônio.

Alec poderia morrer a qualquer instante, em qualquer uma das futuras batalhas. Isabelle era a única Caçadora de Sombras que sabia com certeza que havia algo entre Magnus e ele. Era a única que sabia que, se Alec morresse, Magnus era alguém que deveria ser informado.

— Tudo bem — disse ele lentamente. — Obrigado, Isabelle.

Isabelle deu uma piscadela.

— Não precisa agradecer. Em pouco tempo vou enlouquecê-lo.

— É o que espero — falou Magnus, enquanto ela estalava os saltos altos e armados. Ele admirava qualquer um que unisse beleza à praticidade.

— A propósito, aquele demônio está pingando gosma por todo o seu chão — comentou Isabelle, esticando a cabeça pela porta.

— Oi — disse Elyaas, e acenou o tentáculo para ela.

Isabelle o olhou com desdém; em seguida, ergueu uma sobrancelha na direção de Magnus.

— Só achei que devesse ressaltar — falou, e fechou a porta.

— Não enteeeendo o objetivo de seu presente — disse Elyaas. — Ele nem vai ficar sabendo? Deveria ter mandado flores. Rosassss vermelhas são muito românticas. Ou talvez tulipas se você achar que rosas indicam que só quer transarrrrr com ele.

Magnus deitou no sofá dourado e contemplou o teto. O sol estava baixo no céu, uma pincelada de tinta dourada desenhada com descuido sobre o céu de Nova York. A forma do demônio foi se tornando cada vez mais gelatinosa à medida que o dia passava, até que não passasse de uma pilha de gosma. Era possível que Caroline Connor nunca voltasse. Era possível que Elyaas fosse morar com Magnus agora. Magnus sempre achou que Raphael Santiago fosse o pior colega de apartamento possível. Era possível que descobrisse que não.

Desejou, com um desejo tão profundo que o surpreendeu, que Alec estivesse aqui.

Magnus se lembrou de uma cidade no Peru cujo nome Quechua significava "local sossegado". Lembrava-se de modo ainda mais vivo de estar absurdamente embriagado e infeliz com sua decepção amorosa da vez, e dos pensamentos sentimentais que teve ao longo dos anos, como um convidado indesejado passando por suas portas: não havia paz para ninguém como ele, nenhum local sossegado, e jamais haveria.

Exceto que ele se flagrou lembrando de estar deitado na cama com Alec — totalmente vestidos, esticados em uma tarde de preguiça, Alec ria, com a cabeça jogada para trás, as marcas que Magnus havia deixado em seu pescoço totalmente visíveis.

O tempo era algo que se movia em ciclos para o feiticeiro, dissipando-se como a bruma ou se arrastando como correntes, mas, quando Alec estava aqui, o tempo de Magnus parecia encontrar um ritmo fácil com o dele, como dois corações que sincronizavam as batidas. Sentia-se ancorado por Alec e ficava inquieto e revoltado quando o outro não estava presente, pois sabia o quanto seria diferente quando Alec *estivesse* aqui, como o mundo tumultuoso iria se aquietar com a voz do rapaz.

Foi parte da dicotomia de Alec que pegou Magnus de surpresa e o deixou fascinado — o fato de que o rapaz parecia velho para a idade que tinha, sério e responsável, e, no entanto, abordar o mundo com um encanto suave que tornava novas todas as coisas. Alec era um guerreiro que trazia paz a Magnus.

Magnus se deitou no sofá e admitiu para si. Sabia por que estava agindo como um louco e chateando os amigos por causa de um presente de aniversário. Sabia por que, em um dia normal e desagradável de trabalho, todos os seus pensamentos foram pontuados por Alec, por um desejo insistente de vê-lo. Isso era amor, novo, alegre e assustador.

Ele já enfrentara centenas de decepções amorosas, mas se flagrou temeroso com a possibilidade de Alexander Lightwood partir seu coração. Não sabia como aquele menino de cabelos negros desgrenhados e olhos azuis preocupados, com mãos firmes e um raro sorriso doce que era menos raro na presença de Magnus, tinha adquirido tanto poder sobre ele. Alec nunca tentou ter poder, jamais pareceu perceber que o tinha ou tentou fazer algo com ele.

Talvez não quisesse. Talvez Magnus estivesse sendo tolo, como tantas vezes. Ele era a primeira experiência de Alec, não era um namorado. O rapaz ainda estava curando a primeira paixonite, pelo melhor amigo, e Magnus era uma experiência cautelosa, um passo distante da segurança que o dourado e adorado Jace representava. Jace, que parecia um anjo: Jace, que, como um anjo, como o próprio Deus, jamais retribuiria o amor de Alec.

Magnus talvez fosse uma experiência selvagem, uma rebelião de um dos filhos mais cautelosos de Idris antes de Alec voltar para o segredo, a circunspecção. Magnus pensou em Camille, que nunca o levou a sério, que nunca o amou. Qual a probabilidade de um Caçador de Sombras se sentir assim?

Seus pensamentos sombrios foram interrompidos pelo som do interfone.

Caroline Connor não ofereceu qualquer explicação para o atraso. Inclusive, passou por Magnus como se ele fosse o porteiro, e imediatamente começou a explicar o problema para o demônio.

— Faço parte das Empresas Pandemônio que atende a uma parte da subseção da classe A.

— Aqueles que utilizaram dinheiro e influência para comprar conhecimentos sobre o Mundo das Sombras — disse Magnus. — Estou ciente da sua organização. Já existe há muito tempo.

A Srta. Connor inclinou a cabeça.

— Minha área em particular provê entretenimento para nossos clientes em ambientes náuticos. Embora haja outros cruzeiros no porto de Nova

York, oferecemos aos clientes uma refeição gourmet servida em um iate com vista das criaturas mais mágicas da cidade, fadas, sereias e muitos espíritos aquáticos. Criamos uma experiência bastante exclusiva.

— Quanta classe — gorgolejou Elyaas.

— Contudo, não queremos que seja uma experiência exclusiva na qual sereias arrastam clientes abastados para o fundo do rio — disse a Srta. Connor. — Infelizmente algumas sereias não gostam de ser encaradas, e isso vem ocorrendo. Simplesmente quero que use seus poderes infernais para eliminar essa ameaça ao crescimento econômico de minha empresa.

— Espere um segundo. Você quer *amaldiçoar* as *sereias?* — Quis saber Magnus.

— Posso amaldiçoar algumas sereias — disse Elyaas. — Claro.

Magnus o encarou.

Elyaas deu de ombros com os tentáculos.

— Sou um demônio — disse ele. — Amaldiçoo uma sereia. Amaldiçoo um cocker spaniel. Não me importo com *nada*.

— Não posso acreditar que passei o dia inteiro vendo gosma à toa. Se tivesse me falado que seu problema era com sereias irritadas, eu poderia ter resolvido sem invocar demônios para amaldiçoá-las — disse Magnus. — Tenho muitos contatos na comunidade das sereias, e, se isso falhar, sempre há os Caçadores de Sombras.

— Ah, sim. Magnus está namorando um Caçador de Sombras — acrescentou Elyaas.

— Essa é uma informação pessoal, e agradeceria se não a repetisse — pediu Magnus. — E não estamos namorando oficialmente!

— Minha ordem foi para a invocação de um demônio. — A Srta. Connor explicou friamente. — Mas, se pode resolver o problema com mais eficiência, feiticeiro, eu aceito. Preferiria não amaldiçoar as sereias; os clientes gostam de olhar para elas. Talvez alguma recompensa monetária possa ser providenciada. Precisamos reajustar seu contrato, feiticeiro, ou os mesmos termos estão bons para você?

Magnus se sentiu relativamente tentado a pedir um aumento, mas já estava cobrando uma quantia satisfatoriamente absurda e queria evitar que uma maldição se abatesse sobre as sereias de Nova York. Isso soava como algo que pudesse se complicar muito, e muito rápido.

Concordou em assinar o contrato revisado, ele e a Srta. Connor apertaram as mãos, e ela saiu. Magnus torceu para que jamais precisasse voltar a vê-la. Mais um dia, mais um tostão (bem, um belo tostão; as habilidades especiais de Magnus não saíam baratas).

Elyaas parecia um tanto insatisfeito por lhe ter sido negada a oportunidade de causar o caos na cidade de Magnus.

— Obrigado por ser totalmente inútil durante todo o dia — disse Magnus.

— Boa sorte com um dos escolhidos do Anjo, filho do demônio — disse Elyaas, com a voz subitamente mais afiada e menos gosmenta. — Acha que algum dia ele vai fazer alguma coisa além de desprezá-lo, no fundo do coração? Ele sabe qual é seu lugar. Todos nós sabemos. Seu pai o terá no fim. Um dia, sua vida aqui parecerá um sonho, como uma brincadeira boba de criança. Um dia, o Grande Sombrio virá e vai arrastá-lo cada vez maissss, conosssssco...

Sua voz sibilante esvaiu-se em um grito enquanto as chamas da vela subiam mais, até tocarem o teto. Então ele desapareceu, seu último grito pairando pelo ar.

— Devia ter comprado uma vela aromática...

Magnus então foi abrir todas as janelas do apartamento. O cheiro remanescente de enxofre e gosma mal tinha começado a se dissipar quando o telefone em seu bolso começou a tocar. Magnus o pegou, com dificuldade — estava usando calças muito justas, pois sentia a responsabilidade de ser lindo, mas isso significava que sobrava pouco espaço na região do bolso —, e seu coração parou ao ver quem estava ligando.

— Oi — disse Alec, quando Magnus atendeu, com a voz rouca e tímida.

— Por que ligou? — perguntou Magnus, invadido por um medo súbito de que seu presente de aniversário tivesse sido descoberto de algum modo, e os Lightwood estivessem mandando Alec para Idris por causa de feitiços lançados em chicotes por feiticeiros negligentes que o rapaz não sabia explicar.

— Hum, posso ligar outra hora — disse Alec, e pareceu preocupado. — Tenho certeza de que você tem coisas melhores a fazer...

Não falou do jeito que alguns dos antigos amantes de Magnus teriam falado, em tom de acusação, ou pedindo que ele os tranquilizasse. Falou de forma um tanto natural, como se aceitasse que o mundo era assim e que ele não era prioridade para ninguém. Isso fez com que Magnus quisesse tranquilizá-lo dez vezes mais do que faria caso fosse o que Alec esperasse.

— Claro que não, Alexander — falou. — Só fiquei surpreso em ter notícias suas. Achei que estivesse com sua família no grande dia.

— Ah — respondeu Alec, e soou tímido e satisfeito. — Não achei que fosse lembrar.

— Acho que passou pela minha cabeça uma ou duas vezes ao longo do dia — disse Magnus. — Então, está se divertindo muito com os Nephilim? Alguém deu um machado gigante em um bolo? Onde está, saiu para comemorar?

— Hum — disse Alec. — Estou meio que... na frente do seu apartamento?

O interfone tocou. Magnus apertou o botão para deixá-lo entrar, sem falar por um instante, pois quis tanto que Alec estivesse ali, e ali ele estava. Pareceu mais mágico que qualquer coisa que ele pudesse fazer.

Então Alec apareceu e ficou parado na entrada.

— Queria vê-lo — disse Alec, com uma simplicidade arrasadora. — Tudo bem? Posso sair se estiver ocupado.

Devia estar chovendo lá fora. Havia gotas brilhantes de chuva no cabelo bagunçado de Alec. Ele usava um casaco com capuz que, na opinião de Magnus, parecia ter sido encontrado no lixo, jeans surrados e o rosto todo iluminado só porque estava olhando para ele.

— Acho — disse Magnus, puxando Alec pelas cordas daquele casaco cinza horroroso — que posso ser convencido a desmarcar tudo.

Então Alec o beijou, e os beijos de Alec eram desinibidos e extremamente sinceros, todo o corpo esguio de guerreiro concentrado no que ele queria, e todo o coração concentrado naquilo também. Por um longo instante selvagem e eufórico, Magnus acreditou que Alec não quisesse nada mais que sua companhia, e que não se separariam. Pelo menos, não por muito, muito tempo.

— Feliz aniversário, Alexander — murmurou Magnus.

— Obrigado por lembrar — sussurrou Alec.

A última batalha do Instituto de Nova York

Cassandra Clare, Sarah Rees Brennan e
Maureen Johnson

Nova York, 1989

O homem estava próximo demais. Encontrava-se perto da caixa de correio a mais ou menos 2 metros de Magnus e comia um cachorro-quente coberto de chili. Quando acabou, amassou o papel manchado de gordura e o jogou no chão, na direção do feiticeiro, depois enfiou o dedo num buraco em sua jaqueta jeans e não desviou o olhar. Era como o olhar que alguns animais lançavam a suas presas.

Magnus estava acostumado a receber alguma atenção. As roupas que vestia provocavam essas reações. Ele usava botas prateadas Dr. Martens, jeans artisticamente rasgado e tão largo que apenas um cinto prateado estreito impedia que caíssem, e uma camiseta cor-de-rosa tão solta que deixava à mostra a clavícula e boa parte do peito — o tipo de roupa que fazia com que as pessoas pensassem em nudez. Pequenos brincos cobriam uma orelha, culminando em um maior, pendurado no lóbulo; um brinco em formato de um grande gato prateado, com uma coroa e um sorriso. Um colar de prata de cruz ansata repousava sobre o coração do feiticeiro, e ele vestia uma jaqueta preta, feita sob medida, com contornos de contas pretas, mais para complementar a roupa do que para proteger contra o ar noturno. O visual se completava com um moicano cor-de-rosa.

E ele estava apoiado no muro da clínica do West Village no meio da noite. Isso bastava para despertar o pior em algumas pessoas. A clínica era para pacientes portadores de AIDS. A epidemia do momento. Em vez de demonstrarem compaixão, bom senso ou solidariedade, muitas pessoas encaravam a clínica com ódio e nojo. Todas as eras se achavam tão iluminadas, e todas elas tinham mais ou menos a mesma escuridão de ignorância e medo.

— Aberração — disse o homem finalmente.

Magnus ignorou e continuou lendo *It's Always Something* de Gilda Ragner, sob a fraca luz fluorescente da entrada da clínica. Irritado pela ausência de resposta, o homem começou a resmungar alguma coisa. O feiticeiro não conseguiu ouvir o que ele dizia, mas tinha um bom palpite. Sem dúvida, insultos sobre a sexualidade que atribuiu a Magnus.

— Por que você não segue seu caminho? — sugeriu, virando calmamente uma página. — Conheço um salão 24 horas. Eles consertam sua monocelha rapidinho.

Não foi a coisa certa a se dizer, mas, às vezes, essas coisas acabam escapando. Existe um limite para a quantidade de ignorância cega e estúpida que se pode aturar sem se irritar.

— *O que* você disse?

Dois policiais passaram naquele momento. Voltaram os olhares na direção de Magnus e do estranho. Um olhar de alerta para o homem, e um olhar de desprezo mal disfarçado por Magnus. O olhar magoou um pouco, mas Magnus, infelizmente, já estava acostumado a esse tratamento. Ele jurara havia muito tempo que ninguém jamais o mudaria — nem os mundanos, que o odiavam por um motivo, nem os Caçadores de Sombras, que atualmente o caçavam por outro.

O homem se afastou, mas olhou para trás.

Magnus enfiou o livro no bolso. Já eram quase oito horas, realmente estava escuro demais para ler, e ele acabara se distraindo. Olhou em volta. Havia apenas alguns anos aquela fora uma das esquinas mais vibrantes, festivas e criativas da cidade. Comida boa em cada canto, e casais passeando. Agora havia pouca gente nos cafés. As pessoas caminhavam apressadas. Tantos tinham morrido, tantas pessoas maravilhosas. De onde estava, Magnus via três apartamentos outrora ocupados por amigos e amantes. Se dobrasse a esquina e caminhasse por cinco minutos, passaria por mais uma dúzia de janelas escuras.

Mundanos morriam com tanta facilidade. Independentemente de quantas vezes já tivesse visto acontecer, nunca ficava mais fácil. Ele estava vivo havia séculos, e continuava esperando que a morte se tornasse mais fácil.

Magnus costumava evitar essa rua justamente por isso, mas naquele dia esperava Catarina terminar o turno na clínica. Ele trocava o peso de um pé para o outro, e puxou a jaqueta, apertando-a mais no peito, arrependido por um instante de ter feito a escolha baseado no senso de moda e não no calor ou no conforto. O verão tinha durado muito, e depois as folhas nas árvores secaram rapidamente. Naquele momento, elas caíam depressa e as ruas estavam vazias e sem abrigo. O único ponto de destaque era o mural de Keith Haring na parede da clínica — cartuns alegres em cores primárias, dançando juntos, com um coração flutuando acima deles.

Os pensamentos de Magnus foram interrompidos pelo súbito reaparecimento do sujeito, que claramente tinha acabado de dar uma volta no quarteirão e se irritara completamente por causa do comentário de Magnus. Dessa vez, o homem se dirigiu ao feiticeiro, colocando-se diante dele, quase encostando as pontas dos pés nos deles.

— Sério? — falou Magnus. — Vá embora. Não estou com humor para isso.

Em resposta, o sujeito puxou um canivete e o abriu. A proximidade significava que mais ninguém podia vê-los.

— Você percebe — acrescentou Magnus, sem olhar para a ponta da faca logo abaixo de seu rosto — que na posição em que você se encontra todo mundo vai achar que estamos nos beijando? E para mim isso é extremamente embaraçoso. Tenho um gosto *muito* melhor para homens.

— Acha que não acabaria com você, *aberração*? Você...

A mão de Magnus subiu. Uma onda quente e azul se espalhou entre os dedos, e, no instante seguinte, o agressor estava voando para trás pela calçada, e, em seguida, caiu e bateu a cabeça num hidrante. Por um momento, o homem de bruços não se mexeu, e Magnus temeu que o tivesse matado acidentalmente, mas então viu que se movia. Ele olhou para Magnus com os olhos semicerrados, uma combinação de pavor e fúria no rosto. Era evidente que ele estava um pouco confuso sobre o que acabara de acontecer. Um fio de sangue corria por sua testa.

Naquele instante, Catarina apareceu. Ela avaliou a situação rapidamente, foi direto até o homem caído e passou a mão na cabeça dele, contendo o sangue.

— Saia de cima de mim! — gritou ele. — Você veio dali de dentro! Saia de cima de mim! Você está com a *coisa* toda em você.

— Seu idiota — xingou Catarina. — Não é assim que se contrai HIV. Sou enfermeira. Deixe-me...

O estranho empurrou-a e se levantou cambaleando. Do outro lado da rua, alguns passantes observavam a conversa com ligeira curiosidade. Mas, quando o homem saiu aos tropeços, perderam o interesse.

— De nada — falou ela para o vulto que recuava. — Babaca.

Ela se voltou para Magnus.

— Você está bem?

— Estou — respondeu. — Ele é que saiu sangrando.

— Às vezes, eu gostaria de simplesmente poder *deixar* alguém assim sangrar — falou Catarina, pegando um lenço e limpando as mãos. — O que você está fazendo aqui?

— Vim para acompanhá-la até sua casa.

— Não precisa fazer isso — respondeu ela com um suspiro. — Estou bem.

— Não é seguro. E você está exausta.

Catarina estava se inclinando ligeiramente para um lado. Magnus a pegou pela mão. Ela estava tão cansada que ele viu seu feitiço de disfarce sumir por um instante, viu uma onda de azul na mão que estava segurando.

— Estou bem — repetiu ela, mas sem muito entusiasmo.

— Sim — falou Magnus. — Obviamente. Sabe, se não começar a cuidar de si, vai me obrigar a ir até sua casa e fazer minha sopa de atum magicamente nojenta até você se sentir melhor.

Catarina riu.

— Qualquer coisa, menos a sopa de atum.

— Então vamos comer alguma coisa. Vamos. Vou levá-la ao Veselka. Você precisa de goulash e um pedação de bolo.

Caminharam em silêncio, sobre pilhas de folhas úmidas e esmagadas.

O Veselka estava quieto, e eles conseguiram uma mesa perto da janela. As únicas pessoas em volta conversavam baixinho em russo, fumando e comendo rolinhos de repolho. Magnus pediu um café e biscoito *rugelach*. Catarina comeu uma tigela grande de *borscht,* um prato grande de *pierogi* fritos com cebola e purê de maçã, almôndegas ucranianas e alguns coquetéis de cereja e limão. Só quando acabou tudo isso e pediu um prato de sobremesa de panquecas de queijo foi que encontrou energia para falar.

— Está muito ruim lá — disse ela. — É difícil.

Havia pouco que Magnus pudesse dizer, então ele apenas ouviu.

— Os pacientes precisam de mim — continuou ela, cutucando o gelo com o canudo no copo praticamente vazio. — Alguns dos médicos... as pessoas que deveriam *saber* mais... sequer encostam nos pacientes. E é tão horrível, essa doença. O jeito como se acabam. Ninguém deveria morrer assim.

— Não — retrucou Magnus.

Catarina cutucou o gelo por um instante mais longo, e, em seguida, se inclinou para trás no assento e suspirou profundamente.

— Não consigo acreditar que os *Nephilim* estejam causando problemas justo agora — disse ela, esfregando o rosto com uma das mãos. — E logo crianças Nephilim. Como isso está acontecendo?

Esse era o motivo pelo qual Magnus havia esperado perto da clínica para acompanhar Catarina até a casa dela. Não porque a vizinhança fosse ruim — não era. Ele esperou Catarina porque não era mais seguro para os integrantes do Submundo ficarem sozinhos. Ele mal podia acreditar que o Submundo estivesse em um estado de caos e medo por causa das ações de uma gangue de Caçadores de Sombras jovens e estúpidos.

Na primeira vez que ouviu os rumores, há apenas alguns meses, Magnus revirou os olhos. Um bando de Caçadores de Sombras, que mal tinham 20 anos, mal tinham deixado a infância, estava se rebelando contra as leis dos pais. Grande coisa. Aos olhos dele, a Clave, o Pacto e os grupos de anciãos sempre pareceram uma receita perfeita para a revolta juvenil. Esse grupo se autodenominava Círculo, segundo um relato do Submundo, e era liderado por um jovem carismático chamado Valentim. O grupo contava com alguns dos melhores e mais inteligentes da geração.

E os integrantes do Círculo diziam que a Clave não sabia lidar com os membros do Submundo com a seriedade necessária. Era assim que o mundo andava, Magnus supunha, uma geração contra a seguinte — de Aloysius Starkweather, que queria as cabeças dos lobisomens nas paredes, a Will Herondale, que tentava, em vão, disfarçar seu coração aberto. A juventude dos dias atuais aparentemente achava que a política da Clave de tolerância fria era generosa demais. A juventude dos dias atuais queria combater monstros e convenientemente resolveu que pessoas como Magnus eram monstros, todas elas. O feiticeiro suspirou. Essa parecia uma temporada de ódio em todo o mundo.

O Círculo de Valentim ainda não tinha feito muita coisa. Talvez nunca fizesse. Mas já fora suficiente. Vaguearam por Idris, atravessaram Portais e visitaram outras cidades em missões para ajudar os Institutos locais, e, em todos os lugares pelos quais passaram, integrantes do Submundo morreram.

Sempre havia membros do Submundo que violavam os Acordos, e os Caçadores de Sombras os faziam pagar por isso. No entanto, Magnus não tinha nascido ontem, tampouco neste século. Não acreditava que fosse coincidência o fato de, por onde quer que Valentim e seus amigos passassem, haver mortes. Estavam encontrando qualquer desculpa para se livrar de indivíduos do Submundo.

— O que esse menino Valentim *quer*? — perguntou Catarina. — Qual é o plano dele?

— Ele quer morte e destruição para todo o Submundo — respondeu Magnus. — Possivelmente seu plano é ser um grande babaca.

— E se eles *de fato* vierem pra cá? — insistiu Catarina. — O que os Whitelaw fariam?

Magnus já morava em Nova York havia décadas, e durante todo esse tempo conheceu os Caçadores de Sombras do Instituto local. Ao longo dos últimos anos, o Instituto vinha sendo liderado pelos Whitelaw, que sempre foram corretos e distantes. Magnus jamais gostou de nenhum deles, e nenhum deles jamais gostou de Magnus. O feiticeiro não tinha qualquer prova de que trairiam um inocente do Submundo, mas os Caçadores de Sombras eram tão convencidos de si mesmos e do próprio sangue que ele não sabia o que os Whitelaw fariam.

Magnus tinha se encontrado com Marian Whitelaw, a diretora do Instituto, e contado sobre os relatos do Submundo de que Valentim e seus ajudantezinhos estavam matando membros que não tinham violado os Acordos, e que depois os membros do Círculo mentiam para a Clave.

— Vá até a Clave — dissera Magnus a ela. — Mande que controlem seus pestinhas indisciplinados.

— Controle sua língua indisciplinada — respondera Marian Whitelaw, com frieza — quando falar sobre seus superiores, feiticeiro. Valentim Morgenstern é considerado um dos Caçadores de Sombras mais promissores, assim como seus jovens amigos. Conheci a esposa dele, Jocelyn, quando ela era criança; é uma menina doce e adorável. Não vou duvidar da bondade dela. Certamente não sem provas e me baseando apenas nas fofocas maliciosas do Submundo.

— Eles estão matando meu povo!

— Estão matando criminosos do Submundo, seguindo plenamente os Acordos. Estão demonstrando zelo na perseguição ao mal. Nada de ruim pode acontecer em relação a isso. Eu não esperaria que você entendesse.

Claro que os Caçadores de Sombras não acreditariam que um dos seus melhores e mais inteligentes soldados tinha se tornado um pouquinho sedento de sangue demais. Claro que aceitariam as desculpas oferecidas por Valentim e os outros, e claro que acreditariam que Magnus e qualquer integrante do Submundo que reclamasse só queria ver os criminosos escapando.

Sabendo que não teriam como convencer os Caçadores de Sombras, os membros do Submundo resolveram montar a própria guarda. Um abrigo fora montado em Chinatown, graças a uma anistia entre os vampiros e os lobisomens, que viviam em guerra, e todos estavam em alerta.

Os integrantes do Submundo estavam por conta própria. Mas, pensando bem, não fora sempre assim?

Magnus suspirou e olhou para Catarina por cima dos pratos.

— Coma — disse ele. — Não tem nada acontecendo agora. É possível que nada *nunca* aconteça.

— Eles mataram um "vampiro rebelde" em Chicago na semana passada — falou, cortando uma panqueca com um garfo. — Sabe que vão querer vir para cá.

Comeram em silêncio, Magnus, pensativo, e Catarina, exausta. A conta chegou, e Magnus pagou. Catarina não pensava muito em coisas como dinheiro. Era enfermeira em uma clínica com poucos recursos, e ele tinha muita grana.

— Tenho que voltar — falou ela. Esfregou a mão no rosto cansado, e Magnus viu traços cerúleos quando os dedos dela passaram, o feitiço de disfarce falhando mesmo enquanto ela falava.

— Você vai para casa dormir — disse Magnus. — Sou seu amigo e a conheço. Você merece uma noite de folga. E deveria gastá-la em luxos como dormir.

— E se acontecer alguma coisa? — perguntou. — E se *eles* vierem?

— Posso pedir a Ragnor para me ajudar.

— Ragnor está no Peru — falou Catarina. — Ele diz que acha uma tranquilidade sem sua presença maldita, e estou fazendo uma citação exata. Será que Tessa poderia vir?

— Tessa está em Los Angeles. Os Blackthorn, descendentes da filha de Tessa, controlam o Instituto local. Tessa quer ficar de olho neles.

Magnus também se preocupava com Tessa, escondida sozinha perto do Instituto de Los Angeles, naquela casa na colina, perto do mar. Ela era a feiticeira mais jovem de quem Magnus era próximo o suficiente para chamar de amiga, e tinha vivido com Caçadores de Sombras durante anos, quando não podia praticar magia na mesma extensão que Magnus, Ragnor ou Catarina. Tessa jamais permitiria que um dos seus se machucasse se ela pudesse se sacrificar por ele.

No entanto, Magnus conhecia e gostava do Alto Feiticeiro de Los Angeles. Ele não permitiria que Tessa fosse ferida. E Ragnor era astuto o bastante para que Magnus não precisasse se preocupar muito. Ele jamais baixaria a guarda em qualquer lugar onde não se sentisse completamente seguro.

— Então somos só nós dois — observou Catarina.

Magnus sabia que o coração de Catarina estava com os mortais, e que ela se envolvia mais por amizade do que por qualquer vontade de combater os Caçadores de Sombras. Catarina tinha os próprios combates a enfrentar, o próprio território a defender. Ela era mais heroína do que qualquer Caçador de Sombras que Magnus já havia conhecido. Os Caçadores de Sombras foram escolhidos por um anjo. Catarina escolheu lutar por conta própria.

— Está parecendo uma noite calma — falou ele. — Vamos. Acabe de comer e deixe-me levá-la para casa.

— Isso é cavalheirismo? — perguntou Catarina, com um sorriso. — Achei que fosse uma prática extinta.

— Como nós, esta prática nunca morre.

Voltaram pelo caminho que vieram. Escurecera bastante, e a noite ficara decididamente fria. Havia uma sugestão de chuva. Catarina morava em um apartamento simples, ligeiramente decadente no lado oeste da rua 21, não muito longe da clínica. O fogão nunca funcionava, e as lixeiras do lado de fora viviam transbordando, mas ela nunca parecia se importar. Tinha uma cama e um lugar para as roupas. Era tudo de que precisava. Vivia uma vida mais simples que a de Magnus.

Ele voltou para casa, para o apartamento mais afastado do Village, na Christopher Street. Para chegar ao seu apartamento também era necessário subir escadas, e ele subiu dois degraus de cada vez. Ao contrário do de Catarina, o seu era extremamente habitável. As paredes eram coloridas e tinham tons alegres de cor-de-rosa e amarelo, e o local era mobiliado com itens que Magnus havia colecionado ao longo dos anos — uma mesa francesa maravilhosa, alguns sofás vitorianos e um incrível quarto em *art déco* todo de vidro espelhado.

Normalmente, em uma noite fria de começo do outono como aquela, Magnus se serviria de uma taça de vinho, colocaria um CD no aparelho de som, aumentaria o volume e esperaria os negócios começarem. A noite normalmente era hora de trabalho; ele tinha muitos clientes que apareciam de surpresa, e sempre havia pesquisa a fazer, ou leitura a pôr em dia.

Naquela noite preparou um bule de café forte, sentou-se perto da janela e olhou para a rua abaixo. Como em todas as outras noites desde o início dos rumores sobre jovens Caçadores de Sombras com sede de sangue, ele ficava sentado, observando e pensando. Se o Círculo viesse, como aparentemente acabaria fazendo, o que iria acontecer? Valentim tinha um ódio especial dos licantropes, diziam, mas tinha matado um feiticeiro em Berlim por invocar demônios. Sabia-se que Magnus já tinha invocado um bando deles.

Era muito provável que, se viessem a Nova York, fossem atrás de Magnus. A atitude sensata seria ir embora, desaparecer pelo país. Ele tinha comprado uma casinha na Flórida para escapar dos invernos brutais de Nova York. A casa ficava em uma das inóspitas e desabitadas ilhas, e ele também possuía um barco. Se alguma coisa acontecesse, poderia embarcar e fugir para o mar, para o Caribe ou para a América do Sul. Chegou a fazer a mala várias vezes e desfez logo em seguida.

Não adiantaria nada fugir. Se o Círculo continuasse com a campanha de suposta justiça, o mundo inteiro se tornaria um lugar inseguro para os membros do Submundo. E Magnus jamais conseguiria viver em paz se fugisse e os amigos, como Catarina, ficassem para trás para se defenderem sozinhos. Ele não gostava da ideia de Raphael Santiago ou qualquer um de seus vampiros sendo assassinados, nem as fadas que conhecia e que trabalhavam na Broadway, ou as sereias que nadavam no East River. Magnus sempre se considerou desprendido, mas já morava em Nova York havia muito tempo. Surpreendeu-se querendo defender não só os amigos, mas também a cidade.

Por isso ele ia ficar, esperar e tentar se preparar para o Círculo quando viessem.

A espera era a pior parte. Talvez fosse o motivo de ter perdido tempo com o sujeito na clínica. Alguma coisa em Magnus queria que a luta viesse.

Ele mexeu os dedos e os flexionou, uma luz azul apareceu entre eles. Abriu a janela e respirou o ar noturno, que tinha cheiro de uma mistura de chuva, folhas e pizza do restaurante da esquina.

— Andem logo — disse, para ninguém em particular.

O menino apareceu embaixo da janela, mais ou menos à uma da manhã, justo quando Magnus finalmente tinha conseguido se distrair traduzindo um antigo texto grego que estava em sua mesa havia semanas. O feiticeiro levantou os olhos e notou o garoto andando confuso de um lado para o outro lá fora. Tinha 9, talvez 10 anos de idade — um pequeno punk do East Village com uma camiseta do Sex Pistols, que provavelmente pertencia a um irmão mais velho, e uma calça larga de moletom cinza. O cabelo era mal-cortado, feito em casa. Não estava de casaco.

Todas essas coisas indicavam que se tratava de um menino com problemas, e a aparência de rua e a fluidez do andar sugeriam um lobisomem. Magnus abriu a janela.

— Está procurando alguém? — perguntou.

— Você é o Magnífico Bane?

— Claro — respondeu Magnus. — Digamos que sim. Espere. Abra a porta quando apitar.

Magnus deslizou do assento e foi para a campainha perto da porta. Ouviu os passos acelerados nos degraus. O menino estava com pressa. Magnus mal acabara de abrir a porta e o garoto já havia entrado. Uma vez lá dentro e sob a luz, a verdadeira extensão do estresse dele se tornou clara. As bochechas estavam muito rubras e manchadas com rastros secos de lágrimas. Ele suava, apesar do frio, e a voz estava trêmula e desesperada.

— Você precisa vir — disse ao cambalear para dentro. — Pegaram minha família. Estão aqui.

— Quem está aqui?

— Os Caçadores de Sombras loucos de quem todos estão com medo. Chegaram. *Pegaram minha família.* Você precisa vir *agora*.

— O Círculo?

O menino balançou a cabeça, não para discordar, mas porque estava confuso. Magnus pôde ver que ele não sabia o que era o Círculo, mas a descrição encaixava. Só podia estar falando deles.

— Onde estão? — perguntou Magnus.

— Em Chinatown. No abrigo. — O garoto quase tremeu com impaciência. — Minha mãe ficou sabendo que esses malucos estavam aqui. Já mataram um monte de vampiros no East Harlem mais cedo, e eles disseram que foi por matarem mundanos, mas ninguém ouviu nada sobre nenhum mundano morto. Uma fada avisou que estavam indo para Chinatown nos pegar. Então minha mãe levou todo mundo para o abrigo, mas aí eles invadiram. Eu saí por uma janela. Minha mãe mandou procurar você.

A história foi relatada de forma tão atropelada, com tanta pressa, que Magnus não teve tempo de desembaralhá-la.

— Quantos vocês são?

— Minha mãe, meu irmão e mais seis do bando.

Portanto, nove licantropes em perigo. O teste tinha chegado, e tão depressa que Magnus não teve tempo de analisar seus sentimentos ou pensar em um plano.

— Ouviu alguma coisa que o Círculo disse? — perguntou Magnus. — Do que acusaram sua família?

— Disseram que nosso bando fez alguma coisa, mas eu não sei de nada. Não importa, importa? Eles matam de qualquer jeito, é isso que todo mundo diz! Você *precisa vir*.

O menino pegou a mão de Magnus e começou a puxá-lo. O feiticeiro se soltou e alcançou uma caneta e um papel.

— Você — falou, escrevendo o endereço de Catarina —, vá a este endereço. Não vá a nenhum outro lugar. Fique lá. Vai encontrar uma moça azul muito gentil. Eu vou até o abrigo.

— Vou com você.

— Faça o que estou dizendo ou não vou. — Magnus se irritou. — Não há tempo para discutir. Você decide.

O menino lutou contra as lágrimas. Limpou os olhos violentamente com as costas da mão.

— Vai buscá-los? — perguntou. — Promete?

— Prometo — falou Magnus.

Como faria isso, não tinha ideia. Mas a luta tinha chegado. Finalmente a luta tinha chegado.

A última coisa que Magnus fez antes de sair foi anotar os detalhes: onde ficava o abrigo — um armazém —, o que ele temia que o Círculo fosse fazer com os lobisomens lá dentro. Dobrou o papel em forma de pássaro e enviou, com um peteleco e uma explosão de faíscas azuis. O papelzinho frágil balançou no vento como uma folha seca, voando pela noite em direção às torres de Manhattan, que cortavam a escuridão como facas brilhantes.

Não sabia por que tinha se dado ao trabalho de mandar uma mensagem aos Whitelaw. Duvidava que ajudassem.

Magnus correu por Chinatown, sob as luzes de neon que piscavam e chiavam, pela bruma amarela da cidade que pairava como fantasmas pedindo esmolas a passantes. Passou por um grupo de pessoas se drogando em uma esquina, e finalmente chegou à rua onde ficava o armazém, o telhado de zinco batendo com o vento noturno. Um mundano o enxergaria menor do que de fato era, pobre e escuro, as janelas tapadas. Magnus via as luzes e a janela quebrada.

Havia uma pequena voz na cabeça do feiticeiro orientando-o a ter cuidado, mas ele já tinha ouvido com grande riqueza de detalhes o que o Círculo de Valentim fazia com membros vulneráveis do Submundo ao encontrá-los.

Correu em direção ao abrigo, quase tropeçando com as botas no pavimento rachado. Chegou às portas duplas, pichadas com auréolas, coroas e espinhos, e as abriu.

Na sala principal do abrigo, com as costas para a parede, havia um grupo de lobisomens, a maioria ainda em forma humana, embora Magnus pudesse ver garras e dentes em alguns que estavam agachados, em posição defensiva.

Cercando-os havia um grupo de jovens Caçadores de Sombras.

Todos se viraram e olharam para Magnus.

Mesmo que os Caçadores de Sombras estivessem esperando alguma interrupção e os lobisomens torcessem por um salvador, aparentemente ninguém esperava tanto rosa-shocking.

Os relatos sobre o Círculo eram verdadeiros. Tantos deles eram dolorosamente jovens, uma geração novinha de Caçadores de Sombras, guerreiros brilhantes que tinham acabado de chegar à vida adulta. Magnus não ficou surpreso, mas achou triste e absurdo o fato de desperdiçarem o brilhante princípio de vida naquele ódio sem sentido.

Na frente da multidão de Caçadores de Sombras havia um pequeno grupo de pessoas que, apesar de jovens, tinham um ar de autoridade — o Círculo mais íntimo de Valentim. Magnus não reconheceu ninguém que correspondesse às descrições que ouvira sobre o líder.

Ele não tinha certeza, mas achou que o atual líder do grupo fosse o menino lindo de cabelos dourados e olhos azuis profundos, ou o jovem a seu lado com cabelos escuros e um rosto fino e inteligente. Magnus já estava vivo havia muito tempo e sabia identificar quais membros de um grupo eram os líderes. Nenhum dos dois parecia imponente, mas a linguagem corporal dos outros destoava da deles. Os dois estavam ladeados por um homem e uma mulher, ambos de cabelos negros e expressões ferozes como as de um falcão, e, por trás do homem de cabelos negros, encontrava-se um rapaz bonito e de cabelos cacheados. Atrás deles havia mais ou menos outros seis. Na outra ponta do salão, tinha uma porta, só uma, diferentemente das portas duplas pelas quais Magnus entrara, uma porta interna que levava à outra câmara. Um jovem e robusto Caçador de Sombras estava diante delas.

Havia muitos deles a combater, e eram todos tão jovens e recém-saídos da escola que Magnus jamais os teria encontrado antes. Ele não lecionava na academia de Caçadores de Sombras havia décadas, mas se lembrava das salas, das aulas sobre o Anjo e dos rostos jovens absorvendo cada palavra sobre seus deveres sagrados.

E estes jovens adultos Nephilim saíram da escola para fazer isso.

— O Círculo de Valentim, presumo? — falou, e viu todos se espantarem com as palavras, como se achassem que os integrantes do Submundo não tinham os próprios meios de transmissão de informações quando estavam sendo caçados. — Mas acho que não estou vendo Valentim Morgenstern. Soube que ele tem carisma suficiente para atrair pássaros de árvores e convencê-los a viver embaixo d'água, é alto, absurdamente bonito e tem cabelos platinados. Nenhum de vocês se encaixa na descrição.

Magnus hesitou.

— E você também não tem cabelos platinados.

Todos pareceram chocados em serem tratados daquela forma. Eram de Idris e, sem dúvida, se é que conheciam algum feiticeiro, eram feiticeiros como Ragnor, que sempre fazia questão de ser profissional e civilizado em todas as suas relações com os Nephilim. Marian Whitelaw pode até ter pedido para que Magnus controlasse a língua, mas não teria ficado chocada pela forma como ele falava. Essas crianças estúpidas se contentavam em odiar de longe, em lutar e nunca falar com membros do Submundo, em nunca se arriscar nem por um segundo a ver seus inimigos como pessoas.

Achavam que sabiam de tudo, mas sabiam tão pouco.

— Sou Lucian Graymark — disse o jovem de rosto magro e inteligente à frente do grupo. Magnus já tinha ouvido esse nome antes; o *parabatai* de Valentim, seu braço direito, mais querido que um irmão. Magnus antipatizou com ele assim que o garoto se pronunciou. — Quem é você para vir aqui e interferir em nossa busca pelo cumprimento dos deveres a que juramos?

Graymark manteve a cabeça erguida e falou com uma voz clara e autoritária que escondia sua idade. Parecia um perfeito filho do Anjo, severo e impiedoso. Magnus olhou para trás, por cima do ombro, para os licantropes, agrupados no fundo da sala.

Ele levantou a mão e pintou uma linha de magia, uma barreira bruxuleante em azul e dourado. Fez a luz arder com tanta força quanto qualquer espada de anjo faria e bloqueou a passagem dos Caçadores de Sombras.

— Sou Magnus Bane. E vocês estão invadindo minha cidade.

A afirmação foi recebida com uma risada.

— *Sua* cidade? — questionou Lucian.

— Precisam soltar essas pessoas.

— Essas *criaturas* — corrigiu Lucian — são parte do bando de lobos que matou os pais do meu *parabatai*. Nós os rastreamos até aqui. Agora podemos aplicar a justiça dos Caçadores de Sombras, o que é nosso direito.

— Não matamos nenhum Caçador de Sombras! — disse a única mulher entre os licantropes. — E meus filhos são inocentes. Matar meus filhos seria assassinato. Bane, precisa fazer com que deixem meus filhos. Ele está com...

— Não vou mais aturá-la ganindo como um cachorro vira-lata — disse o jovem com cara de falcão que estava ao lado da mulher de cabelos negros.

Pareciam um conjunto combinado, e as expressões em seus rostos eram igualmente ferozes.

Valentim não era famoso por sua clemência, e Magnus não levava a menor fé de que o Círculo fosse poupar as crianças.

Os licantropes podiam estar parcialmente transformados em lobos, mas não pareciam prontos para lutar, e Magnus não sabia por quê. Havia Caçadores de Sombras demais para que tivesse certeza de que, sozinho, ele de que seria capaz de combatê-los. O melhor que podia fazer era ganhar tempo com conversa e torcer para provocar dúvidas em alguns membros do Círculo, ou que Catarina viesse, ou os Whitelaw, e que defendessem os integrantes do Submundo, e não a própria espécie.

Parecia uma esperança muito vã, mas era tudo o que tinha.

Magnus não pôde deixar de olhar novamente para o jovem de cabelos dourados à frente do grupo. Havia algo de terrivelmente familiar nele, assim como uma sugestão de ternura em seus lábios e dor nas profundezas azuis de seus olhos. Algo que fez Magnus olhar para ele como se fosse a única chance de demover o Círculo de seu propósito.

— Qual é o seu nome? — perguntou.

Os olhos azuis se estreitaram.

— Stephen Herondale.

— Conheci muito bem os Herondale, em outros tempos — afirmou Magnus, e percebeu que foi um erro ao ver a forma como Stephen se encolheu. O Caçador de Sombras sabia de alguma coisa, ouviu algum boato sombrio sobre sua árvore genealógica e estava desesperado para provar que não era verdade. Magnus não sabia o quão desesperado Stephen Herondale poderia estar, e não tinha a menor vontade de descobrir. Prosseguiu, dirigindo-se cordialmente a todos eles: — Sempre fui amigo dos Caçadores de Sombras. Conheço muitas de suas famílias, há centenas de anos.

— Não há nada que possamos fazer para corrigir o juízo contestável de nossos ancestrais — disse Lucian.

Magnus detestava esse sujeito.

— Além disso — acrescentou Magnus, ignorando Lucian Graymark —, acho essa história suspeita. Valentim está pronto para caçar qualquer membro do Submundo sob qualquer pretexto. O que os vampiros que mataram no Harlem fizeram com ele?

Stephen Herondale franziu o rosto e olhou para Lucian, que, por sua vez, pareceu confuso, mas disse:

— Valentim me falou que foi até lá caçar alguns vampiros que violaram os Acordos.

— Ah, os membros do Submundo são tão culpados. E é tão conveniente para vocês, não? E os filhos deles? O menino que foi me chamar tinha mais ou menos 9 anos. Ele tem comido carne de Caçador de Sombras?

— Os filhotes roem qualquer osso que os mais velhos trouxerem — murmurou a mulher de cabelos negros, e o homem ao lado dela assentiu.

— Maryse, Robert, por favor. Valentim é um homem nobre! — disse Lucian, elevando a voz ao virar para se dirigir a Magnus. — Ele não machucaria uma criança. Valentim é meu *parabatai*, meu melhor e mais amado irmão de espada. A luta dele é a minha. A família dele foi destruída; os Acordos, violados, e ele merece e terá sua vingança. Não se meta, feiticeiro.

Lucian Graymark não estava com a mão na arma, mas Magnus viu que a mulher de cabelos pretos, Maryse, atrás dele, tinha uma lâmina reluzente entre os dedos. O feiticeiro olhou outra vez para Stephen e percebeu exatamente por que seu rosto era tão familiar. Cabelos dourados e olhos azuis — era uma versão mais esguia e etérea de Edmund Herondale, como se Edmund tivesse descido do céu, duas vezes mais angelical. Magnus não o conhecera muito bem, mas ele era o pai de Will Herondale, um dos pouquíssimos Caçadores de Sombras que Magnus considerou seu amigo.

Stephen viu Magnus o observando. Os olhos de Stephen naquele momento estavam tão cerrados que o doce azul se perdeu, e pareciam pretos.

— Chega desta conversa com o fruto do demônio! — disse ele. Parecia estar citando alguém, e Magnus apostava que sabia quem era.

— Stephen, não... — ordenou Lucian, mas o menino de cabelos dourados já estava com a faca apontada para um lobisomem.

Magnus agitou a mão e derrubou a faca no chão. Olhou para os licantropes. A mulher que se pronunciara antes o encarou intensamente, como se tentasse transmitir algum recado apenas com os olhos.

— Foi isso que o Caçador de Sombras moderno se tornou, então? — perguntou Magnus. — Deixe-me ver, como é mesmo a historinha de ninar sobre como vocês são ultraespeciais?... Ah, sim. Através das eras, sua missão é proteger a humanidade, lutar contra as forças do mal até que sejam enfim derrotadas e o mundo possa viver em paz. Vocês não me parecem particularmente interessados na paz ou em proteger ninguém. Pelo que, exatamente, estão lutando?

— Estou lutando por um mundo melhor para mim e para meu filho — disse a mulher chamada Maryse.

— Não tenho o menor interesse no mundo que você quer — respondeu Magnus. — Ou no seu pestinha, sem dúvida repulsivo, devo dizer.

Robert sacou uma adaga da manga. O feiticeiro não estava preparado para gastar toda a mágica desviando de adagas. Levantou a mão, e a luz do recinto se extinguiu. Apenas o barulho e o brilho do neon da cidade entravam, sem oferecer luminosidade suficiente para enxergar, mas Robert lançou a adaga mesmo assim. Foi quando o vidro das janelas quebrou e formas escuras vieram em enxurrada: a jovem Rachel Whitelaw aterrissou, rolando no chão na frente de Magnus, e recebeu no ombro a adaga que fora destinada a ele.

Magnus conseguia enxergar melhor do que a maioria no escuro. Viu que, por mais incrível que parecesse, os Whitelaw tinham vindo. Marian White-law, a diretora do Instituto; seu marido, Adam; o irmão de Adam; e os jovens primos Whitelaw que Marian e o marido acolheram quando ficaram órfãos. Os Whitelaw já tinham lutado naquela noite. Suas roupas de combate estavam rasgadas e manchadas de sangue, e Rachel Whitelaw estava nitidamente ferida. Havia sangue no cabelo curto e grisalho de Marian, mas Magnus não achou que fosse dela. Marian e Adam Whitelaw, Magnus sabia, não conseguiram ter filhos. Dizia-se que adoravam os primos jovens que moravam com eles, e que sempre faziam muita festa para qualquer jovem Caçador de Sombras que ia para seu Instituto. Os membros do Círculo deveriam ser colegas dos primos Whitelaw, criados juntos em Idris. O Círculo era exatamente projetado para conquistar a simpatia da família.

No entanto, o Círculo estava em pânico. Não conseguiam enxergar como Magnus conseguira. Não sabiam quem os estava atacando, só que alguém tinha vindo ajudar o feiticeiro. Ele viu o balanço e ouviu as batidas de lâminas se encontrando, tão alto que foi quase impossível ouvir os comandos gritados de Marian Whitelaw para que o Círculo parasse e largasse as armas. Ficou imaginando qual dos integrantes do Círculo se deu conta de quem eram os inimigos. Invocou uma pequena luz na palma da mão e procurou a mulher licantrope. Precisava saber por que os lobisomens não estavam atacando.

Alguém esbarrou nele. Magnus olhou nos olhos de Stephen Herondale.

— Você nunca tem dúvidas em relação a tudo isso? — O feiticeiro arfou.

— Não — respondeu Stephen, sem fôlego. — Já perdi demais... sacrifiquei demais por esta grande causa para virar as costas agora.

Ao falar, Stephen levantou a faca para a garganta de Magnus. Este esquentou o cabo da lâmina na mão do garoto até que ele a derrubasse.

De repente, não se importou com os sacrifícios de Stephen ou com a dor em seus olhos azuis. Magnus queria que ele desaparecesse da Terra. Queria se esquecer de que já tinha visto o rosto do garoto, tão cheio de ódio e tão parecido com rostos que Magnus amou. O feiticeiro produziu um novo encanto com a mão, e estava prestes a lançá-lo contra Stephen, quando um pensamento o freou. Não sabia como poderia voltar a encarar Tessa se matasse um de seus descendentes.

Então Marian Whitelaw se colocou à luz do feitiço que brilhava na mão de Magnus, e o rosto de Stephen ficou branco de surpresa.

— É a senhora! Nós não deveríamos... Somos Caçadores de Sombras. Não deveríamos nos opor por causa deles. São do *Submundo* — sibilou Stephen. — Vão se voltar contra vocês como os cães traiçoeiros que são. Não justificam uma luta. O que me diz?

— Não tenho nenhuma prova de que esses licantropes violaram os Acordos.

— Valentim disse — começou Stephen, mas Magnus ouviu a incerteza em sua voz. Lucian Graymark podia acreditar que só perseguiam os membros do Submundo que violaram os Acordos, mas, pelo menos, Stephen sabia que estavam agindo mais como vigilantes do que como Caçadores de Sombras cumpridores da Lei. Stephen vinha agindo assim.

— Não me importo com o que Valentim Morgenstern diz. Eu digo que a Lei é dura — respondeu Marian Whitelaw. Sacou a própria lâmina, empunhou e encontrou a de Stephen.

Os olhos se encontraram, brilhando, sobre as lâminas.

Marian continuou suavemente:

— Mas é a Lei. Vocês não tocarão nesses integrantes do Submundo enquanto eu ou qualquer um que tenha meu sangue viver.

O caos tomou conta da situação, mas os temores mais sombrios de Magnus foram contrariados. Quando a luta eclodiu, ele teve Caçadores de Sombras ao seu lado, combatendo Caçadores de Sombras, lutando pelos membros do Submundo e pelos Acordos de paz que tinham estabelecido.

A primeira morte foi da jovem Whitelaw. Rachel se lançou contra a mulher de nome Maryse, e a ferocidade crua do ataque espantou Maryse de tal modo que Rachel quase a derrubou. Maryse tropeçou e se recompôs, procurando uma nova lâmina. Então o homem de cabelos pretos, Robert, que Magnus presumiu ser o marido, avançou contra Rachel e atacou.

Ela perdeu a firmeza, a ponta da lâmina do sujeito parecia um alfinete perfurando-a, como se ela fosse uma borboleta.

— Robert! — chamou Maryse, suavemente, como se não conseguisse acreditar no que estava acontecendo.

Robert tirou a espada do peito de Rachel, que caiu no chão.

— Rachel Whitelaw acaba de ser morta por um Caçador de Sombras — gritou Magnus, e mesmo naquele instante achou que Robert fosse gritar que só estava defendendo a esposa. Magnus achou que os Whitelaw fossem abaixar as próprias armas em vez de derramar mais sangue Nephilim.

Mas Rachel era o bebê da família, a caçulinha especial de todos. Os Whitelaw, em perfeita sintonia, rugiram um desafio e avançaram com duas vezes mais ferocidade. Adam Whitelaw, um senhor obstinado de cabelos brancos, que sempre pareceu simplesmente seguir os comandos da esposa, atacou o Círculo de Valentim, girando um machado brilhante sobre a cabeça e cortou todos em seu caminho.

Magnus foi para perto dos lobisomens, até a única mulher que permanecia humana, apesar de estar com os dentes e as garras cada vez maiores.

— Por que vocês não estão lutando? — perguntou ele.

A licantrope olhou para Magnus como se ele fosse impossivelmente burro.

— Porque Valentim está aqui. — Ela se irritou. — Porque ele está com minha filha. Ele a levou por ali e disse que, se o seguíssemos a mataria.

Magnus não teve nem um instante para pensar no que Valentim faria com uma menininha desprotegida e do Submundo. Ele levantou uma das mãos e jogou no chão o Caçador de Sombras corpulento que guardava a porta no lado oposto da sala, e então correu até lá.

Ouviu atrás de si os gritos dos Whitelaw, perguntando:

— Bane, onde você está...

E um grito, que Magnus achou ser de Stephen, dizendo:

— Ele está indo atrás de Valentim! Matem-no!

Atrás da porta, Magnus ouviu um ruído baixo e terrível. E a abriu.

Do outro lado havia uma sala pequena e comum, do tamanho de um quarto, apesar de não haver cama, com apenas duas pessoas uma cadeira: um homem alto de cabelos platinados, trajando roupas pretas de Caçador de Sombras, diante de uma menina que parecia ter mais ou menos 12 anos. Ela estava amarrada à cadeira, com uma corda prateada, e emitia um terrível ruído baixo, uma mistura de choramingo e resmungo.

Os olhos da menina brilhavam, Magnus pensou por um instante, o luar transformando-os em espelhos.

Seu erro durou apenas o mais breve dos instantes. Então Valentim se moveu ligeiramente e o brilho dos olhos da garota surgiu na visão de Magnus. O brilho não era dos olhos. Eram moedas de prata pressionadas contra os olhos da menina, pequenos trilhos de fumaça emergindo dos discos enquanto os sons escapavam por seus lábios. Ela estava tentando conter os gemidos de dor, porque estava morrendo de medo do que Valentim faria em seguida.

— Aonde foi seu irmão? — perguntou Valentim, e os soluços da menina continuaram, mas ela não disse nada.

Por um instante Magnus teve a impressão de ter se transformado em tempestade, com nuvens curvas carregadas, raios e trovões. E tudo o que a tempestade queria era voar no pescoço de Valentim. O feitiço de Magnus partiu quase por vontade própria, saltando de suas duas mãos. Parecia um raio, ardendo, tão azul que era quase branco. Derrubou Valentim e o empurrou contra a parede. O rapaz atingiu a parede com tanta força que se ouviu uma rachadura, e ele deslizou para o chão.

Esse único ato exigiu grande parte do poder de Magnus, mas ele não podia pensar naquilo no momento. Correu para perto da cadeira da menina e arrancou a corrente, em seguida, tocou-a no rosto com uma suavidade dolorosa.

Ela estava chorando, mais livremente, estremecendo e soluçando sob as mãos do feiticeiro.

— Calma, calma. Seu irmão me mandou aqui. Sou Magnus Bane; você está segura — murmurou, e a afagou na nuca.

As moedas a estavam machucando. Tinham que ser retiradas. Mas será que removê-las faria mais mal? Magnus sabia curar, mas nunca fora sua especialidade, como era a de Catarina, e ele não precisava cuidar de lobisomens com frequência. Eram tão resistentes. Ele só podia torcer para que ela fosse forte.

Levantou as moedas com a máxima gentileza possível e as arremessou contra a parede.

Era tarde demais. Já era tarde demais antes mesmo de ele entrar no recinto. Ela estava cega. Os lábios da menina se abriram. Ela perguntou:

— Meu irmão está seguro?

— Tão seguro quanto possível, querida — respondeu Magnus. — Vou levá-la até ele.

Assim que disse a palavra "ele", sentiu a lâmina fria afundar em suas costas e a boca se encher de sangue quente.

— Ah, vai? — A voz de Valentim perguntou no seu ouvido.

A lâmina foi retirada, e doeu tanto saindo quanto tinha doído ao entrar. Magnus cerrou os dentes, agarrou com mais força as costas da cadeira, mantendo-se arqueado para proteger a criança, e virou o rosto para encarar Valentim. O homem de cabelos brancos parecia mais velho do que os outros líderes, porém Magnus não sabia ao certo se era mais velho ou se o propósito frio que o guiava simplesmente fazia com que seu rosto parecesse esculpido em mármore. Magnus quis esmagá-lo.

A mão de Valentim se moveu, e o feiticeiro só conseguiu segurá-lo pelo punho pouco antes de a lâmina se enterrar em seu coração.

Magnus se concentrou e fez a mão de Valentim queimar, luz azul circulava seus dedos. Ele fez o contato arder como o toque da prata fizera com a garotinha, e sorriu ao ouvir o sibilo de dor do Caçador de Sombras.

Valentim não perguntou seu nome como fizeram os outros, não tratou Magnus como uma pessoa. Simplesmente o encarou com olhos frios, do mesmo jeito que qualquer pessoa olharia para um animal detestável em seu caminho, impedindo seu progresso.

— Você está interferindo em meus assuntos, feiticeiro.

Magnus cuspiu sangue no rosto dele.

— Você está torturando uma menininha na minha cidade, Caçador de Sombras.

Valentim usou a mão livre para desferir um golpe em Magnus que o fez cambalear para trás. O Caçador de Sombras girou e foi atrás do feiticeiro, que pensou *ótimo*. Significava que estava se afastando da garotinha.

Ela estava cega, mas era licantrope; olfato e audição eram tão importantes quanto visão. Poderia correr, encontrar o caminho de volta para a família.

— Pensei que estivéssemos num jogo de dizer o que o outro é, e o que tinha feito — disse Magnus. — Será que me confundi? Posso tentar de novo? Você está transgredindo suas próprias Leis sagradas, babaca?

Ele olhou para a garota, torcendo para que ela fosse correr, mas a licantrope parecia congelada de tanto pavor. Magnus não ousou chamá-la, para não atrair a atenção de Valentim.

Levantou a mão, desenhando um feitiço no ar, mas Valentim viu o feitiço se aproximando e desviou. Pulou e, com velocidade de Nephilim, pegou impulso na parede para atacar Magnus. Passou uma rasteira que tirou o feiticeiro do chão. Ao aterrissar, Magnus levou um chute brutal de Valentim, que sacou uma espada e atacou. O feiticeiro rolou, sendo atingido nas costelas. Camisa e pele foram cortadas, mas nenhum órgão vital foi acertado. Não daquela vez.

Magnus torceu desesperadamente para que não morresse ali, naquele armazém frio, longe de todos que amava. Tentou se levantar, mas o chão estava escorregadio por causa do próprio sangue, e a energia que restava para magia não era suficiente para se curar, nem para lutar, quanto mais para fazer os dois.

Marian Whitelaw se colocou na frente dele, com as lâminas empunhadas e novos símbolos brilhando nos braços. Seu cabelo brilhava, prateado, na visão borrada de Magnus.

Valentim manejou a espada e a cortou quase ao meio.

Magnus engasgou, perdendo a chance de se salvar tão depressa quanto a encontrara; em seguida, virou a cabeça na direção do som de mais passos na pedra.

Inocentemente, torceu para que fosse mais um resgate. Viu um dos membros do Círculo de Valentim na entrada com os olhos fixos na menina licantrope.

— Valentim! — gritou Lucian Graymark. Ele correu para a menina, e Magnus ficou tenso, se encolheu para dar um salto e então congelou ao ver Lucian pegar a licantrope e virar para o mestre. — Como pôde fazer isso? Ela é uma criança!

— Não, Lucian. Ela é um mostro em forma de criança.

Lucian estava segurando a menina, com a mão em seu cabelo, afagando e acariciando. Magnus estava começando a achar que talvez tivesse feito mau juízo de Lucian Graymark. O rosto de Valentim ficou branco como osso. Pareceu mais do que nunca uma estátua.

Valentim falou lentamente:

— Você não me prometeu obediência incondicional? Diga-me, para que preciso de um braço direito que me debilita assim?

— Valentim, eu te amo e compartilho da sua dor — disse Lucian. — Sei que é um bom homem. Sei que se parar e pensar vai ver que isso é loucura.

Quando Valentim deu um passo em direção a ele, Lucian recuou. Curvou a mão de forma protetora sobre a cabeça da menina, que se segurava com as pequenas pernas entrelaçadas na cintura dele, e a outra mão se mexeu como se fosse alcançar a arma.

— Muito bem — disse Valentim suavemente. — Como quiser.

Saiu da frente para que Lucian Graymark pasasse em direção ao corredor e voltasse para a sala onde os licantropes acharam que estariam seguros. Deixou que Lucian levasse a filha dos lobisomens de volta para eles e o seguiu de longe.

Magnus não confiava nem um pouco em Valentim. Não acreditaria que a menina fosse estar segura até que estivesse nos braços da mãe.

Lucian Graymark ajudara o feiticeiro a ganhar tempo suficiente para reunir energia. Magnus se concentrou, sentiu sua pele cicatrizar enquanto o poder diminuía.

Levantou-se do chão e correu atrás deles.

A luta na sala de onde saíram estava mais quieta, pois muitos estavam mortos. Alguém tinha conseguido acender novamente as luzes. Havia um lobo morto caído no chão, transformando-se aos poucos em um homem jovem e pálido. Outro jovem — do Círculo — estava caído a seu lado, e na morte não pareciam diferentes.

Muitos Caçadores de Sombras do Círculo de Valentim continuavam de pé, mas não restava nenhum dos Whitelaw. Maryse Lightwood estava com o rosto nas mãos. Alguns dos outros se encontravam visivelmente abalados. Depois que as sombras e a adrenalina da batalha tinham retrocedido e, eles estavam sob a luz, vendo o que tinham feito.

— Valentim — disse Maryse, a voz suplicante enquanto o líder se aproximava. — Valentim, o que fizemos? Os Whitelaw estão mortos... Valentim...

Quando Valentim se aproximou, todos olharam para ele, se agrupando perto do líder como crianças assustadas, e não adultos. Valentim provavelmente os dominara quando eram muito jovens, Magnus pensou, mas não conseguiu se importar se tinham sofrido lavagem cerebral ou ilusão, não depois do que fizeram. Parecia não restar nele nenhum sentimento de pena.

— Não fizeram nada além de tentar garantir a Lei — respondeu Valentim. — Vocês sabem que todos os traidores da nossa espécie devem pagar um dia. Se eles tivessem deixado nosso caminho livre, confiado em nós, que, como eles, somos filhos do Anjo, tudo teria ficado bem.

— E a Clave? — perguntou o homem de cabelos cacheados, com um tom de desafio na voz.

— Michael — murmurou o marido de Maryse.

— O que que tem eles, Wayland? — perguntou Valentim, com a voz aguda. — Os Whitelaw morreram por causa de um bando de lobisomens rebeldes. É a verdade, e é o que diremos à Clave.

O único do Círculo de Valentim que não o ouvia desesperadamente era Lucian Graymark. Foi até a mulher licantrope e colocou a garotinha em seus braços. Magnus ouviu a mulher respirar fundo ao ver os olhos da filha. Escutou-a chorar suavemente. Lucian ficou ao lado da mãe e da filha, parecendo profundamente perturbado, então atravessou o salão com passos subitamente determinados.

— Vamos, Valentim — disse ele. — Tudo isso com os Whitelaw foi... Foi um terrível acidente. Não podemos permitir que nosso Círculo sofra por isso. Melhor irmos agora. Essas criaturas não são dignas do seu tempo, nenhuma delas. Esses lobisomens são apenas vira-latas que se separaram do bando. Você e eu vamos caçar o acampamento dos lobisomens, onde está a verdadeira ameaça esta noite. Vamos derrotar juntos o líder do bando.

— Juntos. Mas amanhã à noite. Vamos até minha casa hoje? — perguntou Valentim, com a voz baixa. — Jocelyn tem uma coisa para contar.

Lucian agarrou o braço de Valentim, claramente aliviado.

— Claro. Qualquer coisa por Jocelyn. Qualquer coisa por vocês dois. Você sabe disso.

— Meu amigo — disse Valentim. — Eu sei.

Valentim apertou o braço de Lucian em retribuição, mas Magnus viu o olhar que o líder lançou ao amigo. Havia amor, mas também havia ódio, e o ódio estava vencendo. Era nítido como a barbatana prateada de um tubarão nas águas profundas dos olhos escuros de Valentim. Havia morte naqueles olhos.

Magnus não se surpreendeu. Já tinha visto muitos monstros capazes de amar, mas apenas alguns que conseguiam permitir que o amor os transformasse, que conseguiram transformar o amor por um em gentileza para muitos.

Lembrou-se do rosto de Valentim quando o líder do Círculo cortou Marian Whitelaw ao meio, e ficou imaginando como seria morar com alguém como ele, ficou imaginando como seria para sua esposa, que Marian descreveu como adorável. Era possível dividir a cama com um monstro, deitar a cabeça no mesmo travesseiro ao lado de uma cabeça cheia de morte e loucura. O próprio Magnus já tinha feito isso.

Mas um amor tão cego quanto aquele não durava. Um dia você levantava a cabeça do travesseiro e percebia que estava vivendo um pesadelo.

Lucian Graymark podia ser o único do bando com o qual valia a pena perder tempo, e Magnus podia apostar que ele estava com o pé na cova.

O feiticeiro se enganou terrivelmente ao permitir que o passado o confundisse; enganou-se ao acreditar que quem possuía uma bondade latente era Stephen Herondale. Magnus olhou para Stephen, para seu belíssimo rosto e a boca fraca. Teve um impulso repentino de contar ao Caçador de Sombras que havia amado seu ancestral, que Tessa ficaria decepcionada com ele. Mas não queria que o Círculo de Valentim se lembrasse ou fosse atrás dela.

Não falou nada. Stephen Herondale já tinha escolhido seu lado, e Magnus, o dele. O Círculo de Valentim deixou o armazém, marchando como um pequeno exército.

Magnus correu para onde o velho Adam Whitelaw se encontrava em uma poça de sangue, seu machado caído, parado, na mesma poça.

— Marian? — perguntou Adam.

Magnus se ajoelhou na poça, procurando os piores ferimentos para fechá-los. Eram muitos, demais.

O feiticeiro olhou nos olhos de Adam, onde a luz se apagava, e soube que o velho tinha lido a resposta em seu rosto antes que Magnus pudesse pensar em mentir para ele.

— Meu irmão? — insistiu Adam. — As... as crianças?

Magnus fitou os mortos ao redor da sala. Quando voltou a olhar o moribundo, Adam Whitelaw tinha virado a cara e enrijecido a boca para não revelar que estava com dor ou tristeza. Magnus usou toda a magia que lhe restava para acalmar a dor do homem, e, no fim, Adam levantou a mão e conteve Magnus, apoiando a cabeça em seu braço.

— Basta, feiticeiro — falou, com a voz rouca. — Eu não... Eu não viveria nem que pudesse. — Tossiu, um som terrível e molhado, e fechou os olhos.

— *Ave atque vale*, Caçador de Sombras — murmurou Magnus. — Seu anjo teria orgulho.

Adam Whitelaw não pareceu ouvir. Apenas um curto tempo depois, o último dos Whitelaw morreu nos braços do feiticeiro.

A Clave acreditou que os Whitelaw tivessem sido mortos por lobisomens rebeldes, e nada do que Magnus disse fez qualquer diferença. Ele não esperava que fossem acreditar. Nem sabia direito por que contou, exceto pelo fato de que os Nephilim claramente preferiam que tivesse ficado quieto.

Magnus esperou que o Círculo voltasse.

O Círculo não voltou a Nova York, mas Magnus os viu mais uma vez. Na Ascensão.

Pouco depois da noite no armazém, Lucian Graymark desapareceu como se tivesse morrido, e Magnus presumiu que esse fora mesmo o caso. Então, um ano mais tarde, o feiticeiro voltou a ouvir falar em Lucian. Ragnor Fell contou que havia um lobisomem que outrora fora Caçador de Sombras, e que ele estava avisando a todos que a hora tinha chegado, que o Submundo precisava estar pronto para lutar contra o Círculo. Valentim revelou seu plano e armou seu Círculo quando os Acordos de paz entre os Nephilim e os integrantes do Submundo seriam assinados novamente. Seu Círculo matou tanto Caçadores de Sombras quanto habitantes do Submundo no Grande Salão do Anjo.

Graças ao alerta de Lucian Graymark, os integrantes do Submundo puderam correr para o Salão e surpreender o Círculo de Valentim. Tinham sido alertados previamente e se armaram fortemente de antemão.

Os Caçadores de Sombras surpreenderam Magnus na ocasião, como os Whitelaw o surpreenderam antes. A Clave não abandonou os integrantes do Submundo para se juntar ao Círculo. A grande maioria deles, a Clave e as lideranças de Institutos, fez a mesma escolha que os Whitelaw fizeram anteriormente. Lutaram pelos aliados e pela paz, e o Círculo de Valentim foi derrotado.

No entanto, assim que a batalha acabou, os Caçadores de Sombras culparam os membros do Submundo pelas inúmeras mortes dos seus, como se a batalha tivesse sido ideia do Submundo. Os Caçadores de Sombras se orgulhavam de seu senso de justiça, mas, para Magnus, sua justiça era sempre amarga.

As relações entre os Nephilim e o Submundo não melhoraram. Magnus duvidava que um dia isso acontecesse.

Principalmente quando a Clave mandou os últimos integrantes do Círculo, os Lightwood, e outro integrante chamado Hodge Starkweather, à cidade de Magnus para pagarem por seus crimes cuidando do Instituto como exilados da Cidade de Vidro. Os Caçadores de Sombras se tornaram escassos após o massacre, e não poderiam voltar a ser numerosos sem o Cálice Mortal, que parecia ter se perdido com Valentim. Os Lightwood sabiam que haviam sido tratados com clemência por suas relações com a Clave, e, se algum dia falhassem. a Clave acabaria com eles.

Raphael Santiago, do clã dos vampiros, que devia alguns favores a Magnus, relatou que os Lightwood eram distantes, porém escrupulosamente justos com todos os membros do Submundo com os quais entravam em contato. Magnus sabia que mais cedo ou mais tarde precisaria trabalhar com eles, aprenderia com eles a ser civilizado, mas preferia que isso acontecesse mais tarde. Toda a tragédia sangrenta do Círculo de Valentim havia acabado, e Magnus preferia não ter que olhar para trás, para a escuridão, e sim para a frente, e torcer por luz.

Por mais de dois anos após a Ascensão, Magnus não voltou a ver ninguém do Círculo de Valentim. Até que viu alguém.

Nova York, 1993

A vida dos feiticeiros era feita de imortalidade, magia, feitiços e emoções durante eras.

Mas, às vezes, Magnus queria ficar em casa, no sofá, assistindo à TV como uma pessoa qualquer. Estava sentado com Tessa, e eles assistiam a *Orgulho e preconceito* em vídeo. Tessa reclamava sem parar sobre como o livro era melhor.

— Não é o que Jane Austen iria querer — disse Tessa. — Se ela pudesse ver isso, tenho certeza de que ficaria horrorizada.

Magnus se levantou do sofá e foi olhar pela janela. Estava esperando a entrega do restaurante chinês, morto de fome após um dia de ociosidade e preguiça. Contudo, não viu nenhum entregador. A única pessoa na rua era uma mulher carregando um bebê enrolado por causa do frio. Estava andando depressa, sem dúvida a caminho de casa.

— Se Jane Austen pudesse ver isso — acrescentou Magnus —, presumo que gritaria "há pequenos demônios nesta caixa! Chamem um clérigo!", e bateria na televisão com a sombrinha.

A campainha tocou, e Magnus virou de costas para a janela.

— Finalmente — disse, pegando uma nota de dez dólares de uma mesa perto da porta e abriu o portão para o entregador. — Preciso de carne com brócolis antes de encarar mais Sr. Darcy. É uma verdade universalmente conhecida que se você assistir muito tempo à TV com o estômago vazio, sua cabeça cai.

— Se sua cabeça caísse — disse Tessa —, os cabeleireiros iriam à falência.

Magnus assentiu e tocou o próprio cabelo, que naquele momento estava na altura do queixo. Abriu a porta, ainda fazendo pose, e se viu diante de uma mulher com uma coroa de cachos ruivos. Ela segurava uma criança. Era a mulher que ele tinha visto na rua havia poucos instantes. O feiticeiro ficou espantado em encontrar à sua porta alguém de aparência tão... mundana.

A jovem vestia jeans e camiseta. Abaixou a mão, que estava levantada como se prestes a bater à porta, e Magnus viu-lhe as cicatrizes desbotadas e prateadas no braço. Ele já tinha visto muitas daquelas para se confundir.

A moça tinha Marcas do Pacto, carregava resquícios de velhos símbolos na pele, como lembranças. Não era nada mundana, portanto. Tratava-se de uma Caçadora de Sombras, mas uma Caçadora de Sombras sem Marcas novas, sem uniforme.

Não estava ali em missão oficial. Ela era um problema.

— Quem é você? — perguntou Magnus.

Ela engoliu em seco e respondeu:

— Sou... Era Jocelyn Morgenstern.

O nome suscitou antigas lembranças. Magnus se lembrou da lâmina nas costas e do gosto de sangue. Quis cuspir.

A mulher do monstro à sua porta. não conseguia parar de encará-la.

Ela também o olhava fixamente. Parecia hipnotizada por seu pijama. O feiticeiro sentiu-se verdadeiramente ofendido. Não tinha convidado nenhuma esposa de líder maluco de um culto para julgar seu guarda-roupa. Se quisesse deixar de usar camisa, e vestir calças vermelhas com estampa de ursos polares pretos e um casaco de pijama de seda preta, podia. Ninguém que já teve a sorte de ver Magnus com roupas de dormir reclamou.

— Não me lembro de ter encomendado a mulher de um maníaco do mal — disse ele. — Foi definitivamente carne com brócolis. E você, Tessa? *Você* pediu a mulher de um maníaco do mal?

Magnus abriu mais a porta para que Tessa pudesse ver quem estava ali. Por um instante, ninguém falou nada. Então ele viu o calombo coberto nos braços de Jocelyn se mexer. Foi naquele instante que se lembrou de que havia uma criança.

— Vim aqui, Magnus Bane — disse Jocelyn —, para implorar sua ajuda.

Magnus apertou a porta até suas articulações ficarem brancas.

— Deixe-me pensar — respondeu ele. — Não.

Foi contido pela voz suave de Tessa.

— Deixe-a entrar, Magnus.

O feiticeiro virou para olhar para Tessa.

— Sério?

— Quero falar com ela.

A voz de Tessa tinha assumido um tom estranho. Além disso, o entregador apareceu com a bolsa de comida. Magnus balançou a cabeça, indicando para que Jocelyn entrasse, pagou os dez dólares e fechou a porta na cara confusa do homem, antes que ele tivesse a chance de entregar a comida.

Jocelyn então estava parada, pouco à vontade, perto da porta. A pessoinha em seu colo deu um chute e esticou as pernas.

— Você tem um bebê — disse Magnus, constatando o óbvio.

Jocelyn se mexeu, inquieta, e apertou a criança no peito.

Tessa caminhou silenciosamente até eles e se colocou ao lado de Jocelyn. Apesar de estar com legging preta e uma camiseta cinza grande demais que dizia WILLIAM QUER UMA BONECA, sempre tinha um ar de formalidade e autoridade. A camiseta, ao que parecia, era uma declaração feminista de que meninos gostavam de brincar com bonecas; e meninas, com carrinhos, mas Magnus desconfiou que ela tivesse escolhido por causa do nome. O marido de Tessa já estava morto havia tempo suficiente para que seu nome trouxesse lembranças alegres e desbotadas em vez da agonia que ela sentiu durante anos após sua morte. Outros feiticeiros amaram e perderam, mas poucos eram tão fiéis quanto Tessa. Décadas se passaram, e ela não tinha permitido que ninguém sequer chegasse perto de ganhar seu coração.

— Jocelyn Fairchild — disse Tessa. — Descendente de Henry Branwell e Charlotte Fairchild.

Jocelyn piscou como se não estivesse esperando uma palestra sobre a própria genealogia.

— Isso mesmo — respondeu, cautelosamente.

— Eu os conheci, sabe — explicou Tessa. — Você se parece muito com Henry.

— *Conheceu*? Então você deve...

Henry tinha morrido havia mais de meio século, e Tessa não parecia ter mais que 25 anos.

— Então você também é feiticeira? — perguntou Jocelyn, desconfiada.

Magnus viu seus olhos percorrerem Tessa da cabeça aos pés, procurando a marca do demônio, o sinal que indicava para os Caçadores de Sombras

As Crônicas de Bane

que ela não era limpa, não era humana, e deveria ser desprezada. Alguns feiticeiros conseguiam esconder a marca com a roupa, mas Jocelyn poderia olhar o quanto quisesse para Tessa que não a encontraria.

Tessa não se levantou para chamar atenção, mas de repente ficou claro que ela era mais alta do que Jocelyn, e que seus olhos cinzentos podiam ser muito frios.

— Sou — respondeu Tessa. — Sou Theresa Gray, filha de um Demônio Maior e Elizabeth Gray, que nasceu Adele Starkweather, uma das suas. Fui esposa de William Herondale, que dirigiu o Instituto de Londres, e mãe de James Herondale e Lucie Blackthorn. Eu e Will criamos nossos filhos Caçadores de Sombras para protegerem os mundanos, para viverem de acordo com a Lei da Clave e do Pacto, para seguirem os Acordos.

Ela falava do jeito que conhecia bem, como os Nephilim.

— Houve um tempo em que vivi entre os Caçadores de Sombras — Tessa explicou em voz baixa. — Houve um tempo em que talvez quase tenha parecido uma pessoa para você.

Jocelyn tinha uma expressão perdida, como acontece quando alguém descobre algo tão estranho que o mundo inteiro parece irreconhecível.

— Compreendo se acharem meus crimes contra o Submundo imperdoáveis — falou Jocelyn —, mas eu... não tenho para onde ir. E preciso de ajuda. Minha filha precisa da sua ajuda. Ela é Caçadora de Sombras e filha de Valentim. Não pode viver entre os seus. Jamais poderemos voltar. Preciso de um feitiço para bloquear os olhos dela de tudo do Submundo Nephilim. Ela pode crescer segura e feliz no mundo mundano. Jamais precisará saber o que foi o pai dela... — Jocelyn quase engasgou, mas ergueu a cabeça e disse: — ou o que a mãe dela fez.

— Então você vem nos implorar — observou Magnus. — Aos monstros.

— Não tenho nenhum problema com os integrantes do Submundo — declarou Jocelyn enfim. — Eu... Meu melhor amigo é do Submundo, e não acredito que ele seja diferente da pessoa que sempre amei. Eu errei. Terei que conviver eternamente com o que fiz. Mas, por favor, minha filha não fez nada.

Seu melhor amigo, o integrante do Submundo. Magnus supôs que Lucian Graymark continuasse vivo então, apesar de ninguém tê-lo visto desde a Ascensão. Jocelyn subiu no conceito do feiticeiro por chamar Lucian de melhor amigo. As pessoas de fato diziam que eles dois planejaram derrotar Valentim juntos, apesar de Jocelyn não ter aparecido para confirmar o boato após a batalha. Magnus não a viu durante a Ascensão. Não sabia se deveria acreditar ou não no que ela dizia.

Ele sempre achou que a justiça Nephilim era mais uma crueldade, e não queria ser cruel. Olhou para o rosto cansado e desesperado da mulher e para a criança em seus braços, e não conseguiu ser cruel. Magnus acreditava em redenção, na graça incipiente de cada pessoa que conhecia. Era uma das poucas coisas em que precisava acreditar, na possibilidade da beleza mesmo em face de uma realidade tão feia.

— Você disse que foi casada com um Herondale. — Jocelyn apelou para Tessa, com a voz fraca, como se já pudesse enxergar a fraqueza do argumento, mas não tivesse nenhum outro. — Stephen Herondale foi meu amigo...

— Stephen Herondale teria me matado se tivesse me conhecido — disse Tessa. — Eu não estaria segura entre pessoas como você, ou como ele. Sou mulher e mãe de guerreiros que lutaram, morreram e nunca se desonraram como vocês fizeram. Já usei roupas de combate, empunhei lâminas e matei demônios, e tudo que sempre quis foi combater o mal para viver e ser feliz ao lado dos que amei. Torcia para que tivesse feito deste mundo um lugar mais seguro para meus filhos. Por causa do Círculo de Valentim, a linhagem Herondale, a linha dos filhos dos filhos do meu filho acabou. Isso aconteceu por sua causa, do seu Círculo e do seu marido. Stephen Herondale morreu com ódio no coração e com sangue de pessoas como eu nas mãos. Não consigo imaginar uma maneira pior para o fim da minha linhagem e da de Will. Terei que carregar para o resto da vida a ferida do Círculo de Valentim, e eu viverei para sempre.

Tessa hesitou e olhou para o rosto pálido e desesperado de Jocelyn; em seguida, falou, mais gentilmente:

— Mas Stephen Herondale fez suas próprias escolhas, e você fez outras além da do ódio. Sei que Valentim não poderia ter sido derrotado sem sua ajuda. E sua filha não fez nada de errado para ninguém.

— Isso não significa que ela tenha direito a nossa ajuda — interrompeu Magnus. Ele não queria rejeitar Jocelyn, mas ainda tinha uma voz incômoda dentro dele que dizia que ela era inimiga. — Além disso, não sou uma instituição de caridade para Caçadores de Sombras e duvido que ela tenha dinheiro para pagar pela minha ajuda. Fugitivos nunca têm.

— Vou arrumar o dinheiro — disse Jocelyn. — Não preciso de caridade, e não sou mais Caçadora de Sombras. Não quero mais nada com eles.

Quero ser outra pessoa. Quero criar minha filha para ser outra pessoa, sem qualquer vínculo com a Clave, sem ser liderada ou levada para o mau caminho por ninguém. Quero que ela seja mais corajosa do que eu fui, mais forte do que eu fui, e que não permita que ninguém além dela mesma decida seu futuro.

— Ninguém poderia querer mais para um filho — disse Tessa, e se aproximou dela. — Posso segurá-la?

Jocelyn hesitou um instante, segurando firme o bebê, que estava todo enrolado. Então, lenta e relutantemente, com movimentos quase desajeitados, se inclinou para a frente e colocou a criança nos braços da mulher que acabara de conhecer.

— Ela é linda — murmurou Tessa. Magnus não sabia se Tessa havia segurado algum bebê nas últimas décadas, mas ela ajeitou a menina, mantendo-a firme no braço, com o ar casual e amoroso de uma mãe. Magnus já a tinha visto uma vez segurando um dos netos assim. — Como se chama?

— Clarissa — respondeu Jocelyn, olhando fixamente para Tessa, e então, como se estivesse contando um segredo, falou: — Eu a chamo de Clary.

Magnus olhou por cima do ombro de Tessa para o rosto da criança. A menina era mais velha do que ele imaginara, pequena para a idade, mas o rosto já havia perdido o ar de bebê: ela devia ter quase 2 anos, e já se parecia com a mãe. Parecia uma Fairchild. Tinha cachos ruivos, da mesma cor dos de Henry, formando montinhos na pequena cabeça, e olhos verdes, claros como vidro e brilhantes como joias, piscando curiosos para os arredores. Ela parecia não se importar de estar no colo de uma estranha. Tessa ajeitou o cobertor da menina, e o punho pequeno e determinado de Clary se fechou em torno de seu dedo. A criança acenou com o dedo de Tessa para a frente e para trás, como se quisesse exibir sua nova posse.

Tessa sorriu para o bebê, um sorriso lento e alegre, e sussurrou:

— Oi, Clary.

Ficou claro que pelo menos Tessa já se convencera. Magnus se inclinou, apoiando levemente o ombro no dela, e olhou para o rosto da menina. Ele acenou para chamar sua atenção, movendo os dedos de modo que seus anéis brilharam à luz. Clary riu, com dentes brancos e a mais pura alegria, e Magnus sentiu o nó de ressentimento no peito afrouxar.

Clary se mexeu de modo a deixar claro que queria ser solta, mas Tessa a entregou para Jocelyn, para que a mãe decidisse se deveria ou não colocá-la no chão. Jocelyn podia não querer que a filha vagasse pelo apartamento de um feiticeiro.

Jocelyn realmente olhou em volta, apreensiva, mas mesmo sem decidir se era seguro ou pequeno, Clary era teimosa, e ela sabia que teria que soltá-la. Colocou a menina no chão, e ela partiu determinada em sua exploração. Ficaram parados olhando enquanto ela pegava alternadamente o livro de Tessa, uma das velas de Magnus (que ela mastigou, pensativa, por um instante), e uma bandeja de prata que Magnus havia deixado embaixo do sofá.

— Curiosinha, não? — perguntou Magnus. Jocelyn olhou para ele. Seus olhos estavam ansiosamente fixos na filha. Magnus se pegou sorrindo para ela. — Não é uma característica ruim — garantiu. — Ela pode crescer e se tornar uma aventureira.

— Quero que ela cresça, seja feliz e fique em segurança — disse Jocelyn. — Não quero que viva aventuras. Aventuras acontecem quando a vida é cruel. Quero que tenha uma vida mundana, quieta e doce, e torci para que nascesse incapaz de enxergar o Mundo das Sombras. Não é um mundo para crianças. Mas nunca dei sorte com a esperança. Eu a vi tentando brincar com uma fada em um arbusto hoje à tarde. Preciso da sua ajuda. Preciso que a ajude. Pode deixá-la cega para tudo isso?

— Posso pegar uma parte essencial da natureza da sua filha e modificá-la para que você se sinta melhor? — perguntou Magnus. — Se você quiser que ela enlouqueça no fim.

Ele se arrependeu das palavras assim que as disse. Jocelyn o encarou, pálida, como se tivesse acabado de ser golpeada. Mas Jocelyn Morgenstern não era o tipo de mulher que chorava, não era o tipo de mulher que desabava, ou Valentim a teria destruído muito antes. Ela se manteve ereta e perguntou, com a voz calma:

— Tem mais alguma coisa que possa fazer?

— Tem... algo que posso tentar — respondeu Magnus.

Ele não disse que faria. Manteve os olhos na garota e pensou na menininha que Valentim cegou, em Edmund Herondale, que perdeu as Marcas tantos séculos atrás, nos filhos de Tessa, Jamie e Lucie, e em todos os filhos que tiveram. Ele não entregaria uma criança aos Caçadores de Sombras, para quem a Lei vinha antes da misericórdia.

Clary olhou para o pobre gato de Magnus, o Grande Catsby, que estava envelhecendo, deitado em uma almofada de veludo, com o rabo cinza e fofo esparramado nela.

338 As Crônicas de Bane

Todos os adultos enxergaram o desastre iminente. Deram um passo para a frente, em sintonia, mas Clary já tinha puxado o rabo do Grande Catsby, com o ar seguro de uma condessa alcançando um sino para chamar a criada.

O Grande Catsby soltou um miado penoso para protestar contra a indignidade, virou e arranhou Clary, que começou a gritar. Jocelyn estava ajoelhada ao lado da filha no instante seguinte, seus cabelos ruivos como um véu sobre a menina, como se, de algum jeito, pudesse proteger Clary do mundo.

— Ela é parte banshee? — perguntou Magnus ao ouvir o grito estridente. Clary parecia uma sirene de polícia. Magnus teve a sensação de que seria preso pela vigésima sétima vez. Jocelyn o encarou através do cabelo, e Magnus levantou as mãos fingindo se render. — Ah, perdoe-me por sugerir que o sangue da filha de Valentim não seja puro.

— Por favor, Magnus — disse Tessa em voz baixa.

Ela tinha amado muito mais Caçadores de Sombras do que Magnus. Foi para perto de Jocelyn. Colocou a mão no ombro da mãe da menina, que não a afastou.

— Se quer que a criança fique segura — disse Magnus —, não basta só um feitiço para conter a própria Visão dela. Clary também precisa ser protegida contra o sobrenatural, contra os demônios que podem vir atrás dela.

— E que Irmã de Ferro ou Irmão do Silêncio vai executar essa cerimônia por mim sem nos entregar para a Clave? — perguntou Jocelyn. — Não. Não posso arriscar. Se ela não souber nada sobre o Mundo das Sombras, estará segura.

— Minha mãe foi uma Caçadora de Sombras que não sabia nada sobre o Mundo das Sombras — disse Tessa. — Isso não a manteve segura.

Jocelyn encarou Tessa, horrorizada. Obviamente foi capaz de concluir o que tinha acontecido: um demônio se aproximou de uma Caçadora de Sombras desprotegida, e o resultado foi Tessa.

Fez-se silêncio. Clary tinha virado, curiosa, para Tessa, que se aproximou, os gritos devidamente esquecidos. A menina erguera os braços rechonchudos para Tessa. Jocelyn deixou que ela pegasse Clary novamente, e daquela vez a menina não tentou se soltar. Esfregou o rostinho manchado de lágrima na camisa de Tessa. Pareceu um gesto de afeto. Magnus torceu para que ninguém lhe oferecesse Clary nessa atual condição grudenta.

Jocelyn piscou os olhos e começou, lentamente, a sorrir. Magnus notou pela primeira vez que ela era linda.

— Clary nunca vai com estranhos. Talvez... Talvez ela saiba que você não é estranha aos Fairchild.

Tessa olhou para Jocelyn, seus olhos cinza-claros. Magnus achou, nesse caso, que Tessa estava enxergando mais do que ele.

— Talvez. Eu ajudo com a cerimônia — prometeu. — Conheço um Irmão do Silêncio que guardará qualquer segredo que eu pedir.

Jocelyn inclinou a cabeça.

— Obrigada. Theresa Gray.

Ocorreu a Magnus o quão furioso Valentim teria ficado se visse sua mulher procurando membros do Submundo, se imaginasse sua filha nos braços de uma feiticeira. O pensamento de Magnus de responder com crueldade aos apelos de Jocelyn se afastou ainda mais. Essa parecia uma vingança válida — provar, mesmo após a morte de Valentim, o quanto ele errou.

Foi até as duas mulheres e a criança, olhou para Tessa, e a viu fazendo um sinal afirmativo com a cabeça.

— Bem, então — disse Magnus —, ao que parece vamos ajudá-la, Jocelyn Morgenstern.

Jocelyn se encolheu.

— Não me chame assim. Eu sou... Sou Jocelyn Fairchild.

— Achei que não fosse mais uma Caçadora de Sombras — respondeu Magnus. — Se não quer que a encontrem, mudar de nome me parece um primeiro passo um tanto elementar. Confie em mim, sou um especialista. Já vi muitos filmes de espionagem.

Jocelyn pareceu cética, e Magnus revirou os olhos.

— Eu também não nasci me chamando Magnus Bane. Inventei um nome por conta própria.

— Eu nasci Tessa Gray. Mas você deve escolher qualquer nome que lhe pareça correto. Sempre falei que as palavras têm muito poder, e isso também vale para nomes. Um nome que você escolhe para si pode contar a história do seu destino e quem pretende se tornar.

— Pode me chamar de Fray. Vou juntar a inicial dos Fairchild, minha família perdida, com o nome dos Gray. Porque você é... amiga da família — disse Jocelyn, falando com uma súbita firmeza.

Tessa sorriu para Jocelyn, parecendo surpresa, porém satisfeita, e Jocelyn sorriu para a filha. Magnus viu a determinação em seu rosto. Valentim quis destruir o mundo como Magnus conhecia. Mas, em vez disso, essa mulher ajudou a destruir Valentim, e nesse momento olhava para a filha como se ela fosse construir um outro mundo, alegre e novo, só para Clary, de modo que ela jamais fosse tocada pelas sombras do passado. Magnus sabia o que era querer esquecer como Jocelyn queria, conhecia o impulso passional de proteger que vinha junto com o amor.

Talvez nenhum dos filhos da nova geração — nem essa ruivinha teimosa ou os semifada Helen e Mark Blackthorn do Instituto de Los Angeles, ou mesmo os filhos de Maryse Lightwood que cresceriam em Nova York, longe da Cidade de Vidro — precisasse descobrir todo o horror do passado.

Jocelyn acariciou o rosto da filha, e todos eles observaram a menina sorrir, completamente feliz com a alegria de viver. Ela era uma história em si, doce e cheia de esperança, apenas começando.

— Jocelyn e Clary Fray — disse Magnus. — Prazer em conhecê-las.

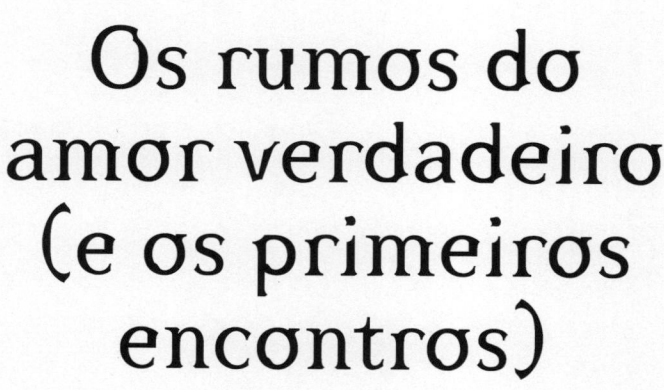

Os rumos do amor verdadeiro (e os primeiros encontros)

Cassandra Clare

Era noite de sexta feira no Brooklyn, e as luzes da cidade se refletiam no céu: nuvens tingidas de laranja pressionavam o calor de verão nas calçadas, como uma flor entre as páginas de um livro. Magnus caminhou sozinho pelo apartamento e ficou imaginando, apenas com ligeiro interesse, se estaria prestes a levar um bolo.

Ser convidado para um encontro por um Caçador de Sombras estava entre as dez coisas mais estranhas e inesperadas que já aconteceram a Magnus, e ele sempre buscou viver uma vida de imprevistos.

E ficou surpreso ao aceitar o convite.

A última terça-feira tinha sido um dia tedioso em casa, na companhia do gato e a lista de um inventário que incluía sapos com chifres. Então Alec Lightwood, o filho mais velho dos Caçadores de Sombras que controlavam o Instituto de Nova York, apareceu na porta de Magnus, agradeceu-lhe por ter salvado sua vida e o convidou para sair, enquanto enrubescia em todos os tons possíveis. Em resposta, Magnus prontamente perdeu a cabeça, beijou o menino e marcou um encontro para sexta-feira.

A coisa toda havia sido extremamente estranha. Para começar, Alec apareceu e agradeceu a Magnus por ter salvado sua vida. Pouquíssimos Caçadores de Sombras pensariam nisso. Eles pensavam na magia como um direito seu, a ser reclamado quando precisassem, e enxergavam feiticeiros como algo conveniente ou um incômodo. A maioria dos Nephilim teria pensado antes em agradecer a um elevador por chegar ao andar certo.

E ainda tinha o fato de que nenhum Caçador de Sombras jamais convidara Magnus para sair antes. Já pediram toda a sorte de favores: mágicos, sexuais e bizarros. Mas nenhum queria passar tempo com ele, ir ao cinema, dividir a pipoca. Ele nem sabia ao certo se os Caçadores de Sombras *assistiam* a filmes.

Foi algo tão simples, um pedido tão direto — como se nenhum Caçador de Sombras jamais tivesse quebrado um prato só porque Magnus o tocou, ou disparado "feiticeiro" como se fosse uma maldição. Como se todos os ferimentos pudessem ser curados, como se jamais tivessem acontecido, e o mundo pudesse ser como Alec Lightwood o enxergava através de seus olhos azul-claros.

Na hora, Magnus disse sim porque quis dizer sim. Contudo, era bem possível que tivesse dito sim por ser um idiota.

Afinal, o feiticeiro tinha que ficar lembrando a si mesmo que Alec nem estava tão interessado assim nele. Só estava respondendo à única atenção masculina que já havia recebido. Alec não tinha saído do armário, era tímido, evidentemente inseguro e obviamente apaixonado pelo amigo louro, Trace Wayland. Magnus tinha quase certeza de que era esse o nome, mas Wayland inexplicavelmente lembrava Will Herondale, e o feiticeiro não queria pensar em Will. Sabia que a melhor maneira de se poupar de um coração partido era não pensar em amigos perdidos e não voltar a se misturar com Caçadores de Sombras.

Disse a si mesmo que esse encontro seria um pouco de emoção, um incidente isolado em uma vida que havia se tornado um pouco rotineira, e nada mais.

Tentou não pensar em como ofereceu uma saída a Alec, e em como o rapaz o encarou e disse com uma simplicidade devastadora: *eu gosto de você.* Magnus sempre se considerou alguém que envolvia as pessoas com palavras, e dava uma rasteira ou as enganava, quando necessário. Era incrível como Alec simplesmente passou por cima de tudo isso. Mais incrível ainda era o fato de que ele nem parecia se esforçar muito.

Assim que Alec saiu, Magnus ligou para Catarina, fez a amiga jurar segredo e então contou tudo.

— Você concordou em sair com ele porque acha os Lightwood uns idiotas e quer mostrar que pode corromper o garotinho deles? — perguntou Catarina.

Magnus equilibrou os pés sobre Presidente Miau.

— Acho os Lightwood idiotas — admitiu. — E realmente soa como algo que eu faria. *Droga.*

— Não, na verdade não soa. Você é sarcástico 12 horas por dia, mas quase nunca é maldoso. Tem um bom coração por baixo de toda essa purpurina.

Era Catarina quem tinha um bom coração. Magnus sabia exatamente de quem era filho, e de onde viera.

— Mesmo que tenha sido despeito, ninguém pode culpá-lo, não depois do Círculo, depois de tudo que aconteceu.

Magnus olhou pela janela. Havia um restaurante polonês em frente a sua casa, as luzes brilhantes anunciavam *borscht* e café (de preferência, separado) 24 horas. E pensou nas mãos de Alec tremendo quando este o convidou para sair, e em como ele pareceu espantado e feliz quando Magnus aceitou.

— Não — disse Magnus. — Provavelmente é uma má ideia, talvez a minha pior ideia da década, mas não teve nada a ver com os pais dele. Eu aceitei por causa dele.

Catarina ficou em silêncio por alguns instantes. Se Ragnor estivesse por perto, teria rido, mas ele desapareceu num spa na Suíça para uma série de máscaras faciais complexas que buscavam realçar o verde de sua pele. Catarina tinha o instinto de uma curandeira: sabia quando deveria ser gentil.

— Boa sorte no seu encontro, então — disse, afinal.

— Muito obrigado, mas não preciso de sorte; preciso de ajuda — respondeu o feiticeiro. — Só porque vou ao encontro não quer dizer que vai correr tudo bem. Sou muito charmoso, mas todo tango precisa de um parceiro.

— Magnus, lembre-se do que aconteceu na última vez em que você tentou dançar tango. Seu sapato voou e quase matou uma pessoa.

— Era uma metáfora. Ele é um Caçador de Sombras, é um Lightwood e gosta de homens louros. É um risco sair com ele. Preciso de uma estratégia de fuga. Se o encontro for um desastre completo, vou mandar uma mensagem de texto, dizendo "Esquilo Azul, aqui é Raposa Caliente. Missão abortada com grande prejuízo". Aí você me liga avisando que aconteceu uma emergência terrível e que precisa da minha ajuda especializada de feiticeiro.

— Parece desnecessariamente complicado. É seu telefone, Magnus; não precisamos de codinomes.

— Tudo bem. Escrevo apenas "abortar". — Ele esticou a mão e passou os dedos da cabeça ao rabo de Presidente Miau. O gato se esticou e ronronou, aprovando entusiasmadamente o gosto de Magnus para homens. — Pode me ajudar?

Catarina respirou fundo, de um jeito demorado e irritado.

— Vou ajudar — prometeu. — Mas você já gastou todos os favores no ramo afetivo neste século, e está me devendo uma.

— É uma barganha — respondeu o feiticeiro.

— E, se tudo der certo — argumentou Catarina, fazendo uma vozinha esquisita —, quero ser a madrinha do casamento.

— Vou desligar agora — disse Magnus.

Tinha feito uma barganha com Catarina. Mais do que isso: telefonou e fez reservas em um restaurante. Escolheu a roupa para o encontro: calça Ferragamo vermelha, sapatos combinando e um colete preto de seda que usava sem camisa porque realçava maravilhosamente seus braços e ombros. E foi tudo em vão.

Alec estava meia hora atrasado. O mais provável era que sua coragem tivesse acabado — que ele tivesse examinado a própria vida, pesado a missão de Caçador de Sombras contra um encontro com um cara de quem nem sequer gostava — e ele não fosse aparecer.

Magnus deu de ombros filosoficamente e, com uma despreocupação que ele não sentia, foi até o armário de bebidas e preparou uma mistura empolgante com lágrimas de unicórnio, poção energizante, suco de cranberry e umas gotas de limão. Ele olharia para trás um dia, se lembraria disso e daria risada. Provavelmente amanhã. Bem, talvez depois de amanhã. Amanhã estaria de ressaca.

Talvez ele tenha se sobressaltado quando a campainha soou pelo loft, mas não havia ninguém além de Presidente Miau para ver. Magnus estava perfeitamente recomposto quando Alec subiu as escadas e entrou.

Alec não poderia ser descrito como perfeitamente recomposto. Seus cabelos pretos estavam por todos os lugares, como um polvo caído na fuligem; seu peito subia e descia violentamente sob a blusa azul-clara; havia um leve brilho de transpiração em seu rosto. Era preciso muito esforço para fazer Caçadores de Sombras suarem. Magnus ficou imaginando exatamente a que velocidade ele teria corrido.

— Ora, isso é inesperado — comentou, erguendo as sobrancelhas.

Ainda segurando o gato, Magnus se jogou suavemente no sofá, com as pernas num dos braços de madeira talhada. Presidente Miau estava em sua barriga, miando, em sinal de perplexidade pela mudança súbita na situação.

Magnus talvez estivesse se esforçando demais para parecer relaxado e despreocupado, e, a julgar pela expressão cabisbaixa de Alec, estava conseguindo.

— Desculpe o atraso. — Alec arfou. — Jace quis fazer um treino de armas, e eu não sabia como sair... quero dizer, não podia falar para ele...

— Ah, Jace, é isso — falou Magnus.

— O quê? — perguntou Alec.

— Por um instante, eu esqueci qual era o nome do rapaz louro — explicou Magnus, balançando os dedos com desdém.

Alec pareceu atordoado.

— Ah. Eu... Eu sou Alec.

Magnus interrompeu o gesto no meio. O brilho das luzes da cidade pela janela refletia nas joias azuis em seus dedos, projetando faíscas azuis brilhantes, que pegavam fogo e, em seguida, mergulhavam no azul profundo dos olhos do Caçador de Sombras.

Alec tinha se esforçado, Magnus pensou, apesar de ser necessário um olhar treinado para enxergar isso. A camisa azul-clara lhe caía melhor do que o horroroso moletom cinza que ele usava na terça-feira. Estava com um leve cheiro de colônia. Magnus ficou surpreendentemente sensibilizado.

— Sim — respondeu devagar, e depois sorriu lentamente também. — Do seu nome eu me lembro.

Alec sorriu. Talvez não importasse se o rapaz tivesse algum sentimento pelo Aparentemente-Jace. O Aparentemente-Jace *era* lindo, mas era o tipo de pessoa que sabia disso, e normalmente esse tipo era problemático demais para valer a pena. Se Jace era ouro, atraindo luz e atenção, Alec era prata: tão acostumado com todos olhando para Jace que era para ele que também olhava; tão acostumado a viver na sombra de Jace que não esperava ser notado. Talvez bastasse ser o primeiro a dizer a Alec que ele merecia ser notado antes de qualquer outro no recinto, e também por mais tempo.

E a prata, apesar de poucos saberem, é um metal mais raro do que o ouro.

— Não se preocupe — disse Magnus, levantando-se agilmente do sofá e colocando Presidente Miau nas almofadas, o que fez com que o gato se indignasse com estardalhaço. — Beba alguma coisa.

Magnus colocou seu drinque na mão de Alec; não tinha tomado nem um gole, e poderia preparar mais um. Alec pareceu espantado. Obviamente estava muito mais nervoso do que Magnus imaginara, pois se atrapalhou e derrubou o copo, entornando o líquido vermelho em si e no chão. Ouviu-se um estilhaçar quando o copo bateu na madeira do piso e quebrou.

Alec parecia ter levado um tiro e estava muito envergonhado por isso.

— Uau! — exclamou Magnus. — Vocês fazem uma propaganda bem enganosa sobre seus reflexos de elite Nephilim.

— Ah, pelo Anjo. Sinto muito, muito mesmo.

Magnus balançou a cabeça e fez um gesto com as mãos, deixando um rastro de faísca azul no ar, e a poça de líquido vermelho e vidro desapareceu.

— Não se lamente — falou. — Sou um feiticeiro. Não existe bagunça que eu não possa limpar. Por que você acha que dou tantas festas? Sabe, eu não daria festa alguma se tivesse que esfregar os banheiros pessoalmente. Já viu um vampiro vomitar? É nojento.

— Eu não, hum, conheço nenhum vampiro socialmente.

Os olhos de Alec estavam arregalados e horrorizados, como se estivesse imaginando vampiros devassos vomitando o sangue de inocentes. Magnus estava pronto para apostar que ele não conhecia ninguém do Submundo socialmente. Os Filhos do Anjo se mantinham no próprio círculo.

Magnus ficou imaginando o que exatamente Alec estava fazendo ali em seu apartamento. Apostava que o Caçador de Sombras estava pensando o mesmo.

A noite poderia ser longa, mas pelo menos os dois poderiam estar bem-vestidos. A camiseta demonstrava que Alec estava se esforçando, porém Magnus podia fazer muito melhor.

— Vou pegar uma camisa nova para você. — Magnus se ofereceu e foi até o quarto enquanto Alec continuava protestando discretamente.

O armário do feiticeiro ocupava metade do quarto. Havia tempos que estava para aumentá-lo. Tinha muitas roupas que achava que cairiam muito bem em Alec, mas deu uma olhada nelas e percebeu que o garoto podia não ficar satisfeito por Magnus impor seu peculiar senso fashion.

Optou por uma seleção mais discreta e escolheu a camiseta preta que ele próprio estava usando na terça. Talvez tenha sido um pouco sentimental da parte do feiticeiro.

A camiseta trazia a frase pisque se me quiser bordada com lantejoulas, mas era o que ele tinha de mais discreto. Pegou a peça do cabide e rodopiou de volta à sala, onde se deparou com Alec, que já havia tirado a camisa e estava ali um tanto desamparado, com a roupa manchada enrolada na mão.

Magnus parou onde estava.

A sala era iluminada apenas por um abajur para leitura; o restante da luz vinha de fora da janela. Alec estava pintado com as luzes dos postes da rua e a luz do luar; sombras se curvavam em torno dos bíceps e das reentrâncias esguias da clavícula, do tronco liso, magro e da pele exposta até a linha escura dos jeans. Havia símbolos na superfície reta da barriga, e as cicatrizes prateadas de velhas Marcas sobre as costelas, além de uma no quadril. Estava com a cabeça abaixada, os cabelos pretos como tinta, a pele luminosa e branca como papel. Parecia uma obra de arte em *chiaroscuro*, concebida de modo belo e maravilhoso.

Magnus já tinha ouvido muitas vezes a história de como os Nephilim foram criados. Devem ter se esquecido de contar a parte que dizia: *e o Anjo desceu do céu e deu abdomes fantásticos a seus escolhidos.*

Alec olhou para Magnus, e seus lábios se entreabriram como se ele fosse falar. Observou-o com olhos arregalados, encantado por ser observado.

Magnus exerceu um autocontrole heroico, sorriu e ofereceu a camiseta.

— Eu... sinto muito por esse encontro horrível — murmurou Alec.

— Do que você está falando? O encontro está sendo ótimo. Você só está aqui há dez minutos e já tirou metade da roupa.

Alec pareceu ao mesmo tempo constrangido e satisfeito. Tinha dito a Magnus que era novo nisso, então, qualquer coisa que ultrapassasse um leve flerte poderia assustá-lo. Magnus tinha planejado um encontro muito calmo e normal: sem surpresas, nem nada inesperado.

— Vamos — disse Magnus, e pegou um sobretudo de couro vermelho.

— Vamos jantar.

A primeira parte do plano de Magnus, chegar ao metrô, parecia muito simples. E muito infalível.

Não lhe ocorrera que um jovem Caçador de Sombras não estivesse acostumado a ser visível e a ter que interagir com mundanos.

O metrô ficava cheio numa noite de sexta, o que não era nenhuma surpresa, mas isso pareceu alarmar Alec. Ele olhava para os mundanos como se estivesse em uma selva cercado por macacos ameaçadores, e ainda parecia traumatizado por causa da camiseta de Magnus.

— Não posso usar um símbolo de disfarce? — perguntou ele, enquanto embarcavam no trem F.

— Não. Não vou parecer solitário numa noite de sexta só porque você não quer que os mundanos o encarem.

Eles conseguiram dois assentos, mas aparentemente isso não melhorou a situação. Ficaram sentados, um do lado do outro, constrangidos com as conversas ao redor. Alec estava em completo silêncio. Magnus tinha certeza de que o que ele mais queria era ir para casa.

Havia pôsteres roxos e azuis olhando para eles, exibindo casais mais velhos que trocavam olhares tristes. Os pôsteres traziam as palavras com o passar dos anos vem... a impotência! Magnus se viu encarando os pôsteres com uma espécie de horror ausente. Olhou para Alec e notou que o rapaz também não conseguia desviar os olhos das imagens. Ficou imaginando se ele sabia que Magnus tinha 300 anos, e se estaria pensando no quão impotente alguém pode ficar depois de tanto tempo.

Dois homens entraram no trem na estação seguinte e abriram um espaço bem na frente de Magnus e Alec.

Um deles começou a dançar de forma dramática na barra de ferro. O outro se sentou com as pernas cruzadas e começou a batucar no tambor que trouxera.

— Olá, senhoras e senhores e o que mais estiver por aqui! — falou o cara com o tambor. — Agora vamos nos apresentar para entreter vocês. Espero que gostem. Chamamos de... "Música do Bumbum".

Juntos começaram um rap. Ficou nítido que a música era de autoria deles.

Rosas são vermelhas, e dizem que o amor não foi feito para durar,
Mas eu sei que essa sua bunda linda, linda nunca vai me cansar.
Toda a gelatina no seu jeans, todo esse popozão,
Tenho que pegar, só de olhar, já fico gamadão.
Se um dia quiser entender por que tenho que te ter,
É porque o bumbum de nenhuma outra me faz enlouquecer.
Dizem que você não é gata, mas pra mim tanto faz.
O que estou olhando é a vista de trás.
Nunca fui romântico, não sei o que é o amor,
Mas olho pro seu jeans sem o menor pudor.
Detesto que se vá, mas adoro te ver indo.
Vira uma vez e sai de novo, amor, devagarinho.
Eu vou logo depois, com minha cantada número um,
Nunca me canso desse lindo bumbum.

A maioria das pessoas pareceu chocada. Magnus não sabia se Alec estava só chocado ou também horrorizado e secretamente entregando a alma a Deus. Sua expressão era extremamente peculiar, e os lábios completamente cerrados.

Em circunstâncias normais, Magnus teria rido, rido e dado uma bela gorjeta. Naquela, ficou muito grato quando chegaram à estação de destino. Ainda assim, deu alguns trocados aos artistas e saltou com Alec.

Mais uma vez, o feiticeiro se lembrou da grande desvantagem da visibilidade mundana quando um homem magrelo e sardento passou por eles. Magnus estava pensando que talvez tenha sentido uma mão em seu bolso quando o cara uivou e gritou.

Enquanto o feiticeiro se perguntava se havia sido furtado ou não, Alec reagiu como um Caçador de Sombras treinado: pegou o braço do sujeito e o jogou pelo ar. O ladrão voou, com os braços esticados e flácidos balançando, como uma boneca de pano. Aterrissou na plataforma com um estrondo e a bota de Alec em sua garganta. Mais um trem passou, cheio de luzes e barulhos; os passageiros de sexta à noite o ignoraram, formando um aglomerado de corpos em roupas justas e brilhantes, e cabelos produzidos, ao redor de Magnus e Alec.

Os olhos de Alec estavam ligeiramente arregalados. Magnus desconfiou que ele tivesse agido por instinto e não tivera a intenção de empregar a força do combate a demônios em um mundano.

O sujeito ruivo gritou, revelando um aparelho dentário, e balançou as mãos no que parecia ser um gesto desesperado de redenção ou uma imitação muito boa de um pato em pânico.

— Cara! — falou. — Desculpa! De verdade! Eu não sabia que você era ninja!

Alec tirou o pé, e lançou um olhar atormentado para os transeuntes que o encaravam, fascinados.

— Não sou ninja — murmurou.

Uma menina bonita, com prendedores de borboleta nos dreadlocks, colocou a mão no braço dele.

— Você foi incrível — disse, com voz musical. — Tem os reflexos de uma cobra dando o bote. Deveria ser um dublê. Sério, com suas maçãs do rosto, deveria ser ator. Muita gente procura pessoas bonitas como você, capazes de fazer as próprias cenas de ação.

As Crônicas de Bane

Alec lançou um olhar apavorado e cheio de expectativa para Magnus, que ficou com pena e colocou a mão nas costas do rapaz, encostando-se nele. Sua atitude e o olhar que direcionou à moça claramente diziam *ele está comigo*.

— Sem ofensa — acrescentou a menina, rapidamente retirando a mão para remexer na bolsa. — Meu cartão. Trabalho em uma agência de talentos. Você pode ser um astro.

— Ele é estrangeiro — explicou Magnus. — Não tem número da seguridade social. Você não pode contratá-lo.

A menina olhou para Alec e abaixou a cabeça, triste.

— Que pena. Ele poderia fazer um *tremendo* sucesso. Veja esses olhos!

— Eu sei que ele é um arraso — disse Magnus. — Mas receio que tenha que tirá-lo daqui. Ele é procurado pela Interpol.

Alec lançou-lhe um olhar confuso.

— Interpol?

Magnus deu de ombros.

— Um arraso? — insistiu Alec.

Magnus ergueu uma sobrancelha para ele.

— Você deve saber que é essa minha opinião. Do contrário, por que eu aceitaria sair com você?

Aparentemente Alec não tinha certeza, apesar de ter dito que tanto Isabelle quanto Jace comentaram isso. Talvez todos os vampiros tenham ido para casa e fofocado sobre o fato de Magnus ter achado um Caçador de Sombras gato. Magnus provavelmente tinha que aprender a ser sutil, e Alec possivelmente não tinha acesso a espelhos no Instituto. Pareceu espantado e satisfeito.

— Achei que talvez... você disse que não era solidário...

— Não faço caridade — respondeu. — Em nenhum aspecto da minha vida.

— Vou devolver a carteira — disse uma voz amável.

O assaltante ruivo interrompeu o que poderia ter sido um momento agradável ao se levantar, pegar a carteira de Magnus e derrubá-la no chão com um grito de dor.

— A carteira me mordeu!

Para aprender a não roubar carteiras de feiticeiros, Magnus pensou, se abaixando para recuperá-la de uma floresta de saltos altos cintilantes no concreto.

Em voz alta, apenas disse:

— Essa não está sendo sua noite, né?

— A sua carteira morde? — perguntou Alec.

— Esta morde pessoas — respondeu o feiticeiro, guardando-a no bolso. Ficou feliz em recuperá-la, não só porque ele gostava de dinheiro, mas porque a carteira combinava com a calça vermelha de couro de crocodilo. — A John Varvatos pega fogo.

— Quem?

Magnus olhou triste para Alec.

— Um designer supercool — disse a menina, com os prendedores de borboleta. — Sabe, quando você é astro de cinema, ganha coisas grátis dos designers.

— Sempre posso bater uma carteira Varvatos — concordou o ladrão. — Não que eu fosse roubar e vender alguma coisa de alguém nesta plataforma. Principalmente de vocês. — E lançou a Alec um olhar que beirava a idolatria. — Não sabia que gays conseguiam lutar assim. Tipo, sem ofensa. Foi incrível.

— Você aprendeu duas lições importantes sobre tolerância e honestidade — explicou Magnus, severo. — E ainda conservou todos os dedos após tentar me assaltar em um primeiro encontro. Então, esse é o melhor cenário que você poderia imaginar.

Ouviu-se um murmúrio de solidariedade. Magnus olhou em volta e viu Alec, com os olhos um pouco arregalados, e todo mundo parecendo preocupado. Aparentemente a multidão que tinham reunido de fato acreditava no amor dos dois.

— Ah, cara, foi mal mesmo — disse o ladrão. — Eu jamais teria a intenção de atrapalhar o primeiro encontro de alguém com um ninja.

— Estamos de saída agora — disse Magnus, com sua melhor voz de Alto Feiticeiro. Estava com medo de que Alexander planejasse se jogar na frente do próximo trem.

— Divirtam-se no encontro, meninos — falou a Pregador de Borboletas, enfiando seu cartão no bolso na calça de Alec, que pulou como uma lebre assustada. — Dê uma ligada se mudar de ideia quanto à fama e à fortuna!

— Desculpem mais uma vez! — falou o assaltante, acenando uma despedida animada.

Deixaram a plataforma em meio a um coro de desejos de boa sorte. Alec parecia desejar apenas a doce libertação da morte.

* * *

O restaurante ficava na 13th com a 3rd, perto de uma loja de roupas e entre uma fila de prédios velhos de tijolos vermelhos. Era um restaurante que misturava as culinárias etíope e italiana, administrado por membros do Submundo. Estava mais para sombrio e velho; então, os Caçadores de Sombras não frequentavam. Magnus desconfiava seriamente de que Alec não queria correr o risco de ser visto por nenhum Nephilim.

Ele também já tinha levado muitos pretendentes mundanos ali, como forma de introduzi-los aos poucos em seu mundo. O restaurante queria clientes mundanos, porém era mais frequentado por membros do Submundo; portanto, os feitiços eram utilizados, contudo em proporções menores.

Havia um grande dinossauro grafitado obscurecendo a placa. Alec franziu os olhos, mas seguiu Magnus para dentro do restaurante.

Assim que Magnus entrou, percebeu que tinha cometido um grave erro.

No segundo em que a porta se fechou atrás deles, o salão grande e mal iluminado caiu em um terrível silêncio. Fez-se um barulho quando alguém, uma ifrit com sobrancelhas de fogo, mergulhou atrás de uma mesa.

Magnus olhou para Alec e percebeu o que os outros viram: mesmo sem uniforme de combate, seus braços tinham símbolos e as roupas mostravam que trazia armas. *Nephilim*. Magnus poderia ter entrado em um bar na época da Lei Seca, cercado por policiais armados.

Meu Deus, era um saco ter um encontro.

— Magnus Bane! — sibilou Luigi, o dono, ao se aproximar. — Você trouxe um Caçador de Sombras para cá? É uma batida? Magnus, achei que fôssemos amigos! Você poderia ter, ao menos, me avisado com antecedência!

— Estamos aqui socialmente — respondeu o feiticeiro. Levantou as mãos, com as palmas expostas. — Juro. Só para conversar e comer.

Luigi balançou a cabeça.

— Por você, Magnus. Mas, se ele fizer alguma coisa contra meus outros clientes... — gesticulou para Alec.

— Não vou — falou Alec, e limpou a garganta. — Estou... de folga.

— Caçadores de Sombras nunca estão de folga — afirmou Luigi sombriamente, e os arrastou a uma mesa na parte mais remota do restaurante, no canto perto das portas duplas que levavam à cozinha.

Um garçom lobisomem com uma expressão rígida, que indicava tédio ou constipação, foi até lá.

— Olá, meu nome é Erik e serei seu garçom por hoje... Meu Deus, você é um Caçador de Sombras!

Magnus fechou os olhos por um momento doloroso.

— Podemos ir — falou a Alec. — Isso pode ter sido um erro.

Mas uma luz teimosa iluminou os olhos de Alec. Apesar da aparência de porcelana, Magnus conseguia ver o aço por baixo.

— Você está fazendo eu me sentir muito ameaçado — disse Erik, o garçom.

— Ele não está fazendo nada. — Magnus se irritou.

— Não é o que ele está fazendo, é como está fazendo eu me *sentir*. — Erik fungou e bateu com os cardápios como se tivesse sido pessoalmente ofendido. — Tenho úlceras de estresse.

— O mito de que úlceras são provocadas por estresse já caiu por terra há muito tempo — retrucou Magnus. — Na verdade, é uma espécie de bactéria.

— Hum, quais são os pratos do dia? — perguntou Alec.

— Não consigo lembrar com as emoções tão à flor da pele — retrucou o garçom. — Um Caçador de Sombras matou meu tio.

— Eu nunca matei o tio de ninguém — disse Alec.

— Como pode saber? — perguntou Erik. — Quando vai matar alguém, você para e pergunta se a pessoa tem sobrinhos?

— Eu mato *demônios* — explicou Alec. — Demônios não têm *sobrinhos*.

Magnus sabia que isso era apenas tecnicamente verdade. Pigarreou alto.

— Talvez seja melhor eu pedir por nós dois. Que tal dividirmos?

— Claro — respondeu Alec, descartando o cardápio.

— Quer beber alguma coisa? — O garçom perguntou especificamente a Alec, baixando a voz para dar ênfase. — Ou quer esfaquear alguém? Se for absolutamente necessário, talvez pudesse esfaquear o cara no canto com a blusa vermelha. Ele é péssimo nas gorjetas.

Alec abriu e fechou a boca e, em seguida, abriu outra vez:

— É uma pergunta capciosa?

— Por favor, vá — pediu Magnus.

Alec ficou muito quieto, mesmo depois que Erik, o garçom irritante, se retirou. Magnus tinha quase certeza de que ele estava detestando, e não podia culpá-lo por isso. Vários outros clientes se retiraram, lançando olhares assustados por cima dos ombros enquanto pagavam apressadamente.

Quando a comida chegou, os olhos de Alec se arregalaram ao perceber que Magnus tinha pedido *kifto* cru. Luigi tinha se esforçado: havia também carne vermelha dourada na manteiga, *doro wat*, um ensopado apimentado de cebola vermelha, purê de lentilhas e couve, tudo isso em um pão etíope grosso conhecido como *injera*. A parte italiana da herança cultural de Luigi estava representada pelo macarrão. Alec não teve muito trabalho com a comida e parecia saber que deveria comer com a mão sem precisar que lhe dissessem. Era nova-iorquino, Magnus pensou, mesmo sendo também um Caçador de Sombras.

— É a melhor comida etíope que já comi. Você entende muito sobre culinária? — perguntou o rapaz. — Quero dizer, obviamente entende. Foi uma pergunta idiota.

— Não, não foi — falou Magnus, franzindo o rosto.

Alec se serviu de um pouco de *penne arrabiata*. Imediatamente começou a engasgar. Lágrimas arderam em seus olhos.

— Alexander! — chamou o feiticeiro.

— Estou bem. — Alec engasgou e pareceu horrorizado. Pegou um pedaço de pão, e só percebeu o que era quando tentou esfregá-lo nos olhos. Largou o pão apressadamente e pegou o guardanapo no lugar, escondendo os olhos molhados e o rosto rubro.

— É óbvio que você não está bem! — falou Magnus, provando um pouco do macarrão.

Ardia como o inferno, e Alec continuava respirando no guardanapo. Magnus gesticulou peremptoriamente para o garçom, acrescentando, talvez, faíscas azuis às toalhas de mesa alheias.

As pessoas ao redor se afastaram sutilmente das mesas.

— Este *penne* está muito *arrabiata*, e você fez isso de propósito — disse Magnus, quando o garçom lobisomem se aproximou.

— Direitos licantropes — resmungou Erik. — Esmagar os opressores vis.

— As pessoas não fazem uma revolução com macarrão, Erik — retrucou Magnus. — Agora traga um prato novo ou vou denunciá-lo ao Luigi.

— Eu... — começou Erik, desafiadoramente. Magnus cerrou seus olhos de gato. O rapaz encontrou o olhar de Magnus e decidiu não bancar o garçom heroico. — Claro. Peço desculpas.

— Que idiota — observou Magnus em voz alta.

— É — disse Alec, pegando mais um pedaço do *injera*. — O que os Caçadores de Sombras já fizeram com ele?

Magnus ergueu uma sobrancelha.

— Bem, ele mencionou um tio morto.

— Ah — disse Alec. — Certo.

E voltou a olhar fixamente para a toalha de mesa.

— Mas ele continua sendo um idiota — emendou Magnus.

Alec resmungou alguma coisa que o feiticeiro não conseguiu entender.

Foi então que a porta se abriu e um humano bonito com olhos profundamente verdes entrou. Estava com as mãos nos bolsos do terno caro e cercado por um grupo de jovens fadas — homens e mulheres — lindas.

Magnus se encolheu na cadeira. Richard. Richard era um mortal que fora adotado por fadas como elas faziam às vezes, sobretudo quando eram mortais com dons musicais. Ele também era outra coisa.

Magnus limpou a garganta.

— Rápido, alerta. O cara que acabou de entrar é um ex — avisou. — Bem, mal chega a ser ex. Foi bem casual. E nos separamos amigavelmente.

Nesse momento, Richard o avistou. O rosto inteiro se contorceu; então ele atravessou o salão em dois passos.

— Você é desprezível! — sibilou Richard, em seguida pegou a taça de vinho de Magnus e jogou na cara dele. — Desista enquanto é tempo — continuou para Alec. — Nunca confie em um feiticeiro. Eles enfeitiçam os anos da sua vida e o amor do seu coração!

— Anos? — questionou Magnus. — Não foram nem vinte minutos!

— O tempo é diferente para as fadas — explicou Richard, o idiota pretensioso. — Você desperdiçou os melhores vinte minutos da minha vida!

Magnus pegou o guardanapo e começou a limpar o rosto. Piscou para afastar o borrão vermelho enquanto Richard recuava e Alec assumia uma expressão de espanto.

— Certo — falou. — É possível que eu tenha me enganado quanto à separação amigável. — E tentou esboçar um sorriso, o que era difícil fazer com vinho no cabelo. — Ai, ai. Você sabe como são os ex.

Alec olhou para a toalha de mesa. Obras de arte em museus recebiam menos atenção do que esta toalha de mesa.

— Na verdade, não — falou. — Este é o primeiro encontro da minha vida.

Isso não estava dando certo. Magnus não sabia por que tinha achado que daria. Ele tinha que acabar com o encontro sem ferir muito o orgulho de Alec. Queria sentir a satisfação de ter um plano preparado para isso, mas, ao enviar uma mensagem para Catarina por baixo da mesa, o que sentiu foi uma melancolia opressora.

Magnus ficou ali parado, esperando Catarina ligar, e tentou pensar no que dizer.

— Sem ressentimentos. Gosto mais de você do que de qualquer Caçador de Sombras que tenha conhecido em mais de um século e espero que você encontre um bom rapaz Caçador de Sombras... se houver algum além de você.

O telefone tocou enquanto Magnus ainda se recompunha mentalmente, e soou forte entre o silêncio dos dois. O feiticeiro atendeu com pressa. Não estava com as mãos muito firmes e, por um momento, temeu que fosse derrubar o telefone, como Alec fez com o copo, mas conseguiu atender. A voz de Catarina passou pela linha, nítida e inesperadamente urgente. Era evidente que ela era uma atriz metódica.

— Magnus, houve uma...

— Emergência, Catarina? — perguntou o feiticeiro. — Isso é terrível! O que foi que aconteceu?

— Uma emergência de verdade, Magnus!

Magnus apreciou o compromisso de Catarina com a personagem, mas preferia que ela não gritasse tão alto ao seu ouvido.

— Que horror, Catarina. Quero dizer, estou muito ocupado, mas suponho que, se há vidas em risco, não posso dizer n...

— Há vidas em risco, seu idiota falastrão! — gritou Catarina. — Traga o Caçador de Sombras!

Magnus hesitou.

— Catarina, acho que você não está entendendo direito o que tem que fazer aqui.

— Você já está bêbado, Magnus? — perguntou ela. — Está por aí na devassidão, *embebedando* um Nephilim, um Nephilim com menos de 21 anos?

— O único álcool que passou pela minha boca foi do vinho atirado na minha cara — respondeu o feiticeiro. — E não tive a menor culpa nesse incidente também.

Fez-se uma pausa.

— Richard? — perguntou Catarina.

— Richard — confirmou Magnus.

— Ouça, deixe isso para lá. Preste atenção, Magnus, porque estou trabalhando, uma das minhas mãos está coberta de fluido, e só vou falar uma vez.

— Fluido — repetiu Magnus. — Que tipo de fluido?

Alec o encarou.

— Só vou falar uma vez, Magnus. — Catarina repetiu com firmeza. — Tem uma jovem licantrope no Beauty Bar. Ela saiu em uma noite de lua cheia porque queria provar para si mesma que ainda poderia ter uma vida normal. Um vampiro denunciou, e os vampiros não vão ajudar em nada, porque nunca ajudam. A licantrope está se Transformando, num lugar desconhecido e lotado, e provavelmente vai se descontrolar e matar alguém. Não posso sair do hospital. Lucian Graymark está com o telefone desligado, e o que o bando dele disse que você está no hospital acompanhando um ente querido. Você não está no hospital, está num encontro idiota. Se foi ao restaurante ao qual disse que ia, é a pessoa mais próxima que pode ajudar. Vai ajudar ou vai continuar desperdiçando meu tempo?

— Vou desperdiçar seu tempo em uma próxima oportunidade, querida — disse Magnus.

Catarina respondeu, e ele pôde ouvir o sorriso torto na voz dela:

— Aposto que sim.

Ela desligou. Catarina costumava ser ocupada demais para se despedir. Magnus percebeu que ele mesmo não tinha tanto tempo assim, mas desperdiçou um instante olhando para Alec.

Catarina tinha dito a Magnus para levar o Caçador de Sombras, mas ela não tinha muito a ver com os Nephilim. Magnus não queria ver Alec arrancando a cabeça de uma pobre menina porque ela transgrediu a Lei: não queria que outra pessoa sofresse porque ele fez um julgamento errado, e não queria odiar Alec como odiou tantos Nephilim.

Também não queria que mundanos fossem mortos.

— Sinto muito por isso — falou. — É uma emergência.

— Hum — disse Alec, encolhendo os ombros. — Tudo bem. Eu entendo.

— Tem uma licantrope descontrolada em um bar aqui perto.

— Ah — disse Alec.

Alguma coisa em Magnus estalou.

— Tenho que ir e tentar controlá-la. Pode me ajudar?

— Ah, é uma emergência real?! — exclamou Alec, e se alegrou imensamente. Por um instante, Magnus ficou feliz por haver uma licantrope enlouquecida por Manhattan, se isso deixava Alec assim. — Achei que fosse uma daquelas situações em que você combina com sua amiga para ela ligar e livrar você de um encontro ruim.

— Ha ha. Eu não sabia que as pessoas faziam isso.

— Aham. — Alec já estava se levantando e colocando a jaqueta. — Vamos, Magnus.

Sentiu uma explosão de satisfação no peito; parecia um pequeno estouro, agradável e espantoso ao mesmo tempo. Ele gostava que Alexander falasse as coisas que os outros pensavam, mas nunca diziam. Gostava que Alec o chamasse de Magnus, e não de "feiticeiro". E gostava dos ombros de Alec se movendo debaixo da jaqueta (às vezes, ele era superficial).

Ficou feliz por Alec querer ir. Tinha imaginado que o Caçador de Sombras poderia ficar feliz com um pretexto para se retirar de um encontro desagradável, mas talvez tivesse interpretado mal a situação.

Magnus deixou dinheiro na mesa; quando Alec fez um ruído de reprovação, ele sorriu.

— Por favor — falou. — Você não faz ideia de como eu cobro caro pelos meus serviços para os Nephilim. É justo. Vamos.

Enquanto saíam, ouviram o garçom gritar atrás deles:

— Direitos licantropes!

O Beauty Bar normalmente ficava cheio àquela hora, numa sexta à noite, mas as pessoas que corriam para fora não o faziam com o ar casual daqueles que saíam para fumar ou ficar com alguém. Elas demoravam debaixo do sinal luminoso e branco que dizia "Beauty" com letras vermelhas e o que parecia ser a foto de uma cabeça de Medusa dourada embaixo. A multidão tinha o ar de pessoas desesperadas para escapar, mas que ao mesmo tempo ficavam por ali, presas aos lugares por um fascínio horrorizado.

Uma menina agarrou a manga de Magnus e olhou para ele com os cílios postiços cheios de purpurina prateada.

— Não entre — sussurrou. — Tem um monstro aí.

Eu sou um monstro, Magnus pensou. *E monstros são a especialidade* dele.

Mas não falou nada. Em vez disso, declarou:

— Não acredito em você. — E entrou.

E estava falando sério: os Caçadores de Sombras, inclusive Alec, podiam acreditar que Magnus fosse um monstro, mas ele próprio não acreditava. Ensinara a si mesmo a não acreditar nisso, embora sua mãe, o homem que chamou de pai e milhares de outras pessoas já tivessem lhe dito que era verdade.

Ele também não acreditava que a menina ali dentro fosse um monstro, independentemente da sua aparência para mundanos e Caçadores de Sombras. Ela tinha uma alma, e isso significava que podia ser salva.

Estava escuro no bar, e, ao contrário das expectativas de Magnus, ainda havia gente ali dentro. Em uma noite normal, o Beauty Bar era um lugarzinho barato, cheio de pessoas felizes fazendo as unhas com funcionários empoleirados em cadeiras que pareciam cadeiras antigas de salões de beleza com secadores enormes nos encostos, ou dançando no chão de quadrados em preto e branco, que sugeriam um tabuleiro de xadrez.

Hoje ninguém estava dançando, e as cadeiras foram abandonadas. Magnus cerrou os olhos para uma mancha no chão do tabuleiro e viu os azulejos em branco e preto sujos com sangue vermelho brilhante.

Ele olhou para Alec para ver se ele também tinha notado, e o viu inquieto, obviamente nervoso.

— Tudo bem?

— Sempre faço isso com Isabelle e Jace — respondeu Alec. — E eles não estão aqui. E não posso ligar para eles.

— Por que não? — perguntou Magnus.

Alec enrubesceu no exato instante em que Magnus entendeu o que ele queria dizer. O Caçador de Sombras não podia ligar para os amigos porque não queria que soubessem que estava em um encontro com o feiticeiro. Não queria especificamente que Jace soubesse. Não era algo particularmente agradável de se pensar, mas era assunto de Alec.

Também era verdade que Magnus não queria mais Caçadores de Sombras na equação, desejando impor sua dura justiça, mas entendeu o problema de Alec. Pelo que já tinha observado de Jace e da irmã exibida de Alexander, tinha certeza de que o rapaz estava acostumado a protegê-los, defendê-los de suas próprias ações precipitadas, o que significava que Alec estava acostumado a defender, e não a atacar.

— Você vai se sair muito bem sem eles — encorajou-o Magnus. — Eu ajudo.

Alec pareceu duvidar daquilo, o que era ridículo, considerando que Magnus conseguia fazer mágica de verdade, fato que os Caçadores de Sombras gostavam de esquecer enquanto contemplavam profundamente o quanto era superiores. Mas, para crédito de Alec, Magnus assentiu e avançou. E percebeu, meio confuso, que, sempre que tentava avançar, Alec esticava o braço ou se movia um pouco mais rápido, ficando na sua frente, posicionando-se protetoramente.

As pessoas que permaneceram no bar estavam encostadas nas paredes, como se estivessem presas, imóveis de medo. Alguém soluçava.

Ouviu-se um rugido baixo e trêmulo vindo do lounge que ficava no fundo do bar.

Alec foi em direção ao som, suave e veloz como um Caçador de Sombras, e Magnus o acompanhou.

O lounge era decorado com fotos em preto e branco de mulheres dos anos 1950 e uma bola de discoteca que obviamente não oferecia nenhuma luz útil. Havia um palco vazio, feito de caixas, e um abajur para leitura, que oferecia a única iluminação real. Viam-se sofás no centro da sala, cadeiras ao fundo e sombras por todos os lados.

Uma das sombras se movia e rosnava em meio às outras. Alec avançou, caçando-a, e a licantrope rugiu em desafio.

E, de repente, uma menina esguia com seus cabelos em longos cachos escuros, traçando laços de sangue, olhou para eles. Magnus deu um pulo para a frente e a segurou em seus braços antes que ela pudesse se distrair ou ser atacada por Alec.

— Não deixe que ele a machuque! — Ela gritou ao mesmo tempo que Magnus perguntava:

— O quanto ela a machucou?

O feiticeiro hesitou e disse:

— Acho que estamos num tipo de impasse. Sim ou não: você está muito machucada?

Ele a segurou pelos ombros com delicadeza e olhou para ela. Tinha um arranhão longo e profundo por toda a extensão do braço marrom. Estava cheio de sangue, que caía em gotas espessas no chão enquanto conversavam; ela era a fonte do sangue do lado de fora.

A menina o encarou com expressão severa e mentiu:

— Não.

— Você é mundana, não é?

— Sou... ou não sou licantrope nem nada disso, se é o que quer saber.

— Mas sabe que ela é licantrope.

— Sei, seu burro! — irritou-se a menina. — Ela me contou. Eu sei de tudo. Não me importo. A culpa é minha. Eu a encorajei a sair.

— Não sou eu que estou encorajando licantropes a sair em noite de lua cheia e a atacar pessoas na pista de dança — disse Magnus. — Mas talvez possamos decidir quem de nós é o burro em outra hora, quando nossas vidas não estiverem em risco.

A menina agarrou o braço dele. Ela conseguia ver Alec, visível como Caçadores de Sombras quase nunca eram para mundanos. E conseguia enxergar suas armas. Sangrava muito, e mesmo assim seu medo era por causa de outra pessoa.

Magnus segurou o braço da garota. Teria se saído melhor com ingredientes e poções, mas lançou um poder azul que estalou ao redor do braço da menina para minimizar a dor e conter o sangramento. Quando ele abriu os olhos, viu o olhar dela fixo nele, os lábios partidos e a face confusa. Magnus ficou imaginando se ela sabia que havia pessoas que conseguiam fazer mágica, que existiam criaturas além de lobisomens no mundo.

Por cima do ombro dela, viu Alec correr e entrar em batalha com a loba.

— Uma última pergunta — disse Magnus, falando rápida e suavemente. — Você confia em mim para garantir a segurança da sua amiga?

A menina hesitou, e, em seguida, respondeu:

— Confio.

— Então espere lá fora. Do lado de fora do bar, não nesta sala. Vá lá para fora e tente tirar todos que conseguir. Diga às pessoas que um cão raivoso invadiu o bar, dê a desculpa para que todos queiram sair. Diga que não se machucou muito. Como se chama a sua amiga?

Ela engoliu em seco.

— Marcy.

— Marcy vai querer saber que você está segura, uma vez que eu consiga chegar a ela — explicou o feiticeiro. — Saia daqui, por ela.

A menina assentiu, e, em seguida num movimento rápido e súbito, correu. Ele ouviu os saltos de plataforma batendo nos azulejos enquanto ela corria. Finalmente Magnus conseguiu se voltar para Alec.

Viu dentes brilhando no escuro e não viu Alec, porque ele era um borrão de movimentos, rolando para longe e depois voltando para a loba.

Para Marcy, Magnus pensou, e ao mesmo tempo viu que Alec não tinha esquecido que ela era uma pessoa, ou, ao menos, que Magnus tinha pedido que ele a ajudasse.

Ele não estava usando suas lâminas serafim. Estava tentando não machucar uma pessoa que tinha presas e garras. Magnus não queria que Alec se arranhasse, e definitivamente não queria que ele corresse o risco de ser mordido.

— Alexander — chamou o feiticeiro, e percebeu seu erro quando Alec virou a cabeça e teve que recuar apressadamente para longe do ataque vil da loba. Ele desviou-se e rolou, parando agachado diante de Magnus.

— Você tem que recuar — pediu, arfando.

A licantrope, aproveitando-se da distração de Alec, rosnou e atacou. Magnus lançou uma bola azul de fogo sobre ela, derrubando-a no chão e fazendo-a girar. Alguns gritos emergiram das poucas pessoas que continuavam no bar, todas se apressando em direção às saídas. Magnus não se importava. Sabia que Caçadores de Sombras tinham que proteger civis, e ele definitivamente não era um deles.

— Você tem que lembrar que sou um feiticeiro.

— Eu sei — disse Alec, examinando as sombras. — Eu só quero... — Não estava fazendo o menor sentido, mas a frase seguinte infelizmente fez. — Eu acho — falou, claramente — que você a irritou.

Magnus seguiu o olhar de Alec. A licantrope estava novamente de pé e os acompanhava, os olhos acessos com um fogo infernal.

— Você é muito bom observador, Alexander.

Alec tentou empurrar Magnus para trás. O feiticeiro agarrou a camisa preta e puxou Alec consigo. Foram lentamente para o fundo do lounge.

A amiga da loba tinha cumprido sua parte: o bar estava vazio, um ambiente sombrio onde a licantrope poderia persegui-los.

Alec surpreendeu Magnus e a licantrope ao se afastar e partir para cima de Marcy. Qualquer que fosse o plano, não funcionou: dessa vez o golpe da licantrope o atingiu no peito. Alec voou contra uma parede rosa-shocking decorada com purpurina dourada. Atingiu o espelho com moldura dourada na parede com força suficiente para rachar todo o vidro.

— Ah, Caçadores de Sombras tolos — resmungou Magnus, baixinho. Mas Alec usou o impacto do corpo na parede como apoio, numa espécie de alavanca, agarrando um lustre brilhante e balançando-se. Em seguida, aterrissou como um gato e se encolheu para atacar mais uma vez, em um rápido movimento. — Caçadores de Sombras sexies e tolos.

— Alec! — chamou Magnus.

Alec tinha aprendido a lição: não olhou nem correu o risco de se distrair. Magnus estalou os dedos, uma chama azul dançante aparecendo neles como se tivesse acendido um isqueiro. Isso chamou a atenção de Alec.

— Alexander. Vamos fazer isso juntos.

Magnus levantou a mão e lançou um feixe de luz azul translúcido dos dedos para assustar a licantrope e proteger os mundanos. Cada feixo de luz emitia uma carga de magia suficiente para fazer a licantrope hesitar.

Alec fez um gestou que os envolveu, e Magnus girou o feixe de luz ao redor ao mesmo tempo. Ficou surpreso com a facilidade com que Alec se movia com sua mágica. Quase todos os Caçadores de Sombras que conheceu ficavam um pouco assustados e espantados.

Talvez pelo fato de Magnus nunca ter tido vontade de ajudar e proteger dessa forma, mas a combinação de sua magia com a força de Alec de algum modo funcionava.

A loba rosnou, encolheu-se e ganiu, seu mundo cheio de uma luz fortíssima, e, em cada lugar que ia, lá estava Alec. Magnus sabia mais ou menos como a loba se sentia.

Ela desabou e ganiu, um feixe de luz azul cortando seu pelo, e Alec montou sobre ela. Com o joelho pressionando a lateral da licantrope, e a mão no cinto. Apesar de tudo, Magnus sentiu um frio na espinha. Ele pôde imaginar a faca, e Alec cortando a garganta da licantrope.

O que Alec sacou foi uma corda. Ele a enrolou no pescoço da loba enquanto a prendia com o corpo. Ela lutou, debateu-se e rosnou. Magnus retirou o feixe mágico de luz e murmurou. As palavras mágicas saíam de sua boca em jatos de fumaça azul, feitiços de cura e ilusões de segurança e calma.

— Vamos, Marcy — disse Magnus claramente. — *Vamos!*

A loba estremeceu e se transformou, ossos estalando e pelos desaparecendo, e, em alguns instantes agonizantes, Alec se viu com os braços em volta de uma menina que vestia apenas os trapos de um vestido. Estava praticamente nua.

Alec pareceu mais inquieto do que quando ela era loba. Ele a soltou rapidamente, e Marcy deslizou para se sentar, com os braços em volta do próprio corpo. Ela chorava baixinho. Magnus tirou seu longo casaco de couro vermelho para enrolá-la. A garota puxou as laterais.

— Muito obrigada — disse Marcy, olhando para Magnus com olhos arregalados. Ela era loura e bonita em sua forma humana, diferentemente de seu aspecto anterior, uma forma engraçada, gigantesca e furiosa de licantrope. Então seu rosto se enrijeceu, angustiado, e nada mais pareceu engraçado. — Eu... por favor, eu machuquei alguém?

— Não — respondeu Alec, com a voz firme, o que era uma raridade. — Não, não machucou ninguém.

— Tinha uma pessoa comigo...

— Ela se arranhou — disse Magnus, mantendo a voz firme e confortante. — Está bem, eu a curei.

— Mas eu a machuquei — falou Marcy, e colocou o rosto entre as mãos sujas de sangue.

Alec esticou o braço e tocou as costas de Marcy, esfregando-a gentilmente, como se essa estranha fosse sua irmã.

— Ela está bem — disse Alec. — Você não... eu *sei* que você não queria machucá-la, que não queria machucar ninguém. Não tem culpa de ser o que é. Você vai se ajustar.

— Ela a perdoa — explicou Magnus, mas a licantrope estava olhando para Alec.

— Meu Deus, você é um Caçador de Sombras — sussurrou Marcy, exatamente como fizera Erik, o garçom, mas com medo na voz, e não desdém. — O que vai fazer comigo? — Ela fechou os olhos. — Não. Sinto muito. Você me conteve. Se não tivesse vindo... o que quer que faça comigo, eu mereço.

— Não vou fazer nada com você — retrucou Alec, e Marcy abriu os olhos e o encarou. — É verdade. Não vou contar para ninguém, prometo.

Alec parecia o mesmo de quando Magnus falou sobre a infância na festa em que se conheceram. Era algo que o feiticeiro quase nunca fazia, mas ele se sentiu estranho e defensivo com a chegada de todos aqueles Caçadores de Sombras em sua casa, com a filha de Jocelyn Fray, Clary, aparecendo sem a mãe e com tantas perguntas para as quais merecia respostas. Ele não esperava olhar nos olhos de um Caçador de Sombras e enxergar solidariedade.

Marcy se sentou e se enrolou no casaco. De repente, ela pareceu digna, como se tivesse percebido que tinha direitos nessa situação. Que era uma pessoa. Que era uma alma, que sua alma havia sido respeitada como merecia.

— Obrigada — disse ela calmamente. — Aos dois.

— Marcy? — A voz da amiga chamou pela porta.

Marcy levantou os olhos.

— Adrienne!

Adrienne correu para dentro, quase escorregando pelo chão de azulejos. Jogou-se ao chão, abraçando Marcy.

— Você se machucou? Deixe-me ver — sussurrou Marcy no ombro dela.

— Está tudo bem, não é nada, estou ótima — falou Adrienne, afagando o cabelo de Marcy.

— Sinto muito — falou a loba, acariciando o rosto de Adrienne. Elas se beijaram, ignorando a presença de Alec e Magnus.

Quando se afastaram, Adrienne balançou Marcy em seus braços e sussurrou:

— Vamos dar um jeito para que nunca mais aconteça. Vamos, sim.

Outras pessoas seguiram Adrienne, e entraram em duplas e trios.

— Você se veste muito bem para um caçador de cachorros — disse um homem que Magnus imaginou se tratar do barman.

Magnus inclinou a cabeça.

— Muito obrigado.

Mais pessoas entraram, de início, com cautela, depois, em números cada vez maiores. Ninguém estava se perguntando exatamente para onde tinha ido o cachorro. Muitos pareciam querer drinques.

Talvez alguns fossem perguntar mais tarde, quando o choque passasse, e o trabalho da noite se tornasse uma situação que precisava ser esclarecida. Magnus, porém, decidiu que era um problema para mais tarde.

— Foi bacana o que você disse a ela — falou Magnus, quando a multidão tinha ocultado completamente Marcy e Adrienne da vista deles.

— Hum... não foi nada — respondeu Alec, inquieto e parecendo constrangido. Os Caçadores de Sombras não aprovavam gentilezas, foi o que Magnus imaginou. — Digo, é para isso que estamos aqui, não é? Caçadores de Sombras, quero dizer. Temos que ajudar a todos que precisam de ajuda. Temos que proteger as pessoas.

Os Nephilim que Magnus conhecera pareciam acreditar que os membros do Submundo eram feitos para ajudarem a *eles mesmos*, e para serem descartados se não ajudassem o bastante.

Magnus olhou para Alec. Ele estava suado e com a respiração um pouco pesada, os arranhões nos braços e rosto se curando rapidamente graças a *iratzes* na pele.

— Acho que não vamos conseguir bebidas aqui; a fila está muito grande — falou Magnus lentamente. — Vamos tomar um drinque na minha casa.

Caminharam para casa. Apesar de ser um longo caminho, foi um passeio agradável em uma noite de verão, o ar morno nos braços expostos de Magnus, e a lua cheia transformando a Brooklyn Bridge em uma via expressa de luz branca.

— Fiquei muito feliz quando sua amiga ligou para você ajudar aquela menina — confessou Alec, enquanto caminhavam. — E fiquei feliz que tenha me chamado para ir junto. Eu... me surpreendi com isso, pelo modo como as coisas estavam indo antes.

— Eu estava com medo de que você não estivesse se divertindo — explicou Magnus.

Era como se estivesse colocando muito poder nas mãos de Alec, mas este estava sendo honesto com ele, e o feiticeiro se viu possuído pelo estranho impulso de fazer o mesmo.

— Não — disse Alec, e ruborizou. — Não, de jeito nenhum. Eu pareci... desculpe.

— Não se desculpe — respondeu Magnus suavemente.

As palavras pareceram explodir de Alec em uma onda, apesar de que ele gostaria de contê-las, pela expressão de seu rosto.

— A culpa foi minha. Eu fiz tudo errado mesmo antes de aparecer, e você sabia como fazer o pedido no restaurante, e eu tive que me segurar para não rir daquela música no metrô. Eu não faço ideia do que estou fazendo, e você é, hum, glamoroso.

— O quê?

Alec olhou para Magnus, espantado, como se tivesse feito tudo errado outra vez.

Magnus queria dizer *não, eu é que o levei a um restaurante horrível e o tratei como um mundano porque não sabia como sair com um Caçador de Sombras, e quase o abandonei, apesar de você ter tido a coragem de me convidar para sair.*

O que acabou falando foi:

— Eu achei aquela música terrível *hilária*. — E jogou a cabeça para trás e riu. Olhou para Alec e o viu rindo também. Seu rosto todo mudava quando ria, Magnus pensou. Ninguém tinha que se desculpar ou lamentar nada, não hoje.

Quando chegaram à casa de Magnus, o feiticeiro colocou a mão da porta da frente e a abriu.

— Perdi as chaves há uns quinze anos — explicou.

Ele realmente tinha que mandar fazer mais chaves. Não precisava delas, no entanto, e havia muito tempo não tinha ninguém para quem quisesse entregar suas chaves — a quem quisesse oferecer acesso a sua casa porque gostaria de ver a pessoa sempre que ela desejasse vir. Ninguém desde Etta, havia meio século.

Magnus olhou Alec de lado enquanto subiam as escadas bambas. O rapaz reparou no olhar, e sua respiração acelerou; os olhos azuis brilhavam. Alec mordeu o lábio inferior, e Magnus parou de andar.

Foi apenas uma hesitação momentânea. Mas então Alec esticou a mão e o segurou pelo braço, com dedos firmes em seu cotovelo.

— Magnus — falou, com a voz baixa.

Magnus percebeu que Alec estava imitando a forma como ele agarrou seus braços na terça: no dia do primeiro beijo de Alec.

A respiração de Magnus ficou presa na garganta.

Aparentemente foi todo o incentivo de que Alec precisou. Ele se inclinou, com a expressão aberta e ardente na escuridão das escadas, no silêncio do momento. A boca de Alec encontrou a de Magnus, suave e macia. Recuperar o fôlego era uma impossibilidade e não mais uma prioridade.

Magnus fechou os olhos, e imagens espontâneas vieram: Alec tentando não rir no metrô, a admiração espantada ao provar uma comida nova, Alec feliz por não ser abandonado, Alec sentado no chão dizendo a uma licantrope que ela não tinha culpa de ser quem era. Magnus se flagrou com um pouco de medo do pensamento do que quase tinha feito ao cogitar deixar o rapaz antes do fim da noite. Deixar Alec era a última coisa que queria fazer nesse momento. Puxou-o pelo cós da calça, diminuiu toda a distância entre os corpos e tirou o fôlego de Alec com a própria boca.

O beijo pegou fogo, e tudo que ele conseguia enxergar por trás dos olhos fechados eram as faíscas douradas; a única coisa de que tinha consciência era a boca do rapaz, as mãos firmes e gentis que seguraram a licantrope e tentaram não machucá-la, Alec pressionando-o num corrimão tão podre que a madeira rangia de modo assustador, e Magnus nem se importou —, Alec aqui e agora, o gosto de Alec na boca, as mãos puxando o tecido da camiseta preta desbotada para tocar a pele de Alec embaixo dela.

Levaram um tempo constrangedoramente longo para lembrar que Magnus tinha um apartamento, e foram tropeçando para lá, mas não se desvencilharam. Sem olhar, Magnus abriu a porta, que bateu forte na parede e fez o feiticeiro abrir um olho para ver se não a tinha explodido acidentalmente.

Alec beijou o pescoço de Magnus numa linha doce e cuidadosa, que começava abaixo da orelha e ia até a concavidade na base da garganta. A porta estava intacta. Tudo estava ótimo.

Magnus puxou Alec para o sofá, e o rapaz caiu molemente nele. O feiticeiro levou os lábios ao pescoço de Alec. Tinha gosto de suor, sabonete e pele, e Magnus mordeu, torcendo para deixar uma marca na pele pálida, querendo isso. Alec soltou um ganido arfado e aproximou o corpo ainda mais. As mãos de Magnus deslizaram sob a camiseta, delineando a forma do corpo do rapaz. E passou os dedos nos ombros de Alec até a curva das costas, sentindo as cicatrizes da sua profissão e a força dos beijos. Timidamente, o rapaz abriu os botões do colete de Magnus, deixando a pele nua e deslizando para tocar o peito e a barriga do feiticeiro, e Magnus sentiu a seda leve ser substituída por mãos mornas, curiosas e carinhosas. Sentiu os dedos de Alec tremendo na pele.

Magnus esticou a mão e a pressionou na bochecha de Alec; os dedos morenos eram um contraste na pele pálida. Alec virou o rosto para a curva da palma de Magnus, e a beijou, e o coração de Magnus quebrou-se.

— Alexander — murmurou, querendo dizer mais do que "Alec", querendo chamá-lo por um nome mais longo e diferente daquele que todos usavam, um nome com peso e valor. Sussurrou o nome como se fizesse uma promessa de que iria com calma. — Talvez devêssemos esperar um instante.

Empurrou Alec, de leve, mas o rapaz entendeu. Entendeu mais do que Magnus gostaria. E saiu cambaleando do sofá, para longe.

— Eu fiz alguma coisa errada? — perguntou Alec, com a voz tremendo também.

— Não — respondeu Magnus. — Longe disso.

— Você está me mandando para casa?

Magnus levantou as mãos.

— Não tenho o menor interesse em lhe dizer o que fazer, Alexander. Não quero persuadi-lo a nada, e nem convencê-lo a nada. Só estou falando que talvez você queira parar e pensar um instante. E então pode decidir; o que quiser decidir.

Alec pareceu frustrado. Magnus foi solidário.

Então o rapaz passou as duas mãos pelo cabelo — já estava uma bagunça, graças a Magnus e não havia como arruinar mais, pois já chegara ao ápice da ruína — e caminhou de um lado ao outro. Estava pensando,

Magnus percebeu e tentou não imaginar no que ele estava pensando: Jace, Magnus, a família, o dever, como ser gentil consigo mesmo.

Ele parou de andar quando chegou à entrada da casa de Magnus.

— Acho melhor ir para casa — falou Alec.

— Provavelmente — disse Magnus com muito pesar.

— Eu não quero ir — disse Alec.

— Nem eu — respondeu Magnus. — Mas, se você não for...

Alec assentiu, rapidamente.

— Tchau, então — falou, e se inclinou para um rápido beijo.

Pelo menos Magnus imaginou que deveria ser rápido. Não sabia ao certo o que aconteceu em seguida, mas de algum jeito estava todo enrolado em Alec, e ambos estavam no chão. Alec arfava e o agarrava, e as mãos de um estavam no cinto do outro, e o rapaz beijou Magnus com tanta força que sentiu gosto de sangue, e Magnus disse *Meu Deus*, e, em seguida...

E, em seguida, Alec estava de pé, segurando a moldura da porta, como se o ar tivesse se tornado uma maré que pudesse levá-lo de volta a Magnus se ele não se segurasse em algum lugar. Parecia lutar contra alguma coisa, e o feiticeiro ficou imaginando se ele iria pedir para ficar afinal ou se ia dizer que a noite toda tinha sido um erro. Magnus sentiu mais medo e mais ansiedade do que conseguiu demonstrar, e percebeu que aquilo importava mais do que deveria, cedo demais.

Esperou, tenso, e Alec disse:

— Podemos nos ver de novo?

As palavras vieram aos tropeços, tímidas, ansiosas e completamente incertas quanto à resposta, e Magnus sentiu a onda de adrenalina e excitação que vinha com o começo de uma nova aventura.

— Podemos — respondeu, ainda no chão. — Eu ia adorar.

— Hum — disse Alec —, então... na próxima sexta?

— Bem...

Alec pareceu imediatamente preocupado, como se achasse que Magnus fosse retirar tudo o que disse, e falar que, na verdade, tinha mudado de ideia. Ele era lindo, esperançoso e hesitante, um arrasador de corações que fazia questão de demonstrar seus sentimentos. Magnus se viu querendo mostrar as cartas, arriscar e ser vulnerável. Reconheceu e aceitou essa nova e estranha sensação: de que preferia se ferir a machucar Alec.

— Sexta seria ótimo — respondeu Magnus, e Alec abriu seu sorriso brilhante, capaz de iluminar o mundo, e saiu, ainda olhando para Magnus.

Recuou até o topo da escadaria. Ouviu-se um grito, mas Magnus já tinha levantado e fechado a porta antes de ver Alec tropeçando das escadas, considerando que isso era o tipo de coisa que um homem deveria ter privacidade para fazer.

Mas ele se inclinou pela janela, no entanto, e viu Alec sair pela porta da frente do prédio, alto, pálido e descabelado, e caminhar pela Greenpoint Avenue, assobiando desafinado. E Magnus se flagrou com certa esperança.

Já tinha aprendido tantas vezes que esperança era tolice, mas não conseguia evitar, imprudente como uma criança perto de uma fogueira, se recusando a aprender com a experiência. Talvez agora fosse diferente — talvez esse amor fosse diferente. Parecia diferente; certamente isso tinha que significar alguma coisa. Talvez o ano que viria fosse um bom ano para os dois. Talvez naquele momento as coisas fossem acontecer como Magnus queria.

Talvez Alexander Lightwood não fosse partir seu coração.

Este livro foi composto na tipografia
Minion Pro, em corpo 11/14,3, e impresso em
papel off-white no Sistema Digital Instant Duplex
da Divisão Gráfica da Distribuidora Record.